BLUE BOOK
OF
JIANGSU LITERATURE

2021年
江苏文学蓝皮书

江苏省作家协会　编

图书在版编目（CIP）数据

江苏文学蓝皮书. 2021年 / 江苏省作家协会编. ——南京：江苏凤凰文艺出版社，2022.10
ISBN 978-7-5594-7020-1

Ⅰ.①江… Ⅱ.①江… Ⅲ.①中国文学－当代文学－文学研究－江苏－2021 Ⅳ.①I206.7

中国版本图书馆CIP数据核字(2022)第125988号

江苏文学蓝皮书. 2021年

江苏省作家协会　编

责任编辑	刘洲原
特约编辑	黄　玲
责任印制	刘　巍
出版发行	江苏凤凰文艺出版社
	南京市中央路165号，邮编：210009
网　　址	http://www.jswenyi.com
印　　刷	江苏凤凰数码印务有限公司
开　　本	718毫米×1000毫米　1/16
插　　页	11
印　　张	21.5
字　　数	318千字
版　　次	2022年10月第1版
印　　次	2022年10月第1次印刷
书　　号	ISBN 978-7-5594-7020-1
定　　价	58.00元

江苏凤凰文艺版图书凡印刷、装订错误，可向出版社调换，联系电话025-83280257

① 江苏省第六次青年作家创作会议

2021年10月12日至13日，江苏省第六次青年作家创作会议在南京召开

中国作家协会书记处书记邱华栋出席并讲话

江苏省委宣传部副部长徐宁出席并讲话

共青团江苏省委书记司勇出席并讲话

江苏省作家协会主席毕飞宇出席并致闭幕词

江苏省作家协会党组书记、书记处第一书记、常务副主席汪兴国主持开幕式并作工作报告

② 江苏省网络作家协会第二次代表大会

2021年10月14日，江苏省网络作家协会第二次代表大会在南京举行

江苏省委宣传部副部长徐宁出席开幕式并讲话

中国作家协会网络文学中心副主任何弘出席开幕式并讲话

江苏省作家协会主席毕飞宇致闭幕词

江苏省作家协会党组书记、书记处第一书记、常务副主席汪兴国出席开幕式并致辞

江苏省网络作家协会主席跳舞代表省网络作协一届理事会作工作报告

投票选举江苏省网络作家协会新一届主席团和理事会成员

③ 第四届扬子江诗会

2021年6月18日,以"百年恰是风华正茂"为主题的第四届扬子江诗会诗歌朗诵会在南京举行

2021年10月24日，第四届扬子江诗会在江苏师范大学举行以"批评精神视野下的新时代诗歌"为主题的诗歌研讨会

2021年10月24日，第四届扬子江诗会在江苏师范大学举行以"人类命运共同体与中国新诗创作——汉诗在海外的传播"为主题的大家讲坛

④ "《扬子江文学评论》2020年度文学排行榜"终评会议

　　2021年1月16日,"《扬子江文学评论》2020年度文学排行榜"发布,图为终评会现场

⑤ 中国作家协会第十次全国代表大会

　　2021年12月14日至17日,全国文代会、作代会江苏代表团赴京参加中国文联第十一次、中国作协第十次全国代表大会

⑥ 扬子江网络文学评论中心签约仪式

2021年5月9日，江苏省作家协会、南京师范大学和南京市秦淮区人民政府合作成立扬子江网络文学评论中心，这是目前我国第一家网络文学评论平台

⑦ 文学研讨

2021年1月30日,由江苏省作家协会主办,《钟山》杂志和江苏凤凰文艺出版社承办的胡学文长篇小说《有生》研讨会在南京召开

2021年2月24日，江苏省作家协会在南京召开江苏文学作品戏剧影视转化推介咨询会

2021年9月29日，江苏省作家协会在南京举行江苏省主题创作优秀作家作品研讨会

2021年10月21日,江苏省作家协会在南京召开韩东诗歌创作研讨会

2021年12月22日,江苏省作家协会在南京召开汤成难、大头马、庞羽作品研讨会

2021年12月28日，江苏省作家协会与凤凰出版传媒股份有限公司在南京召开朱文颖创作研讨会

2021年5月20日，由江苏省作家协会和南京信息工程大学主办的江苏青年文学论坛在南京举行，本场论坛以"青年写作的地方性与世界性"为主题

2021年12月5日，由江苏省作家协会和南京大学中国新文学研究中心主办的江苏青年文学论坛在南京举行，本场论坛以"青年写作的个人经验与时代话语"为主题

⑧ 文学奖项

2021年5月29日至30日，第六届扬子江年度青年诗人奖颁奖仪式在昆山举行

2021年10月24日，第四届"紫金·江苏文学期刊优秀作品奖"《扬子江诗刊》奖在徐州颁奖

2021年11月6日，第十届江苏文学评论奖、第九届扬子江诗学奖在张家港颁奖

2021年12月2日晚，第四届"紫金·江苏文学期刊优秀作品奖"《钟山》文学奖和《扬子江文学评论》奖，第三届《钟山》之星文学奖在南京颁奖

2021年12月4日，第四届"紫金·江苏文学期刊优秀作品奖"《雨花》文学奖颁奖仪式在南京举行

❾ 深扎采风和文学惠民

2021年4月13日，由江苏省作家协会和江苏省总工会联合组织的"劳动创造幸福"江苏产业工人时代风貌主题创作实践活动在连云港启动

2021年4月19日，江苏省作家协会到淮安开展文化惠民活动并设立"扬子江文学驿站"

2021年5月9日，全国知名诗人"大运河春天行"采风活动在苏州举行

2021年5月9日至12日，江苏省作家协会组织网络作家开展庆祝建党100周年、弘扬四种革命精神主题教育实践活动

2021年6月2日至4日,江苏省作家协会"大手牵小手"儿童文学作家进校园志愿服务活动在宿迁举行

2021年11月19日,江苏省作家协会与省生态环境厅共建"扬子江文学驿站"并举行揭牌仪式

2021年，江苏省作家协会组织江苏对口帮扶中西部地区开展定点深入生活项目。图为江苏省作协专业作家罗望子抵达陕西省城固县开展为期10天的采访与创作活动

⑩ 文学培训

2021年10月17日，第五届"雨花写作营"开营仪式暨首期改稿会在南京举行

2021年11月11日至16日，江苏文学院第四期县（市、区）骨干作家研修班在南京大学举办

2021年12月1日至6日，江苏文学院在南京大学同期举办第七期青年作家读书班（新人班）、第八期青年作家读书班（优青班）

⑪ 主题创作

2021年6月22日，江苏省作家协会在南京召开庆祝中国共产党成立100周年《基石》《又见遍地英雄》主题创作成果首发座谈会

2021年6月27日，由江苏省委宣传部指导和江苏省作家协会牵头、省报告文学学会组织创作的《向时代报告——中国全面小康江苏样本》和《向人民报告——江苏优秀共产党员时代风采》在南京首发

《江苏文学蓝皮书》编委会

主　任：毕飞宇　汪兴国
副主任：丁　捷　贾梦玮　鲁　敏　杨发孟　黄德志
　　　　王　朔
委　员：韩正彬　凌玉红　吴　飞　黄　艳　刘玉芳
　　　　吴正峻　邵峰科　朱　辉　胡　弦　何同彬
　　　　贠淑红
主　编：汪兴国
副主编：丁　捷　贾梦玮　鲁　敏　杨发孟　黄德志
　　　　王　朔

目　录

序 ·· 毕飞宇 / 001

创作综述

金色河流沉浮，有生之光终现——2021年江苏长篇小说创作综述
　　·· 张光芒　王冬梅 / 002
在坚守传统中焕发新活力——2021年江苏中篇小说创作综述
　　·· 陈进武 / 014
当经验自我遭遇青年时差——2021年江苏短篇小说创作综述
　　·· 何　平　周鋆汐 / 024
"后学术"与"嘈杂"的人世间——2021年江苏散文创作综述
　　·· 周红莉 / 030
拓辟一种"自我活力的崭新疆域"——2021年江苏诗歌创作综述
　　·· 罗小凤 / 041
伟业与新功的纪实华章——2021年江苏报告文学创作综述
　　·· 王　晖 / 051
以现实精神与诗性审美呼应时代新变——2021年江苏儿童文学
　　创作综述 ·· 谈凤霞　王　灿 / 061
红色年代里，江苏网络文学的一份红色答卷——2021年江苏网络
　　文学综述 ·· 海　马 / 072

2021年江苏文学批评与理论研究综述 …………………………… 李　丹 / 083
2021年江苏影视文学综述 …………………………………… 朱怡淼 / 097
2021年江苏文学翻译综述 ………………………… 韩继坤　王理行 / 107
有生奇迹向北方　民谣神曲定风波——2021年江苏文学出版综述
　　………………………………………………………… 王振羽 / 116

文学评论

"文学苏军"杂谈 ………………………………………………… 王　尧 / 130
省域文学的青年想象和新陈代谢 ……………………………… 何　平 / 134
走向世界的"文学苏军" ………………………………………… 季　进 / 139
地方视角下的江苏文学 ………………………………………… 汪　政 / 143
江苏文学的"变"与"不变" ……………………………………… 刘志权 / 149
社会的画卷　时代的强音——江苏文学主题创作述评 ……… 汪　政 / 153

期刊观察

日常叙事、历史书写与文学守望——2021年《钟山》观察 … 李嘉茵 / 162
深耕文学沃野，有效因应时代——2021年《雨花》观察
　　……………………………………………… 李徽昭　李秋南 / 171
转化·真实·融摄·唤醒——2021年《扬子江诗刊》观察
　　………………………………………………………… 梁雪波 / 179
学术精神与文学视野——2021年《扬子江文学评论》观察
　　………………………………………………………… 张德强 / 187

年度作品

长篇小说 ………………………………………………………………… / 198
中篇小说 ………………………………………………………………… / 203

短篇小说 …………………………………… / 212
散文 ……………………………………… / 222
诗歌 ……………………………………… / 226
报告文学 ………………………………… / 230
儿童文学 ………………………………… / 234
网络小说 ………………………………… / 239

团体会员单位文学创作概览

2021年南京市文学创作概览 ……………………………… / 244
2021年无锡市文学创作概览 ……………………………… / 251
2021年徐州市文学创作概览 ……………………………… / 255
2021年常州市文学创作概览 ……………………………… / 261
2021年苏州市文学创作概览 ……………………………… / 265
2021年南通市文学创作概览 ……………………………… / 268
2021年连云港市文学创作概览 …………………………… / 273
2021年淮安市文学创作概览 ……………………………… / 276
2021年盐城市文学创作概览 ……………………………… / 279
2021年扬州市文学创作概览 ……………………………… / 282
2021年镇江市文学创作概览 ……………………………… / 287
2021年泰州市文学创作概览 ……………………………… / 291
2021年宿迁市文学创作概览 ……………………………… / 294
2021年江苏省网络作协文学创作概览 …………………… / 299
2021年江苏省公安作协文学创作概览 …………………… / 301
2021年江苏省电力作协文学创作概览 …………………… / 303
2021年江苏省企业作协文学创作概览 …………………… / 305
2021年江苏省散文学会文学创作概览 …………………… / 307

2021年江苏省报告文学学会文学创作概览 ……………………………… / 309

2021年江苏省青少年作协文学创作概览 ……………………………… / 311

荣誉奖项

全国性文学奖项 …………………………………………………… / 314

第四届"紫金·江苏文学期刊优秀作品奖" ……………………………… / 315

第三届《钟山》之星文学奖 ………………………………………… / 317

第十届江苏文学评论奖 ……………………………………………… / 318

第九届扬子江诗学奖 ………………………………………………… / 320

第三届曹文轩儿童文学奖 …………………………………………… / 321

2021年江苏文学大事记

2021年江苏文学大事记 …………………………………………… / 324

序

"五月榴花照眼明,枝间时见子初成。"2021年卷《江苏文学蓝皮书》的编校工作已接近尾声。时值盛夏,我们却嗅到了果实的芬芳。正如一位著名评论家所言:"江苏的作家,通常不大受外界的风云变幻所影响,晴也好,雨也好,风调雨顺也好,天不作美也好,都在一如既往地写着。"旱涝保收,平静执着。从案头厚厚一沓蓝皮书稿看来,2021年,江苏文学又有了令人欣悦的收获。

很多人说起江苏文学,会说江苏作家多,江苏作家勤奋,江苏文学成果丰硕。换在多年以前,面对这类夸赞时,其实我们心里是没底的。虽然也知道,江苏作家是多,江苏作家是勤奋,江苏文学的成就是令人自豪,但至于具体情况,能说出详细子丑寅卯的人,还真不多。

但现在不一样了。从2013年起,江苏省作家协会就开始了一项极为有意义的工作,那就是编纂年度文学"蓝皮书"。江苏文学年度蓝皮书,有每个文学创作门类的年度综述,有全省文学研究与评论的年度成果撷英,有江苏省作协主办的几大期刊的年度观察,有对全省年度重点作品的聚焦评论,有全省各市文学创作状况的汇总,还有江苏文学年度活动的大事梳理……它从各个角度对江苏文学的生产现场作了及时而且详细的扫描。如果我们把每年江苏文学取得的成果比作一棵大树的话,蓝皮书就是一幅栩栩如生的画作,我们能清晰地看到它的枝干、叶片,甚至是经脉。

蓝皮书的意义,当然不仅在于它的详尽,还在于它的及时、鲜活。以后的文学史研究者们,不仅能从中查阅到很多被时间遗忘的文学细节,还能从这份及时的观察中触摸到极其珍贵的同代人的温度。我们知道,蓝皮书中提到的很多作品，也许会消失在历史的尘埃之中，但这不影响来自同代人带着温情的注视，这是同时代研究者对同时代作家辛勤创作最温暖的回应。白纸黑字，我们愿意为文学创作中许多前赴后继的奋斗者留影。蓝皮书中的一些论断，多年以后的人们也许会觉得失之偏颇，但我相信，总也有一些论断，它会比多年以后的研究者更加切肤，更加值得信赖。因为今天的研究者虽有同代人的局限，但同时也有着同代人得天独厚的亲近，以及因此所怀有的理解。

许多活跃在当下研究与批评界的省内评论家们为蓝皮书认真撰稿，江苏省作协创研室的同仁们具体负责蓝皮书稿的收集整理，他们都是江苏文学自觉的研究者。江苏凤凰文艺的编辑们从排版设计到书稿校对，都花费了不少心血。他们的付出，对于江苏文学的当下，对于江苏文学的历史，功莫大焉。一本蓝皮书，它不仅是江苏文学的一次年度总结，更是我们留给后人的一册史料，我们确实是怀着作史的雄心去做这项工作的。许多事情，在时间的维度上就会更加突显出它深重的意义。

如今，这本蓝皮书又一次收集了江苏文学一年一度春耕秋收的光华，呈现在你的面前。我想，它一定能像一个有魔法的七彩瓶，向不同时间里遇到它的读者折射出江苏文学不同的棱面。这份光阴的果实，无论是否饱满，总是凝结着当下无数江苏文学人持之以恒的努力。

中国作家协会副主席、江苏省作家协会主席　毕飞宇

2022 年 7 月

创作综述

金色河流沉浮，有生之光终现

——2021年江苏长篇小说创作综述

张光芒　王冬梅

2021年，江苏长篇小说创作呈现出佳作迭出、新作纷呈的不俗样态，《有生》《金色河流》《不老》等作品的出版或发表再度将江苏文学推向当下中国文坛的重要席位，而老中青三代作家的锐意进取也充分彰显出新时代文学苏军不断开拓、奋激勃发的写作姿态。更为重要的是，在新冠疫情持续甚久却又迟迟未能真正退去的时代语境下，江苏作家不断深入历史的现场、社会的深层以及灵魂的深处，进而以复调多声的语言景观建构了一座座富有现实气息、人文关怀和人性光彩的审美大厦。

一、 在个体沉浮中叩问社会深层的人性情状

近年来，长篇小说叙事不断凸显出关注当代史的鲜明意识，以期借助当代史的全景透视来建构文学审美空间，进而构成对于当代中国宏阔历史的审美观照。作为新时代的关键词，"改革开放四十年""建国七十年"等无疑被视为中国当代史进程中的一个辉煌界碑，不断激起当代小说家的言说冲动和述史欲望，进而为当下文学注入充满时代气息的审美资源，也不断地为当代中国添置全新的文化风景。鲁敏、郑志玲、卞优文、朱凤鸣、张金龙等江苏长篇小说家们就这样高举着人性的火把，照亮一张又一张奋斗的脸庞，发现一个又一个奋斗的身影，并在这些脸庞和身影中不断探询着人性的温度、时代的热度以及历史的深度。

鲁敏最新长篇小说《金色河流》堪称一部回望"改革开放"的反思力作。

作家精准把握住了时代脉搏的跃动,同时也将目光更多地投向财富巨流背后的意识暗流。小说中无疑充斥着对于财富巨流下的人性反思,它因有总的一纸遗嘱而牵扯出一众人等的命运浮沉,同时也以穿插、闪回的方式拼贴起有总鏖战商海的奋斗一生。资本的每个毛孔里固然都滴着血,然而鲁敏在揭示这一财富本质的同时,更将笔触伸向有总心灵深处的秘密腹地。谢老师的红皮笔记本成为小说中的重要物象,也为鲁敏开辟全新的叙事形式提供了语言试验场。它以隐秘的视角长久窥视着有总跌宕起伏的发家史,同时也记录着有总与王桑、穆沧、河山等下一代年轻人的情感纠葛。它从一开始就是为了控诉、暴露、批判有总成功背后的贪婪、绝情、冷漠、狠毒、算计等商人劣根性而存在,执笔人谢老师也在不动声色的观察中不断存蓄着各类写作素材,也不断调整着各种写作思路。然而,随着有总生命尽头的日渐来临,越来越多的秘密被暴露在阳光之下,谢老师所推崇的所谓零度写作被岁月无声击穿,而作为控诉对象的有总则逐渐被复原成一个由丈夫、父亲、伙伴、资助人等多重身份所交织界定的立体丰满的"人"。对于有总而言,遗产分配一事最终拉扯出来的正是一首回归家庭、呼吁情感、渴望救赎的生命挽歌,而两代人无不深深陷入家庭问题、情感困境、灵魂救赎的心灵迷宫。正是在家庭线和事业线的双重变奏下,《金色河流》奏响了一曲始于遗产、终于人性的生命交响乐,它不仅透视了欲望洪流裹挟下的人心本相,也反思了两代人之间因为情感隔阂而触发的心灵痛苦,更以其对人性意识的询唤与凸显最终将小说人物全都推向和解与释怀。

作为改革开放同代人的改革开放叙事,《金色河流》堪称2021年度中国文坛的重量级长篇巨制,充分彰显了鲁敏描摹生活的广度、切近时代的力度与反思历史的深度。小说在有总生命史的尽头再现了一部隐匿于人物心灵深处的忏悔史,也以语言的锋芒匕刃划开商业成功史的欲望表皮,进而牵扯出一部充斥着阴谋、堕落、罪恶、忏悔与救赎的人性变迁史。"金色河流"自当代中国的历史深处奔涌而来,它不仅充溢着以财富、名利、权势等为表征的欲望光影,也在河床底部渐渐沉积起忽疾忽缓的人性暗流,而历史巨流正是在欲望显流和人性潜流的此消彼长下迤逦迂回、踯躅向前。

郑志玲的《那一片热土》被冠以"草根奋斗史"的推宣标签。主人公田福根流落乡村后先后历经"开荒种田——进城谋生——返乡创业"的人生轨迹,而田福根的每一段人生经历无不对位着一段特殊的时代语境。例如,开荒种田在相当程度上言说着相对封闭、保守的传统乡村生活状态,进城谋生则承载着改革开放风潮所触发的身份转型和心灵震荡,而返乡创业则寄寓着脱贫攻坚浪潮下的全新乡村生态。田福根通过不断的奋斗一步步成长为成功的民营企业家,然而最终却以扎根乡村、反哺乡村的人生选择接续了植根于乡村大地的根须和血脉。卞优文的《行吟图》虽然将叙事时间定格在20世纪30年代那样一段内忧外患的动荡岁月,但同样着力再现了费鹏举为了"教育兴国"的人生理想而奋斗不息的一生。在中国现代小说史的艺术长廊中,"革命救国"几乎积淀成一个根系庞大的叙事传统,而"实业救国"也同样衍生出旁逸斜出的审美支流。不管是"革命救国""实业救国",还是《行吟图》中所触及的"教育兴国",它们都被小说家们置放到民族危亡的时代语境下,与此同时,不管是民族危机的解除,还是国家命运的扭转,都统统离不开一批又一批革命家、实业家或教育家的终生奋斗。从这个意义上来说,小说家们正是借助鲜活又具体的个人奋斗史去一点一点切入时代的横截面,照亮人性的幽深层,抵达历史的纵深处。

如果说,《金色河流》《那一片热土》《行吟图》等作品主要是沿着个人奋斗史的叙事路径出发的话,那么朱凤鸣的《天堂沃土》、张金龙的《荆家村》则将新时代所振臂高呼的奋斗精神灌注到苏南乡村这一审美主体之中,并由此敷演出富有地域风采、民间特色和时代气息的乡村生活风情画。《天堂沃土》重点塑造了朱建国、张忠良、夏永生三个与新中国同龄的太仓村民,将他们的个体生命成长轨迹嫁接到鹤塘镇群星生产队的起落沉浮之中,并以此来展示70年来中国乡村所经历的沧桑巨变。无独有偶,《荆家村》同样将关切的目光投注到苏南乡村,在20世纪60年代到80年代的时间长河中点滴复原着吴地乡村的传统文化、革命历史以及时代风云,不仅在社会主义建设的宏大语境中记录下一代代共产党员为国家富强、为人民幸福而奋斗不息的坚定步履,更通过数十年来的乡村生活变迁史而充分展现了普通民众勤劳质朴、努力拼搏的群体智慧。不管是横跨了中华人民共和国成立以来70年时间巨流的《天堂沃土》,还是展示了70万字恢弘叙事体量的《荆家村》,都无一不在叙说着广大乡民同心奋斗的乡村图景,都无一不在观照着乡土中国求新图变的现代转型之路,并最终在家园腾飞的叙事洪流中共同讴歌着家国共荣的时代乐章。此外,里下河文学流派的中坚作家黄跃华也于本年度重磅推出最新长篇小说《四月天》,该小说以20世纪八九十年代的苏中里下河地区为时空坐标,借助对桃花垛风土人情、日常生活的精雕细琢而勾画了一群热血沸腾的青年奋斗者群像。《四月天》围绕收养弃婴一事再现了理想与现实之间的激烈较量及其给主人公们所带来的生存困境和人性考验,并最终通过对善良、仁义、人性的高声颂扬而谱写了一首乡村民众的奉献之歌。

  周梅森长篇新作《人民的财产》系其《人民的名义》的姊妹篇,小说故事发生在后者反腐风暴之后半年,在时间、人物、背景及主题等方面均有一定的连续性。小说的"楔子"意味深长。1935年,为营救即将被敌人杀害的省委书记,"我"将自家祖屋廉价卖掉,换得五根金条。救人计划因意外失败,嗣后按照党的领导同意的指示,以这五根金条做为资本创办了一个党营福记公司,以为我党筹措经费。上海福记后来迅速发展起来,最终成就了今天的大型国企中福集团。"历史总有吊诡之处。一个貌似强大的政权,最终溃败于自身的腐烂。而上海福记的诞生发展,竟是踩着国民党的腐败一步步走过来的。我卖祖屋的金条犹如一颗种子,在腐土中生长成了一棵参天大树。"楔子中这句借用的话更是从各个方向隐含了小说主题的开掘旨趣。而小说正文以京州中福患抑郁症的纪委书记跳楼自杀引起故事叙述,在一种敏感复杂、扑朔迷离的背景下,齐本安走马京州中福董事长、党委书记。让人意想不到的各种问题接踵而至:京州中福的党风廉政建设欠账之多,干部群众的反映之强烈,许多事情都是"匪夷所思"。小说直面企业改革的深层结构症候和难题,交织进企业高管与底层群体、党政高官与社会各界等个性鲜明的各色人物,围绕着如何守护财产和走出困境的主线展开环环相扣的故事叙述,令人不忍释手。财产权是人民的神圣权利,周梅森自谓这是他"一生最想写的长篇小说",也许正包含了其题材的回归与初心的回归之意。

二、 在城乡流动中捕获乡土中国的心灵镜像

乡土中国历来是中国当代作家魂牵梦绕的审美主体,而能够在一个白天和一个黑夜的叙事时间建构中,铺陈出百年乡土中国的现代化进程以及在此进程中所敷演而出的"中国人的活法",则非胡学文的长篇小说《有生》莫属。《有生》发表于《钟山》长篇小说专号2020年A卷,并于2021年1月由江苏凤凰文艺出版社出版。作为八年磨一剑的长篇巨作,《有生》甫经问世,便斩获如潮好评,并被频频列入各种文学榜单,从而成为新世纪江苏文坛的最美收获之一。小说以匠心独运的"伞状"结构布局支撑起一张巨大的命运之网,不仅全景再现了主人公祖奶的倾听与诉说,也深度剖析了如花、毛根、罗包、北风、喜鹊等人的生命歌哭。小说里充斥着各种各样的声音,而主人公祖奶"听得一切声音"的神力更是得到极致化渲染。相较于浮于表面、迷雾重重的"看",《有生》恰恰从"听"的维度创造了一片全新的审美高地。祖奶的听是抛开一切道德审判和价值评价的听,这就意味着所有前来倾诉的人可以完全抛开思想包袱而敞开心灵地说。在这个完全敞开的"听——说"空间中,对话者从不对等逐渐走向平等,并最终托举出人性的秘密、生活的真相以及生命的逻辑。

小说以回忆的方式铺排了乔大梅的一生沉浮及其家族命运史,在布满生命痛感和精神苦难的个体命运轨迹上也管窥着百年乡土中国的每一次转身、回撤或前行。《有生》是一群乡村小人物的个体苦难史,也是一幕以宋庄为投影的乡村悲喜剧,更是一部百年乡土中国的民族心灵史。胡学文在《有生》中写道:"一个人心里有光,那光就会时刻指引他,不分昼夜,无论春秋。"对于乔大梅来说,这光就是生生不息的生命之光,无论遭遇怎样的暴风雨,她都会倾其所有呵护这个生命微光,不仅要温暖自己,也要照亮他

人,同时更以接生婆的身份特质而隐喻着新生命的传承者与守护神。对于胡学文而言,《有生》的创作同样是一场基于文学审美的"追光之旅",他在历史风云的激荡处不断探询生命的哀哭,在个体苦难的栖息地反复触摸生命的柔韧,从而在历史与个体相交错的审美空间中斧凿出熠熠生辉的生命火光。

面对当下的社会生活,面对当下的城乡流动,面对当下精神状态的复杂性,许多作家都有一种无力把握也无法判断的无奈感。然而,这并不影响作家是否有勇气直面现实,并不能成为作家热衷于远去的历史叙事的合法前提,更不是作家退缩的理由。李新勇的《黑瓦寨的孩子》聚焦王嘉峪的成长,与乡村与城市的急遽变动、历史与现实的剧烈碰撞、社会文化心理巨大转型等息息相关的众多审美主体,交汇成一幅流动的现代性景观。小说通过一系列流动性建构起自身的城乡叙事。这至少体现于互为因果亦环环相扣的三个层面,即叙事视角的流动性、社会生活的流动性以及精神成长的流动性。

与当下众多的从乡进城或者由城返乡等叙事模式不同,王嘉峪既不属于乡也不属于城,更重要的是他根本就没有故乡。王嘉峪的父母是一对走南闯北的油漆工,他则随其流动,在外地生在外地长。对王嘉峪来说,没有"故乡",只有"他乡"。13岁的时候,母亲得了尿毒症,无奈之下,父亲托人把王嘉峪从闷热潮湿的长江之尾带到西部高原的外公家。在黑瓦寨不足两年时间,经历一系列变动后,完成变声的王嘉峪再度离开这里,随一江春水东流去。小说叙述结构也倾向于强化流动性视角,在父母的工地上,在返乡的旅途中,在外公家等等,所有空间都无主无次,是平等的,它们或者随着主人公的眼睛而进入小说叙述的视野,或者根据与主人公成长关系的紧密程度而适当展开,但都服从于时间的流逝,聚集于主人公成长的流动性进程之中。小说中这种流动的视角缘于作家敏锐地捕捉到当下生活迅疾嬗变与流动的本质,因之极力在流动性中聚集成长和把握生活。小说人物的身份蜕变也都是在流动中缓慢地也是合理地发生着,从而预示出宗法制乡土社会解体的大背景之下生活逻辑的必然转型。

随着脱贫攻坚这一时代号角的全面奏响,当下乡土社会被更多地裹挟进乡村振兴的改革洪流中,而建设农村小康社会的宏伟蓝图也随之漫卷开来。《黑瓦寨的孩子》等作品都是以返乡为开端,以回城为终点,不过,王嘉峪们的返乡之行并非浮光掠影般的走马观花,而是凭借着现代文明和城市文明所带来的观念优势给故乡带来深刻变化,给原本垂垂老矣的乡村躯体吹来一阵观念新风,也进一步助推故乡更快、更好地步入城镇化进程。

与上述"返乡—回城"的叙事路径有所不同,谢昕梅的《走进新时代》则在"乡村—城市—乡村"的空间迁徙中考量人物命运,将主人公孙思禹的成长蜕变轨迹与新时代脱贫攻坚的主流话语两相融合。《走进新时代》是谢昕梅继《我是脱贫书记》(与张荣超合著)后推出的另一部关注大学生村官的长篇小说,延续了作者对于当下乡村基层生态的观察和反思,其小说中的主人公无不肩负着建设社会主义新农村的时代使命感故而也都化身为社会主义核心价值观的积极践行者。

三、在时代迷惘中描摹人心裂变的文化痛感

2021年度的部分江苏长篇小说显示出对于生命个体心灵世界的高度关注,尤其是《不老》《天堂旅行团》《大明城垣》《古琴散人》《黄花》《俄耳普斯的春天》等作品无不将小说人物的丰富内心置放到文学的显微镜下,从而深度透视着大时代中的小个体、外宇宙中的内宇宙以及生活表象下的生命逻辑。在这些小说文本中,牵动着小说家叙述热情的是"失魂症""焦虑症""伤感病"等个体精神世界的镜像剖片,这些精神镜像要么植根于某个特殊的历史时期,要么附着于当下中国某个人群的生存困境。它们无一例外地被一种普遍的迷惘情绪所裹挟,如怨如慕地倾诉着理想的失落、人生的失败、青春的困顿或者小众文化的边缘性,进而在人心裂变的叙事走向中探究着面目各异的"时代病"及其由此所拉扯出的文化痛感。

作为江苏"60后"作家的中坚力量,叶弥本年度推出了最新长篇小说《不老》,再度显示了对于历史叙事的痴迷。小说聚焦改革开放前夜这一重

大历史时刻,借助张风毅出狱倒计时这一巨型沙漏而彰显了独具魅力的时间辩证法。在这样一个静中孕动的时代巨变前夜,《不老》细致再现了各色人等的复杂表情和微妙心理,以超前者、追随者、落伍者等不同面相发掘着个体与时代之间的关系。面对那段并未真正远去的历史阴云,小说恰恰通过张风毅、孔燕妮、俞华南等思考型人物的塑造再现了时代巨变前夜各色人物的心灵现状。作为缺席的在场者,银铛入狱的张风毅从一开始就映射出社会禁锢与个体自由的激烈博弈,然而,作为诗人的他几乎成为小说中贯彻始末且被所有人顶礼膜拜的灵魂人物,不仅凭借着对于时代的超前思考力而拥趸无数,更在时代先知的光环下成为改革开放尤其是农村生产方式变革的伟大引路人。

与张风毅沉醉于指点江山、拥抱未来有所不同,小说中的另外两个核心人物孔燕妮、俞华南则因其对于个体心灵世界尤其是情感世界的痴迷而成为吴郭城最大的两个异类。两人在交往、辩论、书信中讨论着人生、反刍着历史,也体验着爱情。结合人物最终命运可以发现,信奉爱情至上主义的花痴孔燕妮始终难以真正摆脱对于新时代的惶惑和迷茫,而挥斥方遒的俞华南最终却被指认为"来自北京的精神病人"而黯然离场。如果说,在孔燕妮身上更多地显示出对于未来的无所适从,那么,在俞华南这样一个始于辉煌而终于嘲讽的人物身上则无疑寄寓着对于历史的无声批判。不管是因未来而心灵惶惑,还是因历史而精神分裂,它们都放大着对于心灵自由和心灵解放的充分关注,尤其在暗潮涌动的时代转型前夜尽情释放着对于个体灵魂的抚慰,也全力凸显着用自由拯救灵魂的心灵辩证法。周遭的世界无不被"积极的现实主义"裹挟着奔涌向前,而孔燕妮们却不断地以精神病的自我嘲讽而极具戏谑化地展示了个体灵魂状态。小说借助孔燕妮的眼睛发现了"因轻因微因贱而悲剧"的历史真相,依托孔燕妮的痴言呓语而透视了"失魂症"的时代根源,更倚重孔燕妮的心理独白而叩问着思考之于时代之于人生的终极价值:"什么都会老的,肌肉、血液、眼神、嗓音……什么都会老的,只有思想不会老,世上没有任何力量让它变老,它永远像纯真的孩童。"

21世纪以来,聚焦"失败者"的文学书写自成一股不容忽视的叙事潮流,而因"失败"而"抑郁"、而"焦虑"的精神疾病更成为后现代社会语境中的重要文学隐喻。张嘉佳的《天堂旅行团》即是一部聚焦城市底层失败者生存困境与精神困境的长篇小说,在人生失败者的身份设定下开启了对于抑郁症、焦虑症等当下"时代病"的文学透视。小说主人公"我"真可谓屡屡失意、苦难重重,不管是原生家庭,还是婚姻生活,抑或个人事业,统统都对其展示出绝望窒息的狰狞面孔。那刻画满墙的"对不起"堆砌成他的强烈生命体验,也最终将他抛入"生而为人,我很抱歉"的生存深渊。面对眼前这座布满疼痛和苦难的人间炼狱,"我"因找不到活下去的理由而计划自杀。然而,这个自杀计划最终却因白血病患者小聚的出现而宣告流产,两人结伴踏上南下的公路旅行,也在一路颠沛流离中体验着自然与人心,反刍着记忆与当下。对于自杀者"我"来说,这既是一场对话之旅,也是一场"拯救"之旅,更是一场突围之旅。它以动态化的流动视点在碎片化的个体世界之间重新建立联系,在暂时放逐了生存现实后为精神困境觅得一席喘息之地,并最终帮助自我抛弃的个体重新获得与他人与世界对话的能力。在小说中,小聚无疑是天使般的存在,小小年纪的她忍受着疾病的疼痛,却又在生命尽头点燃他人手中的生命薪火。对于热爱生命、同情他人的善良之人来说,天堂是其死后的必然归宿。不过,《天堂旅行团》对于天堂还有更深层次的诠释,那就是:不畏生活中的风雨与颠沛,勇做意志和情感的主宰者。即便面对生活的苦难和暗面,也永远不放弃善意,不放弃努力,在直面当下的同时也始终对未来心怀期待。从这个意义上来说,天堂不仅在云端,更在人间。

面对年轻一代的困境与困顿,顾坚的《黄花》("青春三部曲"收官之作)、钱墨痕的《俄耳普斯的春天》分别作出了风格迥异的青春叙事尝试。《黄花》聚焦特殊时空背景下的一群苏北少年,借助突如其来的外部打击为其成长赋予浓郁的悲剧性,最终谱写了一支"走出苏北水乡"的青春伤感曲。而《俄耳普斯的春天》则依托俄耳普斯这一希腊神话的悲剧性来渲染故事氛围,透过"阳光下的阴影"来捕获一代年轻人的生存困境,从而以伤痕叙事的文学路径采掘着残酷青春的伤感面向。除了时代的惶惑、个体的绝望、青春的困顿以外,文化的分化尤其是传统文化的失落也成为江苏作家表达审美观照的重要领域。例如,端木向宇的《古琴散人》以文人四艺之首的古琴艺术为写作对象,而陈正荣的《大明城垣》则以古代匠人精神为审美主体。《古琴散人》渲染了极具江南古典气质的文本氛围,并以极具文化忧思的眼光再现了文人群体的边缘化和传统文化的失落感,而《大明城垣》则在南京明城墙的城市遗迹中复原了"袁水汤汤,窑火旺旺"的历史画卷,也在三代窑匠人的命运沉浮中感喟着历史文化的兴衰交替。

四、在崇高叙事中追索灵魂深处的人道之光

回眸百年中国现当代文学史,"文学是人学"曾如一道熊熊燃烧的烈焰,划破久经沉寂的历史天空,并照亮了文学前进的道路和方向,与此同时,人情、人性、人道也常常成为人们臧否文学审美水平的重要维度。对于有着文学操守和艺术良知的当代作家来说,人道主义这一名词虽然并不新鲜,却又永远不会过时。特别是在书写苦难重生的历史悲剧或时代悲剧时,小说家们能否在正义陷落的人道灾难中仍然全力坚守人道主义的微光就变得更加弥足珍贵。尤其在常见的革命历史题材作品中,各种英雄主人公也往往会化身为正义、良善、道义以及人道主义的绝佳代言人,而英雄一词也随之被赋予拯救弱者、反抗暴力抑或抵御侵犯/侵略的精神内涵。

徐风前后花费十六年收集、整理各类资料,甚至多次远赴比利时、中国台湾等地方进行现场考察、实地采访,并于本年重磅推出了长篇纪实作品《忘记我》。虽然《忘记我》被冠以"非虚构""长篇纪实"等标签,然而,作者却在历史文献、幸存者口述、纪录影像以及家人采访等基础之上充分调动了各种小说写作手段,以文学审美的语言格调和求真务实的精神诉求,复原了比利时"国家英雄"钱秀玲跌宕起伏的一生。这个出生于20世纪的宜兴少女自历史深处款款而来,以其东方女性的温婉、善良和坚韧在二战期间从德国纳粹手中成功解救了110名人质,从而在比利时乃至全世界留下

一段浓墨重彩的历史传奇。

特别值得提出的是,《忘记我》在寻找英雄的过程中不仅重新定义了英雄,也重新发现了历史,从而绽放出光彩夺目的思想锋芒。徐风原本怀揣着"为国家英雄树碑立传"的根本诉求而来,然而,当他真正踏上这次跨越时空的文字之旅后,却一次又一次地陷入这样的叙事漩涡:英雄性的旁边依偎着个体性、传奇性的对面端坐着凡俗性、宏大性的身后流动着日常性。正是经由这些叙事漩涡的一次次话语激荡,"国家英雄"的刻板印象逐步被冲刷殆尽,圣母性的单一性逐步被妻性、母性、女儿性的丰富性所替代,而一个丰满立体的现代女性钱秀玲随之跃然纸间。除了核心人物钱秀玲令人刻骨铭心之外,《忘记我》中的另一个人物钱卓伦同样令人过目不忘。作为民国时期国民党政要的钱卓伦,也曾是意气风发的留学生,满腹经纶且怀抱着报国救民的宏图伟志,然而却一次次深陷政治阴谋的暴风眼,更在晚年遭遇丧子丧媳的生命重创。钱卓伦的一生是跟政治纠缠不休而最终黯然败北的一生,其愈坠愈低而终归于死灭的生命轨迹令人泪满眼眶、唏嘘不已。对于历史人物,徐风绝不止于"同情的理解",对于钱卓伦的"重新发现"使得《忘记我》在历史考古学层面同样具有重大意义。在以往的历史叙述惯性中,人们常常无意或有意地抹去了钱卓伦之于解救人质的历史贡献。事实上,在钱秀玲和国家英雄之间绝对不应该忽视钱卓伦的存在。他与时任德国纳粹军官的法肯豪森将军为旧时好友,也总是能够及时回应钱秀玲因解救人质而发出的求助,甚至不止一次从台湾与法肯豪森将军就解救人质一事而通信。徐风凭借着尊重历史、忠于真相的写作姿态,复原了钱秀玲、钱卓伦等历史人物的本真面目,也依托文学语言的叙事力量而实现了为历史祛魅的价值诉求。

革命历史题材向来是新世纪江苏长篇小说的重镇之一,不少作家多年以来始终痴迷于复原民族记忆、反思民族创痛的抗战叙事实践。2021年,正式出版的抗战叙事长篇有:张新科的《山河传》、张晓惠的《生死兄弟》、薛友津的《皖东北风云之武飞传奇》《乱世古玩》以及朱国飞的《九曲河》,其中《山河传》《生死兄弟》均为纪实长篇。张新科在《山河传》中全景再现了抗日名将杨靖宇的革命生涯,着力凸显了他舍生忘死、反抗侵略的革命精神。而张晓惠则在《生死兄弟》中细致雕刻了革命烈士赵敬之和"断头将军"陈中柱的英雄形象,不仅叙说了两人堪比金坚的革命情谊,也通过展示他们的光辉事迹而颂扬了杀身成仁的爱国主义英雄精神。《皖东北风云之武飞传奇》和《乱世古玩》均为薛友津的抗日长篇新作,前者重点描绘了皖东北地区革命英雄武飞的传奇人生,极力颂扬了为了保家卫国而舍生忘死的革命精神;而后者则将叙事焦点定格在20世纪30年代末大运河畔的顺河集镇,细致描摹了小镇古玩店老板们与日本商人之间的激烈斡旋,从而以"文化抗日"的积极姿态再现了国人抵御外敌的英雄气概。作为系列小说"沙地风云录"中的一部长篇,《九曲河》不仅寄寓了作者朱国飞"描写故乡的一条心灵之河"这一强烈诉求,也在近现代历史的风云激荡中全景再现了沙地人民的苦难与新生。日本侵略军火烧汇龙镇的历史罪行将沙地人民抛入历史的苦难深渊,而后沙地人民在新四军东南游击队的革命启蒙下获得抗日觉悟,进而以不畏艰险的英勇姿态全面投入民族解放战争的历史洪流。

作为后英雄时代的英雄叙事,王景曙的《77人的"78"天》同样具有不容忽视的现实意义。它充分显示出了定格抗疫一线、记录时代景况、攒聚人民力量的叙述勇气,不仅以其质朴明净的叙述语言雕刻了疫情时代可歌可泣的英雄群像,也不惜笔墨地高声颂扬了生命至上、舍生忘死、命运与共的抗疫精神。面对波诡云谲的当下疫情,没有人能确证它到底将于何时结束,又将以怎样的方式正式退场。但是,我们可以确证的是,21世纪的人类文明为此已经付出前所未有的惨重代价,正在鼎力承受难以承受的各种考验,同时还极有可能仍会继续遭遇意料之外的无边挑战。疫情肆虐,文学何为?生灵恸哭,何为英雄?生活的河流仍在踟蹰向前,文学的道路依然漫长修远,而如何面对疫情时代的心灵需要,怎样借助文学语言的审美力量去缝合心灵罅隙、填补精神鸿沟、拼贴生存碎片,这将是新时代长篇小说作家们面临的新问题和新挑战,而一切针对这一时代新命题的叙事突围都必将激荡出振聋发聩的审美洪钟。

在坚守传统中焕发新活力

——2021 年江苏中篇小说创作综述

陈进武

在"长篇至尊"的当下,江苏中篇小说是如何在困局中求得突破和发展,无疑是一个值得考察的重要问题。但在更为长久的时段中予以观照,我们又可以清晰地看到,江苏中篇小说在最近 40 多年的文学思潮嬗变之中却又始终立于时代潮头,也仍然属于江苏文学创作的主流。显然,江苏作家老中青队伍齐整,文脉绵延,薪火相传,胜在稳定。同时,作为体量适度且以技术见长的文体,中篇小说与江苏小说家们"讲究文本、讲究文笔,精益求精"(毕飞宇语)的文学传统和精神气质最为契合。身处后疫情时代的社会大变局中,江苏作家不赶时髦,不追潮流,坚守传统,在不变中却又因时而变。总体来看,2021 年江苏中篇小说向着历史记忆、社会生活、现实问题,以及人的精神世界和人心深处勘探,既显出江苏小说家的抱负与才情,同时也焕发出了新的文学活力。

一、社会转型中的现实多样观照

面对复杂多样的社会现实,2021 年江苏中篇小说把握时代变革、直面社会生活、介入现实问题,营构出了更能自证文学价值的艺术世界。从整体来看,今年的中篇小说主要关注的是养老、教育、就业、医患、住房等愈发凸显的民生问题。不过,老龄化时代的养老问题和老年人生活境遇又是江苏作家们集中笔力书写的话题。进入老年后,我们会以什么样的态度面对老去?范小青的《渐行渐远》(《中国作家》第 8 期)聚焦的正是老年人在抵抗"老"的过程中的生存现状和精神生活。小说的主人公姜老师直到75岁才算真正感受到"'老'就是突然而至的"，但他很快却陷入了生理上的"老年"和心理上"不服老"的矛盾纠葛之中。作家巧妙地将这种难以调和的"矛盾"具象化为他性格的突变及其生活中各种"作"的行为。不论是与儿女"渐行渐远"的关系，还是在疗养院的无理取闹，老姜头所表现出的倔强古怪、刁蛮任性、反复无常，一定程度上背离了日常生活的情理逻辑。然而，表面看似荒诞离奇的故事，其叙述深层实则以老年人不甘窘迫的"反抗"揭示了在功利化社会中如何辩证看待有用与无用的问题。

房伟的《老陶然》(《北京文学》第2期)是其"老年生活"系列的第三篇，小说并不是写"含饴弄孙天伦乐"，而是从老年人的视角出发关注老年人的精神困境。步入老年的幼儿园退休职工闫凤琴遭遇了一个接连一个的人生挫折：丈夫出轨、婚姻断裂、闺蜜背叛、身患"癌症"、儿女盘算。接下来的问题是，她究竟如何才能走出眼下的生活困境？到底是什么可以照亮黯淡无光的生活？在小说结尾处，老高向闫阿姨解释的"陶然"可能"就是活着恣"，传递出对老年人走出情感羁绊、活出自我的一种期许。作为同是关注老年人生活的作品，韩东的《临窗一杯酒》(《芙蓉》第3期)讲述的是老年人生死和医患关系问题，但明显弱化了社会焦点与大众痛点，而是采用诗化方式推进小说情节发展，发掘生活真相和生命内蕴。韩东在创作谈中所表明："就小说写作而言，现实主义可说是基本功，它的灵魂是戏剧性。换句话说，只有强烈的现实主义才是现实主义。"《临窗一杯酒》的"戏剧性"体现在将诗歌艺术和世俗生活加以勾连且互为印证。一方面，小说线性叙述了诗歌权威齐林的岳父生病诊断、住院手术、死亡及下葬的全过程；另一方面，诗歌爱好者毛医生的诗作又暗示着其疾病的性状和生死结局。这种写法既描绘了生活琐碎和人生无常，又折射出知识分子关于生死的哲思。

在对现实问题的表现上，江苏作家更擅长在社会现实的变化中去深度描写身处其中人之处境及其内心世界。范小青的《蝴蝶飞呀》(《北京文学》第1期)将视线投向了教育减负问题，小说通过老师建立的家长微信群串联起家庭和学校,一端是事业上升期的年轻夫妻刘澄明和周晓君为辅导儿子刘子辉的家庭作业和各项任务,闹得不可开交,陷入无穷无尽的纠缠和苦恼之中,另一端是供职同所小学又是亲姐妹的许芳华和许丽华老师因教育理念不同产生分歧,最终导致一个凡事照旧、一个因舆情被辞退的结果。显而易见,在应试教育的指挥棒下,教师和家长的内心挣扎、苦衷以及畸变关系,在语调轻快却又不无讽刺叙述中得以呈现出来。余一鸣的《请代我问候那里的一位朋友》(《作家》第3期)同样显现出现实主义的批判力量。小说从高中教师李春风和几位同事、学生的交往写起,引出了现实生活中的诸种怪相:作为教师的李春风与同事丁大伟在教学成绩上的博弈;作为父亲的李春风与儿子李小光在应试教育上的拉锯战;家境贫寒但应试能力超强的胡典树改名胡功成、丁胜利等辗转多所高中复读,赚取高额奖学金,承包刊物代写论文,并为李春风发表职称论文谋利等。现实社会中,应试教育体制的弊端、论文写作的神圣与荒诞的反差、中学教师的幽暗心理,特别是贫困优等生在成长中的心灵畸变,揭示得淋漓尽致,展开了社会生活的离奇一面。

丁邦文的《年龄问题》(《北京文学》第7期)、任珏方的《声声蛮》(《钟山》第4期)、苏迅的《貔貅必须微笑》(《北京文学》第4期)、袁亚鸣的《海的印象》(《钟山》第5期)和《阿喀琉斯之踵》(《长城》第5期)等,从个体或者群体的现实处境着手,以客观冷静的笔触揭开了官场的游戏规则和形式主义作风、特殊群体家庭的现实困境、金融市场的金钱游戏、收藏界的迷人乱象等。其中,《年龄问题》中,江北县社会治安综合治理办的柳卫东在提拔副处级的当口,不仅因无法证明自己是否出生于1961年而暂时搁浅,而且还引起了"挺审派"和"挺批派"在联席会议上的激烈争论。小说给人一种"无处说理"的荒诞感,却直击官场真实现状,发人深省。《貔貅必须微笑》写的是一只古董玉貔貅历经市场、商界、官场、职场等领域,见证了人世间的权钱交易、寻租、做局、欺瞒等乱象。这只纯正无邪的貔貅体悟到:"这样的一个时代里,在过程与结果、代价与结局的权衡取舍间,世人中的绝大多数同样暴露出了过度的功利色彩。"可见,小说并不仅仅只是写乱象迷人眼的收藏界,更是描绘了不乱曲直心的浮世绘。

如果将以上提及的作品全都关联起来,无疑就是一部当下中国社会转型的历史记录——官场和人事、收藏界和古玩、金融界和股市、学校和教育问题、医院与医患关系、疗养院与养老话题、城乡发展史与底层生活等,衣食住行,生老病死,一应俱全,精彩纷呈。这一写作现象也充分说明,不论小说形式如何创新,江苏作家总是保持对当下时代和现实问题的高度关注和探索精神,既坚守了写实传统却又创造了"新的现实"书写路径,展现出江苏小说的审美创造力。

二、 探寻时代洪流中的复杂人性

2021年江苏中篇小说对历史的脉动、对奔腾不息的时代洪流等同样进行了书写、诠释和反思。这一年江苏中篇小说的精彩还得益于,江苏作家在生动而丰富的历史细节中对轻盈亦沉重的历史、对复杂多变的人性等,都有敏锐且深刻的理解,同时饱含着他们对这个大时代和大历史的清晰认知。

叶兆言的《通往父亲之路》(《钟山》第2期)是以张希夷与张左父子为中心讲述的故事,也是关于张家六代人、五对父子的时代记忆。小说通过张左的视角,将曾祖父张济添、外公魏仁、父亲张希夷以及张左等六代人的人生经历,汇入历史时代中加以认识和评价。从人物身份来看,张济添是清朝进士,也是第一代甲骨文学者;魏仁是张济添的入室弟子,民国时期国立中学的代理校长;张希夷是张济添的孙子、魏仁的女婿和弟子,也是享誉学界的南北朝历史研究权威;张左是张希夷与前妻魏明韦所生的儿子,是77级化学专业大学生;张卞是张左与卞敏霞的儿子,在英国读书、生活和工作,并生下混血儿子查尔斯。从精神传承来说,张济添、魏仁、张希夷这三代人在文化脉络上是一脉相承、代代传承的。但张希夷与张左却在文化基因上出现了断裂,甚至父子之间还沟通少、情感寡、精神离、关系疏。在整理和汇编张希夷的著述时,人到老年的张左才真正读懂了父亲。在通向父亲的道路上,叶兆言从父子关系中探寻中观照家族和时代,并从历史缝隙中去观察并挖掘"父亲"的来处与去路,对20世纪知识分子精神命运和文化血脉的予以确认和反思。作家以四万余字的篇幅,不疾不徐地完成了四十万字内容的讲述,以"小"写"大",更显精致,引人瞩目。

余一鸣的《湖与元气连》(《人民文学》第2期)和《稻菽千重浪》(《芙蓉》第6期)都是写时代洪流中的乡村之变。其中,《湖与元气连》是一部典型的民间历史和当下时代交织叙事的作品,也是一部字数达7万余字的大中篇小说。小说发生在丹阳湖南边叫上元的村庄,以学中文出身的大学生王三月出任上元村书记开篇,串连发生在"公元一九四一年""公元一九四五年""公元二〇一二年""公元二〇一九年""公元二〇二〇年"的故事。从叙事结构来看,"时代现实"的线索写王三月在上元村的所见所闻,记述了他与村主任刘四龙、村委妇女委员卜银花、老支书刘大宝、县农业局种子站退休技术员陈玉田等人努力下扎根乡土、抗击洪水、育种水稻、发展经济等事件。"民间历史"的线索则是写1949年前三湖县的历史往事,回顾了上元村与魏村坚持筑圩围垦,耗时多年最终筑成圩坝,而水利专家陈大先为民请命、反对筑圩却成为筑"亮陡门"的祭奠品。在一个甲子后的今天,上元村遭遇前所未有的大洪水,终致溃坝破圩。尽管洪水未给村民造成不可逆转的损失,但一心带领村民致富却遭受非议的刘四龙在洪水中舍己救人,不幸牺牲。从"公元一九四一年"到"公元二〇二〇年"年,从筑圩围垦到溃坝破圩,从陈大先被献祭到刘四龙牺牲,余一鸣从小人物的奉献与坚守角度切入,打通了历史与当下的长时段叙述,既揭示了乡村的人性之美,又指明了乡村可持续发展的重要性,自然而然显现出作家的人性观、时代观和历史观。

这一年的中篇小说在整体上有坚守,也有新变,但每个作家不约而同地超越了写作惯性的羁绊,注入了新发现和新思考。孙频的《天物墟》(《十月》第2期)中名叫永钧的"我"以"漫游者"身份重返晋西北深山的古老村落磁窑,并在跑马堰、西塔沟、佛罗汉、龙门、岭底村、西冶村、光兴村等地留下了足迹,用见闻串起放羊老汉、收藏者老元和父亲等人物及其故事。这一路上，原本一事无成的"我"在与废墟的相遇中有了触动灵魂的感受，获得了顿悟和成长。孙频自言："最近几年我表现出对于鸟兽草木、山川大河、古老村庄、古代文物等等这些散落在民间和时光深处的东西的强烈兴趣，是因为我试图从中找到一些对人的重新发现，一些属于当代人的真正的文化根脉。"作家试图用拙朴的心灵重新接近山川大地和各色人物，彰显了人文情怀，表现出求变勇气。韩东的《峥嵘岁月》（《钟山》第2期）描绘的是马东、李畅、老岳、老潘等文学爱好者的"峥嵘岁月"。自重返中短篇小说写作以来，韩东特别喜欢赋予小说主人公"作家"身份，但又将人物塑造得各有个性。小说中马东就是《都市文学》的主编，承包杂志，写小说，搞艺术，但他在调换工作后却监守自盗、偷换名作，最后跌进了罪恶的深渊。韩东写出了一代人在急遽变化的时代中的喜怒哀乐和彷徨挣扎，展开其中人的境遇、人生的起伏以及欲望的升腾，可窥见人性的复杂斑驳。

写小人物在时代中沉浮的作品令人印象深刻，从中能发现历史转型的侧影。《异人马文忠》（《钟山》第2期）是黄孝阳的遗作，小说写了马文忠自中学时代到患癌离世的一生"异事"，将其三十多年的官场商海挣扎经历与大时代的发展一起跌宕起伏，揭示了不确定性的人生百态。赵志明的《歧路亡羊》（《青年作家》第9期）写的是鲁同民载着瘫痪失语的妻子陶菊英"观光"，好心捎上年轻男女蔡荣顺和巧玲，出人意料地变成了一场蓄意的绑架和勒索。一辆一路行走的车承载了人生的旦夕祸福和人性的真假善恶。铁平的《最后是喜鹊》（《钟山》第3期）叙述重心落到86岁的陈世贵弥留的最后时刻，作者以闪回的叙述方式，借陈世贵的思绪轨迹，勾勒出一个村庄半个世纪的时代变迁。王啸峰的《曼珠沙华》（《芒种》第4期）以安娜和吴绮君的口吻交替叙述，写出了时代变化中不同代际观念的差异和冲突。邹世奇的《爸是亲爸》（《芳草》第3期）讲的是发生在20世纪80年代的家庭故事，写出了李竹青和奶奶、父亲、后妈刘淑芳以及异母妹妹亚楠之间的情感纠葛。陈武的《三姐妹》（《芒种》第1期）关注的是去北大荒寻找灵感的年轻作家"我"和当地村民老史一家子交往的往事，既不动声色地解密了老史的心机和史丽娟、史丽萍和大翠等少女们的细密心思，表现出淳朴善良的人性之美。葛安荣的《红鱼歌》(《钟山》第5期)讲述了20世纪70年代菱湖中学宣传队的一群年轻人排演江南小戏的故事,展现了一代人的情感和生活,再现了有着鲜明年代印记的历史岁月。在上述中篇小说的概括中,我们可以更清楚地认识过去或正在经历的时代进程,理解曾经尚未意识到的历史现实,这也在很大程度上体现出江苏中篇小说的新气象和新格局。

三、现代人精神困境及存在悖论

对于现代人的存在而言,不管是亲情、友情和爱情,还是婚姻、家庭和社会,都始终交织着良善与谎言、孤独与温情、真诚与虚伪、感恩与仇恨。而江苏作家历来都是当下文坛最优秀的"存在的勘探者",总是喜欢并擅长从人的生命状态和存在形态中探索那个宽阔而深远的"生存"领地。胡学文的《跳鲤》(《花城》第4期)、《白梦记》(《长城》第1期)、《丛林》(《清明》第2期)、《浮影》(《钟山》第4期)等都是探问个体存在的佳作。《跳鲤》重新审视了农民工与城市的关系。小说写的是到城里打工的农民夫妇"他"和花为了在城里站稳脚跟,好不容易做了开发商黎总父亲的保姆。在老头看中了"他"的妻子花的情况下,"他"经受不住各种威逼利诱最终同意与花离婚,成全了黎总"给父亲一个幸福的晚年"的愿望。作家着重刻画了主人公"他"在资本力量侵蚀下的复杂情感和生存情境,抽丝剥茧地描写了"他"从低声下气到奋力抗争,最终走向绝望的精神轨迹。这种写法既精准又有分寸,为反思城乡冲突中的个体命运提供了叙述可能性。《白梦记》写吴子宽和杨红的独子吴然在溺爱中长大后竟成了欺骗父母的恶棍,最后他因过失杀人判刑却又意外得到其朋友刚子给的20万元巨款。吴子宽从此陷入无尽的焦虑中:一来亲朋好友认定"破天荒"只判六年是因有无比强大的背景关系;二来这20万元的巨款无从得知是何来处。实际上,吴然的过失杀人事件只是引子,吴子宽的存在焦虑才是小说探寻根本之所在。而《丛林》表现主人公宋刚与继母兼保姆的金枝之间剪不断、理还乱的纠缠,《浮影》渲染马西因白雪之死所产生的如影随形的苦痛和罪感,都显示作家深厚的创作实力。

除了《天物墟》之外,孙频在这一年还发表了四部中篇小说《以鸟兽之名》(《收获》第 2 期)、《游园》(《江南》第 2 期)、《诸神的北方》(《钟山》第 3 期)和《尼罗河女儿》(《长江文艺》第 8 期)等,进一步表明了其小说创作技法的成熟。在《以鸟兽之名》中,孙频聚焦从大山迁到城市却又无法融入当地的山民群体,从"我"查探一桩凶杀案入手深入探究了人与山林的关系。站在历史的拐角处,游小龙在城市化进程中试图消解山民身份,但在追求"理想的人格"的征途上节节败退,最后以写一部给阳关山上鸟兽草木的地方志为退守。面对农退城进和钢筋水泥,山民们如何谋生?怎样跟上时代步伐?如何安托灵魂?如何抵抗命运迷失?这些都指向的是个体与故土关系、身份认同困境等人的存在的命题。《游园》(《江南》第 2 期)以江宁牛首山脚下的隐园为依托,写了刘小雨、李先生、林疯子等一帮画家、作家、诗人的现实和理想,妥协和坚守,揭示了一群艺术家和知识分子捍卫艺术尊严和理想的艺术生活。《尼罗河女儿》(《长江文艺》第 8 期)通过汉族女子王丽与藏族姑娘小卓玛的互印,审视了母女关系、精神信仰、文明冲突等诸多复杂问题,表现出难得的批判性和反思性。

鲁敏的《味甘微苦》(《北京文学》第 11 期)是一部小中篇作品,以姨娘和金文两代女性的独特视角,精确对准了徐雷和金文从柔情蜜意到猜忌隔阂的过程以及这个普通家庭生活中"一地鸡毛"。在根本上,姨娘内心的隐秘只是希望有一块自己百年后称心如意的墓地,而金文的不为人知的秘密则是瞒着丈夫将 13 万私房钱理财而被骗。这里有是非恩怨、卑微琐碎的黯淡生活,也有姨娘和金文从隔膜到和解的温情人性,所有一切正揭示了"味甘微苦"的生活现实。范小青的《我们服了魏红霞》(《芙蓉》第 1 期)写魏红霞的成长史,更是与他人的攀比史。她的一生所追求的不是幸福,而是与姐姐魏红英以及同事、同学等比学习、比工作、比子女,甚至连疾病、离婚都要攀比。这种对小人物命运及其自我存在确认的观察,无疑独到深刻,令人深思。叶兆言的《寒风中的杨啸波》(《十月》第 2 期)讲述的是杨啸波与李涵芝从少年到青年的爱恨情仇,讲述了原生家庭的教育问题和现代人的精神困惑。王大进的《逆风》(《江南》第 2 期)和储福金的《棋语·见合》(《上海文学》第 4 期)等穿透了现实生活的迷雾和喧嚣热闹的假象,通过赵烨和黄方正的人生抉择,深度追问了为人处事的准则和原则。

汤成难的《立春》(《清明》第 3 期)延续了"小官庄"的故事,写名叫"杨小竹"的女孩只因在学校宿舍北窗朝"看守所"偶然一瞥,便认定了王大海就是曾站在宿舍对面院子里抽烟的男人。在经历辍学恋爱、结婚怀孕甚至过失杀人后,杨小竹进入了无可奈何却又无处可逃的人生困局。荆歌的《云飞飞》(《作家》第 10 期)依旧采用童年视角,以米青青、庞晓燕和商爽三个女孩身份讲述故事。在不同角色的转换中,作家将儿童和成人充满傲慢偏见却又真实纯真的世界展示给读者。陈武的《自画像》(《十月》第 1 期)描摹了当今文化生态中的"自画像",以小说艺术界未来的方向为纷繁复杂的人事和情感的找寻出路。他的另一部中篇小说《上青海》(《中国作家》第 4 期)写一次青海之行的相遇并找寻的故事。作家精细地制造了两个巧合,暗示了"我"和杨洋"青海之行"的山重水复抑或柳暗花明。向迅的《妻子变形记》(《芙蓉》第 5 期)营构了一个"我"年轻的妻子变成了一头猪的故事,荒诞离奇但又浸润着人性思索,闪现着自救光泽。秦汝璧的《范贵农》(《作家》第 5 期)以范贵农跌水里淹死起始,反映了当下乡村的人性真相。郁小简的《我的爱情丢了》(《芒种》第 11 期)虽写的是母亲在养老院逃离和子女寻找母亲的故事,但小说聚焦的是父亲与母亲,以及荷花、玫瑰和桂花三姊妹等两代人的爱情和亲情。钱墨痕的《不恋爱的时候,你们在干什么》(《江南》第 1 期)写的是"我"和米糊、豆豆、大黑等大学同事的情感纠葛和人生走向,无法预知未来却又充满希望实则是迷惘一代青春岁月的写照。

总的来说,从"50 后"到"90 后"的五代江苏作家都在 2021 年贡献了中篇小说力作,极大丰富了江苏文学的精神空间,提升了江苏文学的审美品格。在疫情仍在全球上演的今天,江苏作家不追热点却也不避热点,但在整体倾向上,不论是对社会生活和现实问题的开掘,或对历史走向和人之处境的观察,2021 年江苏中篇小说触摸的大都是普通民众的悲欢离合和喜怒哀乐,既有人与人之间的猜忌、隔膜和冷漠的无情书写,又有温情、理解和良善的有情一面。需要肯定的是,江苏作家忠实于自我内心,自觉秉持"理解之同情",走出了同一性认识和同质化写作,表现出了深厚的民生情怀和人文关怀。正因如此,江苏中篇小说也总能给当代文坛带来不同时代的回味经典,也给读者留下了更多的未来期待。

当经验自我遭遇青年时差
——2021年江苏短篇小说创作综述

何 平 周鋆汐

却顾所来径,苍苍横翠微。即便人与世界的现实联系遭到阻隔,文学对话世界的欲望不曾间断,生活中异质的细微碎片反而赋予作家充沛的创作力与思想力。2021年,许多江苏作家都不约而同地梳理了近些年的短篇创作,结集成册,在个人创作史中再次打下一个个鲜明节点。范小青出版了中短篇小说集《遍地痕迹》以惯用的讽刺笔调尝试鲜少涉猎的题材,刘仁前通过短篇小说集《香河纪事》连构起了作为精神家园的虚构文化地域——"香河",朱辉也将近两年的短篇新作集合成短篇小说集《午时三刻》开掘不同叙事视角以突破自己的写作惯性,朱文颖的中短篇小说集《有人将至》则以形而上的思维模式切入当代人的精神剖面,而青年作家庞羽、秦汝璧分别以短篇小说集《野猪先生》《史诗》彰显出年轻一代小说家叙事能力厚积薄发的劲势头。

正如王尧在《"文学苏军"杂谈》一文中所言,"文学苏军"自改革开放以来从未经历过断层或"新老交替"的危机,更多体现了自然生长的规律。于短篇小说这种灵动自由而能快速记录灵感的文体,以年为切割单位,我们依旧可以印证这一断言,叶兆言、韩东等"文学苏军"的旗帜性人物笔耕不辍地以先锋姿态活跃于文坛,叶兆言的《落日晚照,为谁温柔》《水晶灯下》《会唱歌的浮云》《沉睡的罂粟花》《像青草一样呼吸》在解构崇高中回归了生活的诗意,韩东《箱子或旧爱》《素素和李芸》《两人一鬼》《狼踪(外一篇)》等短篇则以另类的视角看待生活的"一地鸡毛"。于他们而言,文学的"新陈代谢"仅有效存在于他们如何被自我经典化的过程中,跟踪时代再塑自我文学体系。短篇小说的完成度在叙事而非故事,朱辉、鲁敏、叶弥、荆歌、王啸峰、陈武、汤成难等中生代,乃至中生代后期作家则显露出历经近三十年创作实践后,短篇小说叙事节奏和叙事张力的成熟。王啸峰于《青春》杂志接连发表十多篇以节气命名的小说《小寒》《立春》《惊蛰》《芒种》,甚至使内容与形式外溢出文本本身,足以构成一个值得讨论的文学现象。此外,孙频、曹寇、房伟等青年作家也已成为"文学苏军"中极受关注、在短篇小说创作上极具辨识度的一代作家,"犯罪疑案""鸭镇风云""高校暗疾"成为他们小说颇具个性的标签。而大头马、李嘉茵、庞羽等"90后"作家的登场则让我们看到了小说创作的"当代性"价值以及"文学苏军"不可估量的未来潜能。层次如此丰富的代际组成,使得江苏短篇小说在区域文学一致性向度之下拥有复杂多态的内在经验逻辑。

纵观2021年江苏短篇小说具体篇目,我们可以发现一个明显转向——小说创作由对外部现实的反馈转向对内心精神的审视。2021年江苏短篇小说不再沉溺于表达现实苦难对个体的压抑、人与外部世界的对抗与融合,而转为剖析庸常生活中个体驳杂的精神世界,调动所有感官审视每一个个体纠葛而坚韧的内心思绪。嗅觉、心理、本能成为朱辉短篇小说《事逢二月二十八日》的重点表述对象,破败陈旧老楼中邻家女子身上幽幽的香气弥漫于整篇小说,也成为刚出狱的李恒全三次开锁入室的心理诱因。新鲜而自由的气息填补了他因阴暗、难以为继的生活所产生的情感缺位,由此对邻居女子产生隐秘的爱慕与迷恋。我们在朱辉对人复杂心绪的精准把控和对情感的细腻表达中,窥见一个底层小人物如何怯懦、卑琐、瑟缩地维持体面,却又一次次在贪恋与理性的拉锯中沦陷。撬而未砸的"门"成为横亘在理性与惯性间的心理隐喻,作家深知能否打开那扇门在这场自我心理战中其实不重要,放下那扇"门"才是走出精神暗道获得新生的关键。"门"的象征隐喻还出现在韩东的《门和门和门和门》中,小说以一位六十岁老人对女儿女婿更换隔音门的心理观感,凸显出不同境遇人群之间难以跨越的生活观念差异。葛芳的《只是朱颜改》则将欧阳校长面对衰老、涉嫌嫖娼,经历人生起伏后内心的不甘、羞耻与愤恨寄放在他对虞美人花色、形、味、文化的执着中。

　　江苏作家擅长轻逸的南方叙事与精巧的讽刺艺术，抓取日常生活下普通人的精神隐疾，进而透析国民性心理状态。荆歌的《叙事课》以外籍教师让学生在课堂编写故事为小说主线，采用"故事中的故事"这一套环结构，达成模糊虚实交界的叙事效果。故事发生在"课"的场域内，又溢出想象边界——学生构思的杀人惨案在现实中鲜血淋漓地真实发生，借此，荆歌巧妙地道出了小说与现实玄而诡异的羁绊。而课堂之上看似内敛拘谨的东方学生所编造出的故事纷纷走向悲惨、扭曲、犯罪、血腥的结局，暴露出人内心所压抑的变态因子，根植于社会的参差与失衡。葛芳的《云步》则描写了昆曲小旦林平山将早已死去的二叔臆想为另一个自己的病态寄托。使肃杀气氛与心理紧绷感达到顶峰的应当是孙频的《杀手》和曹寇的《杀气较重的夜晚》，但作家以老到的笔力勾勒出了职业杀手冷峻平静的心理素养与颓丧青年对情绪的习惯性隐忍与克制。杀人、虐狗两件罪案与生活的负重纠缠之下，更显极端境地中普通人作出每一个看似轻易冷静选择背后，所压制的内心翻滚、情绪涌动。令人惊艳的是这两篇小说的结尾，《杀手》结尾"毒药"与"泻药"的二次调包，出人意料又有迹可循，使小说具有"欧·亨利式"的艺术美感。《杀气较重的夜晚》则让独自吞咽生活疲累的当代青年的所有情绪在结尾处"两行老泪"上集中爆发。把情绪收束于小说结尾，以塑造人物形象反差，是曹寇的惯用手法，《游魂志》《饭局忠魂（小说两则）》同样形成了如此的首尾张力。

　　关注心理，是为带着生活疮疤的心找寻出路。2021年江苏短篇小说收敛了深化苦难的倾向，节制了泛滥的同情，生活大多数情况下是一个人的精神战役，冲破自设枷锁而捡拾温情力量具有更广泛的共情与唤醒意义。鲁敏的"灵异者"和叶弥的"启蒙者"恰巧形成逃离生活藩篱的两种相反的心灵面向：寄望于神秘力量、认清生活真相。鲁敏的《灵异者及其友人》塑造了"活"在大家口中具有通灵能力的预言家——千容，但真当"我"想方设法联系到千容，希求为生活困境指明方向之际，"我"却退缩了。无根的希望比未知更可怕，鲁敏深谙女性心理，精准刻画出内心悸动、恐惧却又坚定地支撑起一个家庭,诚恳面对生活未知的单亲母亲。叶弥《启蒙者的餐桌》延续对两性关系的讨论,"启蒙"代表人文性价值传递,"餐桌"象征烟火俗世,在平凡人生中挖掘俗世哲学是叶弥小说一直以来的审美追求。小说缘起于父亲与曹叔叔之间的一场蒸蛋比赛,父母间赌气较劲、锋芒相对又不动声色地相互成全的婚姻生活中,作家抓住了尘世闪光的善意与宽容,懂得放手的爱没有使离异沦为互相伤害,这种坦然真挚反而使"我"获得爱的启蒙。房伟的《凤凰于飞》则把灵与肉的关系放置在看似以精神崇高作为最高价值追求的高校人际中观察,小说以学生刘建国的视角讲述了导师费有渔在妻子死后的落魄与狼藉,"凤凰于飞"的相伴下竟是蓄谋已久的物质算计,时光消磨下,无论妻子相濡以沫的爱,还是吴莉飞蛾扑火的单恋都只剩下欲望本质,以自尊强硬维系。费教授在寺庙度过余生的选择无疑是以出世的路径保持心灵真正的宁静与自由。当然也有脱离日常的灾难书写,汤成难的《海水深蓝》即是较为出彩的一篇,如果不仔细揣摩 QIU 从海底打捞上来用以陈列或失物招领的那些奇怪残破的日常用品,很难把这篇小说与海啸灾难联系在一起,QIU 和秋野先生对逝去至亲深情绵长的爱意与海风中飘散的钢琴声在小说中交织成动人的心灵抗力。

　　朱文颖在小说《平行世界》中讨论了一个话题"艺术和艺术家内心的秘密有着非常紧密的关系。如果没有秘密,也就没有艺术了",当转向深层次的心理剖析,并以大量笔墨将人物心理流动呈现于小说,作家的思维立场、心理倾向和内在精神力便随之被牵引出来。剥离外在社会契约与道德规束,实际上,每个个体都有自己的时间计算法则和情感衡量法则,这些个体生存法则因变于我们的生活经验,当作家付诸笔端,小说中必然含有一个作家的经验自我。这一"经验自我"带着作家所处世代的生活经历、社会变迁、阅读史、精神史等等形而上的思维塑造,在当下的瞬时体验中被激发。

　　叶兆言的短篇小说《落日晚照,为谁温柔》写的是两代人不幸的婚姻,开篇却以对"新世纪"起始年份的争议引出小说——"新世纪元年究竟从哪年开始"。这是一个很奇妙的问题。事实上,无论新世纪元年被决定为 2000 年还是 2001 年,对社会个体产生的影响甚微,历史标准纪年与个体对时间的记忆是有差值的,这涉及个体如何为自我生命编年,也关乎作家带着哪一世代的经验在观察当下社会。我们会发现,在2021江苏短篇小说中"青年"视角被频繁地采用,同样是书写青年,不同代际的作家一直以来都站在不同的时间线上,由此形成了小说中的"青年时差"。

"50、60后"作家习惯性地将创伤思维带入小说写作,或是以遭受中年危机的个体来回忆青春年少的坎坷,构建两代人之间的观念差,叶兆言《落日晚照,为谁温柔》以45岁的离异女性郑薇的回忆视角展开,从少女至中年,郑薇在婚姻中始终带着父母貌合神离的阴影,直到父亲去世、真相揭开,才得以释怀。王啸峰的《致爱丽丝》亦是在中年儿女对父母尽赡养之责的推诿中构筑两代人的生命差值。或是直接将一种中年思维代入青年生活,韩东的《素素与李芸》《佛系》、陈武的《平衡》《郑波遭遇了什么》、朱辉的《事逢二月二十八日》等小说中的青年动向实际上都处在流行于新世纪初欲望写作的圈层中,创作主题倾向于精神异化、两性关系、生存压力等等,而最终成为小说人物生活裂痕弥合剂的其实依旧是时间沉淀下、经历人事后彼此理解。小说中的青年都过早地蒙上中年的拖沓无力,这与我们现下的青年精神境况是存在阅历间隔的,作家实际上是站在当下时刻对标了自己的青春年代。而"70、80后"作家更倾向于书写个体的精神解脱与救赎,既有残酷如房伟《狩猎时间》中的"我"一样冷眼旁观两位导师间相互猎杀而解除自我危机,也有《外卖员与小说家》中向文学寻求净土的现实努力,亦有像汤成难《海水深蓝》《高原骑手》《去梨花村》等小说书写不同群类青年寻求精神支柱与心灵高地的漫游,他们所贴近的是处于转型期青年的突围与自救。

作为当代青年的主体构成,"90后"作家的小说写作带着新世纪成长起来的一代青年的显著特质,他们站在"此刻"的时间线上大胆地让小说指向未来,科幻、刑侦、悬疑、魔幻等等题材促成了他们小说的多变与神秘。叛逆青年去追寻极光、在动物园约会的情侣、家门口漂来的冰山……青年对现实的无奈与浪漫想象充溢在庞羽《我们躺着不说话》《动物园大堵车》《冰山》《日落》等小说中。大头马的作品总是显现出当代青年解决问题时的果敢决绝,《明日方舟》篇名引自一款网络游戏,作家想象了一种人造的精神瘟疫,而这种传染病的创造者——"我",坚信小范围人类自杀式死亡,可以阻断地球本身免疫系统代谢循环所造成的生理性瘟疫的到来。在"90后"作家中,李嘉茵是一个对自己青年身份和时代身份有着清晰认知与文化认同的作家。2021年李嘉茵创作出了《明月白雪照在大地》《东川的水岸》《林矜曼》《穿过洞穴之后》《燃烧》等饱含着青年勇力的作品。我们可以在她的小说中发觉出独具"90后"特征的当代青年图鉴,她的小说接纳了构成时代感的流行文化,《明月白雪照在大地》就化用了伍佰的歌曲《挪威的森林》,包括小说中提及的周杰伦的磁带、动画片《妙蛙种子》等等都是"Z世代"的记忆符号。文艺甚至略带幼稚的环境并不构成青年的局限,《明月白雪照在大地》叙写了从反恐战士转为地方警察的陈实为营救同事在帕米尔高原的暴风雪夜奔袭的路途,写作风格强硬而冷冽。风景的情感表达、回忆与现实交织、蒙太奇的视觉转换……李嘉茵在短短万字的小说中充分运用了短篇小说的叙事技巧。"明月白雪"照亮了青年人带着一腔孤勇奔赴万里山川的热血,也照亮了当代青年作家创作的多棱面。

总体来说,2021年江苏短篇小说,作家群体均在自我书写上进行了探索,创作方向更加关注个体精神世界维度。在这种心理剖析的转向中,自然而然,作家的"经验自我"也被牵扯出来。"50、60后"作家习惯性地书写青年时代的创伤,站在当下对标自己的青春年代。而正处于时代潮流中的当代青年,他们则更偏向于立足此刻,对标未来。这种"时差"的产生,在不同代际的作家对"青年""青春"等带有时代印记内容进行书写与创作中,有其萌芽与发展的必然性。我们总是带着一世代的经验自我来填补精神孔洞,在江苏短篇小说创作中始终充盈着一股写作的"青年"力。即使作家不免被困在自己的时代想象里忽略了当下的"及物"写作,但江苏作家永远以不老的写作心态参与到当代文学写作中去,愿意以充盈着荷尔蒙的视角来体察社会,理解世界。期刊、高校、文学批评、文学制度与小说创作所形成的文学矩阵始终保证着向青年敞开的写作空间,而当代青年也逐渐向我们证明了他们的写作能力与思想的多面性,让我们足以相信江苏文学能够涌现出更多接纳时代或是"破圈"作品的出现。

"后学术"与"嘈杂"的人世间
——2021年江苏散文创作综述

周红莉

如果用"撕裂"来概括疫情时代与时代中的生活,也许并无不妥。任何生活都有缺陷,任何缺陷都有疗救的需求,但首先我们要看见并能够直面缺陷所在。我们如何看见我们所看见的,决定了我们看见的真与伪、深与浅。刘颋说,一个作品吸引她的其实是这几个方面:"他看见了什么、他为什么看、他如何看。我们原来提到的问题是写什么、怎么写、为什么写,其实不是'写',是'看'。"如此,作家"看"的来处与去处就很重要了。

2021年是新冠疫情时代的第二年。疫情时代江苏散文的面影,与文学革命或不革命、文学虚构或非虚构有着成规式关联,但更大的关联,是作家介入时代的深度与表达现实的力度,文以载道或以言志,都是文学走向价值的道技方式。基于这些因素,我观察江苏散文作家作品时,着重观察时代裂缝间的变化,主要体现为"四多二少":"看"历史的多了,这些知识性和批评式的"后学术"文章,首先不是思垂空文以自见,而是想弄清中国历史和现状中的一些问题;"看"嘈杂的人世间多了,辗转于个人记忆和时代记忆,在故纸堆中悼人、在万般信息中忆事、在时间之流杂取人间细碎、在时代屋檐录制纸上生活;"看"生态的多了,包括动植物、山水园林、村庄都市等主题,人与生态的关系性存在有了多类型叙述;"看"红色文化的多了,有红嘴唇、红尾巴模式,也有集体认同与个体情怀的自洽交融;"看"诗意的少了,江南意象淡化了,民间江南与江南民生叙述较为凸显;"看"揭示的少了,偏于现实赞歌,介入现实乏力或是介入了伪现实。

一　历史散文与"后学术"文本

沈昌文先生在《后饮酒·后学术·后刊物》中交代过"现学术"与"后学术"的区别:"学者们为了学术,收资料、写文章,所出成果为'现学术',它适合学报,而不适合《读书》。其后再有消化,融以学术以外的种种感受,表以学术文章以外的适当形式,方为'后学术'。"江苏散文中,"融以学术以外的种种感受"的"后学术"文章颇多,一般以历史散文形式呈现,写作者以学院派教授为主,兼有杂志主编、作协创作员等。

学院派教授的历史散文,普遍重视文学史、学术史、政治史上一些重要事件,重视推理、证明、剖析,重视引文注释且强调原典,行文常常从细节处落笔并"将事件糅进思想,将历史哲学融入历史本身",在类似长焦距的历史透视中,厘清和揭示显性层面背后的隐相。但从审美体验来说,史料性、学术性一定程度上稀释了散文的文学性。

可以说,南京大学是"后学术"历史散文写作的重镇,南大人王彬彬一般被认为是"后学术"散文的代表作家。2021年,他继续在"栏杆拍遍"发表《袁世凯的语言战略》《吴禄贞与历史的另一种可能》《清末民初军事学校的科学文化意义》《北伐战争:两种军事院校的对决》《段祺瑞与蒋介石》《溥仪与民国》等文章,围绕清末民初社会变革,以语言为文史切口剖析袁世凯的谋权、抢权和弄权生涯,以吴禄贞为个案思考清末留洋军事人才充实新军后的军事及政治可能性,以另只眼对清末民初军事院校的科学文化意义进行了综合评估,指出北伐战争在某种意义上是黄埔系统军校与北洋系统军校办学、训导、教育的较量和博弈,并把袁世凯、吴禄贞、段祺瑞、蒋介石、溥仪等人放在纷乱的时代中敲打,探寻他们深层的文化心理及历史影响。王彬彬对清末民初当权派、政治立场不同者、启蒙者、科学教育、时代风气及思想的审视,也是对社会变革时代的通融性思考。南大人沈卫威查阅民国档案中的新文学作家、学者手札(书信)、手稿,以档案为第一历史现场,用文字雕刻独立人格和自由思想,在《民国时期关于首都选址问题的争论》

中思考"政治正确,现实考量"问题,在《汤用彤过了和过不了胡适这道"坎儿"》中审视历史现场的冰冷以及知识分子的"坎儿"与"生路",在《从〈松花江上〉到〈王小二过年〉》的山河家国中感受个体的担当与政权的瞒和欺,在《胡适〈非留学篇〉对毛泽东的影响》中对胡适、毛泽东这对师生关系进行思想史意义的追问等。南大文史专家程章灿的《旧时燕:文学之都的传奇》是15年前《古典文学知识》上连载的南京文化散文的修订再版,由南京大学出版社2021年1月出版。书名虽有"传奇",但程章灿表示"没有戏说",其叙述背后有大量可信的史料支撑,辅以名家诗文、笔记、小说,包括《史记》《汉书》《后汉书》《三国志》《江表传》《建康实录》《晋书》《世说新语》等。南大人莫砺锋索性沉在历史的诗词中,写下《"余事作诗人"的王安石》等篇什。旧时明月,曾照故人亦照来者。他们转到历史的后台,看历史卸妆后的模样,并指出"这也是历史的通鉴"。

杂志主编、作协创作员们的"后学术"历史散文与教授们颇有不同。他们爬梳史料但考据不很规整,偏于历史演绎;他们重视才情与谋篇布局,文学性充沛,也追求思想流动。贾梦玮从《南都》走到了栖霞山,他站在这个皇帝流连、美人隐居、亦是名仕修身高僧修行之地,揣度着"出"和"入"以及俗世人生的进退维谷,写下《出入栖霞》;夏坚勇继续探访宋时期的社会生活及政治风云,完成"宋史三部曲"第三部《承天门之灾》,演绎古旧君臣的你来我往、一唱一和;陈武在《书灯下的流年》《忆汪情深》著作中记录着俞平伯、叶圣陶、朱自清、汪曾祺等历史学人的"一点事实""一点掌故";周荣池把自己的主观性情与里下河地理景观、特别是汪曾祺乡土世界的文化历史相勾连,在《美文》杂志写下《大淖河边的民生》《上河塘下的文脉》《澄子河畔的底气》《临泽街头的风度》《庵赵庄上的诗情》《马棚湾的风土》《子婴河的神往》《西楼门前的忧思》《车逻洞外的忧患》《北窑庄间的深情》《文游台上的文风》《神居山下的渊源》等文章,把"中国最后一个士大夫"搁在"乡土气"里活色生香;吴光辉泡在运河文化里,写下《清明下河图》《枕着运河入梦》《泡在酒里的故乡》《梦断咸阳古道》;雷雨在《望虞楼前》遥记张謇及翁同龢;王霞在《壮压西川是此楼》中遥记唐代四朝名臣李德裕……这些

"后学术"历史散文,在艺术性、文化性、思想性间左摇右摆,自由随性。

二 记忆散文与"嘈杂"的人世间

记忆是一种不可信的真相。不是说记忆虚构了生活,而是说记忆对生活进行了恰如其分的创造性非虚构。加西亚·马尔克斯在回忆录《为小说而生》的开篇写道:"生活并不是我们的当下,而是一个人所记得的,以及一个人是如何为了讲述它而去记得的。"疫情时代江苏散文的重要形态,是关于记忆的书写,记忆时代与时代中的肖像,记忆个人与个人亲历的生命。传统文学将这样的散文称为叙事散文,我称之为"记忆散文",记着时代的背影、离散的民生与嘈杂的人世,它们是江苏散文的巨量存在。

王尧是吴俊"三栖"排行榜的重要学者。吴俊说"批评理论和小说创作自然叠加在王尧的学者和散文家的身份之上"这话时,王尧已经用小说《民谣》炸裂了当代小说界的革命与文学无界。我把2021年看成是王尧"炸裂"文坛年,固然有他的"民谣"式炸裂,还有他从《南方周末》"纸上的知识分子"、《收获》《钟山》"后学术"文本走到了《上海文学》的"纸上的生活"。王尧把过往的普通经历打磨成《风,或纸鸢》《远行,在虚妄之处》《如果我是一条老街》《太阳累了,就有阴天》《你知道我梦见谁了》《从前,在下雨的日子里》《我是五月的孩子》《书与路》《木箱里的江南体验和想象》《遥远,又在耳畔》《拔根芦柴花》系列文章,这些充溢着穿透力的直觉和视觉化的文字,记忆着时代屋檐下的风声、人声与人生,他们都是王尧"以美好写忧伤"的清洗自己的方式。《时代与肖像》是王尧以《雨花》散文专栏为主收拢的系列散文,由江苏凤凰文艺出版社2021年6月出版,全书共计21篇,记忆了20世纪六七十年代乡村的人事风物。王尧说:"写作'时代与肖像'也不是抒发乡愁,我甚至不知道自己是在写什么。"换句话说,这个站在时代中思考"青年时代肖像是我们,后来是我,现在我们与时代重叠,我在哪里?"的知识分子,在"我们→我→我们"的历史循环变奏中,拷问着知识分子如何自处的问题。

南大人丁帆是中国当代知识分子精神的标杆式存在,早前的散文集《江南悲歌》《枕石观云》《寻觅知识分子的良知》《知识分子的幽灵》等都是他的思想言说。2021年,他写下《老屋手记:梦里不知身是客》,把"老屋"与"那个时代"相链接,刊在中国文艺界、思想界最有影响的杂志《随笔》上。当历史成为历史的风景,我们如何朝向历史的窗口,又如何看向历史的桥头? 这是知识分子面向历史的忧思。丁帆说:"无须歌颂苦难,也不必忏悔,我们那一代人的青春就是一段无法抹去的历史记忆,关键在于每一个经历过那个岁月的人,是如何站在历史的桥头上去凭栏'看风景',去认识'看风景'中的我。"鲁敏的"老屋"与丁帆的"时代老屋"不一样,她的《老屋与老去的人》更多以怀乡的姿态呈现,用她自己的话说,想起许多旧事,于是落入俗气的怀乡病。于是我们见到她家老屋前的小水塘,见到围绕着老屋生长与老去、聚拢与散去的人群。小说家的乡思绪在散文中蔓延开去,不急不躁。

疫情期间,丁帆还有两件顶要紧的散文事。一是"重拾形象思维的旧梦",在商务印书馆出版了《玄思窗外风景》,这是包括文学、文化、风景、艺术、读书、江湖酒事等内容且融以思想性、艺术性、理论性、文学性为一体的散文集,也是丁帆"俯仰天地 流恋人性"的精神外宣。二是在《中华读书报》继续主持"酒事江湖",推送了胡弦《谈饮酒》、朱辉《我想与酒搞好关系》、傅元峰《我在韩半岛变成一株樱花树》、黄梵《酒中事》、姜琍敏《浅酌杯中物》、王慧骐《晃动的酒杯里重现故人的身影》、骆冬青《醉归》、沈乔生《酒精过敏者说酒》、赵本夫《酒话》、雷雨《泪滴春衫酒已醒》等文章。丁帆说,人生如酒,酒如人生。这些"个中滋味",在《十月》杂志写下泸州老窖与《万般信息皆入此杯》的贾梦玮应该也有。

叶兆言把时代里的记忆搁在童年与少年时期。散文集《上学去》既是他的个人读书生涯更是由个人而记录的时代变迁。图书从"我上学了"开启,写读小学、拉练、学工、学农、在北京与祖父叶圣陶、当工人、读夜校直至"再一次,上学去",在一个闭环结构中望向历史深处无法言说的沉重。相较而言,18岁就做了"小先生"的庞余亮,在《顽童训师记》的"番外篇"《小先生》散文集中,记录了"我"和一群孩子间的趣事与活泼泼的爱。毕飞宇说庞余亮的《小先生》补上了他童年时代所旷下的课,赵丽宏称其为中国版的《爱的教育》。

记忆散文中有很多记人的篇章。这些文字,把"人"或安置在具体的事件或摆放在特定的情绪或深入某种阅读或介入民生的细碎与生命的感动,主要有六种书写样式。一是悼人,故纸堆中忆风范。如莫砺锋《私德、师德与公德——纪念唐圭璋先生120周年诞辰》、张昌华《见字如晤抚笺思人——睹张允和、吕恩、王映霞书札忆往事》《萧乾夫妇与我》《平素特爱笑:与黄宗英留下的五张照片重逢》《我和周海婴先生的私信来往》、骆冬青《怀想周本淳先生》、庞瑞垠《江上老人林散之》、曹公度《天香仙梵 茂苑文华——遥寄郁丈文华师伯》等;2020年12月27日,青年才俊黄孝阳忽然离世,微信时代的朋友圈那一日是悼孝阳日,毕飞宇的《黄孝阳和他的〈众生〉》、黄梵的《纪念黄孝阳:我亦永远记得,如你赤子之心》、房伟的《巨大的"诗心":在宇宙的量子雨中跳舞——怀念作家黄孝阳》至今读来,依旧泪目。二是写亲情。有写父亲的,散文集《与父亲书》是向迅写给父亲的和解之书,也是朱自清式中国父子关系的当代演绎,图书由六篇关于父亲的散文构成,李修文说,"这本书的迷人之处还在于,作者承认父亲的失败,承认父亲的胆怯、惊慌、恐惧,承认父亲所遭遇到的生命的阻隔与中断,甚至他去观察父亲,父亲是蜷缩着、恐惧着的,有大量这样的细节描摹,这就是生命力。"吴光辉《父亲的燃情岁月》、王一梅《爸爸的纸》、姚正安《平凡的父亲,传奇的父亲》、李明官《父亲的星光》、张永祎《八旬师生的见面》等单篇散文,都在展示岁月里的父亲,且以暖色为基调。有写母亲的以及母亲的母亲,如庞余亮《包粽子的女人》、巫正利《被风吹走的光阴》(写祖母)《母亲的沙家浜》、陶青《母亲的米酒》等,平凡与伟大的传统母亲在文字里走来走去。三是记友人。如范小青写《朱辉印象之不谈小说》、王尧写朱辉《雨花里有他的心跳》、庞余亮写《毕飞宇:小说之外的侧光》,既透着文人气也透着足够的人间暖意。四是写"我+"的存在。如莫砺锋《我在茅檐底下的10年"耕读生涯"》《我与手机》、章剑华《我的录取通知书》《人生拐点》(写我复旦毕业后的变迁)、张昌华《人老了,童心还在》(写我文学之路的源起)、周桐淦《踢足球的院士》(写我拜访中国科学院院士王会军)、朱桂根散文集《唤醒:好父母就是好老师》(写我与教育)、徐同华散文集《泰州先生》(写我与数十位泰州文化人的交往);阅读是"我+"的一种变奏,如晓华《在海门,读张謇、卞之琳两本大书》、毕飞宇《一生的内容:我读加缪〈局外人〉》《通天·玲珑·气息如兰——我读〈小王子〉》、鲁敏《一本薄书和一本厚书》(写约翰·斯坦贝克与他的《人鼠之间》和《愤怒的葡萄》)、庞余亮《冬日里的诗》(写苇岸的《大地上的事情》)、青黎《一本书读完风华女诗人》(写历史中二十四位风华女诗人)等。五是写嘈杂的人世间。《泰州晚报》的"坡子街"已经成为里下河文学中的"坡子街"现象,吴周文在这个被称为"泰州人诗和远方"的地方大力呼吁文学的人民性,指出"坡子街""大众写作、大众阅读、大众推广"的办刊理念,真正做到了劳动者大众自己写自己,写作主力军主要是底层的工人、农民、城镇打工者、商店店员、退休职工和干部等,是"人民的自我书写";吴周文也下沉在民间的话语场,写了许多"接地气"的散文,如《孙桥村纪事》《孙桥村笔记》《孙桥村轶话》等生活的原态现场。还有一些散在的人事,如陈慧散文集《世间的小儿女》、王慧骐《病房里听来的故事》、张羊羊《脸》《锅碗瓢盆》、麦阁《指纹里的往昔》、王霞《街短岁月长》、董小潭《泰州早茶》等民间的细碎。六是写生命体悟。徐兆淮出版《编余絮语录》,这位年过七旬的作家和资深编辑在文友、家庭、亲情、游记中感悟人生的片段;刘香河在《大家》开设散文专栏"醉岁月",发表《在旧时光里沉醉》《从心田流淌而出》《舞出生命中的汪洋恣肆》《唤醒儿时的味蕾》《这一酱,生命如花》,在《美文》开设散文专栏"岁月有痕",发表《照亮里下河文学流域的一盏航标灯》《天空中闪烁着那双明亮深邃的眼》《二十四年前的那一次相见》,在《天涯》发表《生命的年轮》、《山东文学》发表《弥漫在生命年轮里》等文章,无论是写民间艺人还是祥瑞的民间表演,或是旧时光里的沉思,都在日子的流俗里感悟日常与生命的可能美感;姜伟婧出版《长住美与深情里》,回看往事的影影绰绰……

  疫情,这个时代的艰难话题。汪政在《让我们创造新的年》里写着"原地过年"的新思绪与过年的老传统,申赋渔在《大雪漫天,有人远行》中忧伤着国家与国家在撕裂、人群与人群在分离,紫筠在散文诗词合集《渡劫纪》中表示:"这场疫情改变了许多,包括我的生活方式,和对世界万物的看法……"虽然紫筠的"渡劫"论有些悲观,但是疫情的艰难,对有些人来说是一阵子,对有些人来说却是此生已了。

三 生态散文与文学"新世界观"

当下时代,生态文学作为文学新世界观正蓬勃发展,生态问题也成为当代政治、当代思想学术最前沿的问题。李敬泽在首届"美丽中国"生态文学奖活动中说:今天我们需要重新认识、重新界定、重新想象人与自然的关系、人与世界的关系,"生态文学不仅仅是讲人与自然和谐相处,也不是要回到几千年前的农耕社会,某种程度上它也是讲人如何与自己相处,讲我们能不能成为一个更好的人……"李敬泽所说的,其实不只是作为文学新方法与文学新世界观的生态,也在说自然即人、人即自然的"作为自然"的生态立场及叙述姿态。

"自然与人"的关系性存在是江苏散文书写的重要形态,主要以动植物为叙述对象,完成人与自然的对视关系或交流对唱。张羊羊是江苏生态散文大户,这个带着童话气质写着诗歌做着散文颇为嗜酒且满腔热情过着煮男生活的作家,文字里透着烟火气又有"瓦尔登湖"的澄明感,眼神里还攒着迷离的思想。他在散文集《草木来信》中专心致志写了60种植物,把青菜、韭菜、燕笋、莴苣、汉菜、霞菜、马兰、萝卜、茄子、茨菰、荸荠等一一按在文字里,可以观之为日常生活的"植物志",也可以看作是张羊羊的"植物之思"(西方哲学称为"孱弱之思");他在散文集《大地公民》中写下47种动物,赋予羊、獾子、狐狸、刺猬、鼹鼠、羊驼、骆驼、水獭等以大地公民的价值,即"天赋价值",人与动物等同地的属于大地生命的主体;他在散文集《旧雨》中辑录植物、动物、人物、食物、旧物、风物,对家乡武进进行词条式书写,有万物生灵,有文献典故,有风土民情,充溢着茅盾说的"地方色"。此外,李晓东散文集《日涉居笔记》收有《晴秋听虫鸣》《花圃也是我的乐土》《深秋最懂老巷》《冬雪钟情于蜡梅》《人因俗物而美》、王太生散文集《草木底色》收录《草木深》《木头清香》《盆景之景》《偶遇的植物》《菊花霜与暖红》、薛梅散文集《一根思想的芦苇》有"花开花落""大地生灵"辑、庞余亮《在湿漉漉的平原上》写盐巴草与畜生们、姜桦《野鹿荡:暗夜星空》写"野鹿荡"出没的动物们、韩开春《水鸟记》中写东方白鹳、吴艳秋写《燃烧的牡丹》、王芳写《麦口上》、低眉写《植物笔记》等,都是花草植物、虫鱼鸟犬的声音,以及人与自然相处的表情。

诚然,生态文学以自然生态为发端也是主导式存在,但生态文学不只有自然生态。鲁枢元在《生态文艺学》著作中,明确区分生态关系:"自然生态体现为人与物的关系、人与自然的关系;社会生态体现为人与他人的关系;精神生态则体现为人与他自己的关系。"鲁枢元的生态"三分法",不是说要人为地割裂生态整体,而是明确了每种关系形态中以什么为主导型"体现"。基于此,江苏生态散文也有一些社会生态散文的存在,主要以人与江南、人与山水、人与村庄、人与都市、人与物的方式呈现。

以往对江南的书写,偏于文化或景致的诗意空间。疫情时代的江南,风景旧曾谙式的诗意空间明显淡化了。王慧骐散文集《江南素描》不是对江南风物作咿呀抒情语,而是面向民间的质感生活,聚焦一群作家文人与底层普通人,写人在江南的平实。朱闻麟散文集《江南旧事》,把江南水乡五行八作传统手艺用老行当、老家当、老技艺、老物件四个篇章写出,平常百姓的日常生活渐次铺陈开来。山水是自然的山水更是人的山水。范小青《淮安行》的夏末、黑陶《在古中国》的书院与《现实,或超现实》的行走、李新勇《一顿中午饭的辽阔》的蒙古、董小潭《青羊过处,皆为柔软》的贺兰山、倪东《神奇的河流》的"盐铁塘"、王茵芬《花山境遇》的姑苏城外等,都是超越于本体的"风景的人化"。人与村庄也有很多的笔墨,散文集《老村庄》是顾成兴与他的水乡兴化农村,《暮云遮处》是张建秋与他的武进乡土,刘渝庆《青藜》、陈爱兰《雪窗煨芋》、沙黑《碧清的河》都在写乡愁乡味的泰州,前文写的王尧与他的村庄、鲁敏与她的老屋、周荣池与他的里下河等,都是人化的景象。人与城的关系是作家们挥之不去的存在,程章灿《旧时燕:文学之都的传奇》、谷以成《金陵市井图鉴》是一个人与南京城的故事,《凌鼎年散文精选》是凌鼎年参加世界各地文学活动游览名胜的故事,《寂静的巴黎》是申赋渔与巴黎的故事,《阅读常熟》是金曾豪、王晓明与常熟的故事,《一任芳华弹指瘦》是孙梦、李靖洁夫妻与徐州的故事,姚建、李凌主编出版《遇见·打开·守望》散文合集是铜山作家与铜山的故事等。人与物的散文,或是借物抒情、缘情生物,如刘庆烨在《木房梁》中记刘庄的"房梁";或是在吃食中辗转,如荆歌《佳木真香雅安茶》写好山好水好茶叶、徐新《新疆美食三题》写手抓羊肉、馕、新疆拌面等,都是好的生态与好的生活。

四 散文多样态:红色、艺术及其他

文学与时代同行以及如何与时代同行,是当代很多作家反复探索与实践的话题。"红色"是当下时代的经典色,也是当代部分作家的主要选择。红色文学当然不是泛化的标签,而是对主旋律的及时回应与歌颂,是主旋律在文学现场的政治性表达。江苏散文中有一群认真做着红色散文的作家,王成章《西棘荡的跨越》《形塑人心的力量》《一桥飞架上海与世界》《奏响党建铸魂的海立交响》《印迹》是红色引擎的时代风采,张文宝《挂满红旗的村庄》《他就是那棵传奇的生命之树》《鲜花绽放的日子》《又见遍地英雄》《青春的南房村》《神奇扶贫人》《草帽书记张立祥》是向人民、向时代的红色报告,王军先《蛙声里的决战》《鲜花开满小康路》《扶贫路上"夫妻档"》是脱贫攻坚的江苏故事,王霞《大渡河畔红军渡》写中国近代史上的安顺场战役,家正《母亲的1949》写中国人民解放战争的最后决战阶段等,这些作品有很强的思想政治教育价值,也是对波澜壮阔时代的致敬。

艺术散文不是新兴的散文形态。在江苏散文话语中,艺术散文既有以艺术为叙述中心的艺术化散文,又有刘锡庆"艺术散文"概念中的自我性、向内性及裸现性特质。庞培散文集《碗和钵》从日常生活器具碗和钵发端而论及艺术家杨键水墨画作品"碗""钵"系列、木火散文集《四季乐韵》品鉴中外古典音乐、李敬白散文集《纸面留鸿》里有"丹青有道""翰墨真味"辑、张国擎《颠张狂草——历代书法人物之张旭》《书家卫夫人——历代书法人物之卫铄》系列、麦阁《银白之册：关于自然、艺术与爱》、马国福《岑寂》、吴晓明《民谣飞飘里下河》、陈学勇《我有一册〈女画家周鍊霞〉》等，都是艺术与文学的叠加或合奏。

创作谈，一定程度上是作家关于创作前因后果或创作观的随意闲谈，很多以序跋的方式出现，有时也会刊在评论性杂志或报纸中。我比较赞同宇文所安在他的散文风格学术著作《追忆》"前言"中的阐述，大意是，存在一类学术性的 essay，有时是文学批评，有时是学术随笔，并无太大区分，但是它因为"尝试"而有"独立"存在的意义。江苏散文中，有很多这样的"存在的意义"，如鲁敏《惦记"有总"许多年》关于小说《金色河流》、《致潮水中的凡人之勇》关于小说《梦境收割者》，朱辉《改出螺旋》关于小说《午时三刻》，向迅《锦书谁寄来》是散文集《与父亲书》的自序，胡弦《物象与准确》、麦阁《银白之册》等都是写作后面的话。

直言"思想"的好像不太多了，但是也有。黑陶在《十月》"思想者说"栏目发表 15000 字散文《在江南凝视》，凝视喧嚣处的忧患；李德武散文集《在万米高空遇见庄子》看哲学的思想与灵魂；顾农在《陶渊明的文学创新》中与思想的陶渊明相遇；沈乔生在《最可迷恋的》中写"人在他的一生中总会迷恋一些东西"的思想……

埃莱娜·费兰特说，在现实中，没有不经过"我"过滤的"他者"的故事。这种"我"的存在，也许是"我"，也许是被我们了的"我"。2021 年写作的人很多，能够写进时间里的还需要丈量。作品的活着与人的活着，都不是件容易的事。

（本文系江苏省社会科学基金项目"21 世纪中国散文艺术范式研究"〔20ZWB004〕阶段性成果）

拓辟一种"自我活力的崭新疆域"

——2021年江苏诗歌创作综述

罗小凤

如何突破既有的诗歌成就和创作路数而创构新的诗歌高地,是2021年江苏诗人们思考与探索的重要诗歌路向。对此,胡弦在积极寻求诗路的拓展,被视为"可能在创造着现代汉诗的'奇迹'"①;张作梗将2021年视为其"裂变"之年,他一直在探索诗歌如何由内在裂变达到质变的可能路径,以求突破自己的创作瓶颈;王学芯则敏锐意识到诗歌写作已遇到"新的挑战",其关键点在于如何让诗歌从"现在存在"抵达"持久存在"②;龚学明亦在思考如何"将抒情的广度,哲思的深度/都打开到无限"③。由此可见,"突破"和"拓新"已成为江苏诗人的共同追求。希尼曾指出:"在大部分充满创造力和启示性的诗歌中动作着的是一种精神能力,它可以筹划一幅关涉自身的崭新蓝图,一种自我活力的崭新疆域。"④2021年的江苏诗人都在努力探寻新诗写作的各种可能,在诗的深度、独特性和当代性等方面展开积极探索,试图由此实现写作的"裂变",从而拓辟出"一幅关涉自身的崭新蓝图"和"一种自我活力的崭新疆域"。

---

① 张宗刚:《从〈定风波〉看胡弦的诗歌美学》,《文学报》2021年8月26日第11版。
② 王学芯:《新的挑战》,《诗刊》2021年11月上半月刊。
③ 龚学明:《蓝色深处》,《太湖》2021年第1期。
④ (爱尔兰)西默斯·希尼:《希尼诗文集》,吴德安等译,作家出版社,2001年版,第337页。

一

在王学芯看来,诗所面临的重大挑战在于如何达到"深度",而"深度"是指"有内涵,触及诗歌本质"[①]。对此,韩东、胡弦、庞培、黄梵、王学芯、张作梗、龚学明、张维、白小云、胡亮、十品等诗人均在诗中呈现了他们对人生、生活的哲思性体悟,从而呈现出哲性而增加了诗的"深度"。于韩东而言,他作为"第三代诗"的代表诗人形象早已深入人心甚至凝定为其文学史标签,然而,他在其新作组诗《江居及其他》中却一改之前的先锋、激进、解构姿态,而征用隐喻、象征等诗歌手法从日常生活感悟人生哲理,如《大音希声》一诗标题化用老子所言的"大音希声",诗句"大音希声是一种前行/提醒你在宇宙中/但不通往任何地方"如警言格句般呈现出韩东对生活的哲性体悟;《买盐路上的随想》《江居之一:洪水来了》《江居之三:隧道》《说犬子》等均采用隐喻进行象征,诗中场景设置如寓言般富有象征意味,与韩东早期所倡导的"诗到语言为止""拒绝隐喻"等主张显然已迥然有异,无疑体现出韩东对其既有诗歌创作路数的超越与突破。胡弦的诗歌写作亦出现新的转向,他新出版的诗集《定风波》中不少诗如《燕子矶》《雾霾:旅途》《创造》等充满哲思,《北风》《小谣曲》等则在空灵唯美的叙事中蕴涵深意,正如罗振亚所认为的"倾向于宇宙、历史、现实与生命等多维因素的凝眸与沉思""走向了某种智慧和思想的发现"[②],无疑是胡弦对一种新的诗路和疆域的拓辟。王学芯认为诗人若要写出诗的"深度",应该"加快更新自己""拓展悟性边界"[③],因此他的《第五级台阶》组诗构造了"第五级台阶"的意象,隐喻人生的童年、少年、青年、中年之后的"晚年",由此展开系列书写,充满对人生经验的透悟,被称为"灵智写作",即"灵性和智性合二为一的写

---

① 王学芯:《新的挑战》,《诗刊》2021年11月上半月刊。
② 罗振亚:《寻找汉诗书写的可能性:论胡弦的诗歌》,《扬子江文学评论》2021年第1期。
③ 王学芯:《新的挑战》,《诗刊》2021年11月上半月刊。

作"①。张作梗关闭其经营多年的微信公众号"异乡人的黄昏",试图由此杜绝诗坛的外在喧嚣,开始向内寻求诗的"裂变"之路,他新创作的《纸上宫殿》《山冈落日》及系列散文诗中所思考的"我们如何生,又该如何死,才能当得起这生活夸张的浮荡?"(《浮荡》)"哪儿是前生?何处是来世?"(《大雨纪略》)均富有智性,引人深思。沙克的诗则善用相对性原理呈现哲理性,如《望不尽》中"大者自大/小者自小/大小互生才是真大真小""使万物奔腾归入针眼/使万物澎湃息于水滴之隐",体现出他对相对性哲理的思考。白小云的诗亦如此,常引入相对性视角参悟哲理,如《奔跑》中的"你看着风雨,他看着你""你在他的衣服里,他在你的阳光里"对相对性哲理进行了诗意阐释,《水里的天空》则通过"混乱"与"逻辑""规范"、柔然性与必然性的相对存在体悟相对性中的悖论。黄梵的诗亦充满哲性,其《灯》通过"灯"意象呈现其对人生的感悟,"灯"一方面意味着对生活的美化和另一方面则意味着对人内心的审视,启人深思;《眼镜》则通过"眼镜"这一意象呈现世界存在的诸多悖论,在悖论中呈现诗人对人生哲理的体悟,人与世界的和解。张维的组诗《静如永世》中所透露的亦是诗人对于生命的独特参悟,如《已到了熟悉天空和星辰的年龄》中的"是啊 尘世醒来/阳光一朵一朵簇拥在万物身边/我们活着 好像永久"、《静如永世》中的"阳光从清晨的枝丫落下/静如初醒/静如永世",都呈现出他的独特"虞山姿势"②。庞培的《想起弗罗斯特》《秋凉》、胡亮的《悖论》、李看的组诗《符号学》、十品的《穿过时间的河流》、邹晓慧的《灵魂》《安》《放下》、风卜的组诗《山前路》等都充满哲性,均呈现出江苏诗人对"深度"的诗意追索。

二

"独特性"是一位诗人区别于另一位诗人的标识所在,亦是江苏诗人着

---

① 李犁:《灵智写作下的静谧与眩烂》,《作家》2021年第8期。
② 张光昕:《虞山姿势论——兼谈张维近作》,《扬子江诗刊》2021年第1期。

力追求打造的诗歌内质。正如王学芯所言,诗人应该"不断让自己区别于他人,使创造出来的意境超越为人熟知的范畴,展示出以往那些范畴无法展现的美和沟通""说出别人没有说出、说过或无法说出的东西"[①]。江苏不少诗人都在致力于用诗展示别人无法展现的美和别人无法说出的东西,由此构造出江苏诗歌的"独特性"。这种"独特性"具体而言体现在独特的江南气质与江苏气象、神性和佛禅书写、古典与现代对话等方面。

首先是独特的江南气质与江苏气象的构建。江南书写是一脉自古便有的书写传统,古代大批诗人曾书写江南,这种传统延续至今,不少诗人依然着力于书写江南。小海的《慈云寺塔》、李德武的《凝望慈云寺塔》、王嘉标的《致张若虚》《斗野亭》、王学芯的《回程,或者震泽古镇》、思不群的《午后》、杨隐的《在震泽》、卞云飞的《走进震泽是一次缘起》、柏红秀的《扬城春柳》、孙德喜的《玉钩亭》等诗都是对江南的书写,呈现出江南的独特地域风貌和气质。运河文化书写亦成为独显江苏气质和气象的一种重要诗歌路向,对此季风书写了关于运河的系列诗歌,如大型组诗《运河记》对运河文化、运河的历史和现实价值进行了诗意挖掘,他并非对"运河"题材进行表面图解或借景抒情,而是深入发掘运河的历史文化,由此诗意地建构出江苏诗歌独特的气质与气象。

其次,江苏诗人对神性和佛禅之韵的体悟与书写亦构成江苏诗歌的独特性。沙克的诗不仅喜欢构筑神性场景,如"门神去出席开春典礼""蛐蛐赶不上神与秀色的聚会"(《幸福的门》),他还喜欢写"莲",如"我在门内约见马蹄莲""我在幸福的里面搂抱马蹄莲"(《幸福的门》)、"与菩提树比肩而坐的/山与海合围的云绕浪打的花莲"(《亲爱的花莲》)等均通过"莲"意象传达他对神性的体悟。龚学明亦有不少诗作进行神性书写,如《旅次随感》中的"神在每一个坐标上,并/不标明南北,全靠自己掂量""活着就活在现实的荒芜里"、《蓝色深处》中的"我是宿命的桅杆/我的王,我的船/在越走越远的神秘中/在唤不回的蓝色深处……"均是对神性与神秘感的书写。

---

① 王学芯:《新的挑战》,《诗刊》2021年11月上半月刊。

字相的诗则充满佛禅韵味,如《抽湿机开了一夜》《抽象的钥匙》中均提及"佛",诗人由"抽湿机开了一夜"这一日常琐事而顿悟佛理,诗句"如果湿衣服上的水是欲望/干干的布是大智慧/那我穿在身上的/便是佛"和结尾的"世上的人都佛衣加身而道貌岸然/佛衣裹住的恰是动物界兽力无边的欲望体"无疑是彻悟。思不群的《在国清寺》、育邦的《见证》《唐招提寺》《多年以后》、沙克的《见香山》等诗均构筑佛禅之境,在诗中呈现其对佛禅之理的顿悟。

此外,诗人们还在古典与现代的对话中构筑江苏诗歌的独特性。由于江苏地处一个古典气息浓郁、文化底蕴深厚的地域,尤其南京、苏州、扬州等地均处于古典与现代的双重文化碰撞之中,因而不少诗人如姜耕玉、茱萸、庄晓明、沙克、罗雨、孔灏等都在古典与现代的碰撞中思考新诗与传统的关系,他们对此不仅在诗论中进行研究,还创作出既有古典气息又有现代诗意的系列作品,如姜耕玉的《渔翁》《潇湘》《雪》等诗均在古典和现代之间腾挪切换,既有古典气息,亦不乏现代思想;庄晓明创作组诗《王维变奏》,这是他以现代人的现代思维和视角与古代诗人进行对话、对古典诗歌进行互动和变奏的系列作品之一,也是他近年来一直思考新诗与传统之关系时对古典诗歌的再创,构成了"古今诗意诗境的互动变奏"①。茱萸在《想象陈子昂》《汨罗江畔诗圣遗阡》《李贺〈春怀引〉新释》中与陈子昂、屈原、李贺等古代诗人对话;孔灏在《与苏子书》中与苏轼对话,都是诗人们试图超越自身突破创作瓶颈的努力和尝试。与此同时,诗人们还在形式上将古典与现代的诗形特点进行杂糅而展开新的探索,丁及、沙克、茱萸等诗人均采用了"现代词"的形式。所谓"现代词",是沈奇近年来一直在实验的一种新诗体,他将诗"作为相当于古典诗歌中'词'的形式感觉来写"②,既不同于自由体新诗亦有别于古典词的新"词"体。这是一种如古代词一般长短句交

---

① 庄晓明:《创作〈王维变奏〉的一些思考》,《诗探索》2021年第4辑"作品卷"。
② 沈奇:《我写〈天生丽质〉——兼谈新诗语言问题》,《天生丽质》,文化艺术出版社,2012年版,第8页。

错的新形式,江苏不少诗人亦在实验,如丁及的《清听》组诗便探索这种现代词的形式,如"古城墙边的一张宣纸/落下/莲步/平滑的影子/你的水墨/我眼里的光彩和锋芒/心跳/市河上飘来的/唱词",长短句交错而形成错落有致的诗形。《夜泊》《月隐》等诗亦无不如此,在古典与现代交织的情境中长短句交错,构筑出一种富有古典气息的现代词。沙克的一些诗也采用了这种长短句交错的"现代词"形式,《见香山》中的"春凉入襟……/山顶黄栌青,山脚李杏白/樱花玉串无意中压住桃树粉红"、《太湖风》中的"徐徐的风和光……/菊花头,葫芦身,绣花鞋/茉莉花粉吹涂亭台"等一些段落均采用长短句交错而构成现代词的形式。茱萸同样如此,其《夜何其》中的"天上星河转,人间/帘幕垂。恋慕之杏核/藏身于层叠的果肉,/有人轻声问:夜何其?",长短句交错,文言与口语切换,亦是对现代词形式的实验。这种"现代词"事实上已构成诗人们从诗体形式上与古典诗歌进行对话的一种新路径。

三

诗歌如何呈现"当代性",是当下不少诗人关注的重要诗歌路向。江苏诗人们对此亦进行了深入思考与尝试,他们关注和书写当下生活场景,或关注底层人生活遭际,或聚焦于社会公共生活,或从当下的日常生活捕捉诗意体悟人生,由此让诗歌体现出"当代性"。

韩东的组诗《江居及其他》中所呈现的"江边钓鱼""过江隧道""跨江大桥"等场景及过江体验彰显出当下社会生活的独特风貌,由此呈现出"当代性"。

胡弦的《甘蔗田》抒写甘蔗田里"穷人的清晨",是对农民的生活状态和底层人命运的关注,《姜里村》《雾霾:旅途》《玛尼堆》等诗亦如此。相对于胡弦早期诗歌而言,这些诗扩大了题材疆域,是对当下生活的近距离观察与关切,折射出一定的"当代性"。布兰臣的《树屋》对人类与树木、房屋的关系、人与自然的和谐问题进行了深入思考,是以"诗性触角"进入"宏大的社会现实问题"①,无疑体现出当代性。小海在创作了《影子之歌》《大秦帝国》等长诗后,转向日常生活感悟式书写,如《中年》《城市》《少作》《消耗和运动》《晚餐夜话》等诗均体现出一种铅华洗尽后的平和、淡定。黑陶的《春·梦》《忆故乡南街》《火焰与我》《父子记事簿》、王晓明的《母亲节致母亲》《油菜花》《渭塘赏荷》《时间车轮》、庞培的《房间》《粥》、思不群的《东江湖看月亮》《小孤山》《在花间》、黄梵的《春》《夏》《秋》《冬》《酒》、龚学明的《7月5日,在无锡夜行》、卞云飞的《夜雨寄你》《我们去吹风》、杨隐的《玻璃》《记一次露营》《在车辆检修的间隙》、思不群的组诗《望江水》、纯子的组诗《如果我们回家的路要走上很久》、朱燕的组诗《向阳而生》、刘康的组诗《食梦记》、林火火的组诗《放生仪式》、傅荣生的组诗《成子湖写意》、夏杰的组诗《一只蚂蚁》、周鱼的组诗《为词语辩护》、远心的组诗《乌云姑娘的长调》等均从日常生活细节捕捉诗意,由此体悟人生和生命,虽取材于生活琐碎细节,但内蕴哲性感悟,充满闲适、超脱、随遇而安,体现的是一种面对当下生活的当下心态。正如龚学明在《皱纹》中所宣告的:"我们早学会接受/曾经多少次反抗,终归失败",呈现了人与生活的和解,这是一种由日常生活所呈现出的"当下性"。

与此同时,书写新时代的新风貌亦是建构"当代性"的重要路径。"新时代"已成为当下社会生活的一个关键词,是诗歌书写不能绕过的重要题材和主题。"诗写新时代·走进长江村"活动中胡弦的《长江湿地》、庞培的《江阴河豚》、王学芯的《临港新城》、龚璇的《风电时代》,"诗旅一带一路·美好江苏诗歌小辑"中龚学明的《大王庄的早晨》、北乔的《洪泽湖心经》等均是对新时代风貌的书写与呈现,无疑是"当代性"的一种体现。此外,2021 年时值中国共产党成立 100 周年之际,江苏诗人对宏大主题的回应亦在一定程度上呈现出当代性,如《扬子江诗刊》第 4 期"庆祝中国共产党成立 100 周年诗歌小辑"刊登的顾浩、盛克勤、袁同飞、十品、成秀虎诗作、第 7 期庆祝中国共产党成立 100 周年的"开放故事——著名诗人走进无锡堰桥

---

① 叶橹:《让诗性的触角无孔不入——布兰臣诗的探索性与实验性》,《作家》2021 年第 2 期。

诗歌小辑"刊登的胡弦、小海、王学芯、黑陶、成秀虎、邹晓慧、刘蕴慧、格风、龚璇诗作，所抒写内容虽属宏大主题，但诗人们巧妙地处理好宏大主题的公共性与个人性之间的关系，呈现出江苏诗人处理宏大题材时的优秀诗歌能力。这是对当下时代的回应，显然亦是诗人们对诗歌"当代性"的一种建构。

值得注意的是，江苏的优秀诗人甚多，朱朱、陆华军、代薇、陆佳腾、李海鹏、殷俊、黑马、如月、小鱼儿、子川、叶辉、庞余亮、马铃薯兄弟、海马、苏野、路东、孙冬、臧北、刘畅、古筝、陈傻子、的卢、孙嘉羚、王小程、魏欣然、赵汗青、李栋梁、陆佳腾、炎石、向迅、熊森林、陈文君、姜桦、陆新民、梁雪波、苏若兮、张小平、薛武、王婷、孙德喜、莫在红、丁可、刘立杆、义海、陆新民、麦阁、海马、中海、姜桦、南音、炎石、丁成、杨万光、洛白、钟皓楠、朱慧劼、羊妮、韩墨等均在安静地书写他们对当下生活的观察与体悟，试图通过构筑其各自的独特性而寻求自我突破，其诗歌均从不同侧面呈现出"当代性"，但由于篇幅所限，无法一一展开评述。

四

值得一提的是诗集出版、诗歌活动和诗歌奖项等外部助推力对于江苏诗歌的发展亦不可或缺。

首先是诗集出版。胡弦新出版的诗集《定风波》是其获鲁迅文学奖之后的又一新成果，反映了其不断寻求自身突破的诗路探究，开拓了新的疆域，呈现出他建构其独特诗歌美学的自觉与努力，显示出其强劲的创作活力。远心如闯入江苏诗坛的一匹"黑马"，从内蒙古来到江苏的她一出场便以《我命中的枣红马》制造了一道靓丽的诗歌风景。这是一部获中国作协重点作品扶持的马文化专题诗集，以丰富的艺术探索、多样的诗歌形式和杂糅古典汉语气韵与蒙古族民歌特点的独特语言呈现了蒙古族赛马、牧马、马崇拜等民族文化，塑造了马文化和现代女性精神成长的草原时空，由此呈现出现代女性主体精神成长的探索历程，是第一部以马意象贯穿全书的现代诗集。擅长从日常生活打捞诗意的刘康则一改其细微叙事的风格,以奇特的想象力写出《骑鲸记》,展现出不同凡响的诗歌创造力和活力。出生于1989年的王忆虽然由于先天疾病无法行走,双手变形、说话吃力,但她坚持用一根手指创作十余年,其诗集《王忆诗选》传递出她对人生的体悟和对梦想的追逐,呈现出其自信、自立、自强的信念。十品的《穿过时间的河流》、龙檀石的《木桥听风在溪畔》等诗集亦都呈现出诗人对生活、生命的诗意思考和哲性体悟,体现了他们在诗歌美学建构方面所作的努力。

其次是研讨会、诗会等活动的举办。由于疫情的原因,江苏诗坛的热闹虽然不如往年,但第四届扬子江诗会暨《扬子江诗刊》奖、"吴文化视野中的苏州新诗暨小海诗歌学术研讨会"、第五届"雨花写作营改稿会"、江苏青年文学论坛、全国知名诗人"大运河姑苏行"采风活动、第四届"扬子江诗会庆祝中国共产党成立100周年诗歌朗诵会"、第五届"扬子江青年批评家论坛"等活动的举办无疑推动了江苏诗人与全国诗人的诗歌交流,为江苏诗歌走出去与全国乃至世界诗歌的对接搭建了桥梁。

此外,各种奖项的设置与评选对江苏诗歌的发展也是一种刺激与推进。如第四届《钟山》文学奖、《扬子江文学评论奖》和第三届"《钟山》之星"文学奖、第四届《雨花》文学奖、第十届江苏文学评论奖、第九届扬子江诗学奖、第六届扬子江年度青年诗人奖等各种奖项的设置和遴选都对诗歌创作产生积极推动效应。在全国各地举办的诗歌奖赛中,江苏的不少诗人亦取得骄人成绩,如庄晓明在第六届中国长诗奖中获"最佳新锐奖"、龚学明的《记忆荒原》在第十二届《上海文学》奖中获奖。

不能忽略的是,有些诗人在积极探求诗歌创作之外的路径,如韩东的小说《门和门和门和门》、黄梵的讲稿《意象的帝国 诗的写作课》、李德武的随笔集《在万米高空遇见庄子》、庞培的散文集《碗和钵》等均显示出诗人跨界的成功,这些多栖诗人的跨界写作同样彰显出诗人们不断寻求自身突破的努力。

毋庸置疑,江苏诗人们在诗的深度、独特性和当代性等方面所作的努力已在一定程度上拓辟出一种"自我活力的崭新疆域",但要实现真正的"突破"和"裂变",还需诗人们继续探索与坚持。

伟业与新功的纪实华章
——2021年江苏报告文学创作综述

王 晖

在中华人民共和国成立以来，2021年无疑是一个值得特别铭记的年份。中国共产党成立100周年、脱贫攻坚取得全面胜利、小康社会全面建成等重大历史时刻和标志性事件汇聚于此，为江苏报告文学作家礼赞建党伟业、褒扬英模风采、关注现实民生提供了绝佳素材。在中共江苏省委宣传部、江苏省作家协会等单位的倾力指导、精心谋划和大力支持之下，江苏报告文学作家不负众望，奉献出令人满意的答卷。

一

庆祝中国共产党成立100周年，是2021年的重大主题。为此，江苏省作家协会组织编写了报告文学集《基石：江苏基层优秀共产党员礼赞》，江苏省报告文学学会组织编写了《向人民报告：江苏优秀共产党员时代风采》和《向时代报告：中国全面小康江苏样本》两部报告文学集，全面集中展现优秀共产党员的风采，以及在中国共产党领导下江苏全面小康建设的绚丽画卷，呈现出鲜明的现实性、地域性和组织化色彩，成为江苏省庆祝党的百年华诞的重要主题创作文学纪实作品。

《基石：江苏基层优秀共产党员礼赞》一书所再现的对象是20位生活在江苏大地各领域基层工作岗位上的优秀共产党员，由江苏省作协组织20名作家进行一对一深入采访而成。该书以"基石"做喻，书写获得过全国劳动模范、全国优秀人民警察、江苏省优秀共产党员等荣誉称号，包括民营企业家、科技精英、村党支部书记、人民警察、产业工人、中学校长、疾控专家、医护人员、援藏教师、银行职员等在内的优秀基层共产党员。他们年龄有长幼、职业各不同、岗位有高低,但都表现出忠诚于党和人民、无私奉献、攻坚克难、奋力创新创造等卓越品质,在平凡的岗位上做出不平凡的业绩,成为基层优秀共产党员的典型代表。《向人民报告:江苏优秀共产党员时代风采》和《向时代报告:中国全面小康江苏样本》由江苏省报告文学学会策划组织,章剑华、金伟忻、张茂龙等领衔撰写。这两部作品分别汇聚了全省50余位报告文学作家进行创作。《向人民报告:江苏优秀共产党员时代风采》以"改革先锋"、"时代楷模"、"小康典型"、"道德模范"、"名师大家"和"抗疫英雄"等六个部分,真情书写改革开放以来江苏大地涌现出来的50位优秀共产党员。他们来自各行各业,以其突出业绩受到党和国家的表彰,成为江苏500万共产党员的杰出代表。《向时代报告:中国全面小康江苏样本》以集合式结构全景展现江苏大地全面小康建设的壮阔历程。作品将宏观描述与微观呈现相结合,倾力尽显江苏"强富美高"全面小康的全景风貌与清晰细节。作品的结构方式独特,除"序章"和"尾声"外,全书共22章,其中,第1章—9章为江苏小康成就的宏观描述,涉及小康构想、苏南率先、农村改革、工业经贸新区建设、扶贫攻坚、区域协调发展、交通先行、环境生态保护、擘画"强富美高"新蓝图等方面的内容。第10章—22章则分别具体书写以苏南、苏中和苏北等江苏13个设区市的全面小康之路。这部作品的另一个突出特质在于,将诗意叙述与理性认知紧密结合。透过具有浓郁纪实风格的文字,作品似乎抑制不住叙述的激情与深情,力图将致力全面小康建设的江苏画卷徐徐展开。而写实本位与跨文体表达的有机结合,又使得该作凸显出作为报告文学所应具备的非虚构性和文学性特质。

与上述书写当代共产党员和当下现实的大型报告文学集有所不同的是,孟昱的《钟山星火——南京首个党组织诞生记》别开生面,形象聚焦百年党史的"微镜头"——南京首个党组织诞生记。该著以"钟山立新说"、"滴水汇江河"、"津浦扬洪波"、"大义担重托"和"暮夜燃星火"等五章篇幅,全景描述1922年秋南京首个中共党组织（浦口党小组）的诞生始末。作品线索清晰、结构完整，将党小组创建的前因后果及其曲折艰难历程生动描绘出来。这部作品扩容了以古都、悲情、民国等元素为主色调的南京题材的传统性，进一步彰显出南京地域文学书写的现代性和红色印记，为艺术呈现"红色南京"增添新的光彩和路径。"红色南京"纪实文学在此之前已有"雨花忠魂"系列、杨波有关渡江战役的《渡江》等多部作品问世，但将南京首个中共党组织的创建作为纪实文学描述对象的，则非《钟山星火》莫属。这不啻是重塑南京红色文学、红色文化的一次有益尝试，也是描摹南京作为"虎踞龙盘今胜昔"红色之城的浓重一笔。与题材选择的独特性相联系的是，《钟山星火》还生动再现了中国工人运动的先驱、中国共产党早期领导人、南京党小组的创建者王荷波的英雄形象。可以说，这部作品是近几年江苏主题创作与出版、南京题材纪实文学创作的新收获。

张文宝的《朱德的早年生活》、张茂龙的《永远的初心》、徐向林的《雪域高原上的奉献》、张晓惠的《生死兄弟》和高保国的《人民英模张思德》等作品，则主要是对于革命领袖和优秀共产党员个案的生动再现。《朱德的早年生活》主要描述的是中国共产党的主要缔造者和领导人之一的朱德同志早年生活的故事。作品讲述朱德的出生、读私塾、参加县试府试、赴云南陆军讲武堂等早年生活经历，其中朱德母亲对其的关爱呵护是叙述的重点，如"锅灶前生下小朱德"、"母爱的春雨洒下来了"、"辛苦是庄稼人的本色"、"无法痊愈的疤痕"、"一道生命的桥"、"风雨飘摇的家"和"母亲心跳的声音"等，以此形象再现一代伟人的成长史。《永远的初心》讲述的是江苏省扬中市一名党的基层干部郭克生的故事。作为全国劳动模范，郭克生曾经工作在村、镇和县局等不同的基层岗位，但他始终坚守共产党人为人民服务的初心、兢兢业业、清正廉洁、无私奉献，深受当地百姓的尊敬和爱戴，直至生命的最后一刻。作品通过"敢教日月换新天"、"无私才可无畏"、"千磨万击还坚劲"、"一枝一叶总关情"和"大爱情怀"等章节的描述，倾情还原了一个"仰天无愧、俯地无悔"共产党人的感人形象。徐向林的《雪域高原上的奉献》叙述的是"中央企业优秀共产党员"、"最美支边人物"段玉平的援藏故事。生于湖南山村农家的段玉平大学毕业分配至中国移动连云港分公司工作,在公司副总经理任上带着"传递爱"的梦想主动报名援藏,挂职担任西藏阿里地区改则县委常委、副县长。段玉平克服自然条件恶劣的高海拔地区所带来的种种不适和困难,秉承对党的忠诚、对人民的深情,全心全意为当地百姓做实事做善事做好事。为解决群众吃新鲜蔬菜的困难,他组织人员尝试在当地种植大棚蔬菜,改变了雪域高原因冻土等原因不能种植蔬菜的历史;他动员自己的亲朋好友帮扶当地的教育事业、改变落后面貌,设立改则县历史上的两个励志奖学金;他四处收集资料、为当地建起解放军西藏先遣连纪念馆,推动党史学习教育深入基层。《生死兄弟》写的是"同生为兄弟,共死为英魂"的两位英烈的感人故事。共产党员、苏北著名教育家赵敬之与国民党少将司令陈中柱曾是同村同窗发小和结拜兄弟。在抗日战争与解放战争中,两人为民族独立和祖国解放携手抗日、先后壮烈牺牲。作品以"古金陵,生命中的地老天荒"、"黄桥战,兄弟携手战敌顽"、"天地殇,血色柔情祭风华"等八章篇幅写出了两位热血男儿在烽火硝烟年代结下的深厚兄弟情、战友情和家国情。《人民英模张思德》是对家喻户晓的优秀共产党员张思德事迹的纪实重现。作品描述了张思德从一个旧社会的苦娃子成长为一名人民英模的短暂而辉煌的人生历程,诠释了中国共产党"全心全意为人民服务"的根本宗旨。除此之外,还有刘志庆所写反映溧水八年抗战历史的长篇纪实文学《溧水奔流》。作品以溧水大轰炸、新桥会师、喋血老虎庄、东坝战役等历史事件为叙述主线,再现了陈毅、粟裕、谭震林等中国共产党抗日将领的光辉形象,以及张一郎、曹明梁、曹鸣飞等溧水英雄可歌可泣的壮烈义举。

二

褒扬当代英模风采,是2021年江苏报告文学创作的又一鲜明主题。江苏省作家协会编辑的《又见遍地英雄:江苏抗疫故事》、傅宁军的《永不言弃——消防英雄成长记》、周淑娟的《永远是个兵》、刘晶林的《守岛人的信念》和殷毅的《G弦之歌》等作品就是其中较为典型的代表。

《又见遍地英雄:江苏抗疫故事》一书由中共江苏省委宣传部指导,江苏省作家协会组织叶弥、周桐淦、傅宁军等31位作家深入全省69家单位和个人进行实地采访,以"同舟共济,战'疫'有我"为主题创作报告文学作品38篇。作品分为三辑,分别书写援鄂医护人员、战疫民警、后勤保障人员等三个方面的英雄群体,譬如描述武汉战疫江苏医疗队的《聚是一团火》,记录南京鼓楼医院副院长于成功带队驰援武汉的《逆行者》,叙写牺牲在工作岗位的"全国公安系统二级英模"位洪明的《永生的名字》,叙述常州金坛唐王建筑工程公司援建武汉雷神山医院的《一支特殊的"水电部队"》等,全方位彰显江苏援鄂大军和基层干部群众的伟大抗疫精神。《永不言弃——消防英雄成长记》写的是消防英雄丁良浩的成长故事。作为"全国十大消防卫士"、"全国五四青年奖章"获得者和"全国学雷锋标兵"的丁良浩,是南京市方家营消防救援站的站长助理。作品通过"英雄不是天生的"、"谁不是肉体凡胎"、"火场上的新兵疙瘩"、"每次目送你离去"、"钢铁大侠"、"点赞'火焰蓝'"等章节,再现了英雄丁良浩的成长史,写出了当代青年的理想、奋斗与爱情,以及崇尚荣誉、公而忘私、不怕牺牲的精神品质。作品也通过丁良浩的故事,力图强调进行生命教育与灾难教育的必要性和紧迫感,告诫人们要重视安全、珍爱生命。《永远是个兵》叙写的是国网沛县供电公司员工、武警部队的退伍老兵序守文。作品通过"第一次出征"、"第二次出征"和"像电流一样"等内容,生动记录了序守文两战洪魔的事迹。1998年夏天,序守文毅然回到遭遇特大洪水袭击的"第二故乡"江西九江,参加抢险15次,解救被困群众约160人。2020年,序守文通过国网徐州供电公司党委紧急募集6万余元善款,筹措1000余套生活用品,第一时间赶赴抗洪一线,体现出浓烈的家国情怀和"人民电业为人民"的使命担当。序守文来自民间大地、走向精神高地,努力践行社会主义核心价值观,先后荣获"全国抗洪抢险先进个人"、"中国好人"和"江苏省最美退役军人"等荣誉称号。《守岛人的信念》讲述的是新一代开山岛的守岛人继承发扬"人民楷模"王继才的无私奉献精神,正确处理个人与家庭、小家与国家的利益关系,成为新时代的最美奋斗者。王继才去世后,县人武部向全社会公开征集守岛民兵。退役军人、公务员和个体经营者等踊跃报名担任守岛卫士。作品以生动的细节和诗意语言再现今日开山岛民兵犹如岛上抗寒、抗热、抗风、抗雨的"紫茉莉"花,坚韧而热烈,充满以岛为家、爱国奉献的真情与责任。公安题材短篇报告文学集《G弦之歌》主要包括《"消失"的谍报组长》《父亲的心空》《过招》《博弈互联网》《G弦之歌》和《沂蒙那座山》等作品,再现新中国成立初期公安抓捕敌特、新时代人民警察侦破涉网案件、打击毒品犯罪、抗击新冠疫情和基层片警服务群众等"警察故事",将不同时期人民警察忠诚于党、维护平安、服务人民的赤诚之心表现出来。作品将真实再现与精巧构思相结合,故事叙述跌宕起伏,一定程度上拓展了公安题材报告文学的写作视野。

以上这些褒扬当代英模风采的作品,题材不一,人物与事件也各不相同,但总体写作倾向比较相近。在这些作品里,人物身份平凡普通,做出的业绩却不同凡响。"位卑未敢忘忧国"的家国情怀,识大体顾大局、舍小家为国家的担当意识,公而忘私的正义精神,是这些被再现人物的共同特点,也是作家倾力表现的着力点。

三

地方书写,是江苏报告文学的一个传统。2021年,江苏报告文学作家以极大的热情继承这一传统,关注并书写江苏大地的脱贫攻坚、生态环保、法律援助、"心佑工程"等现实热点和焦点,呈现出特别的地域性色彩。

在脱贫攻坚、消除绝对贫困取得全面胜利的时刻,江苏报告文学作家以其亲身的观察、体验和写作热切地做出了多维的回应。《茉莉花开:脱贫攻坚江苏故事》一书由江苏省人民政府扶贫工作办公室组织40余名作家参与编写。这部洋洋百万言的报告文学作品集主要聚焦的是"全国脱贫攻坚先进集体"、"全国脱贫攻坚先进个人",以及奋战在江苏脱贫攻坚第一线的干部群众,譬如赵亚夫、王斌、王稳喜、朱洪辉、程智、谷洲等。作品勾画出江苏脱贫攻坚奔小康的绚烂画卷,为经济发达地区的精准扶贫和精准脱贫提供了新鲜经验和路径。陈恒礼的《决胜故道》以及与卢波、王建合作撰写的《仝海请回答》将视角继续投向苏北徐州睢宁。《决胜故道》里再现的睢宁位于明清古黄河故道,曾经是贫穷落后的黄泛区。党的十九大后,睢宁人民历经奋斗,建成了一批全国美丽乡村示范村、全国最美十大乡村、江苏省特色田园乡村,脱贫攻坚、建设小康社会的美好愿景开始成为现实——合作社田野里茁壮的麦苗,住进小楼的老人举着手机与远方的孩子视频,古黄河两岸花艳果香,村民载歌载舞庆丰收。千年土地,百年梦想。作品以开朗乐观、充满诗意与想象的笔触,描画出新时代苏北农民的新生活。《仝海请回答》描述的是睢宁县邱集镇的一个行政村——仝海。该村的传统主业是粮食生产。过去的仝海靠天吃饭,遇洪水等天灾则颗粒无收,村民苦不堪言,甚至被迫背井离乡。现在,经过多年奋斗,仝海村民引进了优质水稻,修排灌渠,建电灌站,将水稻遍植在全村近五千亩的土地之上。以此为基础,村里又建起了米厂,加工生产生态米,远销长江以南的广大地区。水稻的丰收,改变了仝海人和整个村庄的命运。村里陆续建起了农民大舞台、公园、便民服务中心。村民家家有汽车,孩子也有条件到县城或镇里上学了。迅速发展的仝海被评为全国一村一品亿元村。作品通过生动、细腻的描绘,呈现出一个小村庄的历史性巨变以及蕴含在其中的普通中国农民的奋斗精神和聪明才智。许卫国的《奋斗西南岗》详尽记录的是江苏省委驻泗洪县帮扶工作队在泗洪西南岗长达 28 年的精准扶贫历史。作品通过"西南岗两次伟大的进军"、"浸透大爱的土地"、"泪水,为西南岗而流"和"西南岗扶贫攻坚的伟大胜利"等章节的描述,对工作队克服种种艰难险阻,与当地干部群众一道,脱贫致富奔小康的故事予以生动的再现。

绿水青山就是金山银山。生态环保成为我们时代可持续高质量发展的关键词。对此,江苏报告文学作家仍然在思考、在行动。薛亦然的《满城活水》聚焦苏州城市的水生态历史、现状和未来发展。这部在视角、结构和语言方面有着诸多可圈可点之处的作品关注的是一个重要的民生问题。

这一问题与每个人、每个家庭的生活直接相关,类似于20世纪80年代盛行的"问题报告文学"。当然,建立在大量田野调查材料之上的这部作品,不仅仅是提出问题,更是在鞭辟入里地分析问题和解决问题,既有严峻现状的描述,也有改变现状的决策与行动的再现,是当代中国城市水务发展的苏州样本。作品以地方水生态的直接管理者——苏州水务为描述对象,通过"运河之城"、"理水长三角"、"风雨河道"、"满城活水"和"我的天堂我的水"等章节,详实描述了苏州供水变迁、取水发展等历史,以及水环境面临排污、蓝藻、寒潮等危机时的治理与化解,写出运河、太湖、河道与苏州等人城互塑式的水与城关系。其中,对苏州治水历史的清晰梳理富于丰厚史志性,对苏州城市水问题及其治理的观察与调查具有广博知识性。扩而广之,这部作品也可谓是对长三角经济发达地区水环境变迁的佐证,折射出中国社会发展的生态文明建设,以及现代化发展进程中的政治经济文化环境等等要素之间的错综复杂关系。徐向林的《黄海森林》以时间为轴线,描述江苏盐城黄海森林滩涂"煮海为盐"、"废灶兴垦"和"生态还债"的前世今生,形象呈现了历代"黄海林工"改盐改碱、兴修水利、植树造林、保树保林的艰辛历程。作品对"黄海林工精神"的形成与传承做出深入阐释,并以多个生动个案重点讲述从林场到森林、从"卖苗木"到"卖风景"的生态观念转变过程,成为"绿水青山就是金山银山"的现实样本。与此同时,作品运用大量科普理论阐述森林、海洋和湿地等三大生态系统之间相辅相成、相互促进融合的紧密关系,描绘了具有生物多样性的黄海森林所表现出的蓬勃生机。

对底层和弱势群体的关注,成为本年度江苏报告文学作家创作的又一亮点。徐良文的《法律的阳光——法律援助与农民工维权实录》致力于再现对农民工进行法律援助的志愿者。作品以江苏省法律援助基金会资助的典型法援案例为主线,叙写数年间该基金会帮助农民工讨薪和维权的多个典型个案,既表现出法律援助律师和工作者帮扶之路的艰辛与曲折,更彰显出这些富于正义感、同情心、专业精神的人们所拥有的博爱和温情,同时也体现出中国特色社会主义法律援助制度的卓然优势。张茂龙的《让我护佑你的心》是一部以南京医科大学第二附属医院副院长、心外专家李庆国及其团队创建医治贫困群体先天性心脏病的"心佑工程"为再现对象的长篇报告文学作品。作者"因一个偶然的机会,从而认识李庆国和他的团队,走进'心佑工程'",但他并没有止步于"偶然"或满足于拼接复制二手文献的浅尝辄止,而是将自己视为"心佑工程"的积极参与者和深度建构者,投入于亲身实践的田野调查,甚至还跟随"心佑工程"青海行小分队,由平原奔高原,克服严重的"高反",获取珍贵的第一手资料。作品一方面以李庆国及其团队救治贫困群体、特别是贫困儿童先天性心脏病的"心佑工程"为主线,再现其曲折的"成长史";另一方面,又以发散式思维结构,将围绕主线的健康扶贫、大病救治、医疗体制、科学登峰、攻坚克难、东西部均衡发展等触及当下中国社会转型的诸多问题表现出来。这些问题毫无例外地触及到当下中国社会发展的热点、难点,甚至是痛点,是中国社会向更高水平迈进、实现民族伟大复兴的关键点。作者以其报告文学作家的敏锐和果敢,不是无视与回避,而是正视和直击这些问题,力求以"心佑工程"之一"斑"窥中国发展之"全豹",以再现造福贫困弱势群体的"救心"义举,演绎新时代中国故事的全新篇章。

除上述作品之外,唐晓玲的《桑罗曲》,肖振才、顾茂富的《纪念碑下:侵华日军南京大屠杀遇难同胞丛葬地田野调查》等也是本年度江苏报告文学地方书写的重要收获。《桑罗曲》再现的是江苏华佳控股集团董事长王春花打造丝绸王国的故事。作品通过多维度叙述,将王春花的童年时期、家庭环境、求学之路、创业之路等形象生动地表现出来。凭着对事业的热爱和坚韧的毅力,王春花取得了成功。作品还重点表现王春花等人物追求经济发展壮大的同时,仍然不忘企业所应承担的社会效益和社会责任。作品力求深入把握人物丰富的内心世界,时代性和立体感较强,是讲好"中国故事"的一种有益尝试。《纪念碑下:侵华日军南京大屠杀遇难同胞丛葬地田野调查》以南京市域范围内竖立的 25 处侵华日军南京大屠杀遇难同胞丛葬地纪念碑为叙述线索,由南京城最东面的湖山纪念碑开始,直至最西面的江东门纪念馆结束,以大量史实、数据,以及受害人或目击者的口述实录,再现这些纪念碑下的丛葬地曾经所发生的惨绝人寰的日军大屠杀暴行。作品融历史叙事和现实叙事为一体,以纪念碑和碑文内容为叙事中心,追忆当年情景,回到历史现场。又以图文互鉴形式,将25处大屠杀遇难同胞丛葬地遗址作今昔对比,目的在于警醒国人勿忘国耻、复兴中华。作品形象生动而又别具一格,为有关侵华日军南京大屠杀的历史叙述和文学叙事增添了新维度。

2021年江苏报告文学取得了不俗的成绩。与此同时,我们还需要清醒地看到报告文学创作尚存有诸多提升的空间——青年作家的参与度不足;在地方书写中,还有很多领域尚待开拓;亟需形成既具江苏地域特色、又具全国性影响的创作态势等。目前,重大题材文学创作实践活动正在如火如荼展开,报告文学作家应顺势而为、敢作敢为,努力使自己成为"以人民为中心"的社会主义文艺的主动参与者、积极践行者和模范先行者。

以现实精神与诗性审美呼应时代新变
——2021年江苏儿童文学创作综述

谈凤霞　王　灿

当下中国儿童文学创作的一大趋势是追求与时俱进,书写中国经验和时代风貌。2021年是中国共产党建党一百周年,向党献礼成为本年度儿童文学主题出版的一个重要方向。综观2021年江苏儿童文学的创作,本土作家在小说、童话、散文、图画书等多种文类上均贡献了代表性作品,展现出充满温情的现实关怀。作家们把握时代脉搏,将文学性叙事与社会生活进行深层关联,在"时代"与"艺术"兼重的自觉意识中贴近儿童生活,拓展题材领域,进行艺术革新,彰显儿童文学的时代发展新气象。

一、 关注历史和当下的现实小说

在江苏儿童文学门类中,现实题材儿童小说的创作成果一如既往地占据重要地位。儿童文学理论家王泉根基于对百年中国儿童文学整体走向的观照,指出"现实主义是20世纪初迄今中国儿童文学的主潮"[①]。接续儿童文学的现实主义传统,本年度江苏现实主义长篇儿童小说主要集中于对战争历史与新时代社会变迁两种题材的书写。

21世纪以来,战争历史题材的儿童小说回顾中国的战争历史,反映战争中儿童的生存,思考战争对社会和人生的影响,彰显爱国主义情怀。黄蓓佳的《太平洋,大西洋》可以看作是《野蜂飞舞》的姊妹篇,但前者以老人

---

① 王泉根:《现实主义:百年中国儿童文学的发展主潮》,《河南社会科学》2016年第6期。

讲古的方式直接回忆过去的战争,后者则以联结着两大洋的两重时空交叉并行,以一个"侦探小说"的外壳,通过当代南京"猎犬三人组"中孩子们帮助爱尔兰华侨寻找童年伙伴的过程来打捞战时音乐学校的历史,将当下儿童的轻快生活与过去年代儿童的艰难生存相交织。作者设计了一颗"时空胶囊",以时尚动感的现代元素勾连沉重悲情的历史遗案,旨在给当代儿童读者以更宽敞的历史入口和更好的代入感。作者加上这个生猛活泼、充满喜剧趣味的外壳,在结构上与过往的历史形成对峙,以此在一定程度上消解主体故事的悲伤和沉重。丁帆认为"这是作家谱写出的一曲穿越时空、回响于历史和现实之间、并具有'复调'意味的'悲怆交响曲'"[①]。过去时空的生活写得更有质感,华侨老人邮件中追溯的童年记忆展示抗战时期江苏丹阳音乐学校中的师生气象,反映了这一音乐群体为传承艺术薪火和民族文化复兴所做的坚守与牺牲,成人与儿童角色性格鲜明,尤其是身世坎坷的音乐神童多来米的形象很是饱满,他活在尘埃里而心中有明镜的"沉默"姿态中蕴含了强大的情感力量。

杨筱艳的《荆棘丛中的微笑》以日军南京大屠杀为故事背景,在第一本《小丛》之后又推出第二部《吴安》,讲述少年吴安苦难的生存与不屈的成长故事。小说用全知视角,以传统的"花开两朵各表一枝"的叙述方式展开:一是叙写小学徒吴安在南京沦陷前后的逃难历程,一是讲述军人陈随民的抗日行动,两个角色之后相遇相伴,少年在军人影响下也走向更为坚强的反抗。作者用儿童的眼光见证那段苦难的战争岁月,注重人物心理刻画,展现战争中的人性光辉与人间温情,省思战争带来的灾难。苏北作家胡继风也调动本地战争历史资源,以真实历史人物为原型创作《太爷爷的心愿》。小说通过男孩运宝的视角与太爷爷的回忆,讲述太爷爷参加革命、追随共产党的峥嵘岁月,其中有淮海战役、抗美援朝等历史事件的细节呈现,并以太爷爷的入党、寻党为主线,生动展现太爷爷坚贞的爱党情怀与昂扬的精神力量。这些战争历史的书写,从不同的角度展开对历史的追怀,丰

---

① 丁帆:《〈太平洋,大西洋〉:谱写友情的复调悲怆交响诗》,《文艺报》2021年4月23日。

富了中国战争题材儿童小说的书写面貌,在文学价值之外兼具爱国主义教育的思想价值。

书写时代社会的变迁与儿童之间的关系,是现实题材儿童小说的另一种趋向。《耳朵湖》是成人文学作家姜琍敏的第一部儿童小说,故事发生在20世纪六七十年代,是作家对童年旧事的回溯。小说对少男少女间的朦胧情感拿捏精准,穿插"我"与老师和同学的点滴故事,以舒缓的叙事节奏表现童年的纯真与美好。乡村的"耳朵湖"散发朴实的泥土气息,连缀起因河蚌引发的惊险而凄美的故事,承载着作者对童年的逝去和人事变迁的淡淡的忧伤。多部江苏现实题材小说以歌颂为主调,赞扬当下社会中各类勤勤恳恳的奋斗者、兢兢业业的奉献者。王巨成的"等待花开"系列包括《亲爱的枣树》《远方的红纱巾》和《幸福路》,以抗战时期、改革开放和新时代的三代人的童年生活为切入点,通过三个普通女孩的视角描绘发生在中国大地上、贯穿百年变迁的生活画卷,展现少女在此过程的成长与蜕变,肩负起民族复兴大任的担当和决心。韩青辰的《我叫乐豆》延续之前的警民题材,以留守儿童乐豆在基层民警的帮助下改变了人生命运为核心故事,歌颂以基层民警为代表的社会各界对留守儿童的关爱,也表现乡村儿童自强自立的品质。徐玲的《长大后我想成为你》是2021年度桂冠童书之一,小说聚焦新时代优秀的基层党员干部形象,以少年李牧远的视角讲述作为社区书记的爸爸深入基层、为社区群众解决实际困难而深得民心的故事。作品展现了父子关系的转变及父亲的优秀品质对孩子潜移默化的影响,"长大后我想成为你"是来自少年内心最深情的感动与未来的成长方向。赵菱的《我的老师乘诗而来》以"90后"特岗教师扎根乡村的真实故事为原型创作,立足于留守儿童与乡村支教的时代主题。年轻的江老师从城市来到偏远地区执教,他在孩子们心田里播种下对诗歌的热爱和对梦想的憧憬。作者用清新朴素而富有诗意的笔触,展示富有理想主义和浪漫情怀的教育生活,呼应了当下乡村振兴中乡村教育的建设问题。郭姜燕的《旋转出来的梦》通过身有残疾的乡村女孩柳一苇的奋斗故事,表现当代青少年不屈从命运、奋勇向前的精神风貌。前面提及的时代主题小说多具有端庄的气质,而祁智的《二宝驾到》则以幽默笔调讲述"二胎"生育政策带来的影响,描绘大宝们在迎接二宝时的微妙的心理状态,复现当代都市家庭富有烟火气的日常生活。他将二宝问题当作"生活的乐趣"和"时代的命题",笔触也伸向学校和社会以增加分量。

植根于江苏地域文化的儿童文学作家不仅写江苏,而且其眼光也超出江苏,对于中国传统文化和多元地域文化都有广泛涉猎。冯云通过历时五年的走访调查,奉献了"中国的孩子"系列作品集,包括《胡同里的春节》《夏日侗歌》《纸上中秋》《澳门的雪》。她以中国34个省级行政区域为地域性依据,选取每个省份中有代表性的传统文化、民俗风情、特色美食、地理景致等作为背景,讲述不同地域文化中孩子的成长历程,在实现中国梦的过程中呈现了多元化的童年生活样貌。各种富有中国特色的物质文化、民俗曲艺、方言美食等元素巧妙地穿插其中,把中国孩子的生活图景与时代发展相交融,强化作品内涵的文化性与时代性。国外异域文化书写也是一些江苏作家的独特法宝。定居法国的邹凡凡继续"奇域笔记"系列的创作,本年度推出第八本——《奇异骏马图》,用"文化加悬念"的范式讲述小婵与冯川远赴美国去侦查国宝流失案的历程,完成跨越时空的文化和心灵的沟通。她的另一部长篇《华灯初上》也与文化艺术相关,"华"灯既是中华之灯,也是承载了文化的"繁华"灯火。生活在法国巴黎的华裔女孩雨宁携她的两个法国同学一起到中国南京过春节,由此展开了文化猎奇、文化体验、文化寻宝的旅程。小说以人物行踪搭起棚架,上面缠绕葱茏的文化藤萝,也绽放出人物对于文化认知的茂密花朵,是一部典型的文化小说。定居苏州的荆歌也开始加入异域故事的行列,他从成人文学转向儿童文学的创作道路越走越宽,从对苏州小镇的书写转向域外书写,本年度出版成长课系列"西班牙三部曲"(《你好马德里》《托莱多电影》《西班牙爸爸》),将故事背景置换成西班牙,但作者的定位仍指向中国文化,将中国孩子放置于异域空间,以此来延展开不同文化语境下少年微妙的心理体验、内心冲突,在文化碰撞中产生审美张力。

校园生活及家庭关系中儿童的成长,历来是儿童小说的一大关注点。

王巨成创作了"正在长大"系列小说(《我们的秘密》《寻找失踪的父亲》)和"与你同行暖心书系"小说(《到上恰恰去》《别对孩子说谎》《我们班的奇迹》《你多么勇敢》)。其中,《我们的秘密》涉及校园霸凌,呈现青春成长隐秘而灰色的角落,试图引导青少年走出阴霾,积极乐观地成长;《寻找失踪的父亲》描写的是少年的寻亲和成长之路,反映世间百态、人情冷暖。徐玲的《楼顶上的外婆》直面生活中的亲子关系问题,以男孩与母亲的紧张关系入手,将神奇的幻想融入家庭日常,孩子在与天堂外婆的重逢中重新认识母亲和自己。赵菱的《风车开满我的家》探讨一群教工子女的心灵困惑、亲子关系等问题,描绘性格各异的柳小含、方冬忆等少年的生活与情感,注重暖色调。庞余亮循着之前创作的《神童左右左》等小学校园故事的幽默路线,创作了《看我七十三变》,通过孩子与父母、同学、老师之间发生的趣事,展现童年的纯真、活泼与乐趣。

在短篇儿童小说领域,江苏作家也硕果累累,本年度出版的(中)短篇小说集有赵菱的《风在林梢》《遗忘的颜色》、金曾豪的《雄鹰起飞》《警鸭》等。赵菱的短篇善于呈现少年在成长中的困惑、友谊与关爱,金曾豪的多个短篇以动物为主角,呼唤小读者亲近自然、感悟生命。发表于刊物的短篇小说也大多聚焦于乡土、校园、亲情等。龚房芳常年进行故事专栏和校园小说的创作,《也许捡了一个宝》讲述孩子围绕一只臭虫写出多篇精彩作文而轰动全班的有趣故事,用颇为幽默的风格来表现教育中的问题和困境的突破,也包含了孩子对生命的尊重。马昇嘉的《村小来了高老师》描写来乡村小学支教的音乐老师带来音乐乐趣及其与学生间的深厚情谊,高巧林的《高德立的砖》围绕一块砖展开一波三折的故事,表现乡土少年在父辈影响下的心灵拔节。田俊的《沛莫能御》展现中学少年之间妙趣横生的交往。余今的《有些事,不是你想的那么酷》、朱云昊的《美食家泥丁》《她在神仙肚子里》、曹延标的《唐胡温乔》《追赶太阳的少年》等也各具匠心。

二、风格多样的幻想文学和诗文

在本年度评选的第十一届全国优秀儿童文学奖中,有两位江苏作家以童话获奖:迟慧的长篇童话《慢小孩》和徐瑾的短篇童话《坐在石头上叹气的怪小孩》(后者获青年作者短篇佳作奖)。2021年,江苏幻想小说与童话创作出现了一些值得关注的新成果。顾抒完成了长篇幻想小说"白鱼记"系列的最后两部,这一系列小说共有八季:《流水》《焦螟》《罔两》《异鹊》《北海》《无名》《桃木》和《梦蝶》,在叙事上以"现代——古代——现代"的时空转换模式展开。发生在古代的故事是主体,讲述小白和非鱼治病救人、探险求真的经历,牵出与怪病相关的子故事,故事的光影重重,情节扑朔迷离。作者想象丰富,幻境别有洞天。这一系列幻想小说以"追寻"为母题,探讨了本心、人与他人及自我的关系、生与死的本质等颇为深奥的问题。作者致力于写出具有中国气韵的幻想小说,从《山海经》《诗经》《楚辞》《庄子》等经典中汲取资源,引入中国神话传说、道教和巫文化等本土元素,并以现代思想和审美旨趣进行再创作,形成民族文化特色鲜明且新颖奇特的幻想故事。"白鱼记"系列小说兼具幻想性、思想性和本土性,文化意象纷纭,语言精致,具有古典气韵,是当代中国幻想小说中富有才情和才学的优秀之作。顾抒还有三部"秘境童年"系列短篇小说集出版:《乌鸦车站》《蓝花井的咕咚》《小巧的蓝色皮箱》。她善用亦真亦幻的手法叙述故事,追求自由、轻盈和曼妙。

本年度江苏作家的长篇、中篇和短篇童话都有一些成果。长篇童话有王巨成的《远水河的秘密》和沈习武的《通向天空的小路》等。王巨成以小说为主要阵地,近些年也开始涉猎以想象为要领的童话创作。他的这部童话酝酿多年,有意识地扎根于现实大地,书写具有中国味道的童话。远水河的两岸原本敌对的两只"三不像"动物用爱的力量战胜了仇恨,河上出现了一座沟通心灵的桥梁,爱正是解救被禁锢生命的密码。作者注重童话故事的趣味性,也希望读者能透过故事读出对现实的隐喻。沈习武的《通向天空的小路》以老鼠小哲为主角,他在寻找失踪的妹妹和妈妈的途中遭遇危险,但总能以善良和乐观来对待。他以真情和智慧打动和团结了一群原本不怀好意的老鼠,带领大家逃出山洞,与家人团圆。小哲给老鼠们带来希望和勇气,让它们懂得怎样做一只堂堂正正的老鼠。这部童话表现至死不渝的亲情,也探索面对困境的解决之道。

中篇童话有顾鹰出版的精灵系列(《精灵旅行社》《精灵出租屋》《精灵博物馆》)和王一梅的《精灵,请回来吧》。二者都以精灵为童话角色,故事活泼丰润。后者是一部生态童话,树精因森林遭受破坏而消失,藏在树洞里的树精小羽萌生后,由糊涂猪爸爸和胡萝卜兔妈妈照顾。男孩麦穗无意中使小羽变成了隐形树精灵并面临消失的危险,为了挽救小羽,他带着小羽开始了寻找红白相间羊的旅程,并揭开了小羽的身世之谜,使小羽获得重生,回归森林。故事的生态寓意指向爱护自然和尊重生命,书中细节丰富,想象轻盈,笔致清新。

本年度多位作家结集出版了短篇童话集,如孙丽萍的《雨国的秘密》、赵菱的《星星列车》、王一梅的《独一无二就是你》、苏梅的《啰里啰唆的猫》等。孙丽萍专心于童话写作,《雨国的秘密》中的童话风格较为统一,诗意、唯美、淡远、明朗。她的童话节奏舒缓、想象轻盈,风童子、雨精灵、蚂蚁、琥珀森林等意象散落其中,在幻想中与自然对话,营造如梦如幻的童话世界。赵菱的短篇童话集《星星列车》中的九则童话蕴含不同的哲理,陪伴孩子在奇幻的想象中快乐长大。周彩虹的儿童故事《艾小米的童话屋》中也收有多篇追求轻盈童趣的童话。龚房芳、任小霞、余今、朱云昊等也在刊物上发表了诸多童话,其中余今的短篇童话《记性修理铺》获第三届《儿童文学》擂台赛之全国"温泉杯"短篇童话大赛银奖,朱云昊的童话《普通的兔子和方脑袋西瓜》获第二十届台湾《国语日报》儿童文学牧笛奖佳作奖,他还出版了12册"公主行动"系列童话,包括《公主怎样找到龙》《越吃越大的公主》《三百年前的大巫师》《变身魔法大出错》等。他的童话构思奇巧,追求轻松幽默的风格,其内蕴耐人寻味。朱云昊是新秀作家,他在儿童小说、童话和诗歌创作方面都有丰富的创造。另需提及的是,南京小学语文教师周益民长年致力于民间文学教学探索，主编了"民间文学里的中国"（《母语的游戏》《四大传说》《民间故事》《神话故事》），选文中汇合了传承性的讲述和现代的再创作，在文学中融入民俗文化、民间艺术等知识，为民间文学教育提供了具有操作性的范本。

在江苏的非虚构儿童文学写作中，儿童散文较为蓬勃。倾心于自然书写的韩开春耕耘不辍，出版"大自然的悄悄话"等系列和《肚兜上的主角》《住在我家的动物朋友们》等文集，作者在写作过程中往往引经据典，同时运用泛灵性的思维以及拟人化的表达，将文学性与知识性融为一体。殷建红的长篇散文《房子的记忆》通过描述红儿一家的生活变化来表现家乡日新月异的发展，以"房子"为缩影，以小见大地反映时代风貌的更迭，从儿童视角反映了改革开放四十年来我国的乡村巨变和城市化进程。行文朴实，富有生活气息，情感真挚。王巨成的散文集《长大的秘密》用诗意有味的语言，描述男孩女孩成长路上的快乐、梦想、忧伤和憧憬，展现缤纷的校园生活与少年纷繁的内心世界。高巧林等也有多篇散文在刊物发表，书写乡土生活和儿童成长纪事。

在纪实文学中，邹雷的报告文学《卢志英中队》发挥纪实性与文学性的特点，生动再现20世纪50年代南京雨花台区中心小学班主任丁芝秀以革命先烈卢志英为榜样，成立全国第一个英雄中队——"卢志英中队"的教育事迹，反映少年儿童在革命精神熏陶下的思想转变，诠释"英雄中队"的价值。纪实文学中另一别样的成果是刘晶波的《小时候的时候——别样的成长档案与分析》，这是一部幼教专家的育儿经，具有鲜活的教育现场感。作者有着细腻敏锐的文学感觉，将生命中那些"鹅黄色的日子"娓娓道来，灵动细致地还原一对儿女幼时生活中活泼的形象和情境，并在有趣的故事之后展开理性分析。这份成长档案中饱含作者对于孩子深切的爱、欣赏、理解和关怀，也闪耀思辨的光芒。

相比其他体裁，本年度江苏儿童诗创作较少，孙丽萍、任小霞、顾红干、朱云昊、龚房芳等有一些诗作发表。孙丽萍的组诗《一个孩子的天空》获第二届谢璞儿童文学奖童诗奖，这些诗歌以天空为核心意象展开孩童般天真的想象,延展出与之相关的太阳、星星、雨丝等相关的意象群落,融入纯美的情意。朱云昊在上海的《少年文艺》发表诗歌《三个动物的秘密》,以别出心裁的想象来解释"长颈鹿身上的补丁"和"北极熊为什么熬夜"等问题,富有情节感和趣味性。

从阅读心理而言,优秀的儿童文学作品既能给孩子带来对现实的感受和认知,同时也能让孩子们在跨越现实与想象之界线时乐在其中,并在不断挑战自己想象和认知的极限中感受到更高的愉悦。无论是幻想文学,还是抒情记事的诗文,都需要营造这样乐趣无穷的广阔审美空间。

三、图画书和舞台剧的时代献礼和个性化创作

江苏图画书创作立足于儿童本位,追求多姿多彩的主题和创作手法,本年度有多部作品获得重要奖项。陶菊香插画的《粪金龟的生日礼物》获得第七届"丰子恺儿童图画书奖"佳作奖,她使用布料、纸张、毛线和画笔等复合媒材,以拼贴手法为主,创作出色彩绚丽、造型稚拙的角色情境。王祖民独立创作的《泥叫叫》获第三十三届陈伯吹国际儿童文学奖年度绘本奖,以无锡的非遗"泥塑玩具"为角色并将之拟人化,讲述技艺高超的手艺人老爷爷与泥叫叫之间的充满温暖和爱的故事,也暗示了非遗文化传承的艰难现状和对光明未来的期待。书中角色的造型朴拙可爱,洋溢浓郁的中国风。他插画的绘本还有《卡卡有个大嘴巴》《天边的桃林》《西瓜地》《蝈蝈儿》等,《一寸光》获2021年度微博童书榜中国好书。

为了向建党一百周年献礼,江苏凤凰少年儿童出版社策划出版了"童心向党·百年辉煌"主题绘本书系,讲述兼具思想性、史实性和艺术性的故事。多位江苏作家和插画家加盟创作,如赵菱撰文的《青纱帐,红小花》、张晓玲撰文的《光明》、郭姜燕撰文的《纺车在歌唱》、王祖民和王莺插画的《中国天眼》等。这些作品以图文结合的审美形式来跨越时空,饱含激情地展现社会变革中波澜壮阔的时代画卷,吸引少年儿童去走进那些不能遗忘的历史,也走近那些需要铭记的牺牲与奉献。诗人巩孺萍继续为低幼绘本撰

写清浅的故事《小蛇弯弯变变变》(6册),她和画家王祖民、王莺合作《臭臭的书》(3册),其中《大象在哪儿拉便便》入选教育部推荐幼儿图画书。冯云撰文的绘本故事有《小栗子的大事件》《小猪洗澡》《龙宝的端午节》《梅雨宴》及《刚刚好》绘本套装(8本)等,这些作品深入浅出,注重趣味性和知识性。由余丽琼撰文、日本石川惠理子绘画的图画书《一块巧克力》贴近儿童日常生活,文字故事叙述朴实细腻,画面简洁,风格浅淡而温馨。

尤为值得称道的是《东方娃娃》资深编辑龚慧瑛以心珑笔名创作的一套科普绘本,包括《蜘蛛爱吐丝》《蚕宝宝的一生》《飞吧飞吧小白伞》和《歌唱光明的蝉》。虽然是用全知视角陈述知识的科普作品,但她的文字既有科学语言的准确和精炼,又有文学语言的生动和诗意,字里行间涌动着作者对于自然生命的热爱、敬意和深情。如《歌唱光明的蝉》用克制的文字写蝉坚忍不拔的一生,是一曲献给蝉的真挚颂歌;《飞吧飞吧小白伞》以简洁的文字描绘蒲公英从生根发芽到开花结果和播种的过程,宛如一首写给蒲公英的轻盈优美的抒情诗。虽然这套绘本版式朴素,但其中自有令人感动的光华。

江苏另一插画大家朱成梁为根据莫言的短篇小说《大风》改编的同名图画书绘画,此作获微博童书榜2021年度好书原创绘本榜。在《大风》的图像叙事中,插画家借鉴拍摄电影的叙事手法来讲故事,在传统写意之中捕捉童趣,将写实与写意结合来展现故事情境。朱成梁与爱尔兰作家玛丽·墨菲合作的图画书《这个世界上我最喜欢……》由法国鸿飞公司出版了法文版,用澄澈清新的水彩呈现的中国形象和画风给法国孩子带去新鲜风味,实现了莫里斯·桑达克所言的"一本成功的图画书就如同一首看得见的诗"这一境界。另外值得一提的是,江苏老一辈作家方轶群在20世纪50年代创作的童话《萝卜回来了》也由鸿飞公司出版了法文版的绘本,可见其超越时代和国界的艺术生命力。

在当下媒介日益丰富的时代,江苏儿童文学作品也在进行多媒体转换。黄蓓佳的小说《野蜂飞舞》被改编成青春舞剧,这是国内首部讲述抗战时期"华西坝"历史的青春群像剧。韩青辰的小说《因为爸爸》也先后被改编成儿童剧和声乐套曲。江苏大剧院将这两部具有历史感和时代感的儿童文学作品搬上舞台,是为了在舞台美育中更好地传播家国情怀。这一从文字到音像媒介的转变,能带给观众更直观的感受和感动,也扩大了作品的现实影响。

整体而言,2021年度江苏儿童文学呼应了"用情用力讲好中国故事"的时代要求,奉献了多部优秀之作。如何深入揭示儿童与时代和社会之间的关系,尤其是如何深入刻画儿童在社会中的成长,考验着作家对现实的把握能力、对儿童的理解程度,也考验着作家本身的思想格局和审美眼光。如何在"跟随潮流"和"创造潮流"甚至"引领潮流"中寻得真正的文学书写生长点,需要喧哗时代的作家们静心思考,倾听身外和内心的声音,探索属于自己的独特道路。正如1980年国际安徒生奖得主、捷克作家博哈米尔·里哈所言:"我认为每个真理都应该以其独有的美学形式呈现出来。"[1]真正杰出的儿童文学也需要这样独辟蹊径地表现"真理"!

---

[1] 张明舟主编:《走进国际安徒生奖》,张德让等译,安徽少年儿童出版社,2012年版,第76页。

红色年代里,江苏网络文学的一份红色答卷
——2021年江苏网络文学综述

海 马

2021年,中国共产党的百年华诞。作为全国网络文学大省、强省之一,江苏的网络文学事业继续健康、有序发展的同时,在这个特殊的年份,红色作品、红色主题得到了进一步加强和突显。应该说,在某种程度上,这些红色作品、红色主题以及相关活动,构成了江苏网络文学全新的亮色。

如果用一个字来概括江苏网络文学最为抢眼的重要特色,那就是"红"。红色,红旗的颜色,革命的颜色。在一个红色的年代,红色网络,红色文学,红色主题,江苏交出了一份令人满意的关于网络文学的红色答卷。

一

2021年,江苏省网络作家协会以庆祝中国共产党成立100周年为工作重心和主线,创新思路,多措并举,开展系列红色主题活动,推进各项工作的发展,推动新时代网络文学的繁荣发展。

为加强江苏网络文学队伍党史学习教育,提高对周恩来精神、雨花英烈精神、新四军铁军精神、淮海战役精神等江苏四种革命精神的直观感受和深入理解,5月9日—12日,江苏省网络作家协会组织相关网络作家开展庆祝建党100周年主题教育实践活动。作家们来到南京、泾县、徐州和淮安,瞻仰皖南事变烈士陵园、参观淮海战役纪念馆、走进周恩来纪念馆,接受了多堂党史教育学习现场教学课。作家们深受教育,表示通过参观和学习,对中共党史、新中国史、改革开放史、社会主义发展史有了更为深入

的了解,为今后创作更多表现"四种精神"的网络文学作品奠定了良好基础。

为热烈庆祝中国共产党百年华诞,2021年,江苏网络作协会同相关部门组织了两次大型的征文及评奖活动。一是在中国作协网络文学中心、长三角文学发展联盟的指导下,由上海市网络作协、江苏省网络作协、浙江省网络作协、安徽省网络作协发起,邀请全国各文学网站、平台共同举办的"庆祝中国共产党成立100周年"网络文学主题征文大赛活动。该活动2020年11月份启动,得到全国各地的网络文学作者积极响应。经过初评、复评,共有76部作品进入终评。2021年6月29日,终评会在江苏省作协举行,经长三角文学发展联盟成员单位代表及知名网络文学评论家认真评审,共有22部应征作品获奖。二是由江苏省委宣传部、江苏省新闻出版局、江苏省作协主办的"2021扬子江网络文学作品大赛",该活动于2021年2月正式启动,旨在推动产生更多网络文学精品。本届参赛作品重点围绕庆祝中国共产党成立100周年、聚焦"强富美高"新江苏建设、传承弘扬中华优秀传统文化等主题,反映了加快构筑江苏网络文学出版高地,促进网络文学产业高质量发展,加快建设"三强三高"文化强省的总体工作思路。经各地申报、专业审核、专家初评、评审委员会终评等环节,最终评出获奖作品一等奖1部、二等奖3部、三等奖6部,"最佳年度主题奖"1部,"最佳故事情节奖"1部,"最具影视改编潜力奖"1部,优秀组织奖单位6家。

以上活动均为红色主题,特色鲜明,彰显了政治站位及思想高度。

二

2021年,正好是江苏省网络作协的换届年。江苏省网络作协先后召开了两次大会,共商江苏网络文学发展大计,从而更好开创江苏网络文学事业未来新局面。

2021年5月8日下午,江苏省网络作协一届七次主席团会、理事会在南京召开,江苏省网络作协主席团成员、理事会成员等37人参加会议。跳舞做江苏省网络作协一届七次理事会工作报告，王朔传达了4月在武汉召开的全国网络文学工作会议精神。

2021年10月14日，江苏省网络作家协会第二次代表大会在南京举行，105名来自全省各地的网络文学工作者代表参加会议。江苏省委宣传部副部长徐宁，中国作协网络文学中心副主任何弘，江苏省委统战部一级巡视员黄仕亮，江苏省作协主席毕飞宇，江苏省作协党组书记、书记处第一书记、常务副主席汪兴国，江苏省作协一级巡视员、省网络作协常务副主席王朔，江苏省作协副主席、省网络作协主席跳舞等出席会议。会议由王朔主持。

会议回顾总结了省网络作协成立以来的工作和我省网络文学事业取得的成绩，共商未来五年江苏网络文学事业高质量发展的思路与举措，修改并通过了《江苏省网络作家协会章程》，选举产生省网络作协新一届主席团和理事会。陈彬（跳舞）再次当选为江苏省网络作协主席，丁凌滔（忘语）、王朔、王辉（无罪）、卢菁（天下归元）、朱洪志（我吃西红柿）、刘晔（骁骑校）、刘华君（寂月皎皎）、李玮、吴正峻、张铠（雨魔）、张年平（更俗）、段武明（卓牧闲）、徐震（天使奥斯卡）、蒋钢（步步）当选为副主席。月关、杨晨被聘为江苏省网络作协名誉主席。开幕式后，何弘作《学习贯彻习近平总书记关于文艺工作重要论述、繁荣发展网络文学》专题辅导报告。

江苏省网络作协加强全省各市网络文学社团的基层组织建设和会员发展工作。2021年2月，年度发展会员工作正式启动。5月8日，经江苏省网络作家协会主席团成员评审，并报江苏省作协党组书记处会议通过，共有92人被发展为会员。自此，江苏省网络作协会员人数达到545人，其中，137人为江苏省作协会员，40人为中国作协会员。

目前，江苏全省已有11个设区市成立了网络作协组织，除了有特殊原因的个别地方之外，基本做到了全面覆盖。部分设区市还成立了县市一级的网络作协，工作触角得以进一步延伸。各市网络作协组织定期进行交流座谈、深扎实践以及学习培训，团结和凝聚了当地的网络作家。

加强党的领导及网络文学组织建设，一直是江苏省网络作协的常规工作,也是工作重心。这是战斗力、执行力的重要基础,更是推进红色网络文学建设的可靠组织保障。

三

在全国的网络文学格局中,江苏无疑属于网络文学大省和强省。网络作家人数众多,实力强大,创作激情一直保持高涨状态。2021年,江苏网络作家继续高歌猛进,取得了不俗的创作成绩。

骁骑校的网络小说《长乐里:盛世如我愿》《白龙》均签约番茄小说网。前者系完本,共计28.9万字;后者是未完本,已写作88万字。《长乐里:盛世如我愿》分别入选中国作协重点扶持项目、中国作协网络文学影响力榜、花地文学榜年度网络文学、中国小说学会2021年度好小说。任怨的网络小说《仙道方程式》签约书山中文网,创作了100万字;同时,改编《元龙》动画第二季。《元龙》荣登国家新闻出版广电总局主办的CACC第18届中国动漫金龙奖IP改编奖(2021年度),《神工》入选中国小说学会2020年度小说排行榜。卓牧闲的《朝阳警事》被中国作协网络文学中心和上海作协评为红旗颂—庆党百年百家网站百部精品,《老兵新警》入选中国作协定点生活扶持项目,并由作家出版社出版;个人获得茅盾新人奖·网络文学奖,被中国作协评为"深入生活、扎根人民"主题实践活动先进个人。童童一共创作了三本书,《学神恋爱攻略》和硬科幻《月球之子》签约番茄,民间救援队题材《你是我的荣光》签约翻阅。《大茶商》与山影合作拍摄影视,并入选国家新闻出版署优秀历史题材与现实题材网络文学出版工程。姞文2021年延续良好势头,继续"姞文江苏故事系列网络小说"和"秦淮故事Nanjing stories"的创作。抗疫小说《王谢堂前燕》完稿,实体书由江苏凤凰文艺出版社2022年元旦出版,是全国第一部小说体裁的抗疫题材图书。该书获国家新闻出版署2020年优秀网络文学工程奖。姞文是获奖专业户,2021年获奖甚多。《熙南里》入选2021年网络文学重点作品扶持项目、江苏省2021年主题出版重点出版物。《长干里》获国家出版署第五届中国政府出版奖提名奖,入选"红旗颂"——建党百年百家网站百部精品奖、"大众好书榜"2021年度好书榜。《王谢堂前燕》在"庆祝中国共产党成立100周年"网络文学主题征文大赛获奖。《范知州》在2021年扬子江网络文学大赛获奖,《范公堤》获2020年度盐城市政府文艺奖一等奖。个人荣获南京市五个一批人才,第四届茅盾新人奖·网络文学提名奖。宅猪2021年创作完成网络小说《临渊行》,《临渊行》《牧神记》简体出版,《临渊行》动画版权、漫画版权、有声版权、网络大电影售出。《临渊行》获得2021年探照灯年度十大原创网络小说的荣誉。张启晨(本命红楼)2021年继续进行小说《一面》的创作外,出版了主题绘本《流动的历史——图说中国大运河》,小说《清晏园》签约番茄,并为了接下来乡村振兴题材的创作进行采风考证。裘如君(又名:凌烨和海涵)的《百年沧桑华兴村》签约逐浪网,并已完结。此系2021年中国作协重点扶持网络小说,江苏省作协推荐江苏省委宣传部重大题材作品。《边陲小镇春天路》,签约飞卢小说网(定制买断)。乔雅的小说《心照日月》入选"红旗颂——建党百年、百家网站、百部精品",并获"庆祝中国共产党成立100周年"网络文学主题征文大赛的"优秀奖"。《冬雪暖阳》获"新时代的中国征文大赛"优秀奖、"扬子江网络文学作品大赛"三等奖。顾七兮完成了2021年中国作协重点项目扶持作品苏绣非遗小说《你与时光皆璀璨》的火星网网络版,以及纸质出版。2021年网剧《一朵桃花倾城开》拍摄完成,另签约三部网剧。《你与时光皆璀璨》获得甘肃省第一届红色题材征文时代凯歌奖、长三角联盟庆祝建党一百年优秀奖。楼星吟连载小说《穿成病娇太子掌中娇》。暗魔师继续创作小说《武神主宰》,该小说签约掌阅旗下神起中文网。小说作品改编《万界奇缘》动画于2021年2月17日在爱奇艺播出。《武神主宰》动画继续在腾讯视频年番播出,以31.5亿播放量排名2021年全网国漫作品第三。自任编导和导演的《武神主宰》影视剧于2021年6月23日杀青。

另外,一些重要作家仍保持着创作势头和影响力。天下归元的《山河盛宴》入选网络小说影响力榜,忘语的《凡人修仙传》、我吃西红柿的《吞噬星空》入选IP改编影响力榜。因为江苏网络作家、作品很多,在此无法穷尽。

以上作品中,已经包括现实主义和主旋律小说。但我还是要以三位南京作家为例,说明现实主义题材小说(包括红色小说)的创作情况。2021年,网络作家雨魔创作25万字的红色题材儿童文学《少年,1927》,作品签约酷匠文学网,南京出版集团重点作品。该小说以现代少年的视角,庄周梦蝶的形式回到1927年这个特殊时代节点,描述了中国共产党员面对残酷的白色恐怖,坚强无畏,不怕牺牲的革命精神,为现代少年上了一堂生动的革命历史教育课。作品荣获由"长三角文学发展联盟"共同举办的"庆祝中国共产党成立100周年"网络文学主题征文大赛二等奖。庆祝中国共产党成立100周年,中作协组织"党在我心中"短文征集活动,《长江奔流》作为优秀作品入选。获扬子江网络作品大赛二等奖。获第三届江苏省新闻出版政府奖提名奖。雨魔个人荣获南京市五个一批人才,第四届茅盾新人奖·网络文学提名奖。赖尔创作长篇仙侠小说《月海云生镜》,45万字,中文在线17K小说网连载。《魔法城》被改编成60集少儿网络剧,由北京领誉传媒文化制作发行,2021年1月29日于优酷平台首播。《魔法城》被改编为建筑投影光影剧,2021年10月8日于秦皇岛首映。另外,她创作了长篇小说《女兵安妮》,作品根据侵华日军南京大屠杀惨案史实创作,是中国首部以国际视野书写的抗战作品,弘扬了共产党人的革命精神,传承了红色基因。本书网络版22万字,2020年12月在红薯网开始连载。图书版13万字,2021年1月由浙江少年儿童出版社出版上市,2021年五次加印,获得了广泛社会影响。该作品获"庆祝中国共产党成立100周年"网络文学主题征文大赛三等奖,"扬子江网络文学作品大赛"二等奖,扬子江网络文学作品大赛最具影视改编潜力奖,第三届江苏省新闻出版政府奖提名奖等11个奖项或推荐书目。以写作医疗题材小说见长的网络作家王鹏骄,他的小说基本都是现实主义题材的。2021年,他写作了红色主题小说《党员李向阳》。该小说入选江苏省作协网络文学重点作品扶持项目。

这充分说明,对于现实主义题材小说(包括红色革命题材小说)的创作,已经成为更多江苏网络作家的主动和自觉的选择。由此,江苏网络文学更添红色风采。

四

江苏有着众多的网络文学企业,他们把经济效益与社会效益相结合,既有市场意识又有政治意识,创造了江苏网络文学的新辉煌。现以南京分布文化发展有限公司(红薯网)、南京地平线网络科技有限公司(酷匠网)为例,加以论证。

南京分布文化发展有限公司(红薯网)在过去的2021年进一步严格把控审核标准内容题材,规范作家和作品的创作和传播。母公司全年实现主营业务收入17989.68万元,营业利润5249.93万元,全年上缴税收3153.07万元(含个人所得税)。截至2021年底,红薯网现有签约作家10858位,将近100位作家加入各级作家协会,平均每个月有超过2000本原创小说在企业搭建合作的50家市场主流渠道和终端分发传播和销售,企业也再度入选2021年度南京市培育独角兽企业。

红薯网在2021年有两部优秀作品被改变成了影视剧,作家浅茶浅绿的《全世界都不如你》第一季度在优酷影视播出,同时段甜宠剧收视第一反响良好。作家拈花惹笑的穿越大作《王的女人谁敢动》(爱奇艺剧名;倾城亦清欢)在2021年底正式开机制作,该剧由爱奇艺影视大力制作,演员阵容强大,制作精良。同时有8部小说被改编成漫画作品,93部小说被改编成有声作品,极大地丰富了企业的版权改编形式和内容。

酷匠2021年基本运营状况(含营收)良好。一年来,公司秉承"以匠人精神打造最优秀的故事,提供最优质的内容"的发展理念,在坚持原创小说作品创作的基础上,同时也加大了有声业务的推广力度。2021年坚持稳中有进,进中有绩,全年业务稳中有涨。企业全年收入较2020年增长106.27%,企业员工总人数增加60人。2021年相关作品影视、游戏等改编情况良好。困的睡不着的《天命赊刀人》,有声改编全渠道6亿播放量;轩疯狂的《龙王医婿》,有声双版本全渠道超亿播放量,喜马拉雅VIP—畅销榜最高达到18位;独月西楼的《西游:贫僧不想取西经》,有声改编喜马拉雅不到半年破千万播放量;孤山有狸的《我们反派才不想当踏脚石》,有声改编新书期即荣登喜马拉雅新品榜第14位;小小杨杨的《重生之全球首富》,有声改编喜马拉雅播放量破亿;万鲤鱼的《重生都市仙帝》,有声改编目前全渠道超亿播放量,喜马拉雅过5000万。

江苏网络文学主管部门和作家,均有很强的政治意识,而有着很强经营和市场压力的网络文学企业也不例外。2021年时值中国共产党成立100周年之际,红薯网推出了以赖尔《女兵安妮》、姞文《长干里》、笑晨曦《深夜儿科室》、肖尧月《全科医生》为代表的一批歌颂新时代、新社会、热爱和平的主流作品,不仅受到了广大读者和粉丝的喜爱,同时也在各类征文比赛和主题竞赛中获得了奖项和认可。如姞文、赖尔、巧嫣然、瑜成夜、肖尧月、笑晨曦、不问、剑气均获得多项政府、协会主办的网络文学大奖。酷匠2021年主要推出的红色作家及作品有:雨魔的红色儿童文学《少年,1927》。该小说荣获江苏省作协组织的"建党100周年"网文征文活动二等奖,2021年扬子江网络文学大赛二等奖。肥胖的可乐除创作《胶东往事》《锦衣镇山河》等之外,荣获2021年中国作协网络文学重点作品"时代先锋主题"扶持项目、江苏省作协组织的"建党100周年"征文优秀奖、2021年扬子江网络文学大赛最佳年度主题奖等。

由此可见,江苏网络文学企业以网络平台为基础,主动推出和打造现实主义题材(包括红色革命题材)作品,在市场意识之外,也显示了较高的政治站位意识。

五

网络文学评论及研究工作,一直是中国网络文学的一个难点和痛点。这个问题在江苏也有存在。江苏网络作协在努力助推网络文学创作的同时,也致力于推动江苏网络文学评论及研究事业的发展。

为充分发挥网络文学评论引导创作、多出精品、提高审美、引领风尚的重要作用,进一步整合优势资源,打造具有权威性、专业性的中国网络文学评论与研究平台,在中国作协网络文学中心的指导下,江苏省作家协会、南京师范大学和秦淮区人民政府共同成立扬子江网络文学评论中心。为了加强党的领导和政治方向的把握,中心主任由江苏省作协党组书记、书记处第一书记、常务副主席汪兴国亲自担任。中心下设秘书处,具体文学活动由江苏省网络作家协会、南京师范大学文学院、江苏网络文学谷承办。

2021年5月9日,中心成立仪式在南京举行,这是目前我国第一家专门从事网络文学理论研究、评论、推介的专业平台。中心成立以来,召开两次秘书处联络工作会议,研究制定网络文学课题研究方向和各项具体活动实施方案,举办"经典化与影视化:网络文学的3.0时代"主题论坛、"冲击与分化:网络文艺的新问题和新面向主题论坛";创办"扬子江网文评论"微信公众号,推送作品百余篇;在《青春》《江苏作家》开设网络文学评论专栏,发表多篇研究成果;下半年组织年度扬子江网络文学最具IP潜力榜和年度优秀网络文学作品评选活动,并计划于2022年初举办发布仪式和专题研讨、IP推荐活动;完成年度江苏作家蓝皮书网络文学、评论综述的撰写等,努力将扬子江网络文学评论中心打造成高水平具有全国影响力的网络文学研究平台。

自从中心成立以来,何平、李玮的项目《中国网络文学评价体系研究》,周丽的项目《网络文学创制艺术》入选中国作协网络文学理论评论支持计划。

江苏网络文学的研究专家在2021年发表了大量网络文学研究论文及评论。例如,何平的《我们以为是越境,其实可能只是一次转场》(《花城》,2021年11月),李玮的《网文如何表达女性主体意识:天下归元的启示》(《青春》,2021年8月)、李玮:《商业性与文学性的平衡——论女频古言网文的发展倾向》(邢晨为第一作者,南京师范大学文学院学报,2021年9月)、《新商战 新女性——评〈火车浜7号·疯狂处女座〉》(《中国青年作家报》,2021年11月13日)、《江苏网络文学这五年》(《新华日报》,2021年11月18日)、《〈司藤〉作者吐槽背后,网文的新变体正陷入改编的旧套路》(《文汇报》,2021年12月7日)、《网络文学评价的五个关键词》(《中国青年作家报》,2021年12月28日),吴长青的《2020年度网络文学理论观察》(第二作者,《中国图书评论》2021年第2期)、《"新历史主义"的终结与"史传"传统的重建——以曹三公子的历史类型小说为例》[《西南石油大学学报》(社会科学版)2021年第3期]、《数字时代教育主体性的重构——基于伽达默尔解释学对教育主体性的考察》(《江淮论坛》2021年第4期;2021年12期《人大报刊复印资料》转载)、《人工智能视域下网络文艺审美转向》(《海峡文艺评论》2021年第1期)、《论科技推理小说中的技术叙事——〈技术宅推理系列之真相的精度〉》(《2020中国小说排行榜》,作家出版社2021年10月版)、《重提网络文学批评的有效性》(《河北日报——文艺评论》2021年5月7日)、《数字时代文学研究的转型——网络文学研究中的"数据"管理》,(《文艺报》2021年6月25日)、《如何"做"是检验文艺工作者是否合格的重要标准》(《深圳特区报·文艺评论》2021年12月16日)、《日出江花红胜火——江苏网络文学五年奋进之路》(《文艺报》2021年12月8日),孔德罡的《大众批评的乌托邦幻觉和综艺化:春节档影片的"竞赛景观"》(《戏剧与影视评论》,2021年第3期)、《〈爱,死亡与机器人第二季:21世纪了,科幻应该走向新的技术媒介书写〉》(《戏剧与影视评论》,2021年第4期)、《当代电子游戏"国潮"的四十年流变》(澎湃新闻·思想市场,2021年9月)、《Z世代网络文学写作中的主体性电子游戏逻辑》(澎湃新闻·思想市场,2021年12月23日)。

同时,一些网络文学研究者获得各种奖项。如吴长青获第二届白马湖全国网络文学评论一等奖(中国作协网络文学研究院、杭州市文联主办)、第六届中国文艺评论"啄木鸟"杯年度推优获得者(中国文联、中国文艺评论家协会)。

网络作家赖尔除了大量创作之外,作为一名高校教师,属于"双栖型"的网络文学工作者。她的专著《网络文学创制艺术》(15万字)已完成,拟南京大学出版社2022年出版,并入选中国作家协会网络文学理论评论支持计划入选项目。研究报告《网络作家凝聚共识探索》(2万字)已完成,评论文章《我们放弃的阵地,必将被他人占有——浅谈韩国穿越剧》,发表于

《海峡文艺评论》2021年第1期。2021年5月,参加中国作家协会"2021中国网络文学论坛",做主题演讲:《网络文学正从一维走向多维,虚拟走向现实——浅谈网络文学产业发展趋势》。2021年9月,参与"2021世界互联网大会·乌镇峰会"上的"2021中国国际网络文学周开幕式",并在"国际论坛:网络文学的世界意义"研讨上做主题演讲:《从可视化到沉浸感,从数据导向到内容导向,网络文学IP改编新趋势:尊重每一种文化产品的表达形式和内在逻辑》。2021年12月14—17日,参加中国作家协会第十次全国代表大会,在人民大会堂现场聆听习近平总书记《在中国文联十一大、中国作协十大开幕式上的讲话》,并进行深入学习研讨,学习心得《网络文学要有贴近生活的烟火气》,发表于《光明日报》2021年12月22日。

　　网络文学创作和研究"双轨并进",这是江苏网络文学值得关注的一个良好现象,值得鼓励和推广。我们期待更多的网络文学作家,凭借创作实践的实力,并以行家的眼光和高度,加入网络评论和研究工作之中来。

2021年江苏文学批评与理论研究综述

李 丹

2021年,在抗击新冠肺炎疫情的特殊情况下,江苏的文学批评实践与理论研究活动仍积极有序展开。因抗疫需要,多项活动以线上形式进行,但这不仅没有影响活动的质量,反倒因为网络媒介的灵活快捷而使理论批评的活动频次和效率得到提高,文学批评与文学研究的迅捷性、广泛性、参与度、影响力都进一步增强。本年,第四届《钟山》文学奖、第三届《钟山》之星文学奖、第六届扬子江年度青年诗人奖、第三届曹文轩儿童文学奖隆重颁布,进一步体现了江苏作为文学大省的巨大影响;对胡学文的长篇小说《有生》等重要作品开展的现场批评进一步凸显了江苏文学创作的实力,同步显示了江苏创作界、批评界、理论界的力量。此外,江苏文学也积极参与融媒体传播,在《文艺报》、"学习强国"江苏学习平台同步开设"文学苏军"专栏,宣传推介江苏优秀作家,全面呈现文学苏军的整体面,进一步实现了江苏理论批评工作与国家级传播媒介的携手同行。同时,由江苏省委宣传部立项,江苏省作协和江苏当代作家研究中心承担的《江苏新文学史》编撰项目基本完成,该文学史共12编29卷,近700万字,被认为"总结了珍贵的文学史经验,为江苏文学事业'高处再攀高'提供了可信的路径支撑"。此外,本年"紫金·江苏文学期刊优秀作品奖"的评选,"《扬子江文学评论》年度文学排行榜"的发布,第五届"雨花写作营"开营仪式暨首期改稿会的顺利举行,这些路径多样、对象多元的文学批评实践活动,也进一步推动和促进了江苏的文学创作、深化和发展了江苏的理论批评。

本年,江苏省作协、文联和各高校、科研院所的批评家进一步深入学习习近平总书记在2014年文艺工作座谈会,2016年中国文联第十次全国代表大会、中国作协第九次全国代表大会上的重要阐述。同时,2021年中国文联十一大、中国作协十大召开,习近平总书记在开幕式上再次作了重要讲话。批评家们深受鼓舞,在学习系列重要论述的同时,也将党的文艺精神贯彻到理论批评之中,完成了一系列有感情、有力度、写在中华大地上的研究论文和批评文章,为中国文学在新时代的发展贡献了江苏力量。

一

对于重大基础性、理论性、结构性问题的关心,一直是江苏理论批评界的重要特点。关于中国现代和当代文学的自身性质、评价立场、理解框架也一直是常谈常新的问题。丁帆的《关于当代文学经典化过程的几点思考》(《文艺争鸣》2021年第2期)集中探讨"当代文学的下限"划分问题,认为文学批评所产生的作品"经典化"作用,是锚定近距离文学史下限的有力支撑,而作品所体现出的对"当代性"的持续维系,又是"经典化"达成的重要标准。这样,就赋予了"当代文学的下限"问题一个兼具开放性和可行性的解释;《我们应该如何治中国新文学史——〈文学史的命名与文学史观的反思〉读札》(《文艺争鸣》2021年第10期)则辨析了文学史撰述的史观问题,作为对《文学史的命名与文学史观的反思》的读札,该文着重强调了文学史在阐释过程中不可忽略的三个关键点,即"文学史文本的真实性""文学史观的个性化与连续性"和"研究者的历史心理",为文学治史的典范书写确立了筋骨。

王尧在《当代文学综合研究中的分期问题》(《文艺争鸣》2021年第2期)则提出,"最初的中国当代文学史研究和写作是没有'下限'的,历史叙述的'下限'通常是根据现实语境和文学史写作时间设定",而"相对的'下限'则是中国当代文学史研究和写作的另一个特点"。这种"无下限"和"多下限"本身就是一个内蕴丰富的学术问题集合,教科书式的文学史写作造成了这种困境,而学科建制又制约了中国当代文学史的对象认定。这种富于新意的解读,使文学史研究获得了跳出学科局限并进一步敞开的可能。

关于当代文学批评的研究,是十余年来的一个热点问题。吴俊的《从文学批评到批评史、当代文学批评史及其学科建设问题——〈中国当代文学批评史〉绪言节选》(《当代文坛》2021年第6期)、《批评史:国家文学和制度规范的视阈——关于〈中国当代文学批评史〉的若干思考》(《中国当代文学研究》2021年第6期)系教育部重大攻关项目《中国当代文学批评史》的部分绪言,该文指出,"在文学史(系谱)建构中,文学批评显然起到了文学现场的资源开掘、价值发现、地位确认的文学品质的甄别和鉴定作用。文学批评由此成为文学史的程序首选并构成文学史的内容。没有文学批评的前置介入和基础贡献,文学史至少在技术上将无所适从,但是在文学史的一般书写和呈现方式上,文学批评的价值和贡献却总是无形中被双重轻视或忽视,文学批评的资源几乎一概都被直接'攫取'或'掠夺'了。撇开了文学批评,形同失落了、忘记了学术初心。""批评史建立了有关文学作品的判断经验系统,文学史才能将之形成规范可靠、可检验的历史系谱。""文学批评和批评史是文学理论和文学史成立的实际条件或途径。"这些论述对文学批评的性质功能予以锚定,对文学批评史的学术定位加以确认,为当代文学批评史的学术质量提升和学科建设发展进一步奠定了基础,极大地推进了当代文学批评研究。

当代文学中的多栖写作现象引人注目、影响巨大而又罕有研究,吴俊于《小说评论》主持专栏"三栖评论","旨在针对创作领域自成一家的学者批评家现象,在专业文学批评和文学史的学术层面上,专题探讨其学术批评以外的多文体创作贡献,或就其学术批评与创作进行贯通研究,并在此意义上发现多栖写作者的独特价值,倡导一种开放、活力的大文学风气。"从2021年1月开始,在六期刊物中对南帆、张柠、张新颖、何向阳、孙郁、毛尖展开研究。在《"三栖评论"专栏致辞——代首期主持人语》中,吴俊提出"在当代文学批评领域,惯常的跨界写作更是渐成一种风气。""理论批评而兼擅各体创作、且成就不让作家的批评家学者,以知名者论,恐怕远多过作家诗人而能成理论笔墨者。"因此"在专业文学批评和文学史的学术层面上,对学者之创作进行文学价值的研究"就尤有必要,而且更意味着"把文学的世界、文学的眼光,发扬光大"。

文学的区域研究(基于地方路径的研究)是近年来日趋显示出新范式意义的研究取向,张光芒等的"南京百年文学史精要"系列(《青春》2021年第1—5期)和《和而不同,大音希声——文化诗学视域下的当代"南京作家群"》(《青春》2021年第6期)等文章对南京20世纪初至21世纪初的诗歌、散文、戏剧、小说进行全面考察,在浩瀚的地方性史料中整理归纳出了百年南京文学发展的线索与面貌,对当代"南京作家群"的美学表征、叙事特质、价值选择进行了深入探索和分析。同时,这一系列研究论文还对南京文学进行了开拓性研究,使近百年的江苏文脉得到精细呈现。另外,由张光芒牵头的《南京百年文学史》于2021年底出版,该书从地理诗学的视角,不仅深刻剖析了南京文化对文学发展产生的深刻的影响,作为首部系统梳理南京百年文学历程的研究专著,还从地方路径导向永恒、深刻的文学命题,展现了"文学之都"的沧桑历程。

对文学史料的发掘越来越构成文学研究重要内容,沈卫威的《新发现抗战初期〈对日煽动宣传之意见书〉及鹿地亘手书稿本》(《鲁迅研究月刊》2021年第1期)是抗战初期国民政府军事委员会国际问题研究所所长王芃生与鹿地亘夫妇、青山和夫所签定的协议,该协议披露了深度介入中国新文学的日本友人与国民政府的抗日反法西斯合作情况,揭示了抗战文学的上层建筑和顶层设计,必将对抗战文学研究产生深刻影响。

二

随着"十四年抗战"概念的树立,"抗战文学"愈加成为近年来文学研究的重要议题,并出现了一批高质量的研究成果。谭桂林的《〈狮子吼月刊〉与大后方抗战文化建设》(《文艺研究》2021年第1期)结合了佛教研究、期刊研究和抗战文学研究,考察了《狮子吼月刊》在大后方的文化抗战贡献,展现了现代佛教文化与新文化精神的结合。通过考察刊物主编巨赞法师的文化服务历程、佛教刊物的抗战文学表现、抗战文化对佛教的影响改造，对文学期刊、佛教文化之于抗战文学的意义做出了独到的开掘，进一步丰富了抗战文学研究。

王彬彬的《鲁迅晚年对日本侵华的切身感受》(《中山大学学报(社会科学版)》2021年第1期)，以具体而微的视野和精细准确的笔法，描述了鲁迅生命的最后五六年与日本军队、日本侨民的接触，以及上海"一·二八事变"中鲁迅的表现、《淞沪停战协定》签订后鲁迅对中日关系的评判。文章细腻的考辨与描述把文学研究推回到历史现场，精准地展示了鲁迅逝世前一日尚在进行的筹划——迁离日本人聚集的虹口地区。这种对历史细节的准确还原，使抗战文学研究和鲁迅研究都进入到了一个"新而深"的维度。

李丹的《秘密社会与赵树理创作的"古代性"》(《文艺研究》2021年第9期)考察和还原了赵树理从抗战到中华人民共和国成立后的文艺创作心态，揭示出中国"古代性"对赵树理深可见骨的影响，对抗战文学研究和赵树理研究进行了丰富。

三

鲁迅研究一直是中国现当代文学研究的核心议题，是文学学术生长的原发性资源。本年，王彬彬刊发多篇论文，以鲁迅为切入点和论述中心，围绕语言、政治、历史等诸多问题展开论述，极大地丰富了鲁迅研究的对象，拓展了鲁迅研究的广度。

除了上文中提到的《鲁迅晚年对日本侵华的切身感受》一文外，王彬彬还发表了《鲁迅：辫子记忆与民国意识的纠缠》(《东吴学术》2021年第1期)，《鲁迅政治虚无观念的形成》(《文艺争鸣》2021年第3期)，《鲁迅与梁启超》(《鲁迅研究月刊》2021年第3期)，《鲁迅与现代汉语文学表达——兼论汪曾祺语言观念的局限性》(《中国现代文学研究丛刊》2021年第12期)等多篇论文。在政治方面，作者指出"鲁迅的头脑里，辫子记忆与民国意识总是纠缠着",而且和"对人民'想做奴隶而不得'的认识相联系着",其小说《风波》"更深层的意旨,在于表现广大民众'想做奴隶而不得'的惶惑、苦痛",而恰恰是民国的到来,使民众们获得了不做奴隶的自由。此外,针对当前盛行的"政治鲁迅"一说,王彬彬表示不能接受,而认为鲁迅自己具有"政治虚无的观念",即他不认为政治设计、政治制度能解决中国人的精神问题,"而广大中国人的精神问题不从根本上解决,就不可能真正解决中国的社会问题"。鲁迅留日时期,即已形成"重精神而轻物质层面的性格,便对政治运动、政治革命没有高于常人的热情",甚至于对辛亥革命的认同,也在于"推翻民族压迫、剪去脑后的辫子",而非宪政、共和,他的"关心政治、涉足政治不等于相信政治"。在鲁迅和梁启超的关系方面,也正因为鲁迅"本质上是一个政治虚无主义者",而对梁启超善变多变的政治行为难以认同。此外,在"鲁迅与现代汉语的关系"问题上,王彬彬提出,鲁迅长期的翻译实践,推动他对汉语进行了各种实验和改造,进而形成了对现代汉语的创造性运用,"在突破汉语既有的词法、句法和文法规范而创造性地进行文学表达的过程中,创造了奇异的汉语之美。"

另外,沈杏培、薛晨鸣的《复仇母题的典型形态和演变逻辑——以鲁迅、汪曾祺和余华为中心的研究》(《社会科学》2021年第10期),针对文学史上源远流长的"复仇"母题,展现了"鲁迅复杂而又矛盾的复仇心态:一方面,他在面对青年时,选择正向引导,从国民性建构和改变的方式上提出建设性意见","另一方面,在面对自我、进行主体剖白的文学创作时,《铸剑》中的'舍身'复仇意志实在过于强烈,与鲁迅一直强调的'保存'思想,构成了一组悖论。"而"1941年创作的《复仇》中,汪曾祺复现了鲁迅在《野草》中的哲学概念,并生成了新的语境意义",而且"汪曾祺有意沿用了鲁迅作品中的人物形象",但汪曾祺又"将人从复仇框架中解脱出来,聚焦的是复仇途中的复仇者",而且从"物化复仇"转到"抒情复仇",进而"实现了复仇的生命伦理化"。该文在鲁迅和汪曾祺之间,进行了颇具意义的探索。

四

进入21世纪的第二个十年以来,对"20世纪八九十年代文学"(包括作家和作品)的历史化逐渐成为文学研究的主题之一。对丁捷、邱华栋、东西等成名于80和90年代的作家的历史性总结,也成为江苏批评家、学者所关注的热点。

汪政、晓华的《丁捷论》(《中国当代文学研究》2021年第2期)提出,丁捷的创作历经了早期的浪漫诗性、过渡期的社会观察(关怀)、晚近期的政治现实主义,"丁捷的圈外写作则让他发现并坚持一种较为开放的文学观,这种文学观以所谓纯文学为背景,以向内转为反向参照。"其写作"源于他的生活,他对社会现实零距离地贴合和深度地介入。更重要的是,他自觉或者不自觉地调整了写作的向度,较早地获得了市场的意识与读者的意识"。何平、王一梅的《"所有荒诞的写作都是希望这个世界不再荒诞"——东西论》(《当代作家评论》2021年第4期)认为"东西于90年代初的成名本就兼有因循承续和革故鼎新的双重意义。近30年的个人文学史,东西的小说关乎神秘的秩序和未知的强力、意义的匮乏和存在的困惑、无尽的后悔和荒诞的现实、作为失败者的个体和找寻道路的失败,等等,所有这一切使得东西成为东西"。何平的《新生代:文学代际或90年代——作为"新生代"的邱华栋》(《当代作家评论》2021年第6期)指出,"邱华栋90年代的小说世界与他的个人生活是互文的,彼此嵌入和扩张的,比如他是一个长期的酒吧写作者和迪厅的午夜狂欢者,这些都成为他小说的一部分。因此,也许是不很恰当的命名,但邱华栋确实是90年代中国当代文学的'在场现实主义者'。"

文学批评本身即是文学史形成的第一级台阶,江苏批评家以文学批评的方式,对重要作家进行了经典化和文学史化,深度介入了文学史的持续生成,在中国当代文学中留下了深刻的"江苏印迹"。

五

抗击新冠肺炎疫情仍然是2021年中国面临的国家挑战,"文学抗疫"也仍然是当代文学的重要内容。谭桂林、汪政、魏建、刘勇的《中国"抗疫文学与文学抗疫"纵横谈》(《新文学评论》2021年第10期)一文聚集了南京师范大学、江苏省作家协会、山东师范大学、北京师范大学的多位学者,在对谈中体现了抗疫文学的"江苏态度"。

谭桂林认为当代抗击新冠肺炎疫情的文学叙事,最重要的特点在于其信息维度,"在新冠时代里,抗疫文学叙事中的这个个体或许与前此文学中的所有个体都会有所不同。瘟疫作为一种致死或者不致死的疾病,它最大的特征也是最为恐怖的特征在于它的快速传染和大范围的流行。因而,在人类与瘟疫的抗争史上,对付瘟疫最有效的办法就是通过人为的政策和治理,实施阻断、隔绝与封闭。阻断、隔绝与封闭不仅是肉身的,而且是信息的。因而,人类文明史上人类与瘟疫的战斗,本质上也是人类与信息的博弈。"而抗疫文学则通过形象创造,化解人类的隔绝状态和信息过载,使人类得以摆脱新冠困境下的孤独迷惘和无所适从。

汪政在介绍了江苏作协和江苏文学工作者对文学抗疫的贡献后,提出"中国今天的抗疫是中国文明的组成部分,必须打通古今文明,寻绎文明旧影,定义文明创新;抗疫是世界文明的组成部分,必须打通中西文明,彰显人类文明共性,突显中国独特价值;抗疫已经成为当下生活的组成部分,到时必须拉回视线,关注疫情和抗疫对日常生活的改变和改变了的日常生活,发现生活的新的意义;抗疫是人的抗疫,应该尽快从事件转向人,塑造形象,勘探复杂的人性;抗疫是一个独特的文本,期待多元的、深度的解读,更期待这一独特文本的艺术转化",也即是说,抗疫文学虽然仍处于发展之中,但抗疫文学应该指向更为深远的时间和空间,应该进入"世界的文学经典"和"文学的经典世界"。

对新冠肺炎疫情这一重大的全国性问题,江苏的文学理论界、批评界积极地从专业角度加以应对,已有相当数量的成果面世。抗疫文学是少数人的事业,而文学抗疫则意味着社会的广泛参与,更意味着以恒久绵长的力量关怀和影响世界,在这一进程中,江苏的创作、批评、理论都发出了自己的声音,产生了深远的影响。

六

进入 21 世纪以来,"江苏文学"作为一个文学批评和理论的关键词愈加抢眼,南京"文学之都"的命名、以江苏为主体的各项重要文学奖的颁布、江苏作协对全国青年作家的吸纳、江苏文学研究成果的不断涌现,都使"江苏文学"在全国乃至世界愈加具有辨识度和重要性。

杨洪承的《江苏之思:百年中国文学的另一种路径——1883—1980 年江苏文学思潮与批评的素描》[《江苏大学学报》(社会科学版)2022 年第 1 期]提出:"江苏"的概念并非单一现代行政区域的划分。她承载东南地域悠久的历史文化传统基因,深受近现代新文化新思想的浸染,衔接世纪空间的沧桑巨变。"营造文学批评新型的文化场域,自成百年中国文学思潮一脉,引领新文学多元思想的风向标;开风气之先发端现代'人学'理念,脚踏实地践行文学与人生、与普罗大众、与人民最大程度相融合的思想。"

王尧的《"文学苏军"杂谈》(《文艺报》2021 年 10 月 13 日)认为,"江苏当代作家开始成为'苏军',并不是因为他们从开始就具有'江苏意识',而是他们在更广泛的范围内思考文学问题,50 年代中期的'探求者'事件是'文学苏军'成型的标志。从'探求者'这一代作家开始,'文学苏军'才获得了自己的身份。"而"文学苏军"的一大特点是其门类齐全,更重要的是,"江苏形成了一个具有良好文化生态的文学制度,并且持续数十年有效运转。"文学出版、文学教育、文学批评同文学创作相互配合,共同发育,使"文学苏军"成为江苏的标志性概念。

何平的《省域文学的青年想象和新陈代谢》(《文艺报》2021 年 10 月 27 日)认为,"江苏文学"不单单是地域文化造成的,90 年代中后期,南京在中国文学中有着独特的地位,这与其"高校、期刊、书店、咖啡馆等新城市空间的文学气质密切相关",构成了江苏文学的新传统,进而吸纳青年写作者"在江苏"进行现实的文学活动和写作。这种聚合虽然仍体现出"无中心和难以名状",但恰恰体现出中国文学的真实时代症候。

同时,以传统的"江南"为关键词的理论推进,仍显示出了强劲的生命力,韩松刚近年来持续推动"江南小说"这一概念,在他的《语言与叙事——以当代江南小说为例的分析》(《文艺争鸣》2021年第1期)中,高晓声、苏童、汪曾祺、叶兆言等作家的"江南语言"得到着力发掘,认为"当代江南小说的一个重大贡献,是使中国当代文学的语言获得了巨大的进步,并预报了当代汉语的新春。"而这又来源于江南经验中朴素的日常生活、超越日常的华丽情感、江南作家的炼字经营,多义和复调的江南小说语言,是江苏对中国当代小说的一个贡献。

七

近年来,报告文学和非虚构写作的"重合"现象愈加明显,二者的区分度更不明确,但同作为"再现世界"和"文学性"的叠加,这两者仍都企图召唤美好的未来。丁晓原的《地方志中的民族史透视》(《文艺报》2021年10月25日)通过对作品《铁血旅顺》的分析指出,"历史非虚构写作要基于历史唯物主义的要义,通过相关史料的发掘、发现、荟萃和必要的辩证求实,呈现总体性的历史场景,还原由人物和事件衍化而成的具体的历史现场,最终达成对历史本真的揭示和诠释。"

在何平的《非虚构写作和时代思想》(《探索与争鸣》2021年第8期)中,作者进一步总结了非虚构写作的个人性,认为"我们今天所说的'非虚构文学'应是非虚构写作的细小分支,它对既有报告文学传统进行重新甄别和分离,把中国现代报告文学传统中自《包身工》以降,到20世纪50年代中期的'干预生活',再到80年代有着强烈的参与公共议题意识的'批判现实'的报告文学作为新世纪非虚构文学的精神前史,来重建非虚构文学的文体规定性和批判现实主义的审美精神,同时确立其和报告文学不同的个人叙事立场"。

叶子的《破镜重圆没办法——〈纽约客〉非虚构之"北平叙事"考》(《南方文坛》2021年第4期)则通过引介《纽约客》专栏中的北平故事,讲述了新闻报道与小说技法在20世纪40年代的融合趋向,"揭示出冷战时局、'虚拟的个体经验'以及'看见'到'书写看见'之中的间隔,对非虚构写作的深度渗透。"以域外经验,镜照了中国本土的非虚拟写作潮流。

八

2021年,江苏省作家协会引进作家胡学文,其长篇小说《有生》首发于《钟山》,单行本出版于江苏凤凰文艺出版社,也自然成为江苏的重要文学作品,一直受批评家关注。

何同彬的《〈有生〉与长篇小说的文体"尊严"》(《扬子江文学评论》2021年第1期)提出,《有生》在文体上表现出的那种长篇巨制独有的长江大河般的波澜壮阔之美,源于一种独特的"扎根"意识,即"通过有血有肉的人物群像",在一种宏阔的命运感中,复现他们如何"通过真实、活跃且自然地参与某一集体的生存而拥有一个'根',其中最重要的并不是这个'根',而是'自然地参与'这样一个有时间跨度的、动态的过程"。

韩松刚的《时间和生命的综合——评胡学文长篇小说〈有生〉》(《扬子江文学评论》2021年第1期)指出,"于胡学文来说,长篇小说就是北方世界和个体生命相互融合下的艺术自觉。读《有生》,我们很自然地感受到一种来自乡土的历史和个人经验,事实上,这一切都来自胡学文的故乡——宋庄,它构成了胡学文小说的地理和文化因素。"韩松刚将"江南"和胡学文的"北方"加以对比,认为其创作有着一种"北方的朴素""北方的硬朗",体现出一种区别于南方风格的"北方观念"。

童欣的《接生婆、修补时间与白日梦——胡学文〈有生〉读札》(《小说评论》2021年第44期)则注意到,"《有生》起飞的秘诀在于重启了时间的秩序,让不同速度的时间流相互碰撞,向各个方向溢出。""时间并不遵循线性向前的规律,而是自由拼贴重组,叙事成为想象力的游戏。同时,这种飞行感还来自超出常识的神秘情节。"

本土评论家对于本土作家的充分批评研究,本身即是江苏汇合江海、熔铸自身文学性格的例子,更是江苏作为文学大省的特性显现。江苏文脉的源远流长、代有才人,也正是基于这种文学资源的互补和正态分布。

九

江苏省一直积极培育和发展网络文学,着力于探索网络文学的研究向度,构建网络文学的研究空间。2021年5月江苏省作家协会等多家单位合作成立扬子江网络文学评论中心,掀开了江苏网络文学研究的新篇章。江苏批评家对网络文学的观察和研究,也有突出的表现。

房伟的《网络文学能否产生经典》(《群言》2021年第4期)提出,"网络文学对文学经典化产生的反思之力在于,文学经典化应该放宽经典的范畴,不应该只以现代文学的单一标准来要求经典,而要将作品的接受力、影响力和作品的持久阅读能量结合,将是否形成稳定而权威的接受语境作为参考标准。晦涩难懂的语言、破碎难读的叙事结构、完全符号化的人物,在网络语境之中也应该被质疑和反思。"在另一篇《随夏烈察望网络文艺的趋势》(《博览群书》2021年第6期)中,又提出"中国网络文艺研究,是一个'火锅式'研究场域。传统大学的学科分类的,中国现当代文学、通俗文学、文艺美学、传播学、社会学、文化产业,甚至横跨到应用学科的大数据研究、数字分析等学科,都参与到这个新兴研究场域,各说各话,彼此间缺乏共识,甚至在'常识'领域,各阶层和不同团体,相互之间的隔阂误会也很多,既缺乏清晰准确的学理建设,更缺乏长久的理论前瞻式预测"。在对当前网络研究实际情况提出批评的同时,该文也指出了研究网络文学价值和艺术属性新的向度。

李玮在《青春》杂志上对当代卓有影响的网络作家开展访谈,陆续有

《在文学与市场之间:天下归元访谈》(《青春》2021年第8期)、《依心而行 描尽繁花——寂月皎皎访谈》(《青春》2021年第4期)、《Herstory:蒋胜男访谈》(《青春》2021年第9期)、《"自己的节奏":蓝色狮访谈》(《青春》2021年第10期)、《"最现实"的骁骑校》(《青春》2021年第11期)、《网络文学新浪潮——会说话的肘子访谈》(《青春》2021年第12期),为网络文学研究的深入进一步发掘了新材料、奠定了基础。

张启晨的《作者如厨,读者食之——江苏网络文学的现实题材创作者》(《青春》2021年第10期)拈出"现实题材网络文学"这一主题,以卓牧闲、王鹏骄等具有代表性的江苏网络文学作家为中心,指出网络文学创作中存在着一批"来自各行各业,熟悉且理解各自行业的规则和纠葛"的网络文学作家,"因为工作的缘故,他们的职业身份就是医生、工人、民警,丰富琐碎的日常将他们重重包围,他们身在围城中心在城头上,写作的倾诉作用表达功能成了他们突围平凡生活的最好媒介","生活就是他们文学的第一现场",而"他们为各自的群体代言,他们的文字就是未来人们研究当下这个时代的重要证据"。该文以独到的角度,在揭示了当前网络文学创作分布的同时,也凸显了网络文学的江苏特色。

十

江苏是较早开展台港暨海外华文文学研究的省份,2021年12月,"江苏视野与世界华文文学"学术研讨会在常熟召开,会议上,方忠作了题为《世界华文文学的江苏力量》的报告,着重指出华文文学数据库建设问题;刘俊作了《江苏台港暨海外华文文学研究的特色和优势》的报告,着重指出江苏研究的特色在于领军人物强、研究内容全面、研究领域广泛;温潘亚作了《关于台港澳文学史的写作范式问题》的报告,着重分析了20世纪台港澳文学史的类型,认为主要包括客体范式、主体范式、编纂范式、受众范式四种。

在作品研究方面,本年江苏批评家亦推出不少成果。刘俊的《离散人生的人性透视——论凌岚的〈离岸流〉》(《扬子江文学评论》2021年第1期)指出,凌岚的《离岸流》作为"'新移民'文学中聚焦当下现实、书写离散日常的代表,一方面是指它'视角'下沉,不再以'海外题材'来'炫'读者,另一方面——也是更重要的一面——是指它在表现普通离散人群的日常人生时,带有着一种人性穿透力"。王艳芳的《南洋浮世绘:论黎紫书〈流俗地〉的"地方"书写》(《华文文学》2021年第3期)提出,黎紫书的"《流俗地》所构筑的南洋浮世绘呈现的是一个奇特的空间场域和地方景观,这个空间场域不仅是空间意义的,还是时间的;同时是族群的、文化的",由此而衍生出了丰富的层次感和历史感,以本土性的南洋书写建立了独特的地方关怀。闫海田的《"时与光":徐訏小说时空论》(《华文文学》2021年第6期)提出,"徐訏是新文学作家中最早对中国古典小说时空的特殊造境有自觉重视的一位,其在近百部的小说创作实践中,始终自觉努力在各个方向上对之加以现代转化。应该说,徐訏晚年的《江湖行》《时与光》《鸟语》《时间的变形》等作品,在营构空灵隔世之境的探索中,似乎已找到了'当代小说'与'古代小说'在想象方式上相连接的通道,其中,特别的时空造境,应该是徐訏小说产生'空灵隔世'的'本土特征'的最主要的原因。"

江苏是链接海内外华人的一大平台,江苏的台港暨海外华文文学研究,既是对中华民族共同的文化想象的研究,又将中华文化传播到海外,在中华文脉与江苏文脉、中华文明与海外文明之间实现了链接。

2021 年江苏影视文学综述

朱怡淼

对中国影视业而言，2021 年是疫情反复仍稳步前行、遭遇危机也创造奇迹的一年。在庆祝建党 100 周年的时代主旋律与全国人民团结一心常态化抗击新冠肺炎疫情的积极基调下，中国影视业表现出强劲的生命力与值得期待的发展前景。与时代同频共振，江苏影视业也取得令人瞩目的成绩，据江苏省电影局官方平台"光影江苏"公布的《江苏电影的 2021》数据，2021 年中国全年总票房成绩共计 472.58 亿元，居全球第一，而江苏贡献了超 43.22 亿元，占全国票房 9%。江苏电视剧也有较多剧目获得关注，掀起收视热潮与引发网络热烈讨论成为常态。江苏影视文学创作呈现出一派生机勃勃的气象，数量上，2021 年江苏在国家电影局备案、立项公示的电影剧本有 120 部，在国家广电总局备案公示的电视剧剧本有 32 部，和往年相比都略有增长；质量上，类型多样、表现形式丰富、精品力作迭出。

一、主流影视题材与英雄叙事

2021 年江苏影视文学具有更宏大的视野并彰显时代精神，主流影视题材成为扛鼎之作。电影《郑和下西洋 1：沧海幽冥》以永乐二年大明皇帝朱棣欲开海禁、复兴航路为缘起，讲述了正使太监郑和下西洋的故事。郑和下西洋为查清之前使臣失踪的真相，也为与沿途诸国建交通好、恢复海贸。历时多年的航行历险与沿途多国的风土人情成为亮点，郑和这一历史人物的塑造也生动立体可感。可以期待在新的电影技术条件下，该影片将呈现出明代波澜壮阔的时代风云、先进的航海技术以及海上丝绸之路的开辟等重要内容，以影像的方式生动诠释郑和下西洋的历史意义。而《澎湖海战》是另一部与海相关的影片，讲述了1683年6月，康熙皇帝为阻止郑家独立的企图，派出水师提督施琅收复台湾的故事。故事一波三折，施琅制定计谋，先派遣一支小分队以惨烈的牺牲诱使郑家水军中计，接着水师大军奇袭攻入澎湖南口，歼灭郑军主力，最终统一了台湾。该片海战场面宏大，以细节刻画将士们的英勇作战，以古喻今，彰显我国统一国土的决心。这两部影片紧扣时代脉搏，力图展开宏阔的历史时空叙述，以大气磅礴的史诗品格建构电影影像。

关注英雄人物、讲述英雄故事也有较多作品，并展现出较高的叙事技巧和塑造人物的能力。对现代、当代英雄模范人物的刻画，避免了概念化的"高大全"式人物塑造，重在表现人物内心和人物的真实感，如表现徐州某军班长王杰舍己救人英勇事迹的电影《英雄王杰》、讲述南京解放前夕，竭力阻止国民党将司母戊鼎迁往台湾的中共地下党员方钦超、狄子秋等人故事的电影《问鼎钟山》、讲述抗战时期，新四军某连八十二位战士浴血奋战、壮烈牺牲的电视剧《八十二壮士》、塑造边防缉毒警察形象的电视剧《挚爱的警徽》、以倒叙方式讲述六个与军号相关的英雄人物故事的电视剧《百年军号》。而电影《消失的毛乌素沙漠》以导演柯敏拍摄个人纪录片的视角，展现了"植树劳模"周毓英艰苦奋斗、无私奉献的一生、电影《读书天》则关注伟大的人民教育家陶行知的童年时期，这些影片都努力还原人物的平实和质朴，建构平凡与伟大之间的叙事逻辑和情感路径。在2021年的江苏影视文学中，也出现了表现平凡岗位、不平凡业绩的普通人感人事迹的作品，如电影《我的老师》讲述了洪泽湖船头小学教师阎成米传播知识、鞠躬尽瘁的一生，电影《医路人生》讲述了骨科医生路平刻苦钻研骨伤医术，主动前往地震灾区，践行救死扶伤医者信念的故事。这些英雄人物与普通人中的不平凡者的故事，生动感人，将引导社会价值观，激励人们珍惜现有生活并积极进取。

二、 中华优秀传统文化题材与中华美学精神

作为对习近平总书记提出的传承和弘扬中华优秀传统文化的呼应，中华优秀传统文化题材作品在2021年的江苏影视文学中占据重要份额。这类题材的影视剧大多为古装影视剧，整体呈现出类型多元、叙事空间广泛、细节元素庞杂等特点，利于最大程度展示中华美学精神的博大精深。

2021年江苏影视文学中此类题材的影视剧本主要有三大类型，一是传统戏曲艺术的影视化，《桃花扇（昆剧）》《太真外传（京剧）》《牡丹亭（昆剧）》《国鼎魂（苏剧）》《云海谣（锡剧）》等都是江苏地区传统戏曲剧种、剧目在当下的影像转化。这些剧目的情节设置、唱词道白及妆面服饰都历经千锤百炼、日臻完美，期待在先进的电影技术条件下，这些宝贵的传统文化精髓能焕发出新的魅力。

二是古典文学和民间传说作为影视改编优质IP。2021年江苏涌现出了较多根据古典文学与民间传说改编的电影剧本，如有以狄仁杰为主人公的电影《狄仁杰之五门迷案》，讲述了唐朝武则天时期，狄仁杰侦办玄武门大臣遇刺命案的故事、《狄仁杰之妖火流星》讲述了武则天即位后，狄仁杰主导的传国玉玺争夺战。这两部以狄仁杰为主人公的电影延续了以往狄仁杰系列电影的风格，以悬念推动叙事，节奏紧凑，引人入胜。还有以包拯为主人公、取材于包拯断案故事的一系列电影，如《茫荡风雨》，讲述了宋仁宗土地改革时期，包公追查一桩命案的故事。《宝华寺疑云》讲述了暴雨洪灾，百姓流离失所，举人张虚在家暴毙，包公一方面赈灾，另一方面查案捉拿凶手。《天长争霸》讲述包公赴任天长县，遇到乡民家耕牛被割舌、祠堂起火致人丧命等一系列案件，查案却频频碰壁，最终发现是恶霸把持一切。《金陵猫》也是以包拯为主人公，却具有奇幻色彩和青春叙事的特征。青年包拯和流浪猫小昭联手调查金陵城里一起离奇的案件，两人几经波折找出真凶，保护了金陵百姓，人猫之间也建立起了友谊。由小说《西游记》衍生的电影故事《我不是大圣》，讲述了巡山小妖六耳本想当人人恐惧的大反

派,却因孙悟空和唐僧的师徒矛盾,阴差阳错成了受人崇拜的大英雄,进而陷入一场人妖角力、真假难辨的阴谋。最终,六耳正视自己心中的善念,粉碎了阴谋,得到了新生。以民间传说《宝莲灯》为底本改编的《幸福的宝莲灯》,讲述了懵懂孩童沉香为寻母踏进奇妙的异世界,有幸与妖怪大叔结伴同行,在展开惊心动魄的人生大冒险的同时,创造人生奇迹的励志故事。以《南游记》为底本改编的《南游记之三眼灵耀》讲述了天界的妙吉祥童子因犯杀戒被贬投胎人间,适逢妖魔作乱,其双亲被害,引发能力觉醒,开始斩妖除魔,并踏上了寻母之路。《凤鸣声声》则以史书记载和民间传说中的泰伯的事迹为底本,讲述其甘愿放弃继承权,远赴江南,开创吴文化的故事,讴歌了寻找光明的奋斗精神。这些源自古典文学与民间传说的电影剧本,因其原著受众群体的广泛性、故事情节曲折完整、叙事方式多样化、主人公性格鲜明且耳熟能详,并大多具有圆满的结局而具备受到受众广泛欢迎的较大的可能性。

三是关于传统文化载体之一的传统技艺的传承。电影《远山的呐喊》讲述了20世纪60年代,唢呐匠秦西北被迫远走他乡,直至新世纪国家弘扬传统文化,他才重返故乡,重振唢呐班子的故事。电影《龙池》讲述了沈氏两代人在龙池社区民乐团创造、改造民族交响乐并获得金奖的故事。电影《黑火》讲述滑雪场老板以丰厚报酬购买华北小镇秘密技艺为其宣传,但核心成员受伤,在寻找替代者的过程中,引发了一系列啼笑皆非故事。

纵观2021年中华优秀传统文化题材的影视文学,可以期待经由强大的影像叙事功能,中华传统优秀文化和中华美学精神将实现具有现代性的可视转换,从而构建影像世界的东方美学体系,为中华文化的传播奠定基础。

三、现实主义题材的多维度呈现

把艺术创作的目光投向现实生活,正是2021年江苏影视文学创作者的普遍选择。既基于现实主义的纪实力量,也体现出对现实逻辑的认知价值,2021 年江苏现实题材影视文学作品在再现现实生活的广度和力度上都彰显出较强的现实主义倾向性,立足于"都市"和"农村"两大叙事空间,紧扣社会热点、追寻百姓关注,构建生动的社会图景。

"都市"空间叙事主要集中在两个方面,一是平民视角和"小人物"命运的影像呈现。以"小人物"为本位的创作视角,源于困境关怀主题的兴起,这类影视文学作品中的主人公大多是普通人,往往以平民视角切入并展开叙事,"困境感"发端于个体无法把控难题的无力感,而困境解除来自多方力量。电影《杨柳依依》中儿子患有中度儿童孤独症,其成长过程即父母在"逃避""面对"的困境中循环的过程。困境的解除来自国家社保体系与多方社会救助,最终儿子也有了良好的进步。而电影《锦绣生活》中刘燕独自带着患有脊髓性肌萎缩的儿子生活,丈夫离家出走,债主却上门要钱。刘燕困境的解除来自债主的善良、真诚与情感慰藉,两颗孤独的灵魂相遇并相互救赎,携手共同面对暗淡的生活。电影《情怀依旧》则讲述了从 20 世纪 80 年代开始的小人物的爱情、亲情、友情的故事,在各种人生磨难中,情感成为救赎的助力,人间真情成为追求美好生活的动力。电影《满天星》中孤儿周天星由养父周大江抚养成人,成年后,误入吸毒歧途,最终在警察帮助下周天星戒除毒瘾,重归美好生活,警方也成功抓捕吸贩毒分子。电影《黄河一梦》中猴鬼身染毒瘾,在母亲、未婚妻、退休的缉毒警察等众人帮助下,依靠亲情、爱情和友谊的力量重启美好生活。电视剧《追爱家族》讲述了丧偶多年的老父亲与三个光棍儿子追求幸福的故事。一门四光棍的鸡飞狗跳是现实困境,而困境的解除源自他们对美好生活的强烈向往。

周梅森的小说和剧作对社会权力的运作有着鞭辟入里的洞察,在党中央高强度的反腐态势下,2017 年 3 月,电视剧《人民的名义》巧借东风,一举成为标杆式的反腐力作。四年之后,同样由周梅森编剧的反腐题材电视剧《突围》再现荧屏,该剧聚焦国企改革,以中福集团的"反腐线"、京州市委的"政治线"及时报社与工人新村的"人民线"三条平行线为叙事线索,揭露了人性在欲望和野心驱使之下,逐渐触及人民底线走向贪污腐化的社会顽疾,而三条主线中的主人公吕德光、齐本安、秦小冲在面对困境时,敢于坚守各自社会身份的使命,秉持"突围"精神并与贪腐现象展开斗争,激浊扬清,守护人民的财产与社会的正义。《突围》的剧本线索扎实,人物动机合理,党政高官、企业高管、民营企业从业者、底层人民等芸芸众生相接连登场,深刻揭示了官场原生态。人民名义不可亵渎,人民财产同样不容侵夺,反腐剧的创作难点在于既要直击大众深恶痛绝的社会痛点,又要给出相应的解决策略,给予大众对事态迈向正轨、战胜腐败的希望与信心,不宜高高在上热衷说教,也不得自由杜撰哗众取宠。面对禁区重重,创作流程繁琐的反腐题材,《突围》敢于聚焦严肃命题,其勇担社会道义、抨击阴暗现实、弘扬人间正气的艺术探索无疑具有重要的影响力。

二是情感题材的多维度表达。2021年江苏影视文学中的都市情感题材不再流于表层的虐恋情深,而是通过情感题材观照社会现实和价值观的引导,如电影《爱情储蓄罐》讲述了不务正业、花钱如流水男与抠门省钱女被骗光钱后的感情生活,意在促使对爱情观与金钱观的思考,电影《蓝颜无知己》讲述男女协议形婚而引发的一系列闹剧,电影《冷静期》则讲述了经历婚姻危机的男女面对虚拟的情感修复体验,重新审视感情。这些影视文学作品通过都市男女在爱情中形形色色的表现折射出现实世界的价值取向与审美倾向。都市情感与个人奋斗是始终纠缠在一起的两个命题,而情感不再是叙事的唯一目的,反而成为推动叙事发展的有力因素,电影《求求你!放过我吧》同步推进欢喜冤家的爱情故事与职场历练,电影《计划外的姐弟恋》讲述大龄投行精英女青年遇到实习生弟弟,在爱情与职场之间勇敢选择了爱情。电影《穿婚纱的女孩》更是将青年男女的情感故事与沉迷赚快钱的不良价值观并置,批判了对待金钱的错误观点。电视剧《暗香浮动亦终老》讲述了职场新人的闪婚、离婚、再婚,在婚恋与职场的双重历练中,逐步成长并成熟的故事。电视剧《金融街男女》讲述了金融业新人在职场中不断进步并最终收获爱情的故事。在这些都市情感题材的影视文学作品中,情感作为主题更加多元,呈现出"情感+"的主题设定。

亲情也是情感题材表现的重要维度。尽管不同影视文学作品讲述的故事不同,但将亲情置于主人公行动逻辑中,加强影片的情感力度并以温暖、温馨、温情实现观众"共情"的援引，是这类作品共同的特征。改编自未夕同名小说的家庭伦理剧《乔家的儿女》，积极回应了家庭及婚恋关系这一热点议题，该剧以南京为背景，向大众讲述了社会变迁之下乔家五个子女的家庭故事。剧情展开在强烈的戏剧冲突中，开局便是母亲早逝，父亲又自私自利，饱受原生家庭之苦的五兄妹长大成人，各自恋爱组建家庭时，又遭到命运一波三折的无情戏弄，而每逢他们最苦难的时候，家庭又成为最温暖的避风港。无论他们的家庭曾给五兄妹带来多大的伤痛，观众还是会被他们一家人团聚一堂的温情场面所打动。年代场景的细腻打磨，邻里街坊的日常寒暄，兄弟姐妹的家长里短，都在实打实地扎根烟火生活，唤醒大众的集体记忆。家，始终是中国社会文化的中心意象。《乔家的儿女》不乏批判性的现实问题，却始终以温情为底色，既揭示了糟糕的原生家庭给子女造成的负面影响，但也肯定了家庭是人类情感的核心纽带，而不是以无休止的争吵与渲染家庭焦虑博得噱头，引起受众对家庭和婚姻关系的惊惧，反而在主人公遭受苦难摧残的时刻，强调家庭的情感治愈力量。即便乔家儿女的情感之路充满离奇的曲折，却并非是完全脱离现实语境的夸张叙事，毕竟曲折本身就是生活的一部分，如何更好的书写戏剧性的曲折也是考验创作者的艺术功力，《乔家的女儿》的艺术感染力更多在于通过展现小人物家庭生活的酸甜苦辣，让大众窥探自身遭遇寻得共鸣，并在家庭的团圆叙事中获得家庭归属感。电影《隔路》以细腻温柔的叙事气质讲述了路昂少年时与父亲起冲突而离家二十年，直至三十岁回乡参加父亲葬礼，沉浸在对父亲的回忆里。伤痕消退而遗憾加剧的无法言说中所展现出的父子之情，深刻而令人动容。电影《远方那片胡杨林》讲述了生活窘迫的中年男人为了得到儿子的抚养权，试图送走老年痴呆的父亲，因此祖孙三人行程千里而麻烦频频。该片以祖孙三代男性这一较为极端的人物设定与公路片的诸多元素相结合，折射更为深刻的情愫，探讨责任、父子情、祖孙情等社会问题。电影《朝朝暮暮》讲述了老人重病却执意寻找初恋女友而引发家庭矛盾，全家人最终明白亲人的重要性，对爱情和亲情关系的思考超越了亲情层面，深刻揭示社会伦理及其变迁。电影《永不失联的爱》讲述自幼失去双亲的双胞胎姐妹相依为命,地震时妹妹因与姐姐互换身份而死里逃生,妹妹从此以姐姐的身份生活。姐妹情深、心理创伤后的康复、面对人生的抉择……该片给亲情增加了更为厚重的哲理思考意蕴。在2021年江苏影视文学创作中,亲情与更多元素结合,超越了情感层面,内涵更为丰富。

作为与"都市"空间叙事二元对立的"农村"空间叙事,也深受影视文学创作者的青睐,这些作品紧扣扶贫攻坚、乡村振兴的时代主题,描绘我国乡村建设面貌、展现乡村风情民俗和塑造乡村中鲜活奋发的人。电影《杨德操的幸福》讲述了车祸致残的苏湖村能干人杨德操,在驻村干部的倾心帮助下,重拾信心,再度创业并成功的故事。电影《二月春风》讲述农民子弟朱子枫创业失败躲债"误入"桃源村,阴差阳错被憨厚朴实的山村退伍兵牛高明改造并最终成为有社会责任感的农民企业家的故事。电视剧《飞翔的山寨》讲述了村民开设"农家乐"并带动乡村经济的故事。电视剧《黄海儿女》讲述了出生在农村的四位发小,大学毕业后一起回到乡村,利用专业知识创业,在收获勤劳致富丰硕成果的同时,也实现了自己的人生价值。电视剧《姑苏情》则塑造了苏南农村以村支书为首的基层党组织成员,在改革开放、经济建设、农村文化建设、抗疫等重要事件中身先士卒的感人形象。总之,"农村"空间叙事凸显从个体农民勤劳致富到整体乡村振兴的变迁、怀乡情结也开始经历从离乡到归乡的演变。

四、青春成长题材的全景式呈现

青春的脆弱美好与成长岁月中青春主体复杂多元的情感元素自带戏剧性与浪漫感,因此青春成长题材历来受到影视文学创作者的重视,2021年江苏影视文学作品中青春成长题材的作品数量众多,在主题、叙事、人物塑造等方面都有上乘之作,值得专辟一节单独阐述。这些作品在表现青春主题和个体成长史时各有侧重,不仅展现青春个体成长中特有的青春活力与积极进取、透视青春期的各种迷茫与探寻,更描绘友情在成长中的价值与意义,呈现出刻画青春成长历程的全景式图景。

一是表现朝气蓬勃青少年的励志进取,多以时间顺序展示年少时的梦想是怎样通过不懈努力实现的。如电影《李诺的梦想》讲述自幼学习拳击的年轻运动员经过拼搏获得冠军的故事,电影《那些年与你一起跳舞》讲述山村女孩考入大都市舞蹈学院,舞蹈天赋与刻苦训练并举,成为出色舞蹈演员的故事。这类主题的电影文学作品还往往在表现励志故事的同时,强调成长的复杂性并加入更多现实因素,如电影《篮球起飞》讲述了10岁女孩学打篮球,凭借篮球天赋与锐意拼搏,最终和团队一起获得市级冠军的故事,在努力练习篮球的过程中,女孩学会理解与沟通、团队与协作,变得成熟懂事,修复了与家人的情感裂痕。电影《功夫少年》讲述王小虎自幼习武且酷爱武术,被选为功夫片的主演,为中国武术的传承与传播作出了贡献。在王小虎习武与拍摄影片的同时还弘扬了中非友谊,功夫作为媒介,为中非文化交流做出贡献。电影《谁的青春不迷茫2》中成绩很差的女孩为了心中男神,在高三全力以赴,创造了高考的奇迹,展现了梦想的力量,为自己的热血青春留下了最美好的记忆。电视剧《沸腾的血脉》中,热爱文学的江大桥因母亲在江难中不幸去世而立志在长江上修建桥梁,他发愤图强,考入东南大学建筑系,并以优异的成绩进入设计院,参与到苏通大桥的建设中。电影《明媚春光》《我和你的盛夏》,电视剧《青春修炼站》《公主的霓裳披甲》《以英俊之名》《北上》都是表现在不同的青春阶段年轻人为了梦想而努力,在实现梦想的过程中纵有坎坷也奋力前进,彰显积极进取的生命力量。

二是表现青春的迷茫与寻找自我、认识自我的过程。在这类个体心灵成长的题材里,不仅表现青春时期年轻人的懵懂、困惑、冲动等复杂情绪,更有对欲望、道德、规则、群体心理等社会深层次问题的表达。电影《近在天边》讲述了王小伟对"家"的找寻之路,家是实体的家,更是心灵的归宿,对家的找寻实为对自我的找寻。电影《沙漏》里莫醒醒因母亲救人离世而患上心理疾病,在好朋友的陪伴下终于直面过去,打开心结。电影《这一次告别是永别》里的何依依因童年缺少关爱导致情感上有认知缺陷,而面对与心爱之人的生死别离,何依依真正成长,学会了不留遗憾的告别。电影《刺猬》里天性自卑的少年与单纯善良的精神病人,因亲情结缘,共度彼此命运的灰暗时刻。电影《那个男孩教我的事》的主人公们在学业、爱情、亲情上命运交织、共同成长。

  三是强调友情在青春成长中的不可替代性。电影《我在风中听见你》里身患渐冻症的少女何愿来到外婆家调养,遇到了童年时的玩伴——失明的顾南归,两个失落的灵魂相遇,碰撞出了一场友谊与疗愈的火花。电影《起跑线上》中,高中生小庄在校田径队里的收获的友谊,帮助他迎接青春迷思的挑战和认识世界。电影《她的小梨涡》里转学生许呦到新学校的第一天,就偶遇校霸谢辞,两人从对方身上看到了自己渴望又不敢成为的另一面,相互理解治愈,成了更好的自己。

  这些青春成长题材的影视文学作品多以成长主体、引领者、陪伴者群像构建人物图谱,与以往该类题材中较为偏扁平化的人物形象不同,成长主体更为立体化,其性格更为真实多面,也因而生动可感。在2021年江苏影视文学创作中涌现数量众多的青春成长题材,是该题材已受到较多的关注并预示着其将引发更多思考的佐证,从关怀青少年健康成长的角度而言,不无裨益。

2021年江苏文学翻译综述

韩继坤　王理行

在过去的一年中,江苏文学翻译界克服因新冠肺炎疫情带来的种种困难,取得了可喜的新的收获,为中外文学与文化交流增添了别样的光彩。E. M. 福斯特、毛姆、乔伊斯·卡罗尔·欧茨、保罗·莫朗、彼得鲁舍夫斯卡娅等名家的小说精彩纷呈。刘成富因为主译法国当代小说《翠鸟别墅》,收到了法国现任总统马克龙的感谢信。意识流小说的巅峰作家普鲁斯特的影像集,诺贝尔文学奖得主索尔·贝娄的书信集,我国引进的首部昆德拉传记,江苏学者黄荭撰写的杜拉斯传记,等等,都让人们从不同角度和层面加深了对于相关作家的认识。江苏译者在 2021 年有多部重磅传记译作问世,这是江苏翻译界一个新的可喜现象。2021 年,黄荭大大小小的十来部译作纷纷面世,堪称奇迹。江苏译者在进行文学翻译的同时,在翻译研究方面继续深入探索,在实践和理论的互动中向前迈进。

小　说

当代法国作家阿德里安·戈茨在《翠鸟别墅》(南京大学刘成富、陈玥、房美译,中国社会科学出版社)中,以法国里维埃拉海岸上真实存在的独特宅邸为背景,融入虚构人物和故事,在古典文明与现代文化的辉映、虚幻与真实的交叠中,借少年眼中的方寸天地透视宏大世界的变迁。这部小说还在一定程度上再现了古希腊文明与现代装潢设施,被誉为法式建筑智慧的宝库。2022 年 3 月,法国总统马克龙在繁忙的竞选连任总统的关键时刻特向译者刘成富教授寄来感谢信,信中写道:"我对阿德里安·戈茨创作的小说中文版感到十分满意。这部译著的问世,使您的中国同胞发现了法国文学中又一部最为伟大的作品。"2015年,时任法国总统奥朗德也曾特地向刘成富教授致信,感谢他在法语翻译和法国文化传播领域所作出的贡献。七年内,两任法国总统先后给同一位中国法国文学翻译家、学者寄来感谢信,从一个特定角度肯定了刘成富在中法文学和文化交流中的影响力和贡献。

现代法国著名作家保罗·莫朗的早期代表作《温柔的存储》(苏州大学段慧敏译,南京大学出版社),鲜明地体现了其独特的文体风格。小说以一战时的伦敦为背景,由三个小故事构成,讲述三位女子的爱情经历,表达了对于纯净、美丽的爱情的赞美。普鲁斯特所撰写的长篇序言对莫朗的创作予以高度评价。

E.M.福斯特是20世纪英国著名作家,其作品以他所生活的时代里英国的社会现实为关注点,不动声色地呈现出人们在各种束缚之下的窘境,其中蕴含着作家对于自己国家文化和未来的反思。国防科技大学国际关系学院杨晓荣主编的"E.M.福斯特作品系列"(人民文学出版社)收入了作家五部代表作品,其中包括三部长篇小说,《看得见风景的房间》(吴晓妹、唐季翔译)、《天使不敢涉足的地方》(张鲲译)、《霍华德庄园》(巫和雄译);一部短篇小说集,《天国的公共马车》(裔传萍、万晓艳译);一部文学论著,《小说面面观》(杨淑华译)。这五部作品从多个方面展示出福斯特在小说创作方面的成就。

在毛姆的众多作品中,《寻欢作乐》(东南大学韦清琦译,云南人民出版社)有其独特之处,作家本人对之尤为喜欢。他在这个以他曾经爱慕的女子为蓝本的故事中,倾注了丰富的个人情感。而作品中所描述的各种文坛逸事,也曾引起人们的各种猜想。

乔伊斯·卡罗尔·欧茨是美国当代重要作家,获奖无数,多年来一直是诺贝尔文学奖热门人选。她的《漂流在时间里的人》(韦清琦、李莉译,湖南文艺出版社)是一部科幻作品,以未来的北美为背景,述说了权力统治下等级森严的未来社会中人类所处的孤独状态与强烈的恐惧,反映出作家的创造性与对人类社会的深切关注和深刻思考。

俄罗斯作家柳德米拉·彼得鲁舍夫斯卡娅出身名门却历经坎坷。在其晚年创作的自传体小说《但求安身》(南京大学段丽君译,人民文学出版社)中,她记录了自己少年时代所经历的艰辛生活,以及这种艰辛的缝隙里间杂的点点难得的快乐,正是在这种对照之下,传递出一种坚定向上的人生信念。

日本作家中上健次曾获芥川奖。他以故乡被歧视部落为原型建构了特异而意义深远的文学世界。他的短篇小说集《千年愉乐》(南京大学王奕红、刘国勇译,南京大学出版社)就是以这个名为"路地"的地方为背景,借一群年轻人浓烈而宿命般的人生故事,表达他对个体与共同体间紧张关系的思考。

《译林》杂志是译介国外文学作品的重要窗口。在过去一年里,该刊发表的许多作品出自江苏译者之手。其中长篇小说有:美国作家安迪·威尔的《月球城市》(王智涵译)、迈克尔·卡多斯的《牌局》(九州职业技术学院秦红梅译),英国作家克雷格·拉塞尔的《魔鬼藏身处》(南通大学周建川译)。中篇小说有:美国作家斯科特·麦基的《卡里奇的第一案》(谢晓青译)。短篇小说有:英国作家彼得·拉佛西的《书店里的秘密》(秦红梅译)、凯斯·米勒的《身份卡片》(南京大学吴月婵译)、彼得·洛弗西的《油菜田谋杀案》(南京大学梁文希译)、杰弗里·阿彻的《外事专家》(河海大学徐悦旸、孙海群译)和《独具慧眼》(河海大学徐超超、李思雨译)、赫·欧·贝茨的《玫瑰自在开》(扬州大学朱建迅译),美国作家巴布·戈夫曼的《用虫愉快》(南京邮电大学陶李春译)、约翰·弗洛伊德的《智能汽车》(晓庄学院沈磊译),法国作家保罗·霍尔特的《黄皮书》(南京大学张婉滢译)。

传记、散文、诗歌与儿童文学

江苏译者在2021年有多部重磅传记译作问世,这是江苏翻译界一个新的可喜现象。

　　米兰·昆德拉长期以来在世界文坛上被广泛地阅读，广泛地争议，广泛地误解，同时又受到广泛的赞誉。昆德拉的作品在国内多有译介，影响广泛，但法国传记作家让-多米尼克·布里埃在《米兰·昆德拉：一种作家人生》（南京大学刘云虹、许钧译，南京大学出版社），却是国内引进的首部昆德拉传记。布里埃首先是个记者，对新闻和材料有一种特殊的敏感性。作为一个作家，布里埃以前已经写过好几部传记，其中就包括诺贝尔文学奖得主鲍勃·迪伦的传记。昆德拉不爱出现在公众的场合，不爱与读者面对面交流，更不喜欢留下除了自己文学文本以外的资料，所以，除了能够找到的众多珍贵资料外，昆德拉的所有作品都成了布里埃写作《米兰·昆德拉：一种作家人生》的资料。该传记从昆德拉所处的历史时代出发，考察其作为一位作家所拥有的艺术思想、文学理念及精神历程背后的形成逻辑，呈现出一个极具真实感的完整的米兰·昆德拉。

　　作为硕果累累的一位翻译家，张新木在过去的一年里光传记译作就有两本问世。为纪念普鲁斯特去世100周年而出版的《方舟与白鸽：普鲁斯特影像集》（南京大学张新木译，译林出版社），用三百余幅从未公开发表的珍贵照片、手稿等资料，揭示了作家隐秘的内心世界，也让《追忆似水年华》这部巨著与现实世界的关联更加紧密。法国学者帕特里克·布琼在《时局之外：马基雅维利》（张新木、孙昕潼译，上海文化出版社）中将马基雅维利的惊世思想融入他的人生历程，展现了马基雅维利主义诞生的现实根源，更加深了对于这一思想的理解。

　　黄荭2021年的新作中也有两本传记，一写一译。《玛格丽特·杜拉斯：写作的暗房》（黄荭著，华中科技大学出版社）对杜拉斯这位极具个性的作家的人生历程做了详尽的回顾，同时融入了对作家的作品以及作为作品延伸的电影的解读，两相结合，从专业的角度剖析作品独特风格与感人力量的源泉，为读者提供视角各有不同的参照。法国作家西尔万·泰松的《在宙斯的阳光下：荷马》（黄荭译，上海文化出版社）以荷马及其两部重要史诗为研究对象，试图从英雄、战争、命运的故事中揭示人类所处境况的永恒性。

杨靖则在上海人民出版社推出了自己的两部传记译作。英国作家南希·米特福德在《太阳王：凡尔赛宫的路易十四》（南京师范大学杨靖、李江爱译，上海人民出版社）中，以细腻的笔触，记述了凡尔赛宫的缔造者路易十四与他的宫廷和女人们，展现了一位国王的强烈个性与国家政治的复杂关系；而她的《恋爱中的伏尔泰》（杨靖、唐有魏译，上海人民出版社）则聚焦于哲学家伏尔泰的一段传奇恋情，还原了启蒙时代人们的精神生活。

德国学者曼弗雷德·克劳斯的《埃及艳后：克利奥帕特拉》（译林出版社王瑞琪译，社科文献出版社）循着这位传奇人物的成长轨迹，讲述了她从童年到成为埃及统治者并最终走向生命终结的整个过程。

《索尔·贝娄书信集》（杨晓荣译，人民文学出版社）是国内首次出版这位诺贝尔文学奖得主的书信集，其时间跨度从1932年直至作家去世的2005年。书信集内容极为丰富，有他的个人生活，更有他对文学、政治、哲学的沉思，是其七十余年人生心路历程的记录，从中可以看到一个较为真实的索尔·贝娄。

特丽·坦佩斯特·威廉斯是美国当代著名自然文学家、诗人，在生态批评和环保领域颇具影响力。《当她们羽翼尚存：聆听母亲的无言日志》（韦清琦译，西南师范大学出版社）是其代表作品之一，从试图解开母亲留下的空白日志之谜入手，用54篇饱含深情的文字，述说了作者对母亲、对自然的怀念，以及对女性生命中的情感、家庭等重要内容的深入思考。韦清琦对生态批评和女性主义的整合研究在国内具有开拓意义，由他来翻译这部作品，可谓文学翻译中的一次佳偶天成。2021年，韦清琦的三本译作先后面世，可谓他文学翻译上的丰收年。

菲利普·罗帕特是美国诗人和散文家，同时也是哥伦比亚大学写作学教授。在《散文写作十五讲》（南京财经大学孙冬译，江苏人民出版社）中，他结合自身写作经验，从多种角度详尽探讨了散文写作该如何进行，同时也对数位散文名家进行了个案研究。该书既可以视为一部写作教材，也可以当作一部散文佳作。

法国作家波丽娜·盖纳与丈夫自驾北美大陆，采访了 26 位作家，形成一部《作家的北美》（南京大学黄荭、龚思乔、杨华译，三联书店）。在这些访谈中，作家们谈论了自己的出生成长地、人生经历与作品的关系，并由这种关系揭示出北美深层的历史、文化和社会问题，反映出作家对自我和世界的探寻与思考。黄荭的另一部译作《一种幸福的宿命》（中信出版社）形式新颖，在其中，法国作家菲利普·弗雷斯特受悲伤驱动，以《易经》为灵感，从兰波的诗文中抽取 26 个词语，对应 26 个字母，由此展现了 26 种解读人生的角度，也完成了一幅独特的自画像。多年来，对于法国文学爱好者来说，每一年，期待黄荭的新译作，不但不会落空，而且常常会有惊喜。2021 年，黄荭大大小小的十来部译作纷纷面世，堪称奇迹。

法国作家玛塞勒·索瓦若的《让我独自一人》（译林出版社唐洋洋译，广西师范大学出版社）收入了四封未曾寄出的信，是作家在病痛与失恋之中对爱情和欲望所做的精准剖析，蕴含着强烈的情感，是痛苦的书写，但也体现出珍贵的尊严和独立。译者唐洋洋是黄荭的学生。我们期待，展翅飞翔的江苏中老年翻译家的学生们不断地给人们带来更多的佳作。

《云没有回答》（南京大学赵仲明译，北京联合出版公司）是日本著名导演是枝裕和的纪实文学作品。这位导演走入轰动世界的水俣病事件调查者山内丰德的人生，揭开了这一事件背后的社会制度问题，对于今天来说仍然具有启发意义。《生与死》（赵仲明译，中信出版社）是日本摄影师土门拳的随笔集，记录了他对于摄影技巧、写实主义摄影理念的深入思考。

《译林》杂志除了译介外国当代小说之外，也刊载各种新颖的文学和文化方面的文章，如《从俄罗斯文学中获得灵感的七位作家》《十位大作家的隐秘往事》《作家手稿里隐藏的惊人秘密》（均为南京大学吴克明译），以及《奇思妙想的梦之屋》（南京师范大学李红侠译），光看这些篇名，就会让许多读者产生浓厚的阅读兴趣。

儿童文学方面，黄荭译有多部法国作品：聚焦老人和宠物问题、充满温情的《当奶奶遇见奇奇狗》（少年儿童出版社），启发孩子从不同角度观察世界的《米罗利奥波夫》（广西师范大学出版社），构建孩子内心安全感的系列绘本《我爱我的家》《最珍贵的东西》《我的妹妹》《我要睡觉了》(人民文学出版社),以及全球首部关于《小王子》文字与图片资料的百科全书《小王子百科:插图版》(湖南少年儿童出版社)。来自俄罗斯的儿童文学作品则有:著名作家阿纳托利·阿列克辛的《我的哥哥吹黑管》(南京大学张俊翔译,译林出版社),通过三段故事,讲述了平凡孩子在成长过程中所体验到的爱和尊重;《和熊在一起的孩子》(南京理工大学石雨晴译,福建少年儿童出版社)获奖众多,向孩子们传达了生活中要永怀乐观、希望和爱的理念。

诗歌方面,南京大学徐黎明与《江海诗词》主编子川共同策划了"韩诗汉译"栏目,译介了李时英、都钟焕、郭孝桓等多位韩国当代诗人作品,并用新诗与旧体诗两种形式,"探索当代汉诗译介的新途径",获得了积极的反响。

理论、批评及其他

许钧主持的中华译学馆丛书规模继续扩大,在翻译研究领域更为深入。《中华翻译家代表性译文库·卞之琳卷》(南京大学曹丹红、许钧编,浙江大学出版社)收录了著名翻译家卞之琳的多种代表性译文,同时对卞之琳一生的翻译活动进行了较为全面的总结。而许钧所著的面向研究生教学的《翻译概论》(外语教学与研究出版社),获得了首届全国教材建设奖一等奖。

日本作家井上靖因中国题材小说而知名,但其文学生涯始于诗歌。学者宫崎润一在《青年井上靖:诗与战争》(南京大学刘东波译,社科文献出版社)中通过大量一手资料,对井上靖的诗歌创作进行了实证性研究,指出了作家文学特性的源泉和发展,也勾勒出作家本人青年时代的人生经历。

瑞士学者弗朗索瓦·格兰在其专著《语言政策评估与〈欧洲区域或小族语言宪章〉》(扬州大学何山华译,外语教学与研究出版社)中,以社会中存在的语言为研究对象,结合跨学科知识,介绍了欧委会支持通过、以保护少数语言为宗旨的《欧洲区域或小族语言宪章》。这种欧洲经验对于世界其他地区而言,同样具有重要参考价值。

另外,还有国际上的一些专家学者对各类社会问题的关注与思考也值得关注:西班牙哲学家奥尔特加·伊·加塞特在其代表作《大众的反叛》(南京大学张伟劼译,商务印书馆)中,立足于20世纪的欧洲,对现代社会生活中的大众文化现象做了极为深刻的解析;美国社会学家菲尔·朱克曼的《自足的世俗社会》(杨靖译,译林出版社)通过对丹麦和瑞典社会的实地研究,认为宗教在社会的发达和人民的幸福当中并非重要的因素;曾经引起热烈反响和争议的弗朗西斯·福山的《历史的终结与最后的人》对人类社会提出一种假设,并对证据作出新解释,呈现了创造性思维的重要一面,而伊恩·杰克逊著的《解析弗朗西斯·福山〈历史的终结与最后的人〉》(东南大学曹新宇、莫嘉栋译,上海外语教育出版社)收入"世界思想宝库钥匙丛书",介绍并深入研究了福山这部著作的学术渊源、主要观点和历史影响;法国哲学家贝尔纳·斯蒂格勒的《象征的贫困1:超工业时代》(张新木、庞茂森译,南京大学出版社)重新审视了当今时代里政治和美学的关系,从而直面"控制社会"中"象征的贫困",呼吁艺术界的独立性;《什么是教育》(译林出版社童可依译,三联书店)是德国哲学家雅斯贝尔斯关于教育的思想汇编,就教育的本质、类型、任务等问题做了深入的探讨;英国作家塔比·杰克逊·吉等的《女性主义有什么用》(江苏大学吴庆宏译,译林出版社)结合女性主义先驱的观点和现实问题,为女性理解自身、寻找适合自己的生活道路指出了方向。

中国学术与文学走出去的步伐一直在继续,江苏译者的贡献也一如既往。费孝通的《乡土中国》在社会学领域是一部极为重要的经典学术著作,并且逐步向低龄学生读者普及。如今这部作品经过中法翻译家合作翻译成法语(马霆、黄苷译,法国国立东方语言文化研究院出版社),成为法国读者了解传统中国社会结构和历史演变的重要参考。青年诗人戴潍娜的同名诗集《戴潍娜》被翻译成西班牙语出版(苏州大学周春霞等译,西班牙莱里达大学出版社)。

在国际上打造中国话语权时,外宣翻译意义重大。《外宣翻译研究体系建构探索》(江南大学朱义华著,上海交通大学出版社)从更高层面入手,以本体论、认识论、目的论、方法论等哲学话语建构了外宣翻译研究话语体系,对于外宣翻译的理论研究和实践而言有着非同一般的价值。《你的样子——致敬奋力抗疫的每一个中国人》(苏州大学王金华英译,湖南电子音像出版社)记下了在抗击疫情的斗争中奋力拼搏者的身影,是时代的记录和见证。《中国梦·我的梦:青春励志故事(艺术求美篇)》(扬州大学马千里法译,共青团中央网络影视中心)记录了艺术领域多位优秀人物的励志故事。

有生奇迹向北方　民谣神曲定风波
——2021年江苏文学出版综述

王振羽

　　回望2021年的江苏文学出版,虽然有疫情的此起彼伏,有经济的缓慢复苏,但也有庆祝建党百年的隆重纪念,有"四史"学习教育的有序开展,有中国大地坚韧顽强的勃勃生机。在此大背景之下的江苏文学出版,作为中国出版业中的独特一枝,也是枝繁叶茂,花团锦簇。这中间,有长篇小说《有生》荣登各种榜单的好评如潮,有非虚构《向北方》的一致叫好,有少儿文学《太平洋,大西洋》的收获口碑,有《民谣》《乡村笔记》等的悄然流传,有诗歌《奇迹》《定风波》等的受人瞩目,有《山川笔记》等科普读物的脍炙人口,有域外名家但丁、乔伊斯、陀思妥耶夫斯基、加缪、毛姆、三岛由纪夫等人的旧著新版,次第而来。现挂一漏万,略作举例,不分先后,录以备忘。

　　一、长中短小说春色满园。长篇小说被认为是文学创作的重头戏,据说在当今中国,每年有上万部长篇小说出版发行。《有生》是胡学文潜心八年完成的一部长篇巨制,它以接生了一万两千余人的祖奶为主干,以被祖奶接引到人世的众生为枝叶,构建了一个壮阔而又浩瀚的文学世界。小说的叙事跨度从晚清到当下,被浓缩在祖奶一个白天和一个夜晚的讲述中。胡学文满怀对故土和乡民的爱,秉持着对乡土文化和国民性的深刻洞察,以民族寓言、生命史诗的宏阔格局和叙事雄心,将笔触深入乡土社会的法礼德道、血缘地缘、权力分配等方面,通过有血有肉的人物群像,为乡土立根,为众生立命,为历尽劫波又繁衍不息的百年中国立心。

　　《民谣》是学者王尧的长篇小说处女作。1972年5月,依水而生的江南大队码头边,十四岁的少年等待着了解历史问题的外公,江南大队的人们等待着石油钻井队的大船,然而生活终以脱离人们预计和掌控的方式运行。少年在码头边左顾右盼,在庄舍与镇上间游走返还,在交织缠绕的队史、家族史间出入流连。《民谣》铺写一个少年的成长精神史,一个村庄的变迁发展史,一个民族的自我更新史。王尧还出版有名为《时代与肖像》的散文集,主要为作者叙述当年求学过程中所遇到的老师、朋友、亲人,以及江南的风物人情、时局时代对个人的影响塑造等,在刻画记录往事的同时,充分呈现一代人成长的韧性与国家民族对知识分子的重视与扶持,带有强烈的个人传记色彩。

《黑瓦寨的孩子》是作家李新勇创作的长篇小说,故事发生在遥远的四川西部小乡村,时代飞速发展,人们的生活仿佛被按下了快进键,西部也正处于不断向上的发展过程中。年轻人与西部似乎正处于一种奇妙的关系中,留守西部还是走出西部?拥有博大物质世界的西部又处于什么样的变化之中?西部的农业在经历模式创新,传统的婚姻模式也在被慢慢改造,黑瓦寨虽小,但是其背后却可洞悉中国农村被解构的变化、中国变革的成效。

长篇小说《飞鸟与新月》以大运河为背景,以苏州少年辰风成长过程中遇到的迷惘、被拯救、成才为主线,深刻揭示家庭教育中"爱"、"沟通"的重要性。《万能先生谭坦》是青年小说家张冠仁的全新长篇小说。小说以万能先生为中心,用严谨精巧的结构和洗练利落的语言编织了一张故事之网。《蹦极》是一部以外交官生活为背景,讲述我国驻外工作人员临危不惧、出色完成国家任务的外交小说。长篇小说《酸甜小苹果》采用独特的表现形式,以轻松幽默的笔调书写了一个"追逐爱情"的故事。

《黄花》是作家顾坚讲述的苏北水乡少男少女的伊甸园之爱,又是特殊年代里畸情放纵下酿出的一幕幕复仇活剧。《排球魂》是奥运冠军、前女排国手赵蕊蕊从带领中国女排冲出亚洲、走向世界的袁伟民、郎平等前辈,到一起挥洒青春、共担苦楚的冯坤、王一梅等战友,用细腻动人的笔触,书写排坛往事、诠释女排精神。另有一《女排》讲述从中国排协请来魏心荻归国担任新成立的中国女排"二队"主帅开始,带领一群稚气未脱、充满闯劲又各有所长的新人,在一场场或胜或败的比赛中磨砺、成长、超越的故事。《阿尔加》的故事发生在未来金融界的一家对冲基金里,人形机器人阿尔加突然迸发出人类的自主意识,他在股海沉浮中成长,却也对金钱游戏逐渐感到厌倦,而一股神秘的黑客势力亦虎视眈眈,让事情变得越发复杂和扑朔迷离。

中短篇小说的经营与创作,出版与发行,也是佳作多多,可圈可点。《一面之交》是顾前短篇小说新集。小说多采用日常生活的片段、场景,凭借对生活细节的敏感,淡情节而重感受,抓住众多典型性格的普通人物,使作品别有魅力。《有人将至》是作家朱文颖的最新中短篇小说集。《荒原上》是蒙古族青年作家索南才让的中短篇小说集,小说围绕终身与马相伴的牧民,追击偷猎者的巡山队等展开,反映了草原深处当代牧民们的真实生活,展现了时代高速发展给传统牧民性格、精神内涵以及生活习惯等带来的冲击和改变。《最后一个村庄》讲述西秦岭山脉中一个小村庄,从 20 世纪八九十年代开始至 21 世纪前十年期间,一户户人家的命运与故事。"现场文丛"书系推出周恺《侦探小说家的未来之书》、朱宜《我是月亮》、三三《俄罗斯套娃》、王苏辛《马灵芝的前世今生》等。

二、诗歌佳作繁花似锦。诗歌出版一直是江苏文学出版中的重要板块。《奇迹》收录了韩东近年来创作的 126 首诗歌新作,以清晰、朴素、简洁的语言写作琐屑、平庸的"日常性"。此诗集,代表着韩东诗歌创作的最新成果。《定风波》收入胡弦不同时期创作的诗歌 120 余首,分为失而复得的花园、反复出现的奇迹、镂空的音乐、世界的尽头、孤峰的致意等五辑,既有对自我的内在凝视,又有向历史、现实敞开的视野,展现出诗人对历史与文化的洞察、思考、探究。

《未来的记忆》被作者王家新认为是自己迄今为止最重要、最权威的一个诗歌选本。《长江水:杨键诗抄 1993—2020》是诗人杨键全新的诗歌作品集,创作时间横跨 90 年代至今,古朴,清远,情感饱满,从中可以读到无比辽阔而又绵延无穷的生命力。《在南方》是诗人、作家汗漫游历中国南方的文化散文集,收录了十七篇作品。作者跳脱出游记体散文的寻常窠臼,记游历,复记心志,始终将山水自然紧密联系于个人经验和时代记忆,表达独到而开阔,叙事、思辨与抒情圆融洽切,史、诗、思并美兼善,充满强烈的汉语美感、智性力量和个人辨识度,直抵大地、传统和自我的繁复幽深处。

《大雪封门》为当代女诗人路也漫游齐鲁之地创作的诗歌集,共收录117首诗歌作品,包含4首长诗。《诗歌植物学》是臧棣关于植物的诗歌全集,全书290首,涵盖了日常生活中所能见到的全部的植物,是诗歌史上罕见的集中书写植物的诗集。《祝福少女们》收入杨黎自20世纪80年代开始写作以来各个时期的代表作。杨黎以准确、纯粹、直白、特立独行的语言和绝对、客观、质朴、敏锐的逻辑践行着对诗之本质的探求,让诗歌语言的魅力自主呈现。《我在一颗石榴里看见了我的祖国》是当代著名诗人杨克最新的一部诗集,分为"吾文吾土""云端交响""草木本心"三辑,收录的诗作以近四年创作的成果为主。所收作品情感真挚,贴近现实,体现了当代中国昂扬向上的发展步履,精准表达了普通人的生活、情感与精神面貌。

《河海谣与里拉琴》是蓝蓝近年来创作的一批重要作品的结集,诗人对母亲、姥姥等亲人缱绻炽热而又婉转旖旎的思念,对蓝色爱琴海文明以及所遇所见的人与事的感怀,尤其是收入其中的诗剧《阿基琉斯的花冠》,以先锋的写作方式刻画出女战士阿基琉斯的形象,展现出诗人对古希腊文化的思考,对东西方两个文明古国精神特质的探究。《老人院》是一部以老人院为切入点的诗集,紧紧围绕老年人的生存状态、社会对老人的关爱以及难以避免的隔阂和困难,老人们对往昔的追忆、对一生即将走向终点的精神状态的呈现等等多个维度,把真实时空中的老人院以及老人院内在的精神内核呈现给读者。《红狐丛书·一衣带水的相望》收入东亚七位当代诗人的代表作,如日本诗人谷川俊太郎、水田宗子、多和田叶子、平田俊子和韩国诗人李晟馥、金惠顺、文贞姬等。

三、非虚构文本各呈异彩。报告文学这一文体,现在多称非虚构写作。福建作家南帆的《村庄笔记》以个人走访为切入点,深入到当代乡村的细部,从村庄的形象演变、历史沿袭、文化心理等多个层面娓娓道来,在保留真情与抒情成分的同时,是一份独特并富有价值的当代中国乡村考察笔记。《向北方》的作者李红梅、刘仰东就1949年新中国成立之前的一大批民主人士、社会贤达自香港分七批北上参与新中国开国的历史往事,进行详细描述,叙说其中的种种细节,是难得一见令人信服的非虚构文本。《让我护佑你的心:"心佑工程"纪实》是作家张茂龙所讲述的南京医科大学第二附属医院心血管专家李庆国带领团队发起"心佑工程",免费救治贫困家庭先天性心脏病患儿的故事。《昆剧"传"字辈》是作家杨守松十多年间采访上海昆大班、浙江"世"字辈和江苏"继"字辈等昆曲人的第一手文字成果,也是首部以"传"字辈为叙写对象的长篇报告文学。《朱德的早年生活》是作家张文宝关于领袖人物的传记,着重介绍朱德的出生、读私塾、参加县试府试,最后离开家乡去昆明云南陆军讲武堂前的人生经历。《忘记我》是作家徐风历时十六年追寻一段尘封往事,曾赴比利时、中国台湾地区,遍访当事人后代、故旧和唯一存世的获救人质,独家获取大量未为人知的故事细节,抢救挖掘被时光湮没的珍贵史料,以非虚构的笔法重返历史现场,还原一个时代的波诡云谲和一位女性钱秀玲传奇人生背后的中国精神。《在东坡那边:苏轼记》是诗人于坚关于苏东坡的一种解读。

散文、笔记是文学出版中的一大门类。《山川纪行:臧穆野外日记》是著名真菌学家臧穆1975—2000年间在我国喜马拉雅地区的野外科考日记集。臧穆的野外日记内容极为丰富,涵盖植物、生态、地理、民俗、文化、历史等多个方面的一手资料。所记所绘,既有野外科考的艰难险遇,奇异绰约的高山嘉卉,大山大水的壮美风光,也有西南少数民族的奇俗淳风,文化历史的珍贵采撷,更有一位心怀家国的科学家之现实关怀与独立思考,堪称"当代'徐霞客游记'"。池莉散文自选集《从容穿过喧嚣》围绕烟火人间、自我价值、幸福力、时间、婚姻等诸多人生关键词,回应当下的生活与精神状况。《亲爱的琼芳:洛夫情书》是诗人洛夫写给夫人陈琼芳的情书,他们伉俪情深,他们的相遇相识充满浪漫色彩。《你喜欢柴可夫斯基吗》系"凤凰·留声机"丛书之一,以古典音乐大家柴可夫斯基为品鉴对象,以世界权威古典音乐刊物《留声机》杂志中的相关内容为基本素材,精选数十篇精彩的深度乐评,自成体系。《我的音乐走过你的四季》集合了21位音乐人(乐队)对于爱情、音乐、创作的理解。《五色的哲学笔记》以历史为线索,依次还原了《周礼》《春秋繁露》《山海经》《世说新语》《闲情偶寄》等五部作品中"五色"话语系统的内容与结构,描绘了"五色"何以由征兆转变为心相的过程。《未被摧毁的生活》是青年评论家李伟长阅读随笔集。《琴事:琴馀笔记》是一部以古琴为主题的文史札记,也是一本知识性与趣味性并重的文化随笔。"自然笔记"系列是由著名儿童文学作家金波主编的一套由美文美绘组成的彩色图文书,分别是《一对燕子住房梁》《肚兜上的主角》《我的小花朵们》《月光下的草坪》《遇见奇迹鸟》《荷花荷花几月开》《江南草木小札》《大自然的精灵》。

四、各种评论颇有气象。评论被认为是与创作并驾齐驱的重要方面,多有车之双轮、鸟之双翼之说。《大家读大家》是学者丁帆、王尧主编的一套文学鉴赏课,收录铁凝《隐匿的大师》、阎连科《作家们的作家》、格非《文明的边界》、李洱《局内人的写作》、邱华栋《大师创作的世界》等作品。《诗人的圆桌:关于自然、人文、诗学的跨文化对话》收入吉狄马加与16位世界各地诗人、诗歌翻译家的对话,涉及到当代世界与人类命运,以及文学的承担等话题,如叙利亚的阿多尼斯、俄罗斯的叶夫图申科、立陶宛的温茨洛瓦、法国的伊冯·勒芒、吉布提的切赫·瓦塔、澳大利亚的马克·特里尼克等。齐如山与王国维、吴梅并称"戏曲三大家",《闻歌想影:齐如山说京剧》从齐如山诸多剧学著作中精选关于京剧组织、京剧行当、梨园名伶、戏界掌故等文章四十篇,特别收录齐如山手绘并题跋的明代京剧摹本,以及清代宫廷画师所绘的京剧人物图,细述京剧的前世今生,是一本图文精美的京剧艺术通俗读物。《钟振振讲词》选取42位词坛名家的64首词作,自敦煌曲子词始,经唐、宋、元、明、清,解说了一千多年来词史各阶段的经典名篇。《剧说:中国京剧十讲》以通俗易懂、深入浅出的方式把京剧的诞生、发展、艺术特征、美学精神进行梳理,详细解释京剧四功五法和行当的表演特点,以及表演流派产生的原因和形式,重点介绍了京剧著名表演艺术家及其代表剧目,通过分析经典剧目介绍京剧的审美和艺术特色,对于京剧的人物造型和景物造型艺术在规范和美学上进行讲解,并把京剧与西方戏剧做一比较，从而显现出京剧在世界戏剧中独特而又鲜明的艺术特征和价值。《尘界与天界：汪曾祺十二讲》是评论家王干研究汪曾祺数十载的整体性论述之作，涵盖文学、艺术、人生哲学、江苏里下河作家群、"吃"等，对汪曾祺的小说、散文、书画艺术等进行了全方位、多角度解读。

《中国鲁迅学史》以《狂人日记》第一篇评论为鲁迅学的发轫点，紧密结合不同时代的精神文化背景，对1919—2019百年来的鲁迅研究进行全面的梳理和评述，清晰地勾勒出一个世纪以来对鲁迅阅读、传播和研究的历史脉络，完整地展现了中国现代知识阶层对鲁迅著作、思想、人格、精神等的阐释历程，映射出百年来中国学术文化乃至精神文化的发展和变迁。《江苏当代文学编年》以历史实录为基本方法、时间先后为基本顺序，全面梳理江苏当代文学的发展进程，集中展现江苏当代文学所取得的各项成就，对研究江苏文学史有一定的参考价值。

《南京百年文学史》由学者张光芒领衔对1912—2017南京百余年的文学发展进行系统的梳理和全面的论述。本书在整体观照南京政治历史背景、地域文化传统和审美气质的基础上，通过对南京百余年间创作群体、文学活动、文学现象和文学思潮的细致描摹，显示出南京文学独具的地理诗学特质和完成现代转型后的审美面貌。《大师的心灵》是评论家石华鹏以独特的视角和闲白般的语言就《肖申克的救赎》《海上钢琴师》《霍乱时期的爱情》《树上的男爵》《德伯家的苔丝》等文学名著的精细阅读与分析。

还有一些小说、小说集、散文、非虚构文本的出版，在此存目备查：《风信子旅馆》集中收录了作者梁莉在2018年—2020年间创作及发表的中短篇小说十五篇。《恽建新中短篇小说集：〈青丝缘〉〈太平年月〉》是作者的一部中短篇小说集，收录了作者29篇中短篇小说。《文学家心中的水韵江苏》以"水韵江苏"为主题，以散文、随笔的形式对江苏的文脉、文景、文韵进行多角度的叙述，形式新颖，图文并茂。《野猪先生：南京故事集》收入作家庞羽描述年轻一代在南京的疼痛成长和寻找生活秘密和真相的20篇新小说。《给孤岛的羊毛裙》收录了苏州作家葛芳的8部中短篇小说。《晚上遇见莫小海》收录了作家李云创作的12篇短篇小说。《旧雨》是张羊羊的最新散文集,他通过对乡土的词条式书写,汇成一部家乡风物的"词典"。《江村新韵:一个江南村落的小康之路》以非虚构形式,描绘一个江南村落的生存、发展与变迁的图景。《范知州》是姞文的一部关于范仲淹的历史小说,她另有《少年陆秀夫》,讲述陆秀夫少年时在家乡的故事。《满城活水》详实记录了苏州供水口变迁、取水发展等的历史,以及水环境面临蓝藻、寒潮等危机时的治理与化解。《金陵市井图鉴》是一部充溢着烟火气息的市民文学小品。《迷路在月圆之夜》是口腔医学博士楚德国的近几年来创作的散文合集。《骗子来到南方》是作家阿乙的中短篇小说集,《寡人》选自他的博客和日记。《谜面》是一短篇小说集。《永不言弃》是作家傅宁军根据南京市方家营消防救援站站长助理丁良浩的真实事迹创作的报告文学。《南京·东京》以刘洪友与书法结缘的人生经历为主线,讲述了他在旅日三十年间,以书法为媒办学传道的事迹。

五、域外文学扎实厚重。外国文学出版一直是江苏文学出版的重要一翼。2021年的外国文学出版,名家荟萃,系列多多,依次如下。

莱姆文集收有他的六部作品,计有《索拉里斯星》《未来学大会》《其主之声》《伊甸》《惨败》《无敌号》。斯坦尼斯瓦夫·莱姆(1921—2006)是波兰著名作家、哲学家。他当过汽车技工,有医学博士学位,创立了波兰宇航协会。他的作品多聚焦哲学主题,探讨科技对人类的影响、智慧的本质、外星交流,以及人类认知的局限等。1996年,他被授予波兰国家奖章"白鹰勋章",波兰第一颗人造卫星以他的名字命名。莱姆是20世纪欧洲最多才多艺的作家之一,安东尼·伯吉斯称他是"当今活跃的作家中最智慧、最博学、最幽默的一位",库尔特·冯内古特赞扬他"无论是语言的驾驭、想象力还是塑造悲剧角色的手法,都非常优秀,无人能出其右"。他较早预言互联网、搜索引擎、虚拟现实和3D打印的出现,直言人类将遭遇人工智能和信息爆炸的挑战。莱姆的作品被译成52种语言,全球畅销4000余万册。

卡尔维诺作品新出版有《最后来的是乌鸦》《观察者》。卡尔维诺于1923年出生于古巴,1985年在美国一滨海别墅猝然离世,而与当年的诺贝尔文学奖失之交臂。他的父母都是热带植物学家,"我的家庭中只有科学研究是受尊重的。我是败类，是家里唯一从事文学的人。"他梦想成为戏剧家，高中毕业后却进入大学农艺系，随后从文学院毕业。1947 年，他出版第一部小说《通向蜘蛛巢的小径》，从此致力于开发小说叙述艺术的无限可能。他曾隐居巴黎 15 年，与列维·施特劳斯、罗兰·巴特、格诺等人交往密切。

诺特博姆作品出版有《狐狸在夜晚来临》《流浪者旅店》。塞斯·诺特博姆出生于荷兰海牙，是荷兰当代重要作家，亦是诗人、旅行文学作家与艺术评论家。他一生热爱旅行，足迹遍及大半个世界，有人把他与卡尔维诺、纳博科夫相提并论，被誉为"最具有世界公民意识和风度的作家"，拜厄特称其为"现代最杰出的小说家之一"，其代表作有《仪式》《万灵节》《西班牙星光之路》《流浪者旅店》等。

鲁尔福三部曲，计有《燃烧的原野》《佩德罗·巴拉莫》《金鸡》，《燃烧的原野》是鲁尔福首部短篇小说集，拉美现代文学的开创性作品之一。《佩德罗·巴拉莫》是鲁尔福最为人熟知的成名代表作，魔幻现实主义开山之作。《金鸡》收录鲁尔福十五篇作品。1917 年，鲁尔福出生于墨西哥哈利斯科州的小镇。1953 年，他的《燃烧的原野》为题结集出版。1955 年，《佩德罗·巴拉莫》问世。1956 年，鲁尔福完成《金鸡》。1986 年，鲁尔福于墨西哥城逝世。

《安妮·卡森诗选：红的自传·丈夫之美》是深受哈罗德·布鲁姆推崇的加拿大女诗人安妮·卡森首部中文版诗集，内含卡森代表作《红的自传》《丈夫之美》。《丈夫之美》是安妮·卡森的准自传作品，一曲为一段失败婚姻所作的挽歌。

巴恩斯作品新出版有《唯一的故事》《终结的感觉》《福楼拜的鹦鹉》。朱利安·巴恩斯出生于 1946 年，毕业于牛津大学，曾参与《牛津英语辞典》的编纂工作，做过多年的文学编辑和评论家。与石黑一雄、伊恩·麦克尤恩、格雷厄姆·斯威夫特等，并称"黄金一代的英国小说家"。

"郭宏安译加缪文集"收录加缪代表性作品，涵盖小说、散文、笔记等文体，时间跨度贯穿加缪的创作历程。该套文集包括曾荣获"傅雷翻译出版奖"的《局外人 西绪福斯神话》《堕落 流放与王国》《反与正 婚礼集 夏天集》,郭宏安先生全新翻译并首次出版的《加缪笔记:1935—1959》(精选集)以及全新增补修订的《阳光与阴影的交织:郭宏安读加缪》,全面呈现加缪一生的创作精髓。阿尔贝·加缪(1913—1960),法国著名作家、哲学家。

《神曲》与《尤利西斯》再版。诞生于七百年前的文艺复兴时代,是意大利诗人但丁的传世之作,共分为《地狱篇》《炼狱篇》《天堂篇》三部,以想象的方式,讲述了但丁在导师和女神的引领下,游历地狱、炼狱,到达天堂的故事。有对人性深刻的洞察,也有对人生困境清晰的昭示。T.S.艾略特说,莎士比亚展现了人类精神世界的广度,但丁则让我们看到了人类精神世界的深度。时隔七百年,《神曲》中蕴含的宏大力量,仍然能够穿越历史,跨越文化,不断焕发新生。书中包含 19 世纪法国著名插图画家古斯塔夫·多雷为《神曲》所画的插图和精美藏票。2021 年是但丁逝世七百周年,《神曲》再版,有致敬之意。《尤利西斯》以时间为顺序,描述了一个普通的都柏林人于 1904 年 6 月 16 日一昼夜间的生活。《尤利西斯》被称为"20 世纪 100 部最伟大的小说第 1 名",20 世纪 90 年代,译林出版社曾出版了世界上第一个中文全译本。2021 年,正值《尤利西斯》出版百年之际,译林社出版《尤利西斯》百年纪念版,向这位 20 世纪的意识流大师致敬。詹姆斯·乔伊斯,爱尔兰作家,20 世纪文学巨匠,后现代文学的奠基者,其代表作《尤利西斯》《都柏林人》《芬尼根守灵夜》等。

"陀思妥耶夫斯基精选集"由著名俄罗斯文学翻译家臧仲伦、汝龙、石国雄、曹缦西担纲翻译,准确优美,形神兼备,忠于陀氏文风。该套系精选陀思妥耶夫斯基不同时期最具代表性的作品,包括《罪与罚》《卡拉马佐夫兄弟》《白痴》《被侮辱与被损害的人》《地下室手记》。2021 年是陀思妥耶夫斯基诞辰 200 周年,他一生坎坷而艰辛,其作品也因此极其复杂、矛盾、深邃,体现出人类走向现代的进程中的彷徨与焦虑、存在与荒谬、苦难与信仰、沉沦与拯救。有评论说,托尔斯泰代表了俄罗斯文学的广度,陀思妥耶夫斯基则代表了俄罗斯文学的深度。

"毛姆精选集"现已出版《刀锋》《月亮与六便士》《寻欢作乐》《毛姆短

篇小说精选集》等。三岛由纪夫系列作品计有《假面的告白》《潮骚》《爱的饥渴》《金阁寺》《鲜花盛开的森林·忧国》，全面呈现三岛由纪夫创作生涯各个时期的作品形态，结构精妙，经典耐读，彰显日本文学及三岛由纪夫的独特美学。

六、少儿原创杂花生树。江苏的少儿文学出版一直走在全国前列。"年华璀璨"儿童文学丛书第二辑由著名儿童文学作家黄蓓佳担任主编，邀请国内著名儿童文学作家，以小说、童话、散文、报告文学等多种体裁，用丰富多彩的生活细节、生动诗意的文学笔触，全景式展现不同时空的澄莹童心。既有乡村风物的舒缓优美，也有都市校园的欢乐忧愁；有名家大师的那年那月，也有不拘一格的奇妙想象，诠释童年与生命的真谛，助力孩子向上向善的成长。有姜琍敏的《耳朵湖》、徐鲁的《水边的船歌》、庞余亮的《看我七十三变》、孙卫卫的《少年故事》、小河丁丁的《小城单车》，另有《最忆童年吃虫时》《巴樱小团长》《冯李子的101个日子》《通向天空的小路》《回眸》等。

《太平洋，大西洋》是黄蓓佳的一部充溢着盎然诗意和温暖深情的宏大之作。小说讲述抗战结束后，战争中迁至大后方的学校陆续回迁内地，国立幼童音乐学校经过一番兜兜转转，落户在了镇江丹阳城东南的一处大宅院里。一个身世独特的男孩多来米因此与音乐结缘。一只二手的铜管小号、一间灰败破旧的小披屋、一曲《降B大调进行曲》，见证了乱世中深厚而赤诚的情谊。70年后，南京的荆棘鸟童声合唱团到爱尔兰参加一场世界级的儿童合唱比赛。在离开都柏林的前夕，一位年逾80的老华侨找到团里的三个孩子，向他们展示了一枚原黄铜小号嘴。一个跨越时光的故事就此开启。小说通过"音乐神童"多来米的坎坷遭遇，歌颂了中国知识分子坚守音乐圣地，坚持教书育人，为国家发现培养优秀人才所做的巨大努力；赞美了革命者舍生忘死、无私奉献的牺牲精神；表现了儿童在艰难境遇里的蜕变与成长，充满了激昂向上的精神力量。

刘健屏少儿作品系列，计有《当了回"侦探"》《神秘的刹那间》《突发奇想》《我要我的雕刻刀》，刘健屏的作品取材于少年儿童丰富多彩的校内外生活，各个篇目之间风格迥异、辉映成趣：或深沉感人、或活泼幽默、或曲折生动、或立意悠远。

《二宝驾到》是作家祁智全新原创的儿童长篇小说。小说以一个小家庭为切入点，细致地描绘了大宝们在迎接二宝时微妙的心理状态，表现了"二孩政策"给家庭和社会带来的影响。故事温馨、风趣、可爱，展现了中国家庭充满烟火气的日常，歌颂了当代儿童开阔的胸襟和乐观的心态。《如果星星开满树》是作家赵菱创作的一部歌唱青春和友情的少年成长小说。作家对成长期少男少女敏感丰富的内心世界、真挚动人的友情刻画得细腻真切，令人感慨和动容，具有抚慰人心的力量。《打仗》是儿童文学作家梅子涵最新创作的儿童小说。一群在碉堡边玩打仗游戏的孩子，吵吵闹闹却又兴高采烈。忽然出现的老爷爷既让他们惊慌失措，也激起了他们的小小叛逆。就在这场虚虚实实、欢腾雀跃的扮演之中，他们意外地读懂了来自一位无名英雄的感召和激励：看似平淡无奇的生活中有多少璀璨的无价珍宝、多少英勇的奋不顾身。

《草原额吉》取材于"三千孤儿入内蒙古"，这段永远镌刻在历史丰碑之上流淌着民族大爱的共和国往事。20世纪60年代初，我国遭遇罕见的自然灾害，粮食匮乏，内蒙古大草原向上海、江苏等地的孤儿们敞开了怀抱。以19岁的托娅为代表的数名年轻保育员倾情投入，悉心照顾这些"国家孩子"，牧民们像亲生父母般呵护他们健康成长，展示了中国文化根脉里超越地域、超越血缘的奉献精神和至善美德。《旋转出来的梦》是作家郭姜燕创作的一部现实题材少年成长小说，通过身有残疾的乡村女孩柳一苇的奋斗故事，表现了当代青少年不屈从命运、奋勇向前的精神风貌。郭姜燕还出版有中篇童话《小鸡小鸡去冒险》。《追星星的少年》是作家杨娟最新创作的现实题材长篇儿童小说，讲述了3个在不同时代里投身长跑运动的少年克服重重困难、勇敢追逐梦想的故事。《卢志英中队》是作家邹雷为青少年精心创作的报告文学作品。

文学评论

"文学苏军"杂谈

王 尧

当我们用"文学苏军"来指称江苏当代文学创作时,首先面临"何为江苏"的问题。这个问题不是解释作为行政区划的江苏及历史沿革,而是需要说明我们在什么范围内界定"苏军"。近十年来,"江苏当代作家研究中心"制定和实施了多种研究江苏当代作家的计划,其中遇到的学术问题是:"苏军"是在苏的作家,还是在苏的作家加上在外的江苏籍作家?这个问题看似简单,其实涉及到文学史论述的视角以及区域文学研究和区域文学史写作的学术目的。如果我们采用后者界定"苏军"的范围,那么各种区域文学史之间就会出现交叉,这种交叉若是很多,区域文学史写作的意义在某些方面就可被解构。比如,如果有一本《北京新文学史》采取第一种定义的方法,将在京的江苏籍叶圣陶、汪曾祺、格非、曹文轩列入文学史;但与此同时,另一本《江苏新文学史》也列入上述诸位,那么这两种文学史的论述侧重的是什么?因此,如果要以区域划分文学创作队伍,我更倾向选择"在地"的作家。

这样命名时,我们在大的方面要讨论:一、"江苏"(不仅是文化江苏)如何影响了"苏军","苏军"如何超越了"江苏"(如果"苏军"的意义只在江苏,那么区域文学史的意义并不重要)。二、"苏军"中的"我们"(江苏籍的"苏军")和"他们"(非江苏籍但长期在江苏或主要成就在江苏取得的作家)各自的文化背景及相互影响,"我们"如何接纳"他们","他们"又如何成为"我们",或者说"文学苏军"既有"我们"也有"他们"。如克利福德·格尔兹所言,我们其实都是持不同文化的土著,每一个不与我们直接一样的人都是异己的、外来的。在江苏以长江为界,南北中的文化和心性也有很大差异。这种差异是否从根本上影响了作家的创作?这是需要追问的。我们是着眼于这种细部的差异,还是在整体上研究"文化江苏"与"文学苏军"?文化差异固然会影响作家,但作家文化选择的多样性也许产生的影响更为深刻和关键。特别是在文化碰撞、交流、融合越来越显著的今天,更多的作家虽然带有文化的"胎记",但通常都没有局限于此。在全球化过程中,虽然区域文化仍以各种方式保护和传承,但已经受了异质文化的冲击,地方性知识也随之被压缩。或许有一天区域文学研究中的地域特点需要我们去尽可能发现。

"文学苏军"或许不是一个文学史概念,而是研究作家创作的一个视角一种框架。尽管上世纪五六十年代也有总结区域文学的文章(差不多是年鉴式的概述),但区域文学的研究,特别是在文化框架中研究区域文学,则兴起于80年代以后。因此,我们关于"文学苏军"的讨论可以向前追溯,但主要的时间段是"新时期"以来的江苏文学。如何在"文学苏军"的视角中,将"散装"的"苏军"聚拢在一起,形成"苏军"论述的历史与逻辑脉络,其实不是一项轻而易举的学术工作,我们现在所做的只是分而论之。只有解决了这个问题,"文学苏军"才有可能成为文学史表述。考察江苏当代文学的历史会发现,江苏当代作家开始成为"苏军",并不是因为他们从开始就具有"江苏意识",而是他们在更广泛的范围内思考文学问题,50年代中期的"探求者"事件是"文学苏军"成型的标志。从"探求者"这一代作家开始,"文学苏军"才获得了自己的身份。他们当中的高晓声、陆文夫、方之、艾煊、叶至诚等在"归来"之后,无论是文学创作还是期刊编辑等方面,都让江苏当代文学成为八九十年代中国文学的重要组成部分。高晓声和陆文夫往生多年,但他们都留下了载入当代文学史册的作品。高晓声的"陈奂生系列"、陆文夫的"小巷文学",在时间过滤后仍然可圈可点。在某种意义上说,"文学苏军"因他们而得以命名。或许因为高晓声、陆文夫两位声名显赫,与他们差不多同辈的胡石言、张弦、忆明珠等则很少有提及。

高晓声和陆文夫的80年代,成了后面几代作家出场的氛围,这一"氛围"中包括了传统、尺度和生态等。在高晓声、陆文夫风生水起时,赵本夫、范小青、叶兆言、周梅森、储福金、黄蓓佳等也陆续成为"文学苏军"的主角，这一辈苏军的创造力一直持续到现在。和许多区域的文学秩序不同，改革开放40余年江苏文学从来没有产生过断层或危机，也无"新老交替"问题，"文学苏军"更多地体现了自然生长的规律。在江苏，作家的地位不是以代划分并加以突出的，简而言之，作家的作品决定了他的地位。我们在讨论当代江苏文学时，越来越以作家作品论长短，这非常符合文学史发展和文学史研究的规律。在区域文学研究中，我们通常会放宽研究对象的范围，但在"文学苏军"与中国当代文学的框架里，"文学苏军"的选择范围无疑会缩小许多。在上世纪60年代出生的"文学苏军"中，苏童、毕飞宇和韩东具有重要意义。苏童在80年代末90年代初就写出了代表作，尽管他已经北上，但迄今为止的重要作品基本都是在江苏完成的。毕飞宇作为新一代"文学苏军"的领军人物，其中短篇和长篇小说均有建树，他对经典作品的解读也打开了文学批评的新空间。韩东在某种意义上是"文学苏军"的"异数"，他的创作和存在方式都值得我们注意。就小说而言，"文学苏军"中的鲁敏、叶弥、朱辉、荆歌、丁捷、朱文颖、戴来以及更为年轻的孙频、房伟等，都在发展和成长中。

显然，只以小说来论江苏文学是局限的，"文学苏军"的一大特点便是文学门类齐全。在小说之外，诗歌、散文、报告文学和儿童文学等创作亦成就斐然。在我所熟悉的作家中，胡弦、小海的诗歌，丁帆、夏坚勇、黑陶、贾梦玮的散文，杨守松的报告文学，徐风的非虚构写作，都值得我们关注。我没有研究儿童文学创作，虽然熟悉一些儿童文学作家。江苏也是儿童文学的大省，重视研究江苏儿童文学应该成为"文学苏军"研究的重要内容。我说的这些当然不是一份完整的名单，有许多年轻作家包括网络作家我都没有提及，也许再经过一段时间的积淀后有很多人会脱颖而出。文学不会有固定的排行榜，沉与浮是规律。

我们通常不会对区域文学做"制度"考察，但我觉得研究"文学苏军"并不能撇开江苏的"文学制度"。在中国当代文学制度的整体考察中，政治和文化是重要因素。在这些方面，江苏的"文学制度"当然受制于整体。改革开放以来，江苏社会经济的发展一直处于国内前列，"文学苏军"在各方面都得益于这样的发展。在制定鼓励文学发展繁荣的政策之外,江苏对文学创作经费的投入可能也处于全国前列。紫金山文学奖、江苏文学评论奖等奖项,"扬子江"系列文学品牌等活动,《钟山》《雨花》《扬子江诗刊》《扬子江文学评论》等期刊,江苏当代作家研究资料丛书、江苏文学评论家自选集、江苏文学蓝皮书的出版和编撰中的《江苏新文学史》等,以及各种扶持青年作家及网络文学的计划等等,江苏形成了一个具有良好文化生态的文学制度,并且持续数十年有效运转。

在谈及这方面时,我还要特别提到江苏的文学出版。江苏文艺出版社一直是国内当代文学出版的重镇之一,近几年又有复兴之势;译林出版社后来居上,在外国文学名著的译介和中国文学原创作品的出版等方面异军突起;江苏教育出版社重视出版文学研究著作,80年代以来也是领风气之先。我一直认为,没有现代出版就没有新文学。在文学制度层面上研究"文学苏军"其意义不言自明。

考察江苏当代文学制度,我们会发现大学文学教育与文学创作的积极互动,形成了批评与创作比翼齐飞的秩序,这是"文学苏军"的重要特征之一。从陈瘦竹、陈白尘,到叶子铭、董健、范伯群、曾华鹏、叶橹、范培松、吴周文,再到丁帆、朱晓进、吴俊、王彬彬以及丁晓原、张光芒、季进、方忠、何平、傅元峰等,几代学者同时以批评家的身份介入文学生产。我在读大学时便切身感受到了江苏创作与批评的互动。大学之外,江苏社科院和江苏省作协,也有一批活跃的批评家,如陈辽、徐采石、金燕玉、姜建、黄毓璜、王干、费振钟、汪政、晓华等。年轻一代的批评家如何同彬、韩松刚、李章斌、沈杏培、赵普光、刘阳扬等也逐渐脱颖而出。正是文学批评的强劲,"文学苏军"才因此丰富。

在实施长三角一体化发展战略后,江苏的经济和文化发展在融合中将出现新的变化。尽管文学创作不需要一一回应这种变化,但如何处理文学与时代的关系,创造出经得起历史推敲的作品,是"文学苏军"面临的重大课题。

(选自《文艺报》"文学苏军"新观察专栏第1期,2021年10月13日)

省域文学的青年想象和新陈代谢

何 平

上世纪八九十年代以来,随着全球化和城市化进程的加快,不同文化空间得以敞开,人口流动日常化,地域文化对于文学空间的建构能力不断削弱,对基于行政区划的省域文学空间如何成为一个有着共同文学精神和审美可能的共同体,几乎每个省份都作为一个文化和文学议题被提出来。江苏各大城市和北京、上海,甚至广州和杭州相比,文化及其相关产业并不具备天然的优势。而且北京和上海占据的文学资源优势也容易造成年轻作家的聚集。上世纪70年代中后期以来,在江苏出生的葛亮、徐则臣、赵志明、童末、凌岚、倪湛舸、何袜皮、朱宜、秦三澍、琪官、重木等,现在都在北京、上海和香港以及美国、日本等地定居、生活和工作。当然,我们不能仅仅只看到输出的一端,近几年引进或者在江苏落户的年轻作家也不少,比如孙频、大头马、向迅和李云等。

更重要的是,应该意识到我们谈论的"江苏文学"不单单是地域文化造成的。事实也是这样,上世纪90年代中后期南京在中国文学的地位和北京、上海是可以并肩而立的。这个文学时代形成,和南京的高校、期刊、书店、咖啡馆等新城市空间的文学气质密切相关。和不同地域文化发育出来的江苏文学传统相比,这是江苏文学新传统。这个新传统是和那个文学时代"在江苏"的写作者共同造就的,他们有的就是在南京的大学念书,哪怕后来离开江苏,他们都是江苏文学传统的缔造者。当然,未来江苏文学的可能性首先是吸纳多少青年写作者"在江苏"现实的文学活动和写作。这种"在江苏"当然不是指简单的落户江苏。简单的落户江苏有可能造成的结果是人和"户"的分离,而人和"户"的分离是不可能形成认同意义上文学精神共同体的"江苏文学"。

　　从文学代际和审美谱系的角度观察江苏青年作家的写作,青年性即先锋性的文体实验,是江苏青年写作从80年代苏童、叶兆言到90年代韩东、朱文、鲁羊等"他们作家群"不断累积着文学探索的激情而成的江苏文学传统。这个传统在新世纪被鲁敏、曹寇、黄孝阳、李樯、育邦、赵志明、李黎等更年轻的一代作家接续和再造。这中间,曹寇的文体实验尤其值得重视。2020年,曹寇在《第一财经》线上杂志YiMagazine开设"小小说"专栏,依然是从生活细微褶皱窥探现代生活异象,"曹寇式"的冷峻疏离在当代青年写作中有一种个人文学风格学的意义。青年作家大头马从一开始就以文本实验性作为标识,2020年出版的短篇小说集《九故事》则提供了小说文体实验和当下隐秘生活对接,并被普通读者接受的可能性。

　　先锋文学到90年代被征用来处理新兴的都市生活。20世纪末,和上海、北京、广州等都市青年作家群体一道,南京的韩东、朱文、吴晨骏、赵刚、顾前等以对城市无聊的边缘人和亚文化群体的发现参与到"都市书写"中。其后,李樯、曹寇和林苑中等将其发扬光大。余风所及,更年轻的从事艺术的杨莎妮和这些写作者有交往,写作亦受到影响,她持续关注青年文艺生活,《大象往右》《迷雾酒吧》《弹钢琴的人》等写小众乐队、酒吧交际、网络社交等,让我们连缀起自80年代刘索拉以来文艺和城市青年精神生活关系的文学母题线索。

　　日常叙事寄予悠远的想象,幽微的细节勘探时代的动向是江苏,当然这里的江苏也可以置换成江南的文风和调性。这两年像庞羽的小说集《白猫一闪》《野猪先生》、翟之悦的《离线》、秦汝璧的《思南》《今天》等都以絮语行文把握思想流动下的日常生活,尤其是青年日常生活。和庸常日常对位存在的是"生活在别处",汤成难的《飞天》《去珠峰看雪》等在俗世生存之外想象一个难以抵达的精神异地,比如神性气息的西藏、珠峰,或者虚构的乌托邦。和这些小说刻意的精神异地不同,《月光宝盒》是关于童年的失落、成长的牺牲以及传统的消逝,显示了汤成难小说写作的另一种可能性,这种可能性在小说审美上体现的节制的抒情为年轻批评家方岩等所推崇。

其实,"生活在别处"还可以是以"我"观他者生活,孙频《猫将军》在"我"的限知视野内窥探着老刘生活的隐秘角落,赋予"在县城"的日常以悬疑、神秘的张力。或者,别处和异地可能就是日常生活的另一面,就像朱婧的短篇小说集《譬若檐滴》以及新作《光照进来的地方》《葛西》等对亲密关系难以摆脱的因循惯性和惰性的体察恰恰是其小说闪光之处,《先生,先生》则溢出她写作熟稔的亲密关系和家庭生活写旧学人、旧时光和旧生活,是站在我们时代向消逝的过往遥致敬意。当下青年写作有追求戏剧化和奇观化的叙事风尚,而朱婧小说的叙事也貌似是旧的、慢的,但其不断缩小叙事单元反而为窥看世界和人性提供了无微不至的显微镜,小说以"显微"见复杂和丰富。一定意义上,这种"显微镜"式看取生活的方式是朱婧的,也是大多数江苏年轻作家的。但也不尽如此,讲传承讲谱系有时可能都是权宜之计。随便举几个例子,像宋世明《大桥照相馆》《如梦之梦》的拟童话结构,李黎的小说集《水浒群星闪耀时》以及重木的《近黄昏》打捞晚清民初那些被新旧鼎革淘尽的传统士人的心灵史,等等,这些好像都无法用上述"江苏文学"去简单框定,这种无法框定甚至体现在同一个作家的不同文本,我们可以将其理解为江苏青年写作的丰富性或者每个写作个体的正在生长。

在中国当下文学格局中,和他们的前辈一样,江苏年轻一代写作者似乎也多专注短篇小说的艺术探险,但有两个例外,都是从外地到江苏的作家,一个是孙频的中篇小说,一个是房伟的长篇小说。房伟在中短篇小说写作多有出色表现,而他的《血色莫扎特》等长篇小说某种程度上微调了江苏青年作家对短篇小说的过于着力。这也提醒江苏青年作家注意到他们能不能在短篇小说积累到一定程度时,可以像前辈的绝大多数作家那样,在长篇小说有重要突破?一定意义上,这也关乎到江苏文学在未来中国文学的位置。孙频的小说几乎都关涉记忆和遗忘,伤痕和痛感以及对这些的反思和追责。孙频是一个"抒情性"的小说家,这用来说她早期的小说也许成立,那是她内心淤积的倾诉期,甚至是宣泄期,她需要泥沙俱下地喷发。

但至少从《我曾经草叶葳蕤》开始,以及其后的《松林夜宴图》《光辉岁月》《鲛在水中央》《天体之诗》以及《我们骑鲸而去》、"山林三部曲"等等,孙频的写作呈现诸多复杂的面向,除了内倾化的诗性,还有比如,如何认识社会学和小说结构学意义?如何控制小说的情绪和节奏?如何获得小说的历史感和纵深度?如何消化与自己生命等长的同时代?孙频是不断追求自我个体文学革新的年轻小说家,她的几乎每一部新作都成为一个新的起点。其中篇小说集《以鸟兽之名》在自然、历史和当代诸维度间重新定义"山林"之于个人精神成长的意义,叙述者在山林漫游和勘察山林秘密的过程,亦即生命个体返观自身的启蒙之路。

江苏青年作家的态势和相应的文学制度支持密切相关。2016年,江苏在北京向全国集中推出赵本夫、范小青、黄蓓佳、苏童、叶兆言、周梅森、储福金、毕飞宇、叶弥、鲁敏等"文学苏军领军人物"后,又于隔年提出"文学苏军新方阵",这个新方阵阵容包括孙频、朱文颖、王一梅、戴来、韩青辰、李凤群、黄孝阳、育邦、曹寇、张羊羊等。2017年,江苏省作家协会和南京师范大学江苏当代作家研究基地共同开启一项名为"江苏文学新秀双月谈"的活动,每期围绕遴选的"文学新秀","双月谈"采取两位青年作家、一位主持人和五位青年批评家的对谈模式,旨在为江苏文学的后继发展培养有力的新生力量。2019年,江苏省委宣传部主导的"名师带徒"项目,国内外有影响的20位江苏文学界的著名作家、批评家与20位45岁以下的作家、诗人和剧作家已结为师徒关系。在市县层面,在全国范围产生了广泛影响的是由南京市委宣传部、南京市文联和南京出版传媒集团组织和资助,南京市作协和《青春》杂志社共同实施的"青春文学人才计划",每期三年,自2017年启动以来如今已至第二期。一期的曹寇、二期房伟和朱婧三位都是江苏作家。

从实绩上看,江苏青年作家似乎已经登堂入室,以去年底的第七届紫金山文学奖为例,短篇小说奖,汤成难、朱婧和杨莎妮这些"80后"占了七分之三;长篇小说和中篇小说奖,黄孝阳和吴楚,房伟和陆秀荔各占了五席中的两席;诗歌奖和散文奖则有育邦和周荣池;而文学评论奖除了小海,其他四位则都是"80后"。还有没有被纳入到评奖的戏剧,近些年,以温方伊、朱宜和刘天涯等为代表的南京大学青年剧作家群体的崛起亦引人瞩目。但即便如此,现在就下断言,江苏文学已经完成新陈代谢为时过早。一些问题值得注意,比如从文体分布的角度,青年写作者基本集中在小说创作上,像向迅这样有影响的年轻散文写作者则少之又少,诗歌也一样;比如一些有才华和个人特色的年轻作家和诗人像李黎、费滢、何荣、秦汝璧、李佳茵、顾星环、石梓元和焦窈瑶等写作和发表好像都相对较少,创作活跃度和可持续文学能力存在着一定联系。当然,从写作个体的角度,可以选择写或者不写,写多还是写少,但从整个江苏文学着眼,如何激活年轻作家的写作活力关乎江苏文学的未来。

顺便提及的是,目前看,江苏青年一代写作者还缺少类似八九十年代前辈作家再造文学空间,甚至重新命名文学的冲动,同时代的代表性作家的面目还不清晰,更不要说体现年轻一代作家群体性的审美共同性,因此很难聚合出有着一致文学精神的、青年性的"江苏文学"。不过,这种无中心和难以名状可能恰恰是当下个人写作文学时代的症候。一个时代的文学意义和审美可能弥散到每一个写作的个体,这对文学批评和研究拣选和整合带来挑战。因而,作为江苏当代文学的一个重要传统——作家和批评家共同成长,应该在未来江苏文学的青年想象和建构中引起足够的重视。

(选自《文艺报》"文学苏军"新观察专栏第2期,2021年10月27日)

走向世界的"文学苏军"

季 进

随着全球化的深入发展,世界各国在政治、经济方面的联系越加紧密,文化交流也日益频繁。在充满迷思的"全球"表述中,我们被许诺了一个无中心、无边界、人人可以自由参与的绝对空间。按照美国达姆罗什(David Damrosch)的说法,这个空间中的"世界文学"具有相当的流动性,它并非各国文学在全球语境下交汇融合的"美丽新世界",更多的是通过翻译实现的文本的旅行,它赋予了"世界文学""足够大的世界和足够长的时间"(《什么是世界文学》)。在全球化和世界文学语境下,不同文学的地方经验反而显得越来越重要。如何以地方性的经验表达,加入到全球化或世界文学的对话中,也是中国文学与江苏文学面临的挑战。

一般而言,地方性经验往往会成为某类文学、某个作家的身份标志,比如福克纳(William Faulkner)与美国南方文化、霍桑(Nathaniel Hawthorne)与基督教文化、哈代(Thomas Hardy)与英伦乡村文化、沈从文与湘西文化等等。明清以来的江苏文学与文化形成了一个丰沛的传统,这个传统在当下的呈现,本身就是一个极具张力的存在,涌现了陆文夫、高晓声、赵本夫、苏童、叶兆言、毕飞宇、范小青、叶弥、鲁敏等等一大批优秀作家,他们的作品多多少少都烙上了江苏地方经验的标志。这种地方经验,也成为江苏当代文学与世界文学对话的重要资源。江苏当代作家的作品从上世纪六七十年代开始,便不断地被译介到海外,并引发一定的关注与研究。江苏当代文学作为中国当代文学的一部分加入了世界文学的流通体系,为全球化语境中中国文化身份与文化形象的构建发挥了重要的作用。

　　江苏文学的海外传播一直以来以纸质出版模式为主，包括了中国文学选本、单人作品集、单行本、期刊杂志等形式。这些作品除了少量由《中国文学》杂志、"熊猫丛书"策划出版外，大多是由海外世界的译者、编者、出版商出于个人趣味、商业利益等原因主动译介的。原来的译介更多地是作为学术出版，服务于学术研究，21世纪以来商业出版的比例才显著提高。仅以英语世界为例，在马汉茂(Helmut Martin)和金介甫(Jeffrey C.Kinkley)主编的《当代中国作家自画像》(Modern Chinese Writers: Self-portrayals)、王德威(David Der-wei Wang)和戴静(Jeanne Tai)主编的《狂奔：中国的新锐作家》(Running Wild: New Chinese Writers)、卡罗琳·肖(Carolyn Choa)和苏立群(David Su Li-qun)主编的《中国当代小说精选》(The Vintage Book of Contemporary Chinese Fiction)、石峻山(Josh Stenberg)编选的《伊琳娜的礼帽：中国新短篇小说》(Irina's Hat: New Short Stories from China)等著名选本中，均收入了不少江苏作家的作品。陆文夫、高晓声、苏童、毕飞宇、叶兆言等人的代表作得到比较全面的多语种的译介，特别是陆文夫的《美食家》曾经风靡欧美，成为中国当代文学最具世界影响力的文本之一。

　　与此同时，随着技术的发展，电子出版和网络传播成为更具开放性、便捷性的传播模式。不仅原来纸本形式的江苏作家作品的外文译本纷纷推出电子版，而且又出现了不少专业的海外传播网站，比如"无界交流"(Words Without Borders)、"纸托邦短读"(Read Paper Republic)等，以电子出版的方式译介了苏童、毕飞宇、叶兆言、范小青、叶弥等江苏作家的作品。特别值得一提的是，2013年西蒙·舒斯特出版公司与译林出版社达成协议，双方合作推出电子版的当代作品外译本。目前已出版的书目中，就包括了苏童的《另一种妇女生活与三盏灯》(Another Life for Women and Three Lamps)、叶兆言的《别人的爱情》(Other People's Love)、《我们的心多么顽固》(How Stubborn Our Hearts)、《花影》(A Flower's Shade)等作品的电子版。作为西方老牌的经典出版公司，西蒙·舒斯特出版社对江苏当代文学作品的电子化译介,能够帮助江苏文学更快速有效地吸引更广大的西方读者。

　　江淮大地、秦淮人家、市井小巷、曲艺美食、街道河流等地方文化因子,伴随了一代又一代江苏作家的成长,深深烙印于其生活经验与文化记忆中,为江苏作家的想象与创作提供无穷的滋养。这些具有独特个性的地方文学作品的译介传播,显然更加有利于实现以世界文学的动态多样发展为背景的异质文化间的互识、互证、互补。从目前的江苏文学海外传播来看,传播主体大部分是中国文学研究者,其中不乏资深的学者或翻译家,如葛浩文、王德威等人。葛浩文翻译的《米》《我的帝王生涯》《河岸》等堪为经典;王德威的评论《南方的堕落与诱惑——苏童论》《艳歌行——叶兆言论》等,更是传诵久远。这些具有双重甚至多重文化背景及语言能力的汉学家为江苏文学与中国文学的海外传播做出了极大的贡献。当然,当代文学在海外的传播效果如何,还要看作品是否在海外引起专业的文学批评、是否有主流媒体的推广、是否在市场机制的导向下被反复再版,从这几方面来考量,目前仅有陆文夫、苏童、叶兆言、毕飞宇等人的作品得到较为广泛的传播,而鲁敏、叶弥、朱文颖、荆歌等优秀的中青年作家也开始得到一定的关注。

　　从江苏文学的海外传播来看,地方性经验在不同历史阶段、不同作家的作品中均有不同的表达,因而发现并译介、推广具有不同"声音"的江苏作家作品进入西方市场,可以进一步整合和提振江苏文学,避免由于城市化发展带来的"均质化"表达,而江苏文学地方性经验的广泛传播,也有助于深化海外世界对中国的认知,从而推动中国文学与世界文学的对话与融合。应该说,江苏文学地方经验的书写、地方文化的表达有着丰富的呈现方式,目前在西方世界传播程度相对滞后的中青年作家,如叶弥、朱文颖、戴来等人的作品亟待更多的译介。因此,我们应该充分利用"中国文学走出去"的良好契机,发挥海外汉学家作为译介主体的作用。他们介于两种文化之间,对发现、评介、翻译优秀的中国文学作品有其独到之处,他们的评论、译序、译后记等作为副文本,配合着正文本,引领并强化了译本在西方文化语境中叙事功能。只有更多的海外汉学家的关心与参与,江苏文学的海外传播才大有可为。与此同时,可以进一步加强中外合作,建立"评估-反馈"机制,动态性地追踪分析江苏作家海外传播的路径和策略,从而助推江苏文学更好地融入世界文学场域。

在全球化语境下,像江苏文学这样有着悠久传统的地方性经验书写,显然有着自己的独特价值。大量像江苏文学这样具有地域特色的优秀文学作品的翻译与传播,正是全球化时代完善中国文化身份、推进跨文化对话、增强中国文化竞争力的有效方式。具有地域特色的优秀文学作品的国际流通,也可以进一步推动以翻译为中介的世界文学的动态生成。有鉴于此,我们必须思考两个方面的问题:一方面是如何通过文学的手段不断推动海外读者对地方性经验的认同与接受。江苏文学传统的一个重要基础就是市民文化、市民阶层,是长期以来不断浸染而形成的生活方式,但是随着江苏经济的高速发展,城市的急剧扩大,江苏的国际化程度的大幅提升,新兴起的市民读者的阅读趣味更多地走向了均质化,与其他地方的读者差异性越来越小,这无形之中制约了江苏文学地方经验的表达。因此,江苏作家如何一方面立足当下以文学的方式记录和表现时代的巨变,另一方面又坚持江苏文脉,彰显江苏文学的叙事特色,这将直接影响到未来江苏文学与世界文学的对话。另一方面是如何以丰沛的地方性,抵抗或消解翻译所可能带来的平面化。地方性经验往往会带有某个作家或某部作品不一样的"声音",但是这些带有浓厚地域色彩的作品一旦被标准化的英语或法语或其他语言推向世界,他们的时空距离和地方色彩也消失殆尽。因此,江苏作家如何在内容、叙事、风格的层面上更好地传达与保持江苏文学的地方性经验,以此抵抗翻译可能带来的损害,这也是未来江苏文学面临的挑战之一。

(选自《文艺报》"文学苏军"新观察专栏第 3 期,2021 年 11 月 6 日)

地方视角下的江苏文学

汪 政

在中国文学版图上,人们对江苏文学的审美特质已经有了较为一致的看法,那就是"江南"。这个江南既是地理的,又是历史的,更是文化与审美的。从地理上讲,扬州并不在江南,而从文化上讲,由于大运河的特殊作用,扬州商贾文人聚集,在相当长的历史时期内引领了江南文化的形成和发展。

这样说来,用江南来言说和概括江苏文学至少是大部分有效的。江南是怀旧的,因为江南虽然富庶,但自古又是伤心之地。所以,在怀旧中又多了感伤与悲情。在江苏文学中,不管是老一辈的艾煊、章品镇、沙白、忆明珠、俞律、庞瑞垠,还是更年轻一代的苏童、叶兆言、毕飞宇,在他们的写作中,丝毫不避讳自己对旧日生活场景的怀想。苏童作品的惊人之处便是对那种旧式生活的精细刻画,这种感性主义轻而易举地酝酿出诗情画意而使它们无言地透出一种近于颓废的抒情心态;叶兆言的南京书写则将一种伤感发挥到了极致,无论是爱情,还是生命都笼罩在一股宿命论的气氛里。夏坚勇的历史散文将小说家的精致想象落到了实处。另外如陆永基、王川、徐风、荆歌、庞培、黑陶、王学芯、诸荣会、王啸峰、葛安荣、张羊羊、任珏方等也继续着这样的历史与日常生活叙事,他们有的试图对历史上的人与事给出新的故事,或者竭力留住日渐消褪的日常生活。但不管有怎样的意图,那调子总是承接了同样的诗性传统。江南总是与女性连在一起,如同历史上江南出才女一样,江苏的女性作家一代又一代,范小青、黄蓓佳、梁晴、鲁敏、叶弥、朱文颖、戴来、修白、代微、孙频、葛芳、汤成难、庞羽等等,构成中国文坛无法忽视的女性作家部落。当然,女性也是一个美学符号。新时期之初,储福金就以刻画女性著称,他所塑造的女性形象有着深刻的东方印记,娴静、内忍。而苏童则试图再现女性们如何面对自身,如何面对所处的困境。南方私家花园中的女子们该如何打发青春光阴,如何处置内心深处的一腔情愫?这是苏童笔下女性悲剧的渊薮。毕飞宇继续这一传统,他笔下的人物呈现更多世俗气,因而与现实世界也随之有了更加紧密的联系。再推论开去,由于以女性、女人入画,所以,江苏文学不由分说地多了份脂粉、凄艳与温婉,这种由人物形象所支撑的风格一定程度上左右了作品的叙事框架、故事图式、主题原型与语言色调。江南又是智慧的,江南水多,所谓智者乐水。高晓声笔下的陈奂生和陆文夫笔下的朱自冶虽然身份差异很大,但都是生活的智者。朱苏进的创作虽然大都是军旅题材,但其思想的锐度与智慧的深度常常突破这种题材的一般想象。储福金近来的围棋小说探寻的也是生存的智慧。范小青这几年出入于传统写实与现代写意之间,无论是对中国社会现实的生活之道的追问,还是对人之存在的疑虑,抑或是在现代化技术的背景下对个体身体与精神的定位,都显示出独到的智性视角。这样的智慧与思想相联,但又与思想不同,是一种更内敛更含蓄的哲学之思,如韩东的知青系列和恋爱系列,毕飞宇的社会关怀小说,鲁敏的城市暗疾与荷尔蒙系列,都表现出生活之思的敏感与尖新。这样的风格也浸润到江苏的诗歌群落中,江苏诗人通过反抒情和回归日常,将诗歌从传统意象与抒情的惯性中拉了出来,形成了非常智慧的诗歌美学。当然,提到江南,那一定是唯美的,在这一点上,最可以见到江苏文学继承自六朝、晚唐、南宋、明末清初迤逦而下的一脉气象。江苏作家用六朝骈赋和南宋长调一样典雅、绮丽、流转、意象纷呈的语言,来呼应、渲染来自历史的"丽辞"传统。有时,对这种语言风格的迷恋替代了对作品所指世界的兴趣,苏童、胡弦、鲁羊、车前子等都是代表。这样说并不意味着江苏作家的语言一律色彩眩目、稠如膏浆,恰恰相反,像汪曾祺就可以说是淡到了极致,是极浓后的平淡。他追求的实际上是一种极致的境界。所以,在江苏作家的审美理想中,形式,真是到了"主义"的程度,怎么写永远比写什么更重要。如果细加辨别,江苏作家在艺术形式的追求中组成了一个和而不同的世界,但艺术的忽略与粗糙在江苏文坛都是不能容忍的,它标举出文学作为"专业"的特质。

这是在中国文学版图上谈论江苏,它是一张总图,是要细画的。显然,一个"江南"不能说尽江苏文学,比如,一个显在的事实是,即使从广义的江南来画圈,淮河以北也进入不到江南文化领域,我们经常说江苏文化是吴韵汉风,这汉风就是指的以徐州为中心的苏鲁豫三省交界的地区,而这一地区就是古黄河流域,文化风格自然大为不同。连同淮安一带也与南方有区分度,"南船北马",文人骚客的文章辞赋自此大异其趣。比如赵本夫、周梅森,丁捷以及薛友津、王建等连同更年轻的杜怀超、黑马、管一等徐州作家群和淮安、连云港、宿迁、盐城的一些作家诗人如赵恺、王清平、蔡骥鸣、张文宝、王成章、姜桦等都另具气象,若以江南来论江苏,那他们就是江苏文学的异数。在江苏文学中,赵本夫是最具异质的一个。赵本夫天然与江南文人主导的江苏无关,他属于黄河故道、楚汉旧国的三省交汇处,那里的气质不同于温柔富庶、轻歌曼舞的吴越文化,而显现出粗犷剽悍、刚劲暴烈的品格。周梅森也是从创作的一开始就与江南分道扬镳,他的创作一路高歌,不断开风气之先,而丁捷也以开阔的视野、敏锐的意识高屋建瓴般地在江苏文学中独树一帜。

文学地图不能以行政区划来划分,何况,行政区划在历史上一直在变动。文化、历史、哲学、语言以及风土人情的说服力可能更强。比如,与扬州毗邻,包括扬州、泰州、盐城,以及南通、盐城的一部分,这里从地理上被称为里下河地区。它位于江苏的中部,西起里运河,东至串场河,北至苏北灌溉总渠,南抵老通扬运河,是江苏地理上的锅洼地。在古代,这里被水所围,交通不便,虽然时常水灾,但土地肥沃,是鱼米之乡,在农耕时期,生活足以自给自足。因此,这个地区的文学表现出质朴的乡村义理和以日常生活为本体的哲学观。如王尧、费振钟、王干、朱辉、小海、罗望子、王大进、庞余亮、刘仁前、储成剑、顾坚、王树兴、刘春龙、周荣池等,以及早期的毕飞宇、东坝系列时期的鲁敏等都具有这样的特质。他们的作品中有着细密的乡村叙事,作品的主角大都是乡村的芸芸众生。在他们营构的世界中,日常生活是主体,平头百姓是主角。在这方文学天地中,或明或暗地呈现出泰州学派的影子。起于王阳明、隆盛于王艮的泰州学派对这一带民众生活的阐释最具有效性,对这一带文化心理的影响也深远而巨大。泰州学派是中国哲学史最为平民化的学问,它主张百姓日用即道。平常人的平常生活是最根本的。每个人都要从生活中寻找意义,把日常生活活出理由,或者说,日常生活本来就是有道理的。这样的哲学解决了日常生活的失重和平庸,为普通人解决了安身立命的难题。

是不是可以这样叙述江苏文学:将其分为苏南(江南)、苏中(里下河)和苏北(汉风)三大板块。当然,还可以对每一个板块进行细化,比如,苏南或江南也不是铁板一块。一旦细究,即能看出分别,比如,可以将南京从江南划出来。南京是六朝古都,一直有种帝王文化,所以,南京作家作品中有不少是写帝王的。但这些朝代又几乎都是短命的,所以,南京文化中总脱不了悲剧意味。在当代作家中,叶兆言可说是把这种文化写得最入骨的一个。再加上南京大屠杀,南京一直背负着这种几乎是宿命的悲情,以南京大屠杀为题材的作品至今一直在南京文学中占据相当的比重,以至南京人不得不呼吁要从这种悲情与阴郁中挣脱出来。作为帝王与悲剧的自然产物,南京文化中又有一种醉生梦死的放纵和享乐,这以秦淮文化为代表,新老南京作家几乎都写过这样的题材与主题,许多作品流露出欲望和颓废。在这多种文化的影响下,即使是文人,也与魏晋清流有了区别。所有这些,在江南其他地区作家中确实看不到。

这种细化其实是应该向两极进行的,比如可以更细致地考察作家与地区的关系,如地方与文学流派,像宿迁的成子湖诗歌群、昆山的野马渡诗歌群和环太湖江南诗群等。更为突出的是,江苏有许多作家几乎以自己的生活之地作为书写对象,或者因对某一地方的书写以至于成为某地的文化代言人,从而构成了重要的地方性叙事,如凤章之于张家港,杨守松之于昆山,蔡永祥之于镇江,朱宏梅之于苏州,王成章、刘晶林之于连云港,龚正之于淮安,沙漠子之于常州,韦明铧、杜海之于扬州,龚德、孙家玉、黎化之于南通,潘浩泉、沙黑之于泰州,李鸿声、周国忠之于无锡等等。相反,又有许多作家与地方始终存在疏离性关系,他们或者天然地与地方保持间距,或者因迁徙而一直没有确立自己文学上的地方身份,南京就有一大批这样的作家与诗人,如章剑华、周桐淦、姜琍敏、沈乔生、傅宁军、肖元生、叶辉、朱朱、黄孝阳、育邦、曹寇、朱庆和、刘立杆、赵刚、顾前、李樯、李黎、梁弓、申赋渔等,他们构成了特殊意义上的地方写作景观。现在,南京已经成为世界文学之都,她的文学地理身份会不会产生变化?也许,南京由此会集聚更多的文学写作者,从地方性来说,也因此会出现更多的身份模糊者,并引发更深入的关于地方写作的话题。

有一个现象比较奇怪,说到江苏文学,很少有人说到它与海洋的关系,仿佛我们谈论的是内陆省份。其实,江苏也是一个海洋大省,海岸线有近一千公里。原因出在哪里?首先还是自然和经济因素决定的,江苏沿海大都是滩涂,面临的又大部分是黄海,自然景观欠缺,又无深水良港,其沿海城市对海洋的依赖较小,且对周边构不成影响和辐射。纵观江苏的经济史,基本上是以长江和运河经济带构成的,这样的格局自然使它不太容易进入文人视野。不过,即使如此,南通、盐城、连云港依然有不少作家写出了不少海洋文学,如南通的海笑、龚德、成汉飚、刘剑波、李新勇,盐城的张晓惠、姜桦、李志勇,连云港的李建军、王绪年等。陆地文学不同于水域文学,江、河、湖的文学也与海洋文学有本质的差别,虽然同是写水,但此水非彼水。现在,这三个城市都在现代化发展的理念推动下,特别是在改革开放以来沿海开发的带动下,越来越显示出区位的独特性,海洋在社会发展与民生中的地位也越来越重要,以至南通提出了"江海文化"的地方文化定位,相信江苏的海洋文学今后会有更长足的发展。

沿着这样的思路,我们对一个地方的文学地图可以通过多种维度来绘制。比如乡村与城市、产业与行业的分布、纸质文学与网络文学、成人文学与儿童文学以及不同文体的擅长等等。就以产业与行业分布来说,江苏的文学就可以分为农业文学与工商文学。而这样的文学又可以与地区发生重合。比如相对而言,南通、无锡、徐州的工商文学就相对发达,像朱一卉写南通纺织,高忠泰写无锡工商,包括常州作家袁亚鸣的金融小说都是江苏文学中的亮色。以徐州为例,这里曾是中国的煤炭生产重镇,又是现代工业与铁路的中心。仅以新时期文学而言,徐州的作家就贡献出大量的工业题材作品。周梅森、李其珠、杨刚良、杨洪军等都写出了许多有分量、有影响的作品,几乎支撑起了江苏工业文学的半壁江山。工业文学一直是中国文学的软肋,我们早就形成了农耕美学,中国古典美学都是在农业文明中形成并定型的,到现在依然是我们审美标准的核心,作为对比,工业革命也已近三百年,但我们的工业美学还未形成自己独立的审美体系,这非常奇怪,说它是文明的欠缺都不过分。而工业美学的成熟无疑是建立在工业文学、工业文艺上的。学院写作在江苏是可以单独列章讨论的,这在创意写作成为时尚的今天尤其应该重点论述。其实,江苏的学院写作一直有强大的传统,南京大学、东南大学、苏州大学、江苏师范大学等都是一时高校文学写作的重镇,现在,其景象依然壮观。丁帆、王彬彬、王尧、张新科、余斌、鲁羊、郭平、黄梵、义海、房伟、马永波、朱婧等,他们存在的意义绝非自我写作,更在于他们的文学教育以及对大学文学风气的形成,而其多种身份与江苏文学的研究、推广更是作用甚大。

  为了论述方便,本文提及到不少作家,但未被提及的更多,特别是那些坚持在地方的写作者们。说起某个地方的文学,人们总是习惯地想到那些叱咤文坛的名家高手,其实,除了他们以外,不知道有多少民间的写手在孜孜不倦地写作。事实上,在国民教育程度不断提高的今天,写作已经不是一部分人的特权,甚至已经不是一件艰难的事。不管到哪个地方,都会遇到众多的写作者。就我对江苏的了解来看,13个市,70多个县,莫不如此。我特别敬重这些在地方生活工作同时坚持在地方写作的作家,他们就在当地读者的身边,就在相识的人群当中写作,在乡里乡亲的眼中慢慢成了作家。这些乡土作家笔下的文学世界就是普通民众的生活,乡亲们在他们的作品中看到了这片土地的前世今生,看到了自己的生活。作为作家,他们是成功的并且是幸福的。他们能切身地感受到读者的依赖和信任,感受到自己文字的力量和写作的意义。这些写作者影响了一个地方的文化风气,更为文学的正态分布奠定了基础,与所有行业一样,文学人口的多少决定了一个地方最终的文学水平,他们,是江苏文学最为厚重的基石。

(选自《文艺报》"文学苏军"新观察专栏第4期,2021年11月23日)

江苏文学的"变"与"不变"

刘志权

江苏文脉源远流长,代有才人出。所谓"脉"者、"源"者,都指传统,是似乎"不变"的部分。但所谓的"不变",自然不是死水无波,而是"草色遥看近却无",流水不腐,润物无声,一代代将"变"融入"不变"里,这样的"传统",才是永葆文学繁荣的土壤。

正因为"草色遥看近却无",变与不变,要在长时段的观照中才能看得更为清晰。江苏作家队伍,胜在稳定。新时期初,江苏的老一代作家,如在京的汪曾祺、南京的陈白尘等,背向当时的伤痕、反思、改革潮流,独具一格;高晓声、陆文夫、方之、张弦等复出作家实力犹在,成为当时文坛的中流砥柱。稍后,赵本夫、范小青、黄蓓佳、苏童、叶兆言、周梅森、储福金、朱苏进等作家声誉鹊起,他们参与了当代文学版图的建构,创造力至今未衰。上世纪80年代中期兴起的"他们"诗歌群体,成为"后新诗潮"代表者,90年代部分转向"新生代写作",其中如韩东、小海等的诗歌创作至今保持着较高的水准。90年代后期开始,毕飞宇、叶弥、鲁敏、丁捷、胡弦、朱文颖、魏微、戴来、李凤群、黄孝阳等新生力量渐次亮相。江苏文学已经在40多年思潮嬗变、社会空间发展的"大变局"中,波澜不惊、不知不觉间完成了薪火相传、新老交替。

作家队伍的稳定,也保证了江苏文学的重心稳定、道统相传。一方面,是成名作家的人格魅力与光晕效应所发挥的示范作用。如汪曾祺之于叶兆言、毕飞宇、鲁敏,陆文夫之于范小青、陶文瑜等;或者如毕飞宇之于里下河,范小青、苏童之于苏州,韩东之于南京青年诗人;另一方面,是成熟的培养体系的传帮带作用。周梅森曾回忆 80 年代成立的青年创作组，当时的组长梅汝恺常说他不是代表个人，而是代表艾煊、陆文夫等老一辈作家来做桥梁的："老一辈作家通过这座桥梁了解青年作家，青年作家通过这座桥梁来理解老一辈作家，这座桥梁对我们来说，决不是可有可无的。"从 80 年代的《青春》杂志、南京的文学创作讲习所、江苏作协的"青年创作组"、南大作家班，到新世纪以来毕飞宇针对业余作者的"小说沙龙"、江苏省作协的"雨花写作营"、"江苏文学新秀双月谈"、"名师带徒"计划等。师徒传承、沙龙会诊，这类做法是传统而私人的，在当代江苏，它成为一道不起眼的"桥梁"，既是代际传承之桥，也是沟通变与不变之桥。

文脉绵长，脉分三支，江南文学瑰丽细腻、苏北文学雄浑质朴、里下河文学则兼得雄秀，而互相之间吸引、转化，陈辽概括江苏文学特点为"清隽、俊逸、高洁、挺拔"。外在看，作家风格整体未变，而细察内部却又与时而变、时时而变。写《临街的窗》的范小青，与写《香火》《城乡简史》的范小青；写《桑园留念》的苏童与写《黄雀记》的苏童；写《祖宗》的毕飞宇与写《平原》的毕飞宇；立意要叛出《今天》影响的韩东与如今老而弥坚的韩东……几十年光阴一霎，沧桑了容颜，而对于读者，因为熟悉，便多了亲切与眷恋。但是，"庾信文章老更成"，经历了 40 年间现实主义、先锋思潮与世俗主义的淘洗，作家今日之"我"焉是昨日之"我"，只因文学之树常青，保持了"变"的连续性，无非日移花影，不觉其"变"而已。

既有文脉，自有主脉。当代江苏文学的发展自有其不变的主脉，或者说，是变中之不变。

其一，知识分子风骨与人文情怀不变。江苏悠久的"士风"传统，是江苏作家引以为豪的荣耀，也是时时反思、审视的资源。丁帆的《江南悲歌》、费振钟的《堕落时代》、夏坚勇的《湮灭的辉煌》《大运河传》等学者散文，均是向江南历史和传统的致敬之作。传统"士风"当代的呈现，一是隐含的传统文人风骨情怀，如汪曾祺、陆文夫、叶兆言、储福金等；二是对知识分子立场的坚守，如陈白尘、董健、丁帆、朱晓进、王彬彬、王尧等。这二者相辅相成，形成了江苏文人隐逸与坚守的两面，在这样的传承里，江苏文学焉能不深受影响？2013年异军突起、广受好评的南大校园话剧《蒋公的面子》表明了这种具体而微的影响。

其二，现实主义关怀不变。从实际创作看，从80年代的汪曾祺、高晓声、陆文夫、张弦、赵本夫、范小青、周梅森等，到从先锋回归的苏童、叶兆言，再到当下的毕飞宇、鲁敏，江苏文学的现实主义主脉始终未断；从理论倡导看，从汪曾祺的《回到民族传统，回到现实主义》、高晓声的批判现实主义、陆文夫的"糖醋现实主义"、陈辽的"开放的现实主义"，到丁帆一贯坚持的"现实主义永远是，也只能是中国现当代文学的主流"的断言，江苏学者对现实主义也可谓一往情深。不论文学如何创新，江苏文学从来保持对"人"的关切和现实问题的关注，从来不好高骛远而是扎根并钟情于日常生活，这便守住了现实主义的核心基因。

其三，探索与开创精神不变。例如，汪曾祺的创作是80年代现实主义创作中的"清流"；高晓声在写《陈奂生上城》的同时，也进行着《钱包》《鱼钓》《山中》等小说实验；赵本夫、周梅森被陈思和、贺绍俊等学者视为新历史小说的代表作家；苏童、叶兆言、格非等都是先锋小说的代表作家，而"60后"的鲁羊、"70后"的黄孝阳、"80后"的陈志炜等都一直在延续着先锋创作；此外，80年代王承刚、赵家捷等的小剧场实验、90年代新生代的"断裂"行动、新世纪引发轩然大波的"2006年度诗歌排行榜"，以及从80年代《他们》到新世纪《南京评论》等民间诗歌刊物的坚持，一切表明，江苏文学貌似温文尔雅的外表下，始终有着一颗年轻狂野、时时求变、坚持个性的心。

因此，"不变"中其实有"变"，要义在于葆有个性。江苏作家各自探索却群而不党，很少有统一的"思潮"或"流派"。例如，同为现实主义，从老一辈高晓声、陆文夫、张弦等，到中生代的范小青、苏童、毕飞宇等，再到更年轻的鲁敏、黄孝阳、孙频等，各不相同。又如，韩东拒绝认为《他们》是文学流派或诗歌团体，只是朋友意气相投；范小青、叶兆言等对"新写实作家"的"头衔"并不"感冒"，叶兆言直陈："新写实是被批评家制造出来……作家要站稳立场，不能被这些热闹的景象所迷惑"。

保持个性各求其变，还难在如陈辽所言的"开风气之先而不失其

'正'",或者如傅元峰所言:"先锋而不张扬,个性突出但不唐突锋利。"何以能如此?陈辽认为,"相对稳态的心理使新时期江苏作家不趋时、不媚俗,染有些许'名士'风度,却并不因此而导致自我封闭,比较起国内借鉴西方、涉笔蛮荒或者直面改革的一批作家的追求来,他们诚然迥异其趣"。作为文学的"圈外人",画家丁方对《他们》的评论也提供了佐证:"他们自我感觉比较全面,心气也比较高,因此不屑于去研究什么策略。……江苏的现代艺术家,不管他们之间的分歧有多大,但基本上是忠实于自我内心的,他本来追求什么就是什么,你那个东西再时新,他也不会去掺和。"

正如《世说新语·品藻》所云,"我与我周旋久,宁做我"。在这样的传统里,江苏文学始终尊重个性,兼容并蓄,反而形成摇曳多姿的文学面貌。因此,江苏文学从来如此:各各往前走,忠于内心,随心所欲不逾矩,走着走着,不知不觉已是新天地。正如哲学中的"忒修斯之船",变耶?不变耶?昨日之我是我?非我?但知新世纪天地广阔,江苏文学之船将一直远航。

(选自《文艺报》"文学苏军"新观察专栏第5期,2021年12月20日)

社会的画卷 时代的强音
——江苏文学主题创作述评

汪 政

主题创作是文学创作中重要的板块,也是中国特色社会主义文学的组成部分,它鲜明地体现出文学的社会功能,体现了文学强大的现实主义传统。主题创作以迅速反映日益变化的社会生活,表现社会的重大事件、重要主题和广大人民群众的心声为自觉的创作目标,有力地介入现实生活,是社会建设的有力参与者。优秀的主题创作是社会的画卷,是时代的强音,它不仅深刻地反映着时代的变化,思考社会发展的规律,代表人民对美好生活的向往,也是文学发展的必然体现。它以宏大叙事的内容、正大庄严的风格和史诗的美学追求成为文学多样风格中的强大声部。江苏文学是中国文学的重镇,江苏的主题创作自觉地贴近实际、贴近生活、贴近群众,成为与江苏改革开放和社会经济全面发展的记录者。江苏广大文学工作者响应省委的号召,在省委宣传部的领导下,在江苏省作协的具体组织下,自觉地投身火热的现实生活,投身人民群众中华民族复兴的伟大实践中,创作了大量优秀的主题创作的作品,同时,也在主题创作上进行了深入的思考,积累了丰富的经验。

一

主题创作的鲜明特征是它的创作定位。在中国社会主义文学当中,主题创作无疑是一种国家叙事,这是其创作最为突出的主体性。要知道,所有的文学创作都是对不同主体的反映,个人的、群体的、阶层的、民族的、性别的等等,这都是文学创作不同的主体。国家也是主体,而且是一个巨大的、特殊的主体。在这个世界上,除了世界,除了人类,最大的主体就是国家。既然不同的主体都应该、也可以成为文艺创作的表现对象,不同的主体可以通过文学反映自己的意志与愿望,那么,国家作为主体,必然在文学当中有这样的定位。作为国家叙事的主题创作自然就会反映国家意志、书写国家行动,抒发国家情感。需要说明的是,文学中的国家主体不是严格的法律与行政意义上的,准确地说,它更多的是文化意义上的。另外,国家体现的是国民的意志,代表的是最广大人民的利益,"人民就是江山,江山就是人民。"从这个意义上说,国家叙事就是人民叙事,只不过人民叙事比国家叙事更丰富、更宽泛。

在改革开放之初,江苏作家高晓声、赵本夫就敏锐地感受到了国家正在发生的根本性的变化,他们一个在苏南,一个在苏北,描写的生活不同,塑造的形象不同,但是有一点是一样的,这就是中国农村要变,中国农村正在变,这样的变化即使他们笔下的人物形象如陈奂生(高晓声《陈奂生上城》)、孙三老汉(赵本夫《卖驴》)也不是明确地知晓,但正是这种艺术的真实反映了中国农村深刻变化的生活真实。而更多的时候,不管是作家笔下的人物,还是作家本人,在主题创作中,对国家意志都有自觉的体认,甚至,他们的创作本身就是国家行动的一部分。这几十年来,每当中国发生重大事件的时候,我们都会看到江苏作家的身影,都会看到江苏作家第一时间以重大事件为题材的主题创作。比如1998年的特大洪水,2003年的抗击非典,2008年的汶川大地震,2020年的新冠疫情,江苏作家都自觉地响应国家动员,投入到抵抗灾难的国家行动之中。在纪念反法西斯胜利、国家公祭,特别是配合国家重大节庆,江苏作家也都会站在历史与现实的交汇点上,深刻地记录中国百年来的巨大变化,记述中国人民在中国共产党的领导下,艰辛探索、奋发图强,一步步走向现代化的辉煌历程,以文学的方式呈现中国经验、描写中国方案、讲述中国故事。

在主题创作中,江苏作家不但对自己的书写对象投入了巨大的热情,更是通过生动的故事与鲜活的人物形象真实表达了国家情感,表达了中国的喜怒哀乐。这种情感是一种大情感,它既是个人的,更是国家的与时代的,它超越了现实生活中个体的小我的日常的情感,而是与国家命运紧紧地联系在一起,甚至与国家面临的和正在进行的事件同频共振,比如在灾难中的国家之痛、人民之痛,比如面对成就时的民族自豪感。即使在对历史的书写中,这样的情感也会得到具体而鲜明的表达。章剑华"故宫三部曲"通过抗战时期故宫文物的命运的记叙,就写出了特定历史时期国家的复杂情感。由于南京特殊的历史,以南京大屠杀为题材的创作成为江苏抗战题材主题创作的一个集聚点,不论是纪实还是虚构,都产生了大量优秀的作品,这些作品真实地再现了这一历史,表现了中国人民抵抗外来侵略的不屈精神,同时也展示了一个国家与民族的悲痛和愤怒。再如,以雨花台烈士为表现对象的作品也是江苏主题创作的重点,仅江苏省作协组织作家创作的"雨花忠魂"丛书就已经有几十部。这一题材的创作成为江苏文学传承红色文化的标志性作品,它们生动诠释了雨花英烈精神,同时也表达了一个国家对自己英雄儿女的崇敬、缅怀与痛惜的情感。

二

江苏作家通过自己的作品突显了主题创作的文化功能,那就是为国家写史、为时代立传,为人民树碑。这样的功能首先在江苏作家的历史题材创作中得到了体现。陈惠彤的《江海儿女》《横刀立马》、艾煊的《乡关何处》、黎汝清的《皖南事变》等都是以中国近现代史为书写对象,展示了中华民族的奋斗史,面对历史,作家们站在时代的高度,不仅再现了历史,更对历史做出了新的理解,体现了历史唯物主义的精神。庞瑞垠的"故都三部曲"《危城》《寒星》《落日》和《逐鹿金陵》《秦淮世家》体量巨大,作家以南京这种历史文化名城为表现对象,用一座城市写尽了中国的百年历史。夏坚勇、章剑华、诸荣会、育邦、王成章、王一心、李伶伶等作家的历史散文与报告文学,或者以某一历史时期作为表现对象,或者记录某一重大历史事件,或者为历史上具有重大影响的江苏历史名人作传,都表现出了具有整体观的历史眼光,探讨历史规律,彰显文化精神,传承优秀传统,自觉地为正在进行的中华民族的伟大复兴提供思想与精神资源。

而在对现实的书写中,江苏作家的主题创作体现出他们思想的洞察力,体现出他们对现实发展的敏锐性和为时代立传的有力担当。凤章的《张家港人》、杨守松的《昆山之路》、庞瑞垠的《华西纪事》、周桐淦的《智造常州》、章剑华的《世纪江村》、张文宝的《水晶时代》、陈恒礼的《中国淘宝第一村》、周淑娟的《贾汪真旺》等作品以江苏改革开放以来具有典型意义的地方为案例,以中国改革开放的宏观历史为背景,详尽地记录这些地方改革与发展的历程,总结它们的成功经验,以文学特有的方式为江苏经济与社会全面发展留下了一个又一个样本。江苏作家的主题创作不但是时代的记录者,也是时代的思考者,范小青的长篇小说《百日阳光》以苏南模式为背景,对中国乡镇经济这一特殊的经济形式进行了深入的剖析,探讨中国经济转型对苏南带来的挑战与机遇。而她的《城市表情》则聚焦旧城改造,对中国现代化建设中乡村城市化、城市现代化与都市化中许多矛盾与焦点问题进行了深入思考。杨刚良的《大爆临界》以国企改革为表现内容,不回避矛盾,不绕行难题,全方位地展示出中国经济在改革发展中的阵痛与重生。说到江苏的主题创作,周梅森是一个现象级的作家。他的《人间正道》《中国制造》《至高利益》《国家公诉》《绝对权力》《我本英雄》《我主沉浮》《梦想与疯狂》《人民的名义》《天下财富》等作品都以敏感的眼光捕捉到当下中国政治经济生活的潜在燃点,通过曲折的情节、个性化的人物形象生动展示了中国正在发生的巨大变化,直面矛盾,更彰显正气,作品透出中国从执政党到普通民众不畏艰险、一往无前的勇气和力量。还有丁捷,他的"追问三部曲"从正反两个方面反映了中国正在进行和将永远不停步的反腐行动,他既通过一个个典型案例从体制机制和人性的角度立体地剖析腐败的根源,又从正面立论,从历史、文化、党性与民心多角度诠释了现代文明的价值、意义与中国人民追求美好生活的初心。不管是为了国家的独立和人民的解放,还是为了中国的现代化,在中国百年奋斗史中,从英雄到普通民众,人物始终是江苏作家主题创作的重中之重,通过一个个人物形象的塑造,江苏的主题创作为中国文学贡献了一个特殊的文学群体形象,一个个性鲜明的人物画廊。在这些人物形象身上,我们可以看出时代的影子,可以见出崇高的理想、不屈的斗志、勇敢的精神、思想的闪光、人格的魅力。这些创作既有群体性的《最美江苏人》《向人民报告》这样大型的报告文学,更有以一个个杰出人物为表现对象的单部作品,可以说,江苏百年来的英雄形象、优秀人物都在主题创作中得到了充分的、多角度的甚至是反复的书写。

不管是事件还是人物,不管是虚构还是纪实,纵览过去,江苏的主题创作为时代和未来留下的不仅是文学,还有历史。江苏的主题创作不仅是在记录当下,更是为将来留下历史,留下证言。评价文学有许多尺度,既有现实的尺度,也有未来的尺度。评价主题创作,既要着眼于当下,更应该着眼于未来。如果着眼于未来,就要看现实的文学文本能不能向文化文本和历史文化进行转化,这是对文学作品最高的评价标准之一,也是文学经典化的标准之一。巴尔扎克曾说自己是法国历史的书记员,江苏作家就是这样的书记员,他们的主题创作既是文学,同时也是历史。对社会现实的真实的、形象的、史诗般的记录终将会被人们记住,这是主题创作的超越性的意义所在,这一意义已经被人类文明强大的文史传统所一再证明。

三

一般来说,人们对江苏文学的风格有许多先入为主的想象,唯美、阴柔,如江南丝竹、吴侬软语,而江苏的主题创作为江苏带来的是阳刚正大之风。从美学上说,主题创作显示的是崇高之美。主题创作是国家叙事,不管是创作的主体定位,还是从创作的表现主体上说,主题创作都应该呈现出崇高的审美风格。主题创作的崇高之美是由多方面决定的,因为它是大题材、大主题,它是大故事、大人物、大情感,它最后呈现出来的是大文章。周梅森的创作最鲜明的特征就是这种大,宏大的叙事,壮阔的场景,深刻的主题,汪洋恣肆的语言风格,一部又一部的长篇巨制,正是这样的艺术要素构成其雄奇阔大的气势。张新科的"英雄传奇三部曲"《苍茫大地》《鏖战》《渡江》分别取材于中国现代革命史上的三个阶段,第一次国内革命战争、抗日战争和解放战争,作品具有宏阔的时代背景,人物众多,线索纷繁,各种政治与军事力量交织在一起,结构出错综复杂的矛盾冲突,在此基础上建构起多重情节的叙事框架。张新科的作品是主题创作中典型的英雄叙事,而英雄更是崇高精神最佳的体现者,他们有理想,有信念,有追求,继而以自己的智慧与力量自觉践行这些理想与信念,并且创造出超越同侪的事业。更为重要的是,他们能将这些置于高出自己生命的崇高地位,慨然担当,视死如归。因此,英雄的意义与价值总是具有超越性与感召性的,他们所从事的事业也许会沉入历史,但他们的精神却与日月同辉。英雄总是集时代、民族与国家精神于一身。张新科的英雄叙事再次提醒我们,不能设想一个民族与国家没有英雄,更不能想象一个时代、国家与民族会忘记或漠视英雄,倘若如此,精神便无从体现,信仰更无处安放,那样的社会必定是失去了脊梁的软体和失去了凝聚力的散沙。

当然,崇高并不与巨大画等号,弱小、平凡同样可以崇高。范小青的长篇小说《桂香街》刻画的就是一个普通的街道干部,但是,在她的身上一样有着崇高的美德与耀眼的光辉。这是一部来源于现实生活的长篇小说,随着城市建设的现代化和服务型社会的构建,社区治理的重要性越来越突显出来,社区就是一个大家庭,是城市人生活的村庄,容纳着普通人的日常生活,也聚集着许多无法用简单的对错去对待的矛盾,它是现代社会的基层,是社会神经的末梢,但却决定着每个社会成员生活的质量和他们对幸福的基本判断。小说生动地显示了小社区、大总理的道理,林又红是中国最小的官,但却是个重要的官,她平凡而又伟大,她从另一个侧面形象地说明了英雄的另一种存在与品质。毕飞宇的《推拿》也是对平凡人生的书写。这部以盲人为主要人物形象的作品努力寻找人性中温暖的部分,寻找爱与善良。面对现代社会的诸多问题,人们都在寻找原因,更在思考应对的方略。毕飞宇以正面的方式书写了人的尊严,歌颂了人性的光辉。毕飞宇对盲人群体的了解使他在表达尊严时找到了最为直接也最具承载力的意义载体。

毕飞宇将盲人作为主人公,因为"盲人的自尊心是骇人的",他们"要比健全人背负过多的尊严"。这一特殊群体虽然生活在黑暗中,但不管面对什么,无论是生计、金钱、爱情还是生命,他们首先考虑的是一个人的尊严。毕飞宇以一个特殊的群体推出一个人之所以为人的普通价值,正因为它的普通,所以能接通许多丰富的现代人文理念。作家以特殊群体的平凡故事彰显了我们这个时代崇高的主题和主流价值观。其他如徐风的《忘记我》、刘晶林的《海魂》、韩青辰的《因为爸爸》、傅宁军的《永不言弃——消防英雄成长记》、宋世明的《法医迷案》、周荣池的《李光荣下乡记》等作品也都以生活中平凡的人为主人公,他们或者在日复一日、年复一年的坚持中默默奉献,或者在突然的变故中爆发出力量,完成了英雄的壮举。这些作品努力挖掘普通人身上的英雄气质,把他们身上的善良、勤劳、勇敢、无私等美德呈现出来,从而构成了时代与社会精神的主旋律。这些作品又都以日常叙事与职业叙事为主,并无大起大落,也无多少惊世传奇,但是,就在这普通的生活中,却有着动人心魄的力量。这样的书写具有广泛的意义与象征功能,这些人物既是一个个个体,又是我们日常生活中身边人的代表,人物与故事,共同阐释了"人民"与"生活"的深刻涵义。

江苏主题创作已经进入了良性循环,更多的创作力量包括年轻作家也都加入主题创作行列之中,主题创作不但是作家们自觉的选择,更是宣传文化管理与生产部门常抓不懈的工作。氛围越来越浓,机制不断创新,而作品也越来越得到读者与市场的认可,正在发挥其培根铸魂、振奋精神、引领风尚的作用。相信,经过作家们的努力和全社会的广泛支持,江苏的主题创作道路将越走越宽广。

(选自《新华日报》,2021年10月26日)

期刊观察

日常叙事、历史书写与文学守望
——2021年《钟山》观察

李嘉茵

疫情至今仍缠绕于生活周遭,并逐渐内化为日常生活的组成部分。空气中弥漫着眩惑、哀恸与迷茫的因子,如何对我们身处的世界进行勘探与测绘,业已成为一则亟待解答的精神命题。在纷乱无序的世界里,文学显得瘠薄而丰饶,脆弱却坚韧,阅读与写作始终携带着一种恒常的力量,牵引生活趋向平静,在人们的内心深处建构起一处稳固的精神飞地,为动荡不安的生活落下坚实的锚点。

《钟山》作为国内重量级文学刊物,历史悠久,底蕴厚重,她始终坚持"开放、多元、大气、稳健"的办刊品格,坚守文学阵地,唱响时代之音,在2021年度,继续面向读者,呈现出众多高品质文学作品,剖开当下生活的暗面,观测时代与历史的漩涡,在波涛中重唤思绪的静定,在喧哗中重归文学的本源,将文学与艺术的不竭力量持久传续。

一、从日常叙事出发,抵达时代漩涡的边缘

江苏文学自古以来因深受江南士风影响而呈现出关注世俗感性生活与日常细微之变的特质,学者费振钟曾在《江南士风与江苏文学》一书中谈到,江苏小说家重视日常性风俗人情的描摹,力求通过回归或重构日常生活的本体性地位来展现人物性格和命运,并为当代文学史贡献了一大批具有特色的新型文学主体。

贴近日常生活、关注普通人精神面貌与生活困境的写作倾向铺展为江

苏文学的一重鲜明底色,在《钟山》2021年度刊发的124篇作品中,日常叙事构成了其中的重要命题:叶兆言的中篇小说《通往父亲之路》从家族记忆出发,触碰时代与历史的震颤与余波,对特定历史背景和家庭条件下的这一段知识分子家庭内部疏离而隔阂的父子关系进行探讨,跨越六十余载的漫长时间,向父辈的生命与记忆靠近,在此过程中,作家展开了一场深刻的文化反思,在回望自身来处的同时,亦围绕20世纪50年代以来的历史与文明展开了一段徐缓而艰深的精神长旅。

在韩东的小说写作路径中,对日常生活或同时代人精神境况的呈现几乎可算作一条必经之途,中篇小说《峥嵘岁月》没有偏离这条轨迹,它如实地反映了现代人面对欲望的"溺水经过",在物质诱惑与精神失落之间的挣扎与沉沦:一心欲将手下杂志打造为名刊的文人马东,生活居于漂移状态,而好景不长,风头劲过,刊物转为萧条,马东不得不离开编辑部,入职美术馆后,在金钱诱惑下,马东逐渐滑向监守自盗的犯罪深渊。作品以现实经验为基点,在此基础上进行变形和虚构,细致摹写了世纪之交时代浪潮中的人物境遇,韩东的创作始终"承载着对时代转型期复杂经验的整理与表达",并且始终在"提示人们去思考中国文学该如何面对现代经验,如何面对现代生活"(李敬泽语)。

艾伟的中篇小说《过往》通过讲述一位越剧女星在演艺成名道路上与几任丈夫、孩子之间的情感故事,表现出个体、家庭和社会三者之间紧张与疏离的关系,当个体生命的隐秘、家庭内部的对峙、社会的动荡变迁共同作用于个体的时刻,一切过往都在人的内心留下或深或浅的印记,繁复而深刻。其中,复仇的悬念并未对沉稳平静的叙述腔调或日常叙事节奏进行过多搅扰,在访谈自述中,作者将小说的主旨与内涵安放在"生命感觉"一词上,而"生命感觉"在某种意义上即是我们的记忆,作家认为"爱、恨、快乐、痛苦等丰富的热切的感觉,是人之为人最珍贵的东西",写作意在重返那些鲜活而真实的生命记忆。

朱辉的《事逢二月二十八日》借火灾意象暗示主人公李恒全旧日生活的毁弃与重建,通过李恒全对女邻居的幻想与碰触、靠近与后撤,呈现出个体心灵的挣扎与拉锯，最终李恒全冲破了内在桎梏，重建生活信念，完成了精神与肉身的双重救赎，与此同时，"事逢"二字道出一种永在的不确定性，一则意料之外的事端抛入生活，使生活变得混乱而无序，烈火灼心，本是灾劫，但其中却孕藏着盎然生机，成为撬动命运阀门的杠杆，作者以细致而精确的笔墨，回答了一则关乎生命本质的哲学命题的精妙设问。

胡学文的《浮影》通过构造和分化人物的生命镜像来叙写生命前行与心灵塌陷的世界，借助一系列对位与错位的关系，连缀起不同人物间的生命镜像，描绘出一部充满矛盾张力的个体精神图景。罗伟章的《镜城》则将"镜城"建筑在小镇主人公陈永安的白日梦之上，书写了一场梦中的出逃：陈永安离开家乡，在镜城试图通过写作实现梦想，而在面临命运转折的关键时刻，陈永安从梦中醒来，追逐之梦也彻底破碎。在当今时代，个体所面临的生活困境复杂多变，精神追寻最终被归化为一种破碎的梦境与虚幻的向往，正如文中所说，"梦是对现实的虚构，而虚构的现实却与现实本身沆瀣一气。"这并非是一种常见的底层叙事，却更加切近书写对象的内在精神领域。作者为所有乡村青年的城市奋斗史落下一处精神注脚，亦是为在时代命运之下挣扎的单薄个体所谱写的失意者之歌。

孙频中篇小说《诸神的北方》亦将目光投向那些沉寂在时间深处的人们，那些孱弱多病、被遗忘在时代缝隙中的人们，具象地描述了由现代都市的归来者眼中的北方县城的生活图景，在"神"的多重意味与强烈反差中，借助一系列荒诞而吊诡的乡土市井故事，窥见小城畸人们的卑微、挣扎与自尊，并将生命置于更加长远的时空维度层面进行考察，赋予作品更加深邃而悠远的时代意义。

"异人"马文忠是黄孝阳中篇小说《异人马文忠》的主角，马文忠自中学起即有"异事"，及至最后患癌离世，小说书写了他三十年间与时代一起跌宕起伏的人生经历，终似"勘破"人生、有返璞归真之意，冠以"异人"，其异在于敢作敢为、生性率真，生于世俗、摸爬滚打却又超脱了庸俗。作品继续实践着作者的量子文学观，命运中的注定与偶然，确定性与不确定性汇聚着人生的百态况味，建构起一个丰富的、更具时代性的文本世界。

这些名家名作书写着日常生活中的人情人性，以隐秘而幽暗的细部，构成了时代书写的纹路与肌理。从某种程度上，承载时代浪涛而游移变幻的即是一个个漂流中的独异个体，日常叙事建构起的是属于当下的生活史。复杂多义的日常生活充满了模糊而暧昧的中间地带，自日常出发，往纵深处去，借助时代漩涡之中的向心力，总有一条通向辽阔世界的道路。

二、 诉说个体之声，在生活暗流中折叠想象与时空

2021年《钟山》共刊发诗歌三十一组，数量不多，风格各异，诗人往往从日常生活感受开始，随后走向内心的终极，从个体经验转变为生命态度，窥望人性、社会、自然与生死等诸多命题，既涵盖了对个体内在向度的挖掘，囊括了对自然宇宙的感怀，又怀有对现实图景的观照，最终诗人完成的是自身与社会关系的脱离与融合，从独创性、发掘性、内涵意义、书写姿态等多重维度出发，建构起独特的诗学与恒在的美学。

王家新的组诗《旁注之诗及其他》在本质上是从他人或其诗歌那里所发出的声响中，捕捉属于自己内心的呼应和崭新的生命镜像。孟原的组诗《清洗自己》敏锐犀利，练达澄澈，向内切开肌腱、审视纹理，剖析未被腐蚀的骨肉，向外探寻喑哑，揭示缺憾，扼住现实之咽喉。赵晓梦的《山海》以"山海"为切入口，在宏阔的意境之下，依然借助对个体内心的深入体察，反观外物，同时又将外部时空折叠收入方寸之心间，以观测外物的诡谲来反衬内心的汹涌，想象多元而丰沛。张晓雪在《缄默的歌者》组诗中依旧保持着对生活和内心的顺从，她的静观，有洞察力和诗意的准定，将一杯酒、一条河、一座山带回自己的精神原乡，诗人敏捷地捕获到了那些易被忽略于生活水面之下的东西，赋予其诗意的鲜活与灵动的想象。沈苇在组诗《浩浩荡荡的人》完成了从新疆回归乡里后对生命的一组日常书写，其中有生命的韵致，更有深刻的人生体悟。同样是一种北方书写，亚楠在组诗《在无边的寂静中》写下了北方的雨、雪、风与沙尘，经年的边地经验为其诗歌赋予了一种空寂辽远的境界，在无人之境与山川河流、日月草木对话，因而四

时格外分明,由此生发出向内的叩问与怀想。刘康在《骑鲸记》中尝试抵达想象的边界,在创作过程中早早"为这世界的奇瑰而抛却了恐惧",诗人总是沉湎于日常生活的茂密细节之中,却绝少有空泛的抒情,而是理性而坚定地向生活的内部掘进,笔触探测在地下岩层间,最终以沉缓而智性的语调将隐秘之事道出,"让一切天马行空、不切实际想法都拥有了成立的可能。"

诗歌始终是人们诘问、剖解或救赎自我的一种方式,人们在诗歌中以个体的声调对抗世事变迁或命运轮转,在生活暗流中折叠宏阔的想象,将万物寄于心中,以生命的内在感知对抗外部世界的嘈杂与流变,以一种疏离而悬静的文化守望姿态,达成对精神与语词之乡的回返。

三、 拨开迷雾,以历史的书写重返时间深处

2021年,《钟山》双月刊及长篇小说专号共刊登七部长篇小说和长篇散文,凭借庞大的叙事体量与丰厚的精神蕴藏,探入广袤的时空腹地,揭示社会人生的本相,拨开时间的迷雾,重返历史纵深之处。

其中,夏坚勇的长篇历史散文《承天门之灾》以详实的史料,诙谐的表达,开阔的视野与深沉的历史思考,为读者绘制出一幅北宋王朝真宗帝时代的宫廷浮世绘。在创作谈《关于历史写作中的想象》一文中,夏坚勇谈及纪实性历史散文中想象与虚构的关系问题,在对长篇散文《承天门之灾》展开书写时,在真实与虚构的缝隙间,作者"植入了自己独特的想象,赋予其厚实、隽永的历史感。只因有了这些细节支撑,由想象而呈现的宴会场面就显得真实可信",而"丰沛的想象使其作品因独特的禀赋而具有鲜明的'私人写作'质地",因此在历史散文书写中形成辨识度。

吴克敬的《凤栖镇(上部)——时间的呼唤》(长篇小说)建构了一处介于现实与想象之间的城镇,聚集起历史烟云中的传说和想象情境中的人情与物象,小说中"时间"和"身体"幻化成人形,有形的身体无名,无形的时间实存,时间与身体作为历史进程中不曾缺席的隐匿者,首次作为小说人物

参与了叙事进程,揭示出人类历史发展过程中那些隐匿而晦暗的时刻。

叶弥的新作《不老》(长篇小说)延续了"以江南写中国"的整体思路,接续其《风流图卷》中的主题和风格,小说以1970年代末的江南小城吴郭市为环境背景,以女工人孔燕妮的婚恋生活为主要情节,展示了在剧烈变动的大时代中一群普通人的生命状态和生活情状,更呈现出普通人的耐心、韧性和热情,寄托了叶弥对一种理想生活和理想人性的追求:无论历史的车轮如何冷酷无情,但人类的生活始终川流不息。《不老》曾荣获首届"凤凰文学奖"评委会奖,颁奖词写道:"叶弥无意构建史诗式的宏大叙事,而是以细腻的笔法书写日常的琐屑、人情的纠葛和世事的变迁。这些卑微的生活与大历史形成了互动,并以一种秘密的方式抵达了历史的内在精神。"

名家专栏向来是《钟山》的品牌与特色,专栏以文史研究为主体,秉持着文学性、社会性、思想性三者交融的理念,对文学思想史脉络进行剖析梳理,以前沿和在场的姿态参与着对当代文学史的建构。王彬彬的"栏杆拍遍"专栏延续清末民初社会变革时期的观察研究主题,六篇文章从关于北洋军阀之间的电报战延伸至对袁世凯玩弄语言策略、使奸作窃国弄权的书写;自吴禄贞被刺杀一事出发,厘清袁世凯个人暗杀史之肇始;立足扎实的史料,梳理清末民初新式军事学校在科学文化传播层面的重要意义;比较晚清民初两大军事院校体系的差异,推导出关于北伐战争的全新评价体系;透过溥仪作为帝制"符号"的存在,呈现和揭示民国初期社会文化心理的复杂、孱弱和畸形。作者在书写过程中,由细节见大局,理据兼实,借由深厚的文史通识能力及考据辨识功夫,再次彰显了其独特的文史视角以及由此生发的独特的创新性的史思与史见。

"品宋录"栏目延续了李洁非在《钟山》专栏厚重、精深的一贯特质,在其卓越的文史功底和宽广视野的基础上,展现近些年专注宋史研究的独特见解、心得。"品宋录"栏目重在一个"品"字,在作者看来,宋史如茶,"两宋历史好像也浸染了茶意,惟细品方知其滋味。"读史如阅人,要将历史作为鲜活的生命个体来碰触、阅读,从两宋之交的诸多标志性历史事件,到丹青技艺、流通货币,再到军事政策,逐一慢读细品,旨在还原史学自身的"文化形态"。

2021年《钟山》还推出了一个全新专栏，陈应松的"神农野札"，记叙作者深居神农架八百里群山怪岭二十年，在这一"独特生活场域"中的所闻所见与生命感兴。潘向黎刊于2021年"如花在野"专栏的六篇散文以古典诗词为审美研究对象，在女作家的感性和学术的严谨、现代立场和古典情怀等关系之间维持了绝好的平衡。深入古典风景之中，触摸中国的心跳和脉搏，同时坚守现代人文精神立场，将古诗词融汇为人生与日常的组成部分。此外，"河汉观星"作为《钟山》资深栏目，2021年革新文学批评形式，邀请程德培、耿占春、何平、张学昕等多位资深评论家对当前文坛的重要作家作品分别进行深入研究与辨析。

谈到厚重而恢弘的历史书写，《钟山》2020年首发的长篇小说《有生》（胡学文）继续在本年度掀起品读热潮，备受评论界及读者群体瞩目。《有生》是对自晚清以来的"百年中国的生命秘史何以抵达"这一经典命题的诠释，通过核心人物"祖奶"，建构起壮阔而浩瀚的文学世界，是一卷为历经磨难、繁衍不息的民族著书立传的恢弘史诗。《有生》单行本于2021年初出版，多次加印，不断引发阅读及讨论热潮，并获多项殊荣：位列"中国小说学会2020年度长篇小说排行榜"榜首、"《扬子江文学评论》2020年度文学排行榜"榜首、《南方周末》2020年度十大好书（虚构类）榜首、《长篇小说选刊》第五届"长篇小说年度金榜"榜眼、第十七届《当代》长篇小说年度论坛五佳长篇，本年度入选了《文学报》2021年1月好书榜、《中华读书报》2021年2月好书榜、阅文·探照灯书评人1月好书榜、《中国新闻出版广电报》月度优秀畅销书排行榜·总榜；作者胡学文亦凭借《有生》在"2021年南方文学盛典"中摘得"年度小说家"荣誉称号。

与此同时，《有生》相关研讨会也在全国范围内多次召开。2021年1月，《钟山》与江苏凤凰文艺出版社联合举办《有生》作品研讨会，李敬泽、丁帆等二十多位专家与会。李敬泽评述道："《有生》给我们提出的问题像山一样放在那儿。"充分彰显了《有生》在思想及艺术层面的巨大成就。6月18日，山东理工大学举办《有生》研讨会，黄发有、李掖平、赵德发、刘大先等专家学者对《有生》进行了细致的解读评议。9月4日,胡学文做客央视《读书》栏目,分享关于《有生》的创作经历。《文学报》《文艺报》《晶报》《中国当代文学研究》《当代作家评论》《小说评论》、凤凰书评等报刊杂志先后刊出丁帆、贺绍俊、谢有顺、张德强、申霞艳等评论家以《有生》为评述对象的研究文章。种种殊荣,百千关注,难以尽数,充分展示了一部优秀的文学作品的生命力、感染力与影响力,在时代与历史的浪涛中历久弥新。

四、 接续过去,面向未来,培育新生力量

回首过去,新世纪文学已经走过二十年历程,当代文坛涌现出大量优秀的青年作家及作品。2021年,《钟山》联合《扬子江文学评论》广泛邀请各方专家和广大读者参与,推出"新世纪文学二十年20家/部"文学评选活动,旨在对千禧年后的这二十年间,在当代文坛不断涌动的青年力量及作品进行梳理,展示21世纪以来中国当代文学创作取得的成就和不断浮现的新生力量,接续过去,以更好地面向未来,发掘文学新人,培育新生文学力量。

同时,《钟山》积极刊发新人新作,在本年度刊登的小说与诗歌作品中,青年作家作品篇幅大增:路魆的短篇小说《夜叉渡河》极具古典志异小说气韵,虚实相生,化用传统神怪元素展开了一次艰难且幽深的家族溯源与自我剖示之旅。余静如的中篇小说《以X为原型的一篇小说》尝试对"死亡"命题进行探寻与拆解:"我"在阻拦亲戚X赴死的过程中,不得不重新审视、裁定着周边人和物以及自己的价值意义,并最终找到答案,实现了同自我的和解。颜桥的短篇小说《涂灵测试》借一场由相亲引发的人性测试,如万花筒般映射出人心的复杂。班宇中篇小说《我年轻时的朋友》叙写一个生命的经受过程。"我"被装置进一个世界中,在现实和虚拟、过去与当下、不同地方和不同人物等生命情境中穿梭,生活片段连缀成一个魔幻又感伤的世界,隐现着生命的放逐与隐忍。

此外,《钟山》还专门针对全国高校创意写作专业学生群体,发布"发

现·创意"征稿启事，通过设置专栏的形式，建立高校创意写作合作计划的长效推进机制，并与《扬子江文学评论》展开深度合作，共同开展创意写作研究及作品研讨活动，加大发掘优秀青年创作人才的力度，为文学事业的发展繁荣储备丰沛而鲜活的文学原创力量。目前我们已经看到下一年里《钟山》在这一栏目下所呈现的不同高校数位学生的不俗成绩。

2021年末，第四届《钟山》文学奖及第三届《钟山》之星文学奖颁奖活动如期而至。在总结、嘉奖2020年—2021年文学创作上的优秀作家作品之外，《钟山》也为名家与青年作者搭建起沟通与交流的平台，毕飞宇、苏童、陈应松、胡学文、储福金、胡弦、欧阳江河、潘向黎等名家与王苏辛、陈思安、田凌云、索耳、蒋在等青年作家进行对话交流，碰撞文学火花，促进青年作家创作不断精进。

一份文学刊物的生命活力正是因为有编者、作者与读者的携手同行而长久恒在。《钟山》及其作者群体始终以坦诚的姿态、无畏的勇气如实记录着当下的生活与时代。在一部部小说诗文中，我们通过语言，深入人物情感的浓烈之处，淡化现世的悲楚，或跨越辽阔的时间，向历史纵深处的记忆回溯。最终，借助文字，我们得以在这个纷乱的世间照见彼此微弱而明亮的联结，想来这应是《钟山》或文学的光芒与奥义所在。

深耕文学沃野,有效因应时代

——2021 年《雨花》观察

李徽昭　李秋南

作为新中国成立后最早创办的文学期刊之一,《雨花》创刊以来,不但即时因应时代,推出诸多先锋作品,还不忘扶持文学新人,助力青年作家成长,在全国的影响力日益扩大。纵观 2021 年《雨花》杂志,在继承刊物传统与办刊宗旨基础上,各类作品以不同笔法从不同视角着力阐发现代人文精神,不断强化《雨花》的文学质感,诸多栏目及作品均可圈可点。从载体与呈现方式上说,新媒体不断冲击影响着纯文学,作为纸媒的《雨花》仍保持着纯文学的独立个性,刊物立足江苏,以融南汇北的气魄不断构建江苏期刊面孔,呈现鲜明的苏派文学特色。从文体与栏目来说,2021 年《雨花》以中短篇小说为主,散文、诗歌、评论并重,在"短篇小说""散文现场""诗雨""文学评弹"等固定栏目基础上,通过"雨催花发"和"毕飞宇工作室"栏目刊发多篇极具新锐气息的青年作家作品,还特别策划了"苏南作家小辑""苏中—南京作家小辑""苏北作家小辑""青年女作家小辑"及颇有分量的两位名家专栏,并为庆祝中国共产党成立 100 周年刊发了"诗歌小辑"与特稿。总体上看,《雨花》常设专栏固守文学特质,特别策划又不乏当下性,名家专栏极富辨识度,不同栏目错位而又互动,交汇而成《雨花》兼具审美性与时代性的栏目格局,使得这本老牌文学刊物散发出别有深意的时代魅力。

纵观全年杂志篇目,无论从刊发数量,还是封面头条作品占比来看,中短篇小说都是《雨花》杂志的基石。就主题而论,这些小说总脱不出爱恨生死的刻画,但以什么样的人物来演绎故事,以什么样的故事来映照时代,对生活的反映停留在何种深度,是对生活进行反馈式提问,还是得以脱出樊篱给出回答,则是体现刊物办刊指向与时代经验、编辑深度的关键。作为立足江苏面向全国的知名期刊,《雨花》首先彰显了特定的南方审美特质。与北方期刊多关注群体、历史命运等宏大叙事不同,2021年《雨花》刊发的中短篇小说多聚焦日常生活,或讲述个人化经验、日常生活经历,以细微视角摹写琐屑生活;或以深层心理活动介入日常生活,探究日常生活水面下的人性与自我。戴冰的《林中游戏》(第3期)以三个小女孩在树林中的过家家游戏与对话为主线,将人物、情节与场景都限定在一幅场景中,未经人事的孩子对父母反应和情感的模仿还原着深切的爱与痛。韩东《大卖》(第2期)以"我"的书出版为核心,描写一系列由"我"曾经的追求者引发的事故,对生活的描摹现实又滑稽。鬼鱼的《慈悲》(第12期)将时间局限在"去墓地前"的那个凌晨,通过"父亲"与"祖父"对话拼凑出一个家庭的不幸故事。这些小说幽微而锐利地切入现实,显示了南方期刊对日常生活深度的关注,这也是刊物立足江苏的特色所在。

对深层自我的追问与反思也是《雨花》本年度短篇小说的常见主题。从题材上看,李浩《影子武士》(第1期)是较为特别的一篇,小说以虚构的中国古代"影子武士"团体为背景,写"我"作为教习旁观一名武士对真正"影子武士"的追寻,最后却发现"我"本身就是并不存在的"影子武士",一个靠意志凝结出来的存在。这篇小说有李浩一贯追求的"彼岸感"与"先锋性",通过带有现代意味的故事构建起一个虚幻世界,人的意志可以通过锻炼和凝结形成一个独立存在的"影子",具有现代哲学面向意味,但是故事又有古典文化元素。小说中,"我"因没有记忆的空虚感和结尾发现自己就是传说中影子武士时的恐惧,不免让人想起黑泽明的同名电影,两者都表现了对权力与力量的无限欲望,这种追求的结果往往是人越来越远离本真自我,最终失去主体性,成为自我的影子,不伤不死,但也没有记忆与归属。鬼金小说中的主角则容易让人想起加缪塑造的经典"局外人"形象,《红气球》(第1期)中罗曼与社会和家庭若即若离,对一切都可有可无,她的存在主义式困境并非源于生活困顿,而在于精神孤独与苦闷。最终她离家走向野草深处,既可以看作是对无意义生活的反抗,也可以看作是被迫与现实和解后的自我放逐。这两篇小说别有意味,是《雨花》面向现代不断延伸拓展、审美多元化的探索,显示出刊物不拘一格的前沿性。

现代化加速发展形成城乡的不断疏离,比物理距离与生活体验的间隔更深的,是被城乡不同文化区隔的无法言说的代际亲情、遗憾与隔膜。王啸峰短篇小说《依靠》(第7期)中,公务员陈立宇因未完成的人口普查而与杨师母产生联系,本因工作未完结而为难的经历,因杨师母而有了重遇"母亲"的机会。无意间,陈立宇成为解开母子误会的纽带,呈现了城市生活中独立个体的寻根情结与复杂的亲情体验。刘剑波《带哨子的风筝》(第8期)以城乡不同出身组合的家庭为焦点,写乡村父亲进城过年后的失落与迷茫,想与孙辈亲近却频频被城市出身的儿媳阻拦,最终独自离开,在黄浦江边放起那个来自乡村的风筝,淋漓尽致地呈现了城市与乡村、父辈与子辈、自然与社会的复杂矛盾,城市身份感受与迷茫无不投射在农村父辈身上,城乡空间差异背后的身份纠葛得以详尽体现。而与上述不同,潘向黎《你走后的花》则诗意呈现了完美的上海知性女子对爱情的执着坚守,历经十六年始终未改而终得圆满,似乎也昭示着城市生活的另一面向。

这些小说中,有些文本还内蕴着对深层心理与人际关系的锐利审视。宋尾《车总要从某处启动》(第10期)探究一桩妻子谋杀丈夫的刑事案件,颇有侦探小说意味,最终通过"我"偶得的生活经验揭示,生活矛盾不知会在何时因何激发,但就如汽车一般,总得在不经意间启动。雷默《弯弯穿越了黑洞》(第3期)以好友弯弯自杀为开端,书写其离世后亲朋好友的反应。弯弯父亲依靠毒蘑菇的幻觉来麻醉自己;弯弯年幼女儿也学会从身边人的反应猜出真相,但因母亲的再次怀孕抱有一丝期待;而弯弯妻子内心的压抑与孤独无法排遣,只能借他人发泄。最后弯弯妻子的第二个孩子出生,意味着弯弯的死亡并不是彻底的消失,而是穿越了黑洞,以遥远的方式陪伴着所有人,具有生命轮回的意味。罗鸣《我们都一样》(第4期)聚焦"我"因误进女厕所被举报并遭到领导批评后复杂的内心活动,从被批评后的猜测、怀疑、难以释怀,一直到把怀疑告了密的女同事带进男卫生间终获释然,疏离隔膜的人际关系和"举报文化"下心理异化的时代问题毕现。

常规栏目外,2021年《雨花》在第5期、第8期和第11期还分别推出"青年女作家""苏南""苏中—南京""苏北"等四个作家小辑,彰显了刊物立足地方、推出新人、强化特色的举动,不少小说既有江苏叙事特色,又能超拔于地方。如李黎《登顶之夜》(第2期)、汤成难《去梨花村》(第5期)、马金莲《韩式平媚》(第5期)、诗篱《白雪辛夷》(第11期)、吴祖丽《归来引》(第11期)、陶林《青梅竹马》(第11期)等,书写了男女之间因时过境迁、阴差阳错、现实阻隔乃至欺骗隐瞒而难以圆满的人际关系与复杂感情。李永兵《盛大的欢愉》(第8期)如话剧剧本一般以对话带动整篇小说,似乎也是一种尝试。周于旸《比天之愿》(第8期)书写了"貌合神离"的一对祖孙,祖父沉迷在带领村民走出与世隔绝的村庄、找到通往外界铁路的愿望中,孙子却在祖父的忽视下沉迷秋千带来的比天之感。最终,唯一可连通外界的手机因"没有使用方法"而损坏,祖父的火车梦也在秋千上得到满足。日常生活中的"秋千"作为靠近天空之物,是难以实现的梦想之外的寄托。这些特别栏目颇具年度特征,也是刊物强化个性的举动,不少作品确实有较好的反响。

专栏是刊物具有辨识标符的个性载体,专栏的设计与作者的选择显示出刊物的能量、分量与质量。2021年《雨花》推出了两个专栏,分别为邱华栋《尼雅锦帛》和李修文《在我的人间》。邱华栋专栏面向历史展开叙事,文体跨界特色鲜明。《尼雅锦帛》共分五篇连载,以中国传统文化中的"锦帛"为线索,每篇以不同视角讲述汉朝时长安到精绝古国的一段历史,尽管主人公各不相同,由和亲传丝的细眉公主、精绝城内的守卫雍格耶到受汉朝临川王差遣赴精绝国的武士,邱华栋的历史写作中始终有"我"的存在。背景与故事都极具异域气息和神话色彩,而语言既有小说家的雄浑精微、剪裁得当,又具有记者的冷峻锋利与穿透力。克罗齐说过:"一切历史都是当代史。"邱华栋同样认为一切历史故事都是当代故事,在写作中不断挖掘历史人物内心,细节化还原历史,在场般的激发读者感官体验,营造处于进行时的历史。终章"我"作为作家来到传说中的精绝国实地考察,讲述重回现代,但传丝公主频频以梦境出现,亦真亦幻。结尾传丝公主死前藏在发髻中的蚕种似乎在"我"手中重新孵化,是否可看作历史传统文化中可能的现代性也将被当下重新发现呢?

李修文专栏《在我的人间》,多以乡土人间为叙述背景,语言朴素,感情真挚,以人与人的世俗际遇为叙述主体,将自我的发掘投射在贫困或苦难的底层身上。对李修文来说,"人间"并不是抽象空虚的大而化之,而是由每一个曾与"我"有过交集,激发"我"深刻生命体验的实在个体组成。一如"红花忍冬"是一个找不到归属感的孤独异乡人唯一的精神慰藉,"投名状"则是他对知己与真情的渴求,而一堂"赞美课"让世间所有受苦但没法诉苦的人能知道还有更广阔的远方,也能看到值得赞美的一切,能知道"在赞美的尽头,等待着我们的,未见得只有欢乐、相逢和偿报,同样还有死亡、永无相逢和再也说不出话的沉默"。"不送"则以精细笔墨书写了一位好偷窃的母亲艰难护送十多岁的孩子上路的经历,由此结成难得的情感关系。偷窃行为与母性、花草描写与人物艰难形成明显反差,读来不由令人泪目。李修文专栏从不同视角呈现人间百态,悲悯情怀在其中得以深度体现。既有散文意味,也有小说细节,跨文体的文本实践、人间百态的深度呈现,让这个专栏别具特质。

《雨花》年度散文与诗歌也尤为注意落墨于日常生活。就散文来说,多强调在场性、具身化与特具才情的文字呈现。而相对同质化的现代生活,则对散文写作的个体悟性及笔法提出了挑战。2021 年《雨花》散文作品风格各异,即使是对同一主题的描写,笔法视角也颇具异质性。就常见的游览与风物书写,同样描写江南风光人文,胡竹峰《江南长短句》(第 3 期)以关键词为引,下笔随兴之所至,从自然风光到地方特产,再至书画文学,描写、抒情、用典与议论浑然一体,不拘格式。作为典型游记,周吉敏《衢江南来》(第 3 期)移步换景,由建筑景物描写深入文化历史,以目之所及串起人文历史与地方风物,衢州古城图景跃然纸上。黄亚明《青绿有神》(第 4 期)则对自然万物的描写少了一份写实性还原,颇具野性与古意的想象,写雨中古镇不写风景,却说"雨滴的音符铮铮,而法术的野兽、山妖、神仙以游鱼般出没不定之势,集体调整着暗夜中的身姿与呼吸",写黄大茶的茶香不写嗅觉味觉，偏以听觉体现，"黄大茶是堂鼓马锣的秦腔，繁闹轰鸣，泥沙俱下回肠荡气。"别有趣味。也有从粗粝的日常现实进行生活提纯的散文写作，如杜怀超《左边的夜晚》（第12期）文字中颇有小说叙事手法，对北京漂泊日常进行了立体呈现。

从历史人文角度开掘书写新空间是诗歌、散文习见视角，也是常写常新的文学题材。张执浩《自撰平生》（第4期）以"幸运"为关键词讲述了诗人杜牧的文学生平。陆春祥《〈夷志坚〉医学举隅》（第8期）重新阐释南宋古籍，每段故事后另起一段个人思考与阐述，形似寓言，以古代叙事的现代阐释勾连古今。冯娜《自然的秩序》（第11期）以《唐诗三百首》开篇"草木有本心，何求美人折"起兴，联系网红李子柒，道出其走红的原因不仅在于视频表象的乡土田园生活，更因内核中纯粹的自然秩序呈现，再讲述《庄子》子贡南游于楚的故事，道出自然秩序不在乎"美人折"，而如草木一般，不攀附不追逐，顺其自然，自成一派。同样以中国古诗为资源，青铜《维拉内尔乐曲，或唐朝的鸿雁》（第11期）聚焦盛唐时期鸿雁意象，诗歌韵律与乐曲起伏交融，遥想盛唐孟浩然、王维、李白等诗人的人生际遇，别有意境。

本年度散文诗歌还特别注意日常情感经验的书写，彰显了《雨花》关注幽微日常的纯文学特质。钟颖散文《草木有情》（第4期）中，桃花成了静谧、浅淡与安稳心境的象征，绣球花和枇杷与作者幼时和外公外婆的生活记忆紧密相连，寄托了对祖辈和童年生活的无尽思念，草木似人，有情有忆。对亲人故乡的深情回忆与自然景物相融汇，物的呈现化入情感，文字味道颇足。江非诗歌《吹小号的人》（第8期）勾勒出一位因爱女而独自抽泣的父亲的剪影，《伏天》既描摹出担忧没干完活的父母，也展现出不懂父母忧愁的无邪孩子形象。又如四四《远山中的淡影》（第7期）所说，逝去的人化为万物，存在于清风明月之下，无论此刻对父母亲人的回忆多么鲜活明快，他们终将如远山淡影，逐渐远去，化为虚无。但也可如赵荔红，以《电影院》（第11期）为线索，串联起不同岁月，从对父母童年的遥望，到对电影的审美记忆。

除了对自然、乡村、历史、亲情和文化的观察与记录，年度散文诗歌也有对日常生活闪光一瞬的深度记录。海男《手工记》(第7期)形似散文,更像是诗,映照出文学即是语言的面相,作家则是烙刻语言的手艺人。在诗人泉子看来,《诗歌的意义》(第6期)就在于以发达的感官幻化生活,思考与提升自我。作为庆祝中国共产党成立100周年特稿,《九死一生过黄河》(第6期)书写了抗日战争时期中国多重图景,今日读来感觉亦是不同。如何在新时代、新体验下,以新的叙事框架书写新结构、新精神,是每一位作家,也是期刊杂志不得不思考的问题,《九死一生过黄河》在中国共产党成立一百周年之际刊发为此提供了及时的镜鉴。

"雨催花发"与"毕飞宇工作室"是《雨花》的固定栏目,经过多年培植养护,这两个栏目已经颇具影响力,成为文学新人迈上广阔空间的重要平台。2021年,两个栏目一如既往推出多名青年作家。"雨催花发"栏目中,马亿《遗嘱》(第1期)讲述了一个带有欧·亨利色彩的层层反转的故事,呈现多主语、碎片化、悬念制造等现代主义写作手法,故事趣味性十足。焦典《孔雀菩提》与《野更那》(第9期)与马亿的作品全然不相同,带有远离尘世、未经雕饰的生态文学色彩,以发生在西双版纳、具有神秘色彩的故事讲述人性。"毕飞宇工作室"推出"90后"作家朱田武《夏娃的百合花》(第7期)、李嘉茵《东川的水岸》(第12期),在故事递进中呈现出特殊的年轻面向,又能内在接续传统,显示出特殊的文学面貌。这两个栏目别具一格之处在于,诸多名家、评论家对作品进行精当点评,特别是"毕飞宇工作室",诸多名家立足文本,进行细致详尽的把脉研讨,原文呈现小说不足,并将修改后的小说发表,堪称最有效的文学课堂。两个栏目共同个性还在于,这种点评不仅是文学领域中不同代际间的交流探讨,更是文学观念乃至人生观的交换,是青年成长之路的文学箴言。相信两个栏目的特色定会继续保持,《雨花》的文学辨识度、期刊竞争力也必将持续增强。

作为从理论与宏观层面探讨文学与文化现象的栏目,"文学评弹"诸多作品也极具影响。既有对学院批评作为文学批评"清流"的反思、对小说文体与讲故事方法之探讨,也有对知名诗人扎加耶夫斯基关于诗歌看法的访谈、对胡冬林作为"行动知识分子"的褒扬。随着后疫情时代来临,也有不少学者对此在性与现实体验、同在性与个人经验世界的可能等极富即时性与现实意义的探讨。这一栏目涵盖文学批评、文化现象、名人访谈等多项主题，在现实性、开放性与专业性之间达成有效平衡，是《雨花》作为综合性文学期刊特色的体现，也为作家、评论家及不同类型读者提供了深入而多元的文学审视与时代思考。

概而观之，2021年度《雨花》杂志持续显示完善的主题性与形式感。主题性在于诸多颇有创见的栏目设置，如"雨催花发"以及相关名家专栏，使其在强手林立的全国期刊中焕发别样气质。形式感既源于纸本杂志每月按期到手的实在触觉与油墨清香，也来源于《雨花》雅致的封面与版式，以及多年坚持的"写实传统，现代精神，文学文化，人本人文"办刊宗旨。《雨花》从形式到内容，都在默默传递着秀丽江南的特殊审美。2021年《雨花》如同一片开放的文学沃野，读者、作家与评论家共同在这片沃野上深耕，《雨花》显然已构成一个有效的"文学共同体"。当然，面对新媒体及大众文化冲击，纯文学杂志不断面临挑战。越是如此，我们越应思考，《雨花》该如何保持它的"主题性"与"形式感"，不被遗忘在卷帙浩繁的期刊丛林与书海之中。作为一本纯文学杂志，《雨花》多年坚守审美性、独立性与纯洁性，常设栏目、名家专栏、年度特辑等构成了辨识度极强的刊物风向，集合成文学新力量，实现了对现实的超越及有效介入，显然是值得持续尊敬和期待的。

转化·真实·融摄·唤醒
——2021年《扬子江诗刊》观察

梁雪波

对于21世纪的中国诗歌,有评论家以"常态化""常规化"这样的文字来描述,看起来的确如此,无论是从诗歌的外部场域还是从诗歌内部来看,21世纪的中国诗歌似乎并没有什么重大的事件或重要的现象发生。从整体性的"抗辩",到一个普遍"调和"的诗歌时代,当激进的、断裂式的、革命性的崛起与喧嚣之后,诗歌似乎以一种"减速"的方式有条不紊地"滑行",诗人们更倾向于持守一种专业精神,着力在诗歌自身之内进行技艺训练与语言实践。在某种程度上,这意味着诗人的自我解放与诗歌自身的觉悟。每个人犹如身处于高低错落的"千高原",无中心、非层级、各自生长,在或紧密或疏离的交集中寻求自我更新的可能。

然而在回顾2021年的时候,我们却又难以用"常规化"的方式去观望和总结,因为世界的变化、不确定和未知,总是一再地从人类自负的认知系统中逃逸而去,给人们留下一部惶惑的"不安之书"。在被隔断、被孤立的环境下,我们更应该以多维的思考方式,尝试以复杂的、差异化的、交织的目光去打量这个世界。正如诗人欧阳江河在《2021·我的文学关键词》中所说的"两种目光",一种是借助于互联网时代的"当下目光",一种是"借助诗意深处的万古目光",以此来审视"新冠之变"这一特定时段的诗歌。"变异"的世界激发了语言内部"转化"的意志,而"如何转化平行世界之间的错叠与盲见,这是新冠时期诗歌写作的一个宿命般的使命"。"转化,不仅指的是物质世界朝向词语世界、实存朝向灵晕、我思朝向我写、乱象朝向秩序的转化,也包含了反过来的、逆向的、反词写作的转化。换句话说,写作的、诗歌技艺的东西,必须反过来朝生命本身、朝日常现实转化。"

"转化"一词包含着语言的伦理与可能的诗歌前景。转化,不仅是一种路径,一种看与被看的方式,一种词与物的关系,一种写作策略,也将成为诗人重塑自我的主体欲求,成为对某种在惯性下"滑行"的省思、偏移与拨正。在这个思考前提下,回顾2021年度《扬子江诗刊》,可以看到当代诗人通过他们的书写在诸多方面做出了有益的、堪称深刻的探索。

一、朝向本真性的诗歌

作为《扬子江诗刊》的主打栏目,2021年的"开卷"一共推出了9位实力诗人的组诗作品,包括育邦《见证》、泉子《鸿沟》(杜鹏评)、韩东《江居及其他》、布兰臣《一株丝棉木的传说》、桑子《松针上行走的人》、叶丽隽《惊鹭记》、施茂盛《诗神》、周鱼《为词语辩护》、潇潇《偶然性》等,这些风格各异的作品展现了诗人们近阶段诗歌创作的一个侧面。与往年有所变化的是,2021年的"开卷"加大了诗歌评论的力度,对其中6位"开卷"诗人的作品都同期配发有相关的评论,有助于读者更深入地解读诗人的文本,了解诗人的创作理念、艺术风格等。

育邦的诗歌写作注重对古典文化传统的承续和汲纳,体现在他诗歌书写的题材上,既有对风景名胜和历史遗迹的寻访,也有追怀古人的幽思,还有一类属于赠友酬唱之作,但基本上都贯穿着他典雅、舒缓、笃定的抒情风格。他的诗歌不是表象层面的"拟古",而是从现实情境出发,对古典人文理想和生活方式的某种追慕与缅怀,从而反衬出当下命题的迫切性。例如,组诗《见证》一再写到"回归""返乡"的意象,以及在时光深处与"另一个我"的相遇:"我们去山中/挖来一棵小雀梅/给它安家落户/就像迷途的孩子/走回了家"(《忘荃山居》);"腐朽的时光中,/他们相遇、乘船,/带着我……/前往大海,寻找遗失的/另一个孩子,一个梦想。"(《家族史》)在古典诗歌传统与新诗的现代意识之间,育邦试图进行无缝对接,以实现历史与现实的互渗、融摄,因此他的"返乡"方式也带有个人的印记,将矛盾冲突转化为和谐的音律,"他要通过诗人的秘密小道回到过去,不仅回到他逝去的童年,而且要通过对古人生活和写作方式的追怀和仿效来安放自己的诗心。"(张曙光:《在历史与现实的交汇点上》,《扬子江诗刊》2021年第1期)

泉子的诗歌聚焦于对汉语根源性的探索,他的写作体现出一个思想者和凝视者的内倾姿态。杜鹏评论道,对于泉子来说,写诗就是一种修炼、修行,因此他在诗歌表达上的某种"重复"也许正加强了其诗歌的质感与内功。2021年第2期刊发的组诗《鸿沟》,秉持了泉子近年来的诗学追求,即对现代主义以降的"求新求异"传统的自觉扬弃,在看似平常如话的叙述中,呈现本真性。诗之真,不仅是修辞问题,也不仅是人格问题,它要求的是诗人的语言状态与自身的生命状态和精神状态具有相连通、相契合的特征,要求语言散发出从人格修为而来的精神性的光辉。"更年轻时/在一次次写作停滞的间隙,/你曾隐隐地希冀/一次生活的变故,/为你带来/一首给予你持久安慰的诗。/直到多年之后,/你惊诧,并喟叹于/汉语的温润/以及那隐匿于生命/每一个瞬间的巨浪。"(《更年轻时》)在泉子身上,思考、写诗与人生修炼是合为一体的,诗人在谦逊和悲悯中渡越此世与生命的有限性。

从"第三代"发端的20世纪80年代到21世纪,韩东有着长达四十多年的写作,可谓诗坛的"长跑健将"。2021年第3期刊发了韩东的组诗《江居及其他》,从中能感到他的写作具有一种"工匠精神",专注、稳定、耐性十足。韩东的诗歌是经验主义的,总是将目光限定于日常生活之中,不动声色地书写细微的感受、发现和哲思。对抒情的克制,对主体行动的限定或消解,对想象的有意无意地收缩,近乎语言"洁癖"的俭省构词,一方面为写作增加了难度,另一方面也凸显出诗人独特的审美意识与语言风格。

布兰臣的组诗《一株丝棉木的传说》质量均衡,意象繁密,以一种旁观者的叙述语气重构场景与事件,其诗思源自日常生活经验又试图超越其上,"碎片化"的意象拼贴、"个人性"的隐喻,形成了诗人的风格印记,在"个人性"与"公共性"之间如何取得平衡,却值得深入思考。廖秋静的评论《既定的打破与原初的回归——论布兰臣诗歌的书写策略》,论述严谨扎实,时有洞见,对诗人的写作当有启迪作用。

桑子的诗是感性的、灵动的,诗人对自然万物、对尘世生活有着出自天然的热爱,她充分地调动知觉感官,去体验和感受"世间最微小的事物",在唯美的抒情中注入神秘、纯净的诗意氛围,如她在组诗《松针上行走的人》所抒发的:"杏子有着淡淡的金色的气息/星星掉下来/树冠像绒毛一样/闪着银光";"啄木鸟不停地啄/整个森林安静的像个感叹号"。刘波在评论中也指出,桑子有她独特的观看之道,而如何在现代性的视角下观照与书写自然物象,却考验着诗人对经验的"转化"之功。

叶丽隽的组诗《惊鹭记》,令人眼前一亮。语言干净随性又张弛有度,意象鲜明而内蕴丰富,细节表现上简洁真实。在对日常经验的处理上,叶丽隽的诗可能会让人们联想到爱尔兰诗人希尼,但叶丽隽的诗歌表现力是优异的,可以说《夜渔》这首诗在完美度上毫不逊色于希尼的名作《挖掘》。对此,谢君的评论十分精准:叶丽隽的诗歌之所以给我们新颖的感觉,除了她的灵巧,她的天赋,她敏锐的目光,更重要的是"心灵的颤抖",在她的诗中我们目击着熟悉的世界中那些"创伤性的旋涡","真实生活中呈现出的破碎性"。

施茂盛《诗神》、周鱼《为词语辩护》、潇潇《偶然性》,同期刊发在2021年第6期"开卷"。作为创作力丰沛的诗人之一,施茂盛擅长处理词与物的关系,从中建立起某种亲密性,他的诗绵密、坚实,显示出精湛的语言编织术,而往往又能在炫丽铺排中以十分惊艳的句子或意象组合挑动读者的神经,刷新我们的感知经验。例如:"除了身体捕获的微澜经由秋风所赐/那白云早已翻过了灵魂的第二章";"转凉的词顺势嵌入秋天/猛虎因此折薄,徒留气息"。

周鱼和潇潇,同样具有女性诗人在语言上的轻逸、自然的口语特征,但又各有特色,周鱼的诗在平静的叙述中不乏暗潮涌动,点到即止又发人深省;潇潇的诗有别于她早期的挽歌式的抒情、表现生命个体在历史洪流中的跌宕命运,转而以跳动的笔触截取生活场景与事件中的可堪回味的画面,以此传达错位、悖论带来的荒诞和幽默。

二、 深入存在的揭示与命名

在福柯看来,写作是一项"自我技术",是一种说真话的方式,它通过"关心自我"、直面自我的真实状况来构成一个完整的自我,并向他人展示出来。当代诗人的精神实践朝向的应是"本真性",即一个独一无二的、完全听从内心声音做出决断的自我。诗人主体的真诚度与他书写内容的真实性是相互连通、相映照的,所谓"修辞立其诚",强调的正是语言的"可信度",它要求于诗人的是在享受书写的欢愉的同时,完成对生命和存在的深入揭示和命名。

《扬子江诗刊》"诗潮"栏目集中刊发实力诗人的组诗力作,风格多样,兼容并蓄,每年都能涌现出不少令人耳目一新的佳作。

伽蓝《睡莲》,在"古今对话"中进行一场隐秘的精神交流,反省一个超重的微信时代的人类境况;杜绿绿的《夜谈》运用内心独白与蒙太奇相结合的手法,在不断的设问与追问中,探寻存在的意义:关于权利与遗忘,关于"松林的奋不顾身",关于"冒险的诗行";徐俊国的《蒲公英:致传播学》里,有童趣,有悲悯,有达观,而蕴藏其中的是人类的终极梦想:"在可能的危险里,努力挣脱各自的局限性。"霍俊明《生活不是诗或蓝色的李子》,重新检视当下时间的轻盈与沉重,言说一些"从未被触及"的事物,感悟"有些时刻/有些生活/比一首诗更重要"。海男《为自由狂野者而书》充分发挥诗人"巫女"般的语言活力,长句连绵像南方的丛林,繁茂蓊郁,气息氤氲。马叙《秋风》,精于意象营构,语言简净,诗思迅疾,聚焦于朴素的日常却顿悟如禅语,机锋显露。臧棣的《转引》似乎在他的"入门""丛书""简史"系列之后又将开启新的写作序列?在语言游戏性的面具下,继续展示他强大的智性、博学与随物赋形之才能。

另外,在 2021 年"诗潮"栏目刊发的组诗作品还有:刘年《江湖谣》、余笑忠《变形记》、灯灯《异乡人》、庞培《房间》、胡亮《悖论》、思不群《望江水》、肖水《波光粼粼处》、熊曼《密林之花》、王自量《长江九歌》、杨克《吉祥北行》、非亚《在南湾》、谷禾《雨水收集者》、周瑟瑟《黄河边的孔雀》、包慧怡《女画家肖像》、王子俊《沿岗行》、苏奇飞《锤子之歌》等等,也都可圈可点。

以"90后"、Z世代为代表的青年诗人写作群体引发越来越多的关注,青年诗人已然成为新的增长点。"新星座"和"青春散板"栏目正为他们提供了展示自身风采的舞台。

"新星座"刊发的组诗有陈航《雪的证词》、柳燕《乔木》、宗昊《锄月》、蒋在《落地窗前》、刘宁《白鹿回雪山》、洛渝《清溪》、邹胜念《将要旅行》、管瞳《今夜我把自己告诉你》、阿步《孔雀》、高明《回收》、陈坤浩《雾中》、高亮《冬日书》、苏仁聪《山中笔记》、浩宇《叶子》、胡可儿《世界的,直观的》、葛希建《一次散步》、莫羽《生命何其轻盈》、许春蕾《黄昏》、风卜《山前路》、李看《桃花》、贾想《夜登狮子山》等21位青年诗人的作品。他们以各自独立的视角观察世界,抒情写意,他们的诗作更多带有个人化的审美趣味,也以他们写作上的"未完成性"预示着更多有待提升的空间。

"青春散板"是以刊发散文诗为主的栏目,在2021年刊发了侯乃奇《无声的对话》、李潇洋《执门人》、敬笃《阅读法则》、梁永周《寻物记》、朱旭东《影子》、葛小明《椰子的哲学》、苏慨《永恒的一天之内》、梁小静《日常及其他》等17位诗人的作品。这些散文诗题材广泛,在表达方式上或抒情或叙事或思辨,毫不拘泥,形制精短而诗意张扬。散文诗作为一种特殊的文体形式兼顾了诗和散文的优点,但其最终的落点仍然是诗,是一种更加自由的诗性表达。

三、新媒体时代的批评与翻译

《扬子江诗刊》素来注重诗学理论与批评,"观点""诗人研究"等相关栏目办得有声有色,其中一些诗学文论对当下诗歌理论建设有十分重要的意义。

2021年第1期刊发的"第三届扬子江诗会特辑"中,三篇文章分别涉及当下核心的诗学命题,唐晓渡《从内部生成视角看诗的"现代性"》通过帕斯所阐述的现代性的"变之潮流"作为切口,辨析文化现代性与审美现代性、现代性与反现代性之间的同质异构关系,指出其内部所蕴含的自我批判、自我否定的生成性。西渡《传统的投影及其当代化》简单梳理了"五四"白话文运动以来,新诗与旧诗势不两立、水火不容的漫长纠葛,而到了 80 年代后崛起的一批诗人中,则在题材、主题、词语、意境等多方面从旧诗中寻找资源,翻造新意,并在其中成功地处理了个人经验与当代性的问题。卢桢《在云端与大地之间:新媒体时代的诗歌生态》聚焦新媒体时代的诗歌生态,肯定了新媒体的出现为诗歌带来的巨大改变,它加速了文本的传递,使读者与作者之间的交互性趋于立体,文字、声音、图像的多重结构,也对诗歌的主题模式、情感向度、审美形态等发生了改变,形成奇异的品质。同时也指出新媒体对诗歌的负向效应,例如"唯技术论""虚假及物""新媒介的话语权力"等问题。

在"观点"栏目中,杨碧薇的《抒情的现代性及其变奏》,回溯了中西方诗歌中关于"抒情现代性"的渊源,进而分别阐释了"抒情现代性"中所蕴含的四个方面:其中内嵌着启蒙逻辑,是以现代性体验为基础,是一种新的话语力量,是一种新的诗学创建。从而指出抒情的有效性,在当下叙事、反讽等并不能完全取代抒情的地位,抒情仍葆有诗歌的核心力量。柳宗宣《从"林中空地"到"自留地",从"信匣"到"敬箱"——讨论萧开愚修订的几首诗》则将萧开愚对其诗歌修订产生的不同版本,进行了对比研究,从细微之中发掘诗人的修辞策略,以及在写作技艺上不断修正、提纯的自我要求。

在"诗人研究"栏目中,叶橹先生的《陈先发论》是一篇颇具功力的评论,该文结合具体文本,用"历史与神话的追溯和重构""现实与理念的冲突和延展""超验的诗性空间与个人表达""生命意识的终极性视域与日常化切入"这四个小章节,对陈先发的诗歌创作进行了全面深入的解读,肯定了诗人在传统与现代、新与旧的宿命般的文化交锋中,如何转化、融摄、重构诗意,在语言探索和思想淬炼相结合的实践中而取得的艺术成就。

王家新《翻译的发现——一位美国诗人关于白居易的书写及其翻译》,以"深度意象派"诗人詹姆斯·赖特写的一首关于白居易的名作《冬末,越过泥潭,想到了古中国的一位地方官》为例,来谈诗歌翻译中的经验与心得。从王佐良的译诗为范例,强调译者对语感的敏感和出色把握是成就一首好的译诗的关键。正因为译者在语感、口气和音调上努力忠实于原作,使我们能从译诗中真切地感受到发自生命内里的"同情"和"体认",而借助这样的"同情"和"体认",自我进入了他者,生命织进了彼此,过去与现在重逢。

四、用陌异性唤醒沉睡的语言

有学者指出,当下世界是一个真实性解体的时代,而真实性的丧失正是现代性起源和不断演化的结果。这实在是吊诡和悖论的地方,但人们却很少真正去关注去探究。21世纪以来,日新月异的互联网技术革命更加剧了文明形态的转型。五光十色、纷纭变幻的信息、商品和观念生成着让人们手足无措的磁性闭环。"不完美才是我们的天堂。"美国诗人华莱士·史蒂文斯如是说。诗歌能做什么?张枣给出的方法稳妥而精妙,"诗歌就是一种因地制宜,是对深陷于现实中的个人内心的安慰。"

我们是否应该警惕一种精神"围栏化"的倾向?诗人作为"一个种族的触角",理应主动应对"变异",在"变异"中重构,去寻找"转化""蝶变"的契机;让诗歌涵纳历史的、文化的、悖论的、不完美的成分,在个人经验与时代境遇的碰撞中发出强音、颤音,并参与到人类精神文化的建构当中。曾有采访者问波兰诗人齐别根纽·赫伯特:"诗的目的是什么?"赫伯特回答说:"唤醒!"是的,"唤醒!"正如美国诗人罗伯特·克里利所说:"如果语言不用它的陌异性来唤醒我们的话,我们将在语言中沉睡。"

学术精神与文学视野

——2021年《扬子江文学评论》观察

张德强

作为当代中国文学批评重镇的《扬子江文学评论》,始终表现出一种"和'五四'新文学启蒙传统一脉相承的批评精神","在这种意义上,《扬子江文学评论》和它引为同道的三五家文学批评刊物,是精神的同路人。"①展读2021年的6期内容,体现了深厚的理论背景与严谨的学术精神,用及时而稳健的态度直面新的文学现象;在关怀人生的同时也回顾历史,以严谨的学术精神不断返回阅读史与文本发生现场。正如论者所说:"这个以地理特征冠名的刊物……在办刊宗旨上相对包容了更多不同观点、立场的批评家。"②这份杂志在2021年赓续着其一贯探索与包容的办刊理念,给更多不同声音创造了发表平台,继续为当代中国文学创作与批评事业做出应有的贡献。

一、刊物的发展和创新

2021年,本刊仍延续既有的稳健办刊方针,各种评论"小辑"、"作家作品论"和"新作快评"乃是本刊的本色当行,在关注名家新人的最新创作方面,展示了其独到眼光与独特视角。"作家广角"主要为作者提供发表意见

---

① 傅小平:《时代、勇气、难度是对作家和评论家共同的期许》,《文学报》2021年12月9日。
② 张涛:《历史意识·启蒙精神·当下关怀——以近年三届"〈扬子江评论〉奖"获奖作品为中心》,《文艺争鸣》2020年第6期。

园地,又有别于传统"创作谈"栏目模式,不局限于作家对个人作品单调的解说,而是全面展示作家艺术观与文学立场。"名家三棱镜"是本刊的品牌栏目,以别开生面的三人谈模式,各自展示小说家或诗人作品的不同侧面。如果说"思潮与现象"的关怀所在,是正方兴未艾的文学潮流与趋势;"文学史新视野"则延续刊物一贯的学术与历史取向,侧重于对文体、风格乃至文学史料的学术探讨。还值得一提的是"青年批评家论坛",着力培养批评生力军,为年轻学者提供文章发表平台,这对文学批评事业的发荣滋长、吐故纳新,无疑有着积极促进作用。此外,这些栏目也显示出某些多元共生的新气象与新特征。

历史意识与当下关怀 本刊注重对成名作家的研究,尤其不忽视新作品评。"发现惟有小说才能发现的东西,乃是小说惟一的存在理由。"[①]在这个理想的意义上,创作者的确是平等的,无所谓名家新手,每一次创作都是对作者的一次挑战。本刊本年度第 1 期以对王尧《民谣》和胡学文《有生》的评论专辑开篇,丁帆在第 1 期《卷首语》中,对两部作品做出了准确的艺术定位:"历史的穿透力才是这部作品(即《民谣》)审美的核心元素。""《有生》是一部'有意味'的中国乡土文学的画卷。"历史意识与乡土性,也是本刊一贯注重的当代文学两个特征。《民谣》的评论文章均出自名家之手,可谓珠玉纷呈,而阎连科作为叙事名家,其意见似较有"同行评议"价值。在《重筑小说的根基——我读王尧〈民谣〉》一文中,他从小说语言、小说与历史记忆("记忆和记忆之纤维")与私化的历史三个角度展开评论。在论及《民谣》展示的历史观时,他说:"《民谣》的小说历史观,异常值得每一个有志于小说写作的人探讨、论说、批判和赞扬。……更清晰地在小说中尝试了一个作家'私化历史'的文学之意义。"这不禁让我们想起米兰·昆德拉在论及小说与人类历史生活之关系时说过的:"从现代的初期开始,小说就一直忠诚地陪伴着人类。它也受到'认知激情'的驱使,去探索人的具体生

---

① [法]米兰·昆德拉:《小说的艺术》,董强译,上海译文出版社 2004 年版。

活,保护这一具体生活逃过'对存在的遗忘';让小说永恒地照亮'生活世界'。"①同样的历史与当下意识也出现在第6期王春林对阎连科新作《中原》的论析中,在对小说独创的"阎连科式方言"所造成的独特文本声音世界进行详尽解析之后,他指出了小说中对"乡村道德伦理'礼崩乐坏'的具体所指",正是落脚在小说中呈现的物质文明对乡村生活的现实侵蚀。

全国视域与本省文坛 本刊办刊伊始即秉承全国视域,与当代中国文学发展同步,对当下的国内创作乃至海外华文文学都投诸相当精力与热情。无论是已经获得世界声誉的作家,还是各省名家,本刊2021年度均辟有专辑或专文探讨其新作旧章。而江苏作为文学大省,南京又是世界文学之都,本刊自然不会偏废对本省文坛关注。除上述王尧小说《民谣》的评论专辑外,本年第1期即发表诗人胡弦作品的一组研究文章。叶橹《胡弦论》是一篇全面审视胡弦迄今为止创作的有分量的论文,该文从胡弦早期作品《玻璃之心》谈起,指出其作品中那种既透明又"存在着距离和独立"的诗歌精神,构成了胡弦创作一以贯之的"诗心";胡弦诗作在动之以情的同时又让"读者于不知不觉中进入理性的思维"。这种观点也契合了罗振亚发表于同期的文章《寻找汉诗书写的可能性》中的说法,即胡弦的诗作本来就善于"通过'埋'与'隐'的技巧营构非个人化境界"。

江苏作家赵本夫于2020年在《小说月报》(原创版)发表长篇小说《荒漠里有一条鱼》,本刊在2021年第2期即刊发评论专辑。郜元宝的评论将这部小说放到现当代文学中的"苦难书写"这一背景下展开,张光芒的评论完全呼应了郜文中"苦难叙事"的论点,但更侧重于认为小说创造了"国民性重构"的别样角度,指出该小说的价值之一是"一改'五四'文学传统中的国民性批判的思路,不再是从愚昧/文明、保守/进步等思想框架中思考问题",而是将其引入更具哲学意味的"向死而生"的叙事维度。范小青的《战争合唱团》是其一直耕耘的现实主义写作的新尝试,本刊第4期发表刘小波评论,以其对世俗生活的深描、对人性拷问的"再深化"及其对常规写作

---

① [法]米兰·昆德拉:《小说的艺术》,董强译,上海译文出版社2004年版。

的自我突破三个角度,肯定了其创作对"普通个体日常生活"的精细描摹与对人性令人惊喜的发现。2021年,江苏文艺出版社推出胡学文的《有生》这部"震动文坛的一部巨制"(丁帆语),本刊随即发表三篇文章,从不同角度对其展开讨论。何同彬的《〈有生〉与长篇小说的问题"尊严"》结合小说文本,对作者提到的伞状结构进行了细读式分析,在肯定其在文体上"反难度的难度"的价值的同时,也指出作为一种结构创新的伞状结构,"是一个对局部要求很高的结构,任何细节的问题都有可能导致'漏'或'散'。"对于胡学文在小说结构上的创新,韩松刚发表于同一期的评论《时间与生命的综合》则道出作者致力摆脱既有叙事套路的写作雄心,力图"寻找一个能够把个人与历史、生命与现实、激情与平庸、希望与绝望等融为一体的庞大织体"。

批评家群体的多样化 丁帆在第6期《卷首语》中不无忧心地说:"一俟作家作品陷入一种僵化了的文学评论和文学批评模式中,就意味着文学在当下的死亡。"有鉴于此,本刊彰显的批评风格是包容多元的,尽量杜绝学术语言堆砌与学术词汇罗列的文字。本刊本年度作者群,除了大量学院派批评名家如陈思和、郜元宝、王春林、谢有顺、张光芒、黄发有、孟繁华、程德培、张清华、李建军、王干、夏可君等之外,还有王安忆、王家新、林白、邱华栋、阎连科、刘醒龙、胡学文、罗伟章、金仁顺、叶弥、麦家等创作名家。值得注意的是,这些作家为本刊贡献的文章,没有局限于个人写作,而是往往以小见大,通过世界文学的背景来反观本国文学。此外,本刊也一直致力于为年轻批评家提供平台,为文学批评事业滋兰树蕙、涵养人才,本年度在本刊发表文章的新锐青年学者,包括杨庆祥、岳雯、马兵、李振、徐刚、庞秀慧、何同彬、韩松刚、李海鹏等。同样值得一提的是,第6期发表的诗人兼数学家蔡天新纪念奥登的文章,其理性思维与感性思维间灵活的转换能力,确实值得我们"对文学创作、文学评论和文学批评陷入深深的思考"(丁帆语)。

二、问题意识的聚焦与拓宽

人类命运共同体与文学史视野 本刊第 6 期的访谈《当代文学批评四十年——与陈思和对话》中,在回答学者周明全关于"文学理论总体性的不存在了"的前提下,应如何寻找理论资源的问题时,陈思和从建设人类命运共同体的角度,指出批评维度中"西方世界这一空间"的不可或缺,"既然是共同体,那就必须坚持文化的多元性和世界性。"本刊的"大家读大家"等栏目事实上提供了一个以世界文学的多元视角反观本国文学的平台。胡学文发表于第 1 期的《卡达莱的城堡》是一篇有关卡达莱文学世界的优秀文论。他置卡达莱于卡夫卡等人开创的表现主义文学传统中,以对《破碎的四月》《梦幻宫殿》等作品的细读,抓住了这位阿尔巴尼亚同行作品中体现出的"冰冷""骇恐""阴郁"三种风格,胡学文评价道:"小说是闭合结构,但卡达莱用幽默打开了一扇天窗。"王安忆在本刊第 4 期和第 5 期中,连续以《傲慢与偏见》《战争与和平》等西方经典小说为例撰文,在展示了"许多'局外人'没有看见,而王安忆却用一双'内在的眼睛'看清"的 19 世纪感伤主义小说的本质之余(丁帆语),也对俄罗斯小说中的贵族精神进行了精细解析。李庆西的《荒谬与规训》一文,发表于本刊第 6 期。这是一篇颇有特色的文论,将加缪小说《来客》与其 2014 年的电影改编版进行了对读,这不是一篇中规中矩的文论或影评,而是在论述中糅合了加缪生平的文化批评。对于电影文本对小说文本的几处细节改写,作者暗示了后现代文化理论在现实艺术生活中发生的"规训化"力量。

对于西方文学作品翻译的阅读,其实也构成了当代中国作家"心灵史"的一部分。发表于本年第 3 期的两篇文章,就生动说明了这一点。王家新《"亲爱的阴影":叶芝与我们》以叶芝作品在中文世界的影响过程为切入点,在介绍了叶芝中译史过程的同时,也点出西方文学通过翻译对现代以来的中国文学发生的影响。在分析了卞之琳、穆旦、袁可嘉、王佐良、杨牧等诗人在翻译叶芝诗作时存在的语际对话之后,他所做出"叶芝是一位深刻影响了数代中国诗人的诗人"这一断语,也就不证自明了。同期发表的林白《我读尤瑟纳尔》与王家新的文章类似,作者以自己对这位法国作家的阅读史为切入点,尤氏的《阿德里安回忆录》唤起林白创作以丁玲为主人公的小说,这篇小说最终未成,这体现出不同文化传统下的作家间"影响的焦虑",也隐隐呼应着陈思和在"人类命运共同体"思想下"坚持文化的多元性和世界性"的期待。

微观审读与宏观审视 事实上,在今天的文化语境中,"文学批评似乎也成了某种正在消逝的艺术。"[①]本刊对于作品微观审读的坚持,其现实文化意义是不容小觑的。大量针对具体作品的评论,构成了本刊2021年发表文章的主体,这些文字,有的着眼于文本细读,有的在意于文体的创新,有的则将视角置于时代与文学的互动中,均有其独特创见。本年度第3期、第4期连续推出的李建军《论路遥小说的风景修辞》上下篇,其"所阐释的路遥小说三个阶段风景描写是一个新的角度"(丁帆语),文章以相当长的篇幅展示了世界文学视野中风景叙事的比喻性、符号性与建构性功能,在此基础上展开的论述中,作者并非回避对路遥早期创作中风景描写"僵硬模式"的批评,也详细论证了其后来在风景描写中获得的成功,事实上也是在以扎实的文本细读接近作家路遥的成长过程。程德培发表于第2期的《寂静之声——罗伟章〈寂静史〉述评》则发现了小说创作在题材上一种新的可能性,即以自然为鹄的针对人性的"田野调查"。李杨发表于第2期的《底层叙事中的"临时夫妻"书写》关注的是当下小说写作对现实生活新伦理现象的观察与反刍,指出其中包含的人道主义精神,恰是"转型期中国社会所缺乏的"。第3期发表的杨剑龙关于莫言新笔记小说的研究,既借助莫言新著《晚熟的人》关注其创作风格中一贯的"奇人趣事"叙事,也指出其与现代文学经典中故乡叙述在文体风格上的差异。

同样值得重视的还有本刊今年刊发的大量宏观文学研究。本年第1期,吴周文发表《散文化:美文作为"后母体"原型的文学话语》,在广义的文

---

① [英]特里·伊格尔顿:《如何读诗》,陈太胜译,北京大学出版社2016版。

体学角度,从对"五四"以来小说、话剧、诗歌,乃至影视剧中呈现出的"散文化"倾向出发,提出散文"作为文学'母体'"的功能,不仅表现为对小说、戏剧两种体裁的孕育而呈现母体与子体的亲缘关系,而且事实上是集合了"多种中国艺术元素","使自己成为'典艺'的宝库。"张清华在第2期发表的《如何向一个古老的叙事致意》以古典小说《蒋兴哥重会珍珠衫》与迟子建的《一坛猪油》为例,廓清了古典文学和当代文学中的原型问题。他发表于第3期的《如何构架历史与无意识两种深度》则瞩目于当代小说写作中历史深度与心理深度的构建问题。

三、跨越视觉经验的文学批评

从根底上说,"阅读在其深层意义上不是一种视觉经验。它是一种认知和审美的经验,是建立在内在听觉和活力充沛的心灵之上的。"[1]作为认知与审美经验的文学阅读与批评,不能仅仅满足于作家/诗人营造的"虚构的现实"(戴维·洛奇语),这就需要批评家本身具有不断回归文学现场的自觉,具备相当的文献视野,以及细读的定力与耐心。应该说,2021年的《扬子江文学评论》正是提供了这样多角度的丰富学术资源,借此拓宽着当代文学批评的视野。

返回文学现场 这种对文学现场的返回,首先是借助"名家三棱镜"精巧的设计实现的。围绕着同一位具有代表性的作者,一篇风格轻松的作家夫子自道,一篇较为全面的作家论,再加一篇有其侧重的作品细读,三篇文章构成某种互文关系。作者的自白往往提供生动的材料,与随后的论述文字相互佐证。如第5期金仁顺《写作这件事》提出了人类精神世界的"莽林"对作家的意义,其或明或暗指向了作家对人类情感中无意识层面的把握,这就解释了叶弥发表于同期的《艺术的本能》中对其创作提出的问题:"她的小说常常写毁灭,但不给人沮丧的感觉,就像我们日常的生活一样。"

---

[1] [美]哈罗德·布鲁姆《西方正典》,江宁康译,译林出版社2005年版。

第1期王尧的《我梦想成为汉语之子》中回顾了作者成长中所经历的"语言的分裂",这也回应了本期"《民谣》评论小辑"中阎连科、程德培、张学昕分别从不同角度对其小说语言的关切。在"大家读大家"栏目中,作家们对于自身阅读史或深或浅的追溯,都在某种程度上向读者剖白了自身创作理想和文学精神成型过程的某一面,在某种程度上的确是在以"回归"的方式为创作"祛魅"。

另一种"返回",则是学术性的还原与揭示。第3期王布新的《经验危机与主题重建——文学史过渡视野中的"陈奂生"》,重启了现当代文学研究中阿Q/陈奂生之间文学形象的影响/继承话题。作者借助对陈奂生系列小说的文本梳理,力图揭示陈奂生形象不同于鲁迅笔下的阿Q,而是"超越了1980年代初期文学叙事的现实语境",甚至,高晓声的陈奂生书写与想象,某种意义上成为"以个体主体性为追寻目标的先锋文学的'先锋'"。黄发有《当代文学史视野中的审稿意见》发表于第1期,该文对当代文学中出版社审稿意见这一被忽略的史料展开研究,在发现其中包含的独特文学批评价值之外,也揭示出有关当代经典形成的一些引人深思的具体问题,其背后是政治、艺术和商业各种势力在文学经典形成过程中的消长沉浮。

基于文献视野的考证 黄发有文章的刊发,也体现了本刊对当代文学文献学研究的重视。本年度发表了好几篇颇有分量的当代文学考证或史料类文章。如第3期张志平的《"争议浩然"现象探析》主要以浩然对《金光大道》小说的修改与补完为中心,围绕着新时期以来评论界对浩然创作的争议,补充了关于浩然20世纪80年代以后现实活动与文学创作的细节,揭示了"争议浩然"现象背后的具体历史与人际原因。第4期发表的周新顺《一首诗是怎样被误读的》,以文学研究界对曾卓《有赠》一诗误读为契机,在考证出这首写于1961年的诗作的真正"受赠者"的同时,也展示了文本阐释中误读现象背后的偶然性因素。这种文本考证亦在第5期发表的顾星环《数字化时代的吴语叙事——以〈繁花〉网络初稿本为例》中扩展到21世纪文本发生的网络属性,该文作者披阅爬梳了《繁花》最初网络发表版本,将其与小说初版本进行了详细对读,除展示这部名作创作之初、作者与网络读者的积极互动外,还揭示了作者对于吴语叙事实验的坚持与变通,作者指出,网络平台的自由度和包容性,"使得《繁花》不仅可以考察诸多深刻命题,而且可以秉持更笃定的民间立场。"该文的研究思路,对于当代文学发表与发生过程研究,颇具启示性与洞察力。贺嘉钰《友情、行动与诗之"手作"——芒克油印诗集观察》发表于第6期,通过对芒克第三本油印诗集《阳光中的向日葵》诞生过程的考证与考察,作者展示了"漫游、交友、写诗"对于1970年代末诗人创作的重要意义,这也印证了那句话:"故事也可以在书本中找到,但其形式的来源并不是印刷品。它不是诞生于孤独的个人,而是来自生活在社群中、有着可以传递的经验的人。"① 文学批评首先基于对作品的含英咀华,尼采认为,"细读是对现代性的批判。"因为"专注于词语的感觉与形式,即是拒绝以纯工具的方式来看待它们"。而同时,文学批评也是借助文本分析实现的对现实的关切,如刘醒龙所言:"是真经典,不仅铭记在经典本身,还会用不经意间使人恍然大悟的方式,活在活色生香的生活之中。"②"(批评家)无论在立场上他们多么大相径庭,大家却致力于一个共同的目标:理解文学和评价文学。"③ 2021年的《扬子江文学评论》,在文学视野、学术精神与现实关切间体现出应有的责任感与专业担当,坦然地向社会、向文学、向未来交出一份令人满意的阶段性答卷。

---

① [英]迈克尔·伍德:《沉默之子——论当代小说》,顾钧译,生活·读书·新知三联书店2003年版。
② 刘醒龙:《贤良方正》,《扬子江文学评论》2021年第4期。
③ [美]雷纳·韦勒克:《近代文学批评史》(第一卷),杨自伍译,上海译文出版社2009年版。

年度作品

长篇小说

1. 周梅森《人民的财产》（作家出版社，2021年10月）

周梅森的《人民的财产》是其上一部小说《人民的名义》的姊妹篇，并延续了相关的背景设定和人物关系。《人民的财产》的故事开始于《人民的名义》半年后，将聚焦对象从政法机关的反腐行动转向到国企改革问题。小说讲述老牌大型国有企业京州中福面临巨大危机，账面亏损十五亿。中福集团董事长林满江在老董事长朱道奇的授意下，派自己的师弟齐本安出任京州中福集团董事长兼党委书记解决问题。齐本安面对京州中福的困境着手解决时，发现公司的亏本并不是单纯的市场原因，而是有重大腐败问题隐藏其中，中福集团的掌舵人、大搞一言堂的林满江也并不像表面一样两袖清风，深藏的政治野心使他缓缓露出了锋利的獠牙。为了守护人民的财产，齐本安在中福集团党委副书记张继英的支持下，与腐败分子展开了残酷的斗争。被誉为"中国政治小说第一人"的周梅森在商界和政界都有亲身经历的经验，使得其作品很大程度上是对中国政界和商界的真实写照。小说在对于反腐的正义目标坚决支持的同时，并没有简单地将人物塑造为正邪两派，而是对于每一个人物的性格都进行了深入的剖析，思考是什么使得曾经优秀的干部堕落，在打击腐败分子的同时应该如何预防腐败行为的发生。小说全篇充满正气，表达了对齐本安、张继英等干部不畏强暴，坚持原则的讴歌，也对林满江、陆建设、傅长明等犯罪分子和落后干部的深刻批判，更对整个社会之后的发展提出疑惑和警告。小说于2021年3

月由作家出版社出版,由小说改编的电视剧《突围》于2021年10月播出,引发社会强烈反响。

(吕佳泽)

2. 鲁敏《金色河流》(《收获》长篇小说2021年秋卷)

《金色河流》是鲁敏倾四十万字之力铸就的新作,横跨四十年的时空视野,写"有总"穆有衡在弥留之际,不遗余力地推进两件大事:抱上孙子和找到兄弟何吉祥的遗腹子。以两大目标为中心,有条不紊地将有总财富的由来、养女的身世、父子关系僵化、次子婚姻裂隙等情节铺展开来,线索之间的互斥和引力使故事既扑朔迷离,又耐人寻味。鲁敏非常善于开掘人性的复杂性,以有总为例,他身上交织着贪婪与公益、装傻与精明、背信弃义与重情重义等个性矛盾。小说通过他的临终录音揭开他负重一生的秘密,在显与隐之间穿过时间的重峦叠嶂,到达罪与罚的深渊。在塑造人物形象时,除了肖像和心理描写,作家还长于通过对话和性格的对立来形塑人物,河山的泼辣坦率与王桑的酸腐遮掩、有总的老谋深算与谢老师的狡黠进退形成鲜明的对照,唯有一人近乎天使,能够映照他人的灵魂,那就是"脱离了低级趣味"的穆桑。他的素朴、忠诚、可靠与憨厚,使任何恶魔都无法对他下手,也正是他唤醒了其他人起初的纯真良善。沈红莲与河山让人联想到老舍在《月牙儿》里面所写的一对被迫为娼的母女,不同于《月牙儿》对悲剧宿命的循环和不可更改的书写,在《金色河流》里,红莲和山河都以各自强大的悲悯和牺牲展现出博大、超越的胸怀,从某种意义上来说,她们是存留着"童真"的赤子。"金色河流"题目本身就蕴含了多样的意蕴:一是指时间的宝贵、绵长和生死之间的不可逆;二是指金钱和财富,既引人趋之若鹜,又容易失去自我;三是指一种安逸宁静、纯真无瑕的人生状态,提醒人应该珍惜生命当中甚为宝贵的东西。这篇小说注入了作者缜密的理性思考以及细致的情感观照,叙事的戏剧性和穿透力超越了现实,烛照出善与恶的边界和限度。《金色河流》发表于《收获》2021年长篇小说秋卷,2022年3月由译林出版社出版单行本,引发了广泛的关注和讨论。

(夏 菲)

3. 叶弥《不老》(《钟山》长篇小说2021年B卷)

叶弥的小说《不老》以细腻的笔触描写了女工人孔燕妮的婚恋生活,用敏感的神经触碰到了时代变化的潮汐中普通人身处其中浮浮沉沉的生活境遇与精神状态。作者笔下吴郭城生活着形形色色的人,他们各有各的特点也各有各的难处,但又以一种民众所特有的温厚与善意去对待生活以及周围的人。《不老》所展示的生活是琐碎的,充满了家长里短的闲言碎语,但一地鸡毛则是生活最为本真的样貌,看似繁杂的背后则是源源不断的生命活力。另一方面,作者在观照以孔燕妮为切入点的吴郭城时,采取了一种更为宏大的时代视角:《不老》延续了叶弥"以江南写中国"的整体思路,以吴郭城一隅容纳了丰富的时代因素,时代的剧变也因此变得具体可感。作者将时代融入进了个体的生活乃至命运之中,并渗透到了小城百姓的闲话家常中,潜移默化地改变了吴郭城与吴郭百姓的生活。《不老》像是一湾澄净深澈的池塘,看似平静而透彻的日常生活之下,是百态的人生现象与坚韧的生活信念,也是时代的震荡与历史的嶙峋。叶弥通过吴郭城与孔燕妮、张柔和等人所体现的,不仅是一种朴厚的生活质感与广阔的时代图景,更是对于理想生活和理想人性的追求。时代总是前进的,个人或许难以抵挡突如其来的变化甚至困境,但是总会有人坚守在川流不息的生活中默然前行。

(马偲婕)

4. 胡学文《有生》(江苏凤凰文艺出版社,2021年1月)

作为一部建构百年中国底层民间史诗雄心的长篇小说,《有生》全部的能量和限度需要放在以小说写史的中国现代长篇小说传统和谱系上观察,这是《有生》独特的文学识别码。我注意到《有生》发表和出版以来文学界和大众传媒的反应基本还是收缩在文学的狭小空间。应该开拓《有生》文学之外和辽阔现代中国社会关系的阐释空间,吸引其他学科参与到《有生》的解读。以《有生》为例,可以看到胡学文对中国底层社会权力、伦常、血缘、性别以及如何苦难等诸多问题的思考。小说祖奶奶这个接生婆人物形象,其游走在中国基层民间,处在生命的起点,将生民接引到人间,"她"在乡村伦理秩序的位置,以及小说的结构意义,都值得深究。

(何 平)

5. 李新勇《黑瓦寨的孩子》(江苏凤凰文艺出版社,2021年10月)

李新勇的《黑瓦寨的孩子》讲述的是发生在西部一个小乡村——黑瓦寨的故事。因母亲唐锦绣突患尿毒症,王嘉峪不得不回到老家黑瓦寨交由外公照顾。自小出生在城市的王嘉峪初到黑瓦寨之时,对这里的一切都感到新奇。作者以沉稳、努力的少年王嘉峪为视角,通过他的所见所闻,展现了西部大发展的历程。小说叙写了黑瓦寨的村民们因无法洞察市场情况而遭遇了"洋葱之祸",展现了乡村因闭塞而落后的情况;唐景贵和红柳通过外销带动了整个黑瓦寨的发展,乡村人民开始谋求新出路;看不起乡村学生的茶金中学,苛待学生、师资薄弱的西番初级中学,道出了乡村教育的落后与困境,而从城市来支教的边老师,催生了孩子们心中积极努力、走向外面世界的幼苗;唐景夫与红柳、小付之间的情感纠葛代表了乡村传统婚姻模式的松动……小说情节丰富,人物富有特色及象征性,作者通过对离乡务工人员的真实状态、乡村发展困境、乡村教育状况等的细致描写,展现了乡村与时代发展、城市文明之间产生摩擦后逐渐接轨的过程。这是乡村旧模式的瓦解,也是新面貌的重塑。小说最后,王嘉峪和唐古拉也一同走出了黑瓦寨,进入城市求学。他们的离去不是对乡村的遗弃,他们代表的是新一代乡村孩子对教育的渴求,是城市教育体系对乡村学生的接纳,也是时代发展给予他们的机会。《黑瓦寨的孩子》是一部坚实有力的作品,是作者对西部发展历程的洞察,作者通过文字生动地描绘了西部发展的画卷。我们在作者的故事中不仅看到了努力生活、积极与时代接轨的乡村人民,也看到了城市文明为乡村人民,尤其是为孩子们带去的希望与机会。"高原碧蓝的天空之下,移动着两副简单的行囊。"那是少年去寻找未来和希望的身影,也许经年之后这身影还会回到黑瓦寨,回到乡村,参与西部建设,造就一些新的故事。

(秦 姣)

6. 吴楚《致命干预》(作家出版社,2021年8月)

吴楚的《致命干预》通过连环死亡事件的展开,在一个又一个谜团中拉开了复仇、科技和法理的大幕,所以这既是一部推理小说,又是一部科幻小说,更是一部伦理小说。故事以姜家父女的"完美"谋杀为主线,讲述了一个又一个的复仇事件,如校长王鸿儒、阿莹、陶小华、副市长千金赵恬恬、班主任周怡文,他们作为被复仇者(加害者)和受害者,一直活在姜诚的监视之下,而监视通过"大数据"来实现。在一个个"完美"犯罪故事呈现的过程中,小说展现出了结构性的社会问题和伦理层面上的复杂人性,如姜婉被校园霸凌之后,惶惶不安跳楼自杀,其中既包含了校园暴力、青少年心理健康等社会问题,也显示了人性的恶与惶,"恶"的是校园霸凌的赵恬恬,"惶"的是跳楼自杀的姜婉;而被消费主义所裹挟的陶小华和被家庭矛盾所困扰阿莹,他们都在诱导之下选择自杀,这既是外界社会影响的结果,也是自我选择后懦弱的逃避;至于姜宜"完美"犯罪的故事,更是对"大数据"信息时代再一次叩问,工具本身没有善恶,使用工具的人却有善恶之分。小说中,信息网络和大数据既是犯罪的工具,也是规避犯罪的助力。那么,我们在"大数据"信息时代如何看待"数据"的效度和限度,如何合理使用和规范数据,成为我们思考未来的应有之题。整部小说,短短四个月左右的时间,五起杀人事件,大数据无处不在。在信息时代,完美的谋杀是让对象"自然死亡",而人会死亡,但是法理不会消亡,小说以姜宜的自首为结局,既是对法理的捍卫,也是人性的一种复归。简言之,就是这些复杂交错的质素,共同丰富了这部小说的内涵和意义,使得小说具备了穿透时代和人性的深度和力度。小说《致命干预》于2021年作家出版社出版发行。

(徐家贵)

中篇小说

1. 范小青《渐行渐远》(《中国作家》2021 年第 8 期)

衰老是慢慢渗透过来的,还是突然而至的?对于老头这样倔脾性的人来说,衰老是抵挡不住的洪流,在七五将至时,猛地冲垮了他的堤坝。但没有什么能改变老头的倔,如果说衰老在隐隐征服老头的身体,老头的精神气和求胜欲也一直在与衰老暗中较劲。老头不服老,换句话讲,其实也怕老。他与遇到的路人较劲,与保姆较劲,与儿女较劲,被"生物工程公司"的"基因测定"骗了之后与骗子较劲,决心骗到骗子小马。闹剧因为髋骨骨折而暂停,却并未终止,在护养院"重新"遇见护工小马后开始延续。在护养院,老头把护工小马当作骗子小马,小马苦于应付,最后干脆将计就计陪老头演戏,给老头找来了他的"初恋"——在隔壁疗养的王老太。事情牵扯到财产的时候,儿女来了。当护工小马和王老太都被姜渐行和姜渐远抓着报警时,老头又恢复正常,亲自拆穿了护工小马给老头准备的把戏。闹剧一场唱罢又登场,谁知道他乡故乡?老头是病是戏?清醒还是糊涂?假作真时真亦假,大概是揣着明白装糊涂,旁人不解,索性再装下去,就做个不认子女的"老年痴呆"。用无数场闹剧来证明自己不老的老头,骗过了所有人,或许这就是他认为的战胜衰老的明证。到头来小马是谁?老头也迷糊了,真相渐行渐远,清晰的结局渐行渐远,儿女与老人渐行渐远,老人与自己的精壮身体、与自己的精明大脑渐行渐远。此篇小说语言平实而诙谐,层层推进的闹剧壳套之下裹藏着悲酸的种子,在余韵中生发低回沉思的芽——老头为何这样折腾?小说原发《中国作家》2021 年第 8 期,后被《北

203

京文学(中篇小说月报)》2021年第9期转载。

(刘婷婷)

2. 叶兆言《通往父亲之路》(《钟山》2021年第2期)

年少时,张左与父母的关系相对疏离,他自幼与外公外婆生活在一起。缺少父爱的他,精神上一度也处于"失父"的状态。因为外公的教导,张左练得一手好字,也与父亲有了一层"隐微"的联系。在张左接近父亲张希夷的过程中,张希夷的身份和地位在不断变化,他由干校"养牛人"逐步变成桃李满天下的"学术泰斗",成为更多人的"父亲"。而生活在父亲浓荫之下的张左,自己也成长为父亲,对父亲有了更为复杂的感情。"父亲"一词是切入小说的关键,它至少包含三个层面的内涵:一是指生物学意义上有着血脉联系的生身之父,即张希夷之于张左、张左之于张下;二是指抽象层面的精神之父,如张左外公魏仁之于张希夷、学界享有盛誉的晚年张希夷之于后辈;三是作为象征,指向更为宽泛的意义,如"追求""理想"等。"通往父亲之路"既指张左如何一步步走近父亲、理解父亲;又指张左走近父亲的过程中,探询如何成为父亲,成为怎样的父亲;还指张左成长过程中的某种未明的"追求""寻找"。除此以外,"通往父亲之路"何尝不是意指张希夷成为一代人的"父亲"之路?小说以张左为叙述的支点,由此散发开,讲述了张家上下几代人的故事,不仅仅提供了对父子之情的理解,也从文化意义上思考着一代人应该如何面对"父辈",怎样做"父辈"的问题。小说用平静质朴的语言将历史风云、社会变迁悄无声息地化入日常生活,通过私人化的视角牵引时代,更饱含厚重的反思意味。《通往父亲之路》发表在《钟山》杂志2021年第2期,后由《北京文学(中篇小说月报)》2021年第5期转载,《新华文摘》2021年第13期转载。

(陈 娟)

3. 储福金《棋语·见合》(《上海文学》2021年第4期)

《棋语·见合》是储福金"棋语"系列的最新延续,围绕"见合"这一人生准则,讲述了主人公黄方正从本科到六十大寿,几十年来人生浮沉中关于爱情、事业、家庭等的双重抉择。小说开篇,阅历丰富且谙熟传统文化之道的袁丰就为黄方正解释了"见合"的概念,"(见合)就是一步棋走下去,盘面上还留有两个好点。"这两个好点便是"见合"。"见合"的本意是价值相当的两点,既然价值相当,也就无所谓先后、好坏,因此"见合"的关捩,与其说是两个点本身,不如说是"见合"成形前的谋势以及"见合"形成后的抽离,从这两个方面来看,"见合"的本义是不拘泥于两点之间,而非对两点的选择。

小说中,黄方正将"见合"社会化和功利化,恰好落入了对"见合"的误解之中。"见合"于他,是两个面向不同但都对自己有利的选择,同时又引申为一条退路或者一剂调味。在执念着"见合"的人生旅途中,黄方正为了继续求学而放弃了对向玫的真情;为了自己的事业而选择了性格爽利的祁琪;婚姻失败后转求于顾家的魏秋月;生活寡淡之中又与浪漫的闵鹏幽会。黄方正的情史展现出一种徘徊犹疑的姿态,他自认为的理性,就是要在调整中寻求舒适,要可进可退,攻守自得。这份谨慎带给他世俗意义上的成功,但是却无法驱散他内心的迷茫,随着年龄的增长,他将自己的"理性"归为"命运"恰好证明他懂得选择,又困于选择。

小说以第三人称顺序推进,中间又夹杂第一人称插叙,即黄方正自己的回忆,形成了客观叙述和主观辩解的互动。在两种叙述的交错中,储福金用坚持、谦逊等品质,回应了黄方正为何成功以及如何摆脱选择困境两个问题,也在批判功利化二元选择的同时,表现出了某种宽容和理解,这使得小说展现出回应现实的韧性和弹性。小说最初发表于《上海文学》2021年第4期,同年转载于《长江文艺》2021年第10期,并附深海评论《被误读的见合之境》。

(葛毓宸)

4. 鲁敏《味甘微苦》(《北京文学》2021年第11期)

故事是建立在"误会"之上的。丈夫怀疑妻子出轨,并亲眼看到妻子进了另一个男人的小区。妻子每天魂不守舍,有苦难言。原来妻子金文是因自己的私房钱被骗而奔走,那个男人是同样被骗钱且患有尿频症的老展。金文每日到老展家里"秘密谋划",老展将自己的女儿——患有小脑偏瘫的双全看作是一张"好牌",企图让她与金文组合上演"苦情戏"要回被骗的钱。一日,她们要去桃园市民公园"拦截"政府官员,错过了时机,没见到领导不说,却惹起看客的兴趣,在推搡中跌倒反倒弄了一身脏污。这一幕恰好被每日闲逛的姨娘看到,姨娘帮助她们去厕所整理衣物,金文害怕姨娘误会自己跟老展的关系,无奈只能将实情全盘托出。姨娘给扭腰住院的徐雷送饭,提出要带小雷去潍坊看风筝,徐雷却以为是姨娘也得知妻子出轨,心如死灰,内心等待金文提出离婚,金文也打算坦白。

作者从一个家庭的内部入手,牵扯出另一个父女相依为命的底层家庭,关注到不同年龄普通人的生活状态,引发对于婚姻、社会与人生的思考。这里有对于普通人生活的欲望、趣味、苦楚、个人与社会之间的龃龉、婚姻内部的盘根错节的展现以及老年人的生活境况的关注。普通人的梦想有点小资、还有点异想天开,无论是金文的"消费清单"、老展的"投资",还是姨娘的"旅行大业"。他们喜欢在生活的边角寻求乐趣,有着自己特殊的"生活术":金文靠着自己的节俭与勤劳攒了十几万私房钱,姨娘知晓每一处免费的景点与打折的店铺。这里还有人生的无奈:老展与残疾女儿相依为命,攒了一辈子的钱被骗走,金文与双全只能靠着装疯卖傻,撒泼打滚企图要回被骗的钱,结局却可想而知。这是底层百姓无力的挣扎时刻,却也是小市民的无赖无畏。但是生活的底色是温暖,这温暖便来自于爱。故事的结局时,"误会"将解未解,读者与主人公都期待"烟消云散"的时刻,姨娘跳出来希望能在金文的"消费清单"上加上自己一笔,令人啼笑皆非。"味甘微苦",这便是生活的滋味。小说始发于《北京文学》2021年第11期,后被《小说月报》2021年第12期转载。

(张琳琳)

5. 胡学文《跳鲤》(《花城》2021年第4期)

蔬菜烂在地里,二十万的窟窿,花托远房亲戚给"他"找了份城里的保安工作,不是肥差,但终究能解燃眉之急。过些日子花也进了城,两人学着城里人给副院长送礼,机会突然来了——全天陪护老头"黎主任",月薪八千。经过黎总审核又经过"黎主任"多番刁难,花总算立住脚。他继续做保安,业余收废品攒钱。生活在好转,借款住上新房了,但是二人都清楚离了黎家,生活的窟窿就很难填上。于是花决定陪"黎主任"去了海南休养,他和小儿子也去海南短暂度假。两地分居,他逐渐和枣走近,情欲之火冲上来。花回来了,他隐瞒出轨的事实,想要重拾和花的幸福生活。这时,黎总高价要他和花离婚。起先他和花坚决不同意。后来他的保安工作没了,收破烂也没了门路。花回到家竟说要离婚!他在怒火中质问花的转变,说服花密谋闯进龙宫解决黎主任。闯进大门,花和"黎主任"都看着他!是花告诉了"黎主任"吗?还是她被看破?报复之火又燃到了枣身上,枣却惊羡于离婚这一合算买卖。两天后,他和黎总见面,从屏幕上看到了自己持刀入室以及和枣在家中偷情的照片。面对着自己的罪证,价格容不得谈判了。花对"黎主任"的感情到底如何,是情愿还是被动?结果无法改变,但疑问的毒虫侵蚀大脑,他又出门走向龙宫……"跳鲤"是黎总招待他和花的招牌菜,满身披挂像链子一样,使得鱼始终只能在深底瓷盘上跳动,"跳鲤"也是他和花的家庭,二人凭着一股绝不服输的精神气,进城去找机会填补窟窿。但在生活越变越好的时候,这个家庭却开始分崩离析。跳鲤本想跳个高,却跌了跟头。胡学文的《跳鲤》,仍旧聚焦小人物,仍旧有些"一根筋",多了在新机遇下的新变动、新疑难。小说叙述沉稳有耐心,语言质朴,人物转变寓于情节变化和心理活动的内外视角之中,使人随之紧张随之感叹。小说原发《花城》2021年第4期,后被《北京文学(中篇小说月报)》2021年第9期、《小说月报》2021年第9期、《长江文艺》2021年第18期转载。

(刘婷婷)

6. 韩东《临窗一杯酒》(《芙蓉》2021年第3期)

这部小说讲述了齐林如何帮忙救治岳父的故事。"权威"一词在小说中得到最大化的展现。专业的医学权威让步于所谓的诗学权威,或者说人情世故。小说在琐碎日常的描写中充满了荒诞和讽刺。齐林是一位资深诗人,在诗歌写作圈里辈分很高,人脉较广,因而得到医生的全面照拂。从岳父病情的医治、租房到参加诗歌交流会,"权威"和"地位"在人情社会中占据的制高点足以让人俯首称臣。无论岳父最后的死亡是否由医生将转出ICU的决定权交给齐林所导致,齐林、玫玫与岳母对医治岳父所做出的努力与"权威"在人情社会中的渗透交织形成了天衣无缝的大网,讽刺如同细针,一根根进行缝接,无所不在,无处遁形。小说完整的记录了生活片段中的细水长流,没有扁平的坏人形象,在线性时间的讲述中,每个人都在为生活努力。走廊尽头的窗口成为希望的通道,为紧致无力的生活注入一丝轻松愉悦的可能性。然而正如那个精心收拾却无法入住的房子,希望是如此的缥缈易碎。金钱、权力和地位成为生活的中心,主宰着人的灵魂和思想。"疯子的生活也是一种生活。"韩东借玫玫的口表达出对当下现实的不满和妥协。失去亲人的悲伤、在生活的漩涡里挣扎的努力以及人情的虚与委蛇在《医院》这首诗中得到了无限的延宕。

(周薪璐)

7. 王大进《逆风》(《江南》2021 年第 2 期)

王大进的《逆风》呈现了城乡两种文化逻辑拧扯出的具象。21 世纪的时代新变下,生命个体随着城市进化拉扯而渐松枷锁,于是"僭越"有了可能性甚至合理性。名校毕业生赵烨想要与牌友杨青拥有一段情缘,却在阴差阳错下成了杨青之女杨欣欣的家教,并深入了这对母女的生活肌理,窥探了杨青的秘密,也在和杨欣欣的相处中理解年轻人的恋情。情愫暗生而无出路,与前同事小姜的情欲让他阻滞的欲望有了出口。但他清楚婚姻与爱情的分野,最后还是与同事介绍的平凡姑娘结婚。而杨青则成为亦远亦近的谜团,赵烨永远隔雾观之,曾生欲念,但最终还是戏外人。

小说背景隐现的商品经济的文化质变,为赵烨这样渐渐融入城市的属性转换提供了外部逻辑支撑。但他依然是城市中的游魂,与杨青相遇前,赵烨勉强立足于大城市,感受到不容想要离去,后来又为欲念驻足,归无可归,在饕足和松懈中辗转,不知不觉中在介入杨青母女的生活过程中渐渐扎根城市,最终还是在流霓的虹吸中成为大城市参数中的一个数字。赵烨虽然和杨青、小姜以及最后的结婚对象小郑皆有情感接触,但小说却并不是痴男怨女的传统大戏,而更像是一场木偶戏,所有人都走在现代与传统的背叛中,或是纵情声色,或是精神出走,都在完成自身生命的诉求,但最终,也不过回退到褪色的角落,和城市的框架形成扭矩,时代牵制着人们进入欲望的涡轮带,赵烨成家立业,杨青不知所终,杨欣欣和何小武必然别离,一切似乎都是命运各自归位,终于"在喧哗中见到了荒凉,在情欲中参悟出徒然"。

王大进以生命的原欲为坐标系,将情欲作为诗性意象,借此书写对生命困境的尝试性冲击,最后,也给了赵烨多情狂想夭折后俗世的慰藉。赵烨作为转型时代大城市小人物的思想标本,呈现了城市中的生活真相,作者借此掀开了时代的遮羞布,展示了都市男女的欲海沉浮与自我探测。小说首发于《江南》2021年第2期,后被《小说月报》2021年第4期转载。

(马　月)

8. 孙频《以鸟兽之名》(《收获》2021年第2期)、**《诸神的北方》**(《钟山》2021年第3期)

两篇小说都以归乡者的视角,从都市返归到"游荡在现代文明与古老农耕文化之间"的县城,观察着"被世界遗忘的角落"里的"边缘"人群。

《以鸟兽之名》里,李建新回到家乡听说了同学杜迎春之死,怀疑与她的山民男友有关,于是前去山民安置小区打探情况。在那里他遇见了曾经共事过的文学青年游小龙,几次会面之后,李建新对怪异的游小龙与游小虎双胞胎起了疑心。与写悬疑小说的李建新不同,游小龙只写山林鸟兽不写人,他追求着一种浪漫主义与理想主义式的"体面",厌弃自身"劣根性"的同时忍耐着现实生活的负累。案破后发现,真正的凶手另有其人,山民们的信仰认为此人的罪孽替全村承担了苦难,所以联手袒护着他。在小说悬疑的外壳下,包裹的是县城生态、人口老龄化、人口拐卖和城乡发展不均衡等现实问题。小说通过"追凶"的线索,引出了游小龙这样一个在内心深处不断自我拉扯的人物形象,呈现出一种人在处理人与自我、他者和环境之间关系的精神苦修。小说发表于《收获》2021年第2期,于2021年4月由人民文学出版社出版同名小说集。

《诸神的北方》里,刘小飞回到县城照顾单身母亲刘太凡与外婆,在这里,异于常人的一切都被认为与"鬼""神"相关,包括从北京名牌大学辍学的"氯丙嗪"和当了一辈子民办教师的母亲。退休的独居鳏夫老王想要找个合适的保姆,母亲接受了这个工作。邻里的调笑,母亲的讳言以及外婆对此事紧张的态度,让刘小飞感到不安。一个月之后,母亲卧轨自杀。刘小飞去拜访老王,了解母亲寻死的原因,却也明白了老王提出的"做伴"要求只是点燃母亲多年来压抑与屈辱的一根导火线。精神分裂的"氯丙嗪"想要让时间消失,抹去过往,重构真正的自我;从来不哭的母亲将长期的困顿悲苦深埋在心中,压抑了三十年的自毁冲动在一夕之间爆发,这些人物表面上有着近似"鬼神"般的抽离与超脱,内里却蕴藏着人性的复杂与生命无可奈何的孤寂。小说发表于《钟山》2021年第3期。

(高菱舟)

9. 余一鸣《湖与元气连》(《人民文学》2021 年第 2 期)

《湖与元气连》题名来源于李白《姑孰十咏·丹阳湖》:"湖与元气连,风波浩难止。"小说的视角性人物王三月是中文系专业的大学生村官,在前往丹阳湖边的上元村时,慨叹憾未见到鸟宿芦花、风波浩荡的湖景。在生态不再的情境下,作者刻画了在藏污纳垢的现实洪流中浮沉的人们,以现实与历史双线间行的笔法写作,直面现实,也回过身去,既有对记忆的反思追念,也有对群体回忆的重绘唤醒。

小说着重刻画了三位英雄人物。曾任村书记的刘四龙投资养螃蟹致富,却也被误解为中饱私囊。大洪水中,刘四龙为救人殒身于浩荡风波之中,死后才被证实清白。县农业局种子站的退休技术员陈玉田一直被视为疯子,心中只有稻种试验,他一生怀抱自我育种的梦想,四处寻找本地野稻,最终邂逅了梦寐以求的金黄。陈玉田的祖父亦是悲凉底色的英雄,作为高级知识分子,在刘金奎提出筑圩计划时指出对百姓的危害,到了"亮陡门"筑造需要活祭时,他便被投入水中,成为为民牺牲的悲剧英雄。

这三位英雄,生活于丹阳湖畔,亦殒身湖中,人性之复归,似乎暗示着"湖与元气连,风波浩难止"的生态恢复。人与自然的同频共振,让小说可作生态叙事文本观,表层承担着恢复自然生态的愿望,实则含蕴着人性修缮的期许。自然的复归映射着英雄的理想,丹阳湖畔正是余一鸣构建的人性再萌发的精神乌托邦。

七万余字囊括了深广的现实内容与丰沛的人性,既展示了上元刘氏家族和陈氏家族的四代权力纠缠，也还原了平民英雄的人性光辉。余一鸣通过日常生活的平实书写完成了人性基地的探秘，平民英雄和庸琐小人立体活脱的人性地图都沟壑尽显，探索了人性的深渊与天穹，为人性的理想与寓言完成草图构架。余一鸣慨叹"笔下实在开不出花朵"，仍旧希望着借助笔下故事歌道德、泣伤痛，坚信"人性沦丧的荒原上依然有人性美的芽尖"。这种有着道德使命的创作，撬开了日益浮躁油滑的讲述方式，为现实与历史的交织书写提供了新的坐标索引。

（马　月）

10. 房伟《老陶然》（《北京文学》2021年第2期）

房伟的《老陶然》讲述了聚焦老年人的精神困境，讲述了步入老年的闫阿姨在一系列变故之下自我觉醒的故事。闫凤琴阿姨和身为大学教授的前夫项有槐育有一子一女，平静地生活着。但项有槐在临退休之际和自己的女博士生章怀懿产生了不伦之恋，并因此和闫阿姨离婚。闫阿姨离婚后加入了新时代老年舞团，并担任团长一职，和前局长夫人孟菲共同经营着舞团。闫阿姨将自己的积蓄都交给女儿项莉莉保管，还为女儿一家当免费保姆。一日女儿要求闫阿姨去向项有槐借房产证，想暂用户口换学区房，为外孙能上好初中。闫阿姨意外摔倒住院，并查出自己身患癌症。女儿不情愿为母亲治病，此时闫阿姨又得知组建的舞蹈团财务出了问题，孟菲也对闫阿姨口出恶言。在各种打击接踵而至的情况下，闫阿姨变得超脱起来，逐渐看清自己，也最终迎来了一个好结局。房伟是一位一直努力突破自我的作家，描写老年世俗男女婚恋爱情的《老陶然》便是他新的尝试。《老陶然》关注了当下文学作品常常忽略的老年人群体，对他们的物质情况和精神需求都做了深入的解剖。房伟深深地思考面对处在人生末年，社会价值远不如以前的老年人群体，面对婚姻变故、女不乐意赡养、医疗代价难以承受等问题时应该如何做到风险规避。最后闫阿姨看清自己，选择解放自己，和爱慕自己的厨师老高开启人生第二春，表现出积极昂扬的人生态度。小说发表于《北京文学》2021年第2期。

（吕佳泽）

短篇小说

1. 鲁敏《灵异者及其友人》(《花城》2021 年第 1 期)

这是一个讲述灵异者的故事。小说以讲述千容"神迹"的几个故事和"我"渴望认识千容的情感为主干。"千容"因拥有预知未来的能力,被人们尊称为"小神仙"。她是一个平凡且独立的女性。离婚、抚养儿女、工作、社交,是现代社会普通女子常有的生活状态,然而她对他人未来准确的预判能力又为她附上神秘和传奇的注脚。千容始终活在众人的口耳相传里,始终存在于"我"的期待中。在他人的讲述里,千容作为被凝视的对象,被无限夸大和神化。现实的琐碎无味成为神性的衬托和附录。神秘和奇迹在缺乏宗教信仰的土地上总是异常受欢迎。无论千容是否拥有预言的能力,对于深陷"一地鸡毛"而难以挣扎的普通人来说,千容不仅满足了他们的猎奇心理,还给他们的精神增添了一丝渴求彼岸世界的可能性。小说用线性时间的叙述方式讲述"我"对千容态度的转变过程,由漠不关心的听众,到不自觉的崇拜,不自觉的成为千容"神迹"的传播者,最后千容变成了"我"的精神信仰。"千容的天眼,得在全然'空无目的'的状态下,才会开,其预言才有如神算。"这句话可谓是小说的导向。偶然的相遇成为"神迹"展现的必要条件,"我"在生活的迷茫与困苦中注入了"我"对千容的依赖和渴望。千容在"我"的生命里替代了上帝。鲁敏对现实的细碎和压抑有着非常细致的感受力,《球与枪》《或有故事曾经发生》中人在现实这一庞然大物面前的渺小,以及现实对人的禁锢和异化在千容的传奇故事中有所缓解。人妄想成为生活的主人。这一愿望在最后"我"即将见到千容又选择逃离的决定中最终瓦解。即使被预言,历史的结果也不会因为人的刻意避免而被篡改。如果结局早已注定,比起承受已知给人带来的喜悦或恐惧,不如享受人在未知中的探险和"主动"选择的权力。珍惜已有的一切,是"我"与现实和解的动力。

(周薪璐)

2. 叶弥《启蒙者的餐桌》(《作家》2021年第2期)

　　小说以年幼的"我"的视角和口吻,讲述了"我"的爸爸和曹叔叔之间一场具有荒诞感的"蒸蛋"比赛。由于爸爸的"婚外情",父母的婚姻出现了难以修补的裂痕,"我"的妈妈为了发泄心中的不满找到了在高级饭店工作的干部曹叔叔,稳重而机智的曹叔叔决定用精湛的蒸蛋手艺征服轻率冒进的爸爸。尽管爸爸得到了"救兵"庞女士热心而周到的帮助,但在一通手忙脚乱的操作之后,爸爸费尽心思蒸出来的蛋尽管放在了金光闪闪的垫子上,与曹叔叔放在朴素草垫上的蒸蛋比起来依然显得寒碜、渺小而滑稽,仿佛象征着父亲无论怎么虚张声势也无法掩盖的作为一个落魄的失败者的身份。小说表面写了一场突如其来开始,又莫名其妙结束的轰轰烈烈的"蒸蛋"比赛,实则以此为引线,在与正派的曹叔叔对比中,顺势带出爸爸浮皮潦草、浪荡不羁的生活日常,透过这些叙事枝节连缀起的生活片段,我们得以窥见的是时代苦难加诸于个人的精神创伤。爸爸领到政府为爷爷奶奶平反的房子和补贴之后就过起了放浪形骸的生活——辞去工作、优悠闲逛、呼朋唤友、吃喝玩乐,看似随心所欲、自由自在,实则是以挥霍式的自我放纵和消耗来弥补被时代所剥夺的青春岁月,以此来掩饰曾经的屈辱和内心的痛苦。最终,"蒸蛋"比赛的失败无情地宣告了爸爸作为落魄的失败者的可悲命运。相比曹叔叔永远的恰到好处和滴水不漏,爸爸作为一个落魄的失败者,他的狂傲与虚弱,真率与自尊显得更为鲜活和真实。多年之后,当"我"再次回忆这次"蒸蛋"比赛,带给年幼的"我"爱的启蒙的恰恰不是曹叔叔,而是"我"的爸爸,因为面对羞辱和嘲笑,爸爸最终并没有使用擅长的暴力手段来宣泄自己的愤怒,而是将菜刀狠狠砍在自己最值钱的花架上,以一种睥睨而又文明的姿态接受了必然的失败,捍卫了自我的尊严。以温和而包容的方式接纳自身的无力、反抗来自外界的屈辱，或许正是作为"失败者"的父亲所教会"我"的关于"弱"的力量。小说首发于《作家》2021年第2期，后被《小说月报》2021年第4期转载。

（王晗笑）

3. 朱辉《事逢二月二十八日》（《钟山》2021年第5期）

因盗窃入狱的李恒全出狱后居住在一栋破败陈旧的老楼之中，被身上散发着幽幽香味的陌生女邻居深深吸引。在本能的向往与爱慕的驱使之下，本已下定决心洗心革面的李恒全忍不住再次利用自己精湛的开锁绝技，在女邻居离家之时偷偷潜入了她的房间。不同于以往的入室行窃，李恒全这次打开门锁的动机简单而纯粹，他在弥漫着"美好的人间气息"的房间里自由地释放着对女邻居隐秘的爱意。第二次进入房间，李恒全在梳妆台上留下了一支自己钟意的口红，却失望地发现这支口红的颜色只出现在了女邻居女伴的嘴唇上；第三次进入房间，李恒全细心地关掉了女邻居忘关的取暖器，躺在她的床上，在风雨如晦的气氛和意乱情迷的思绪裹挟之下，李恒全惊惶中拿走了女邻居的胸罩，而后陷入深深的自责与懊悔，从此杜绝了再度进入女邻居房间的念头。李恒全前后三次进入女邻居的房间，表面上有惊无险、无人知晓，却是专属于李恒全爱欲与罪恶同在的惊涛骇浪。李恒全不敢直率坦荡地表达对女邻居的爱意，正如他无法直面自己像老鼠一样鬼鬼祟祟入室行窃的过往。女邻居是李恒全心中执念的投射，实质上是他对鲜活、正常的人生的渴望。当大火蔓延，李恒全拿着开锁的家什在女邻居门口陷入痛苦的挣扎：如果他得以破门救了她，那么也将暴露自己曾是可憎的"老鼠"身份，他该如何面对这一切？最终，消防员及时的到来暂时搁置了李恒全自我认知的困境，但正如李恒全无法回避女邻居被救之后直视他的眼睛，李恒全最终也需要破除种种迷障，直面自己的内心，虽然他的生日二月二十九日是一个稀缺的日子，但无限逼近生日的二月二十八日，这个意外让命运重启的时刻，亦是成就李恒全新生的契机。朱辉深怀对底层小人物和庸常生活的同情和理解，以平实而深厚的叙事力道和对人物幽微心理精准细腻的描摹，真实而生动地呈现出一个刚走出牢房的男人李恒全的现实境遇、情感底色以及心灵理路,可谓形神兼具。小说首发于《钟山》2021年第5期,后被《小说月报》2021年第12期转载。

(王晗笑)

4. 韩东《箱子或旧爱》(《人民文学》2021年第9期)

韩东的《箱子或旧爱》以箱子牵扯一段旧爱的回忆。万峰和崔茜谈了七年的恋爱,从大学到研究生,最后崔茜去了国外,万峰写信终止了这段感情。崔茜留下的箱子还保存在万峰这里,箱子里盛满了爱的回忆也有不爱的证据。小说以万峰富有个人化的讲述展现了记忆本身的复杂性以及情感倾向性。小说前四分之三处都是万峰的讲述内容,后四分之一处则是第三人称叙事,跳脱出了万峰的限知叙述。在他的讲述里,崔茜都是沉默冷淡的,除了她仅有的几次情感流露:她曾经为了万峰摘掉框架眼镜,因为戴上隐形眼镜泪流不止,索性直接不戴,因为怕万峰写错地址而打印了两大页的英文地址,以及因为万峰提出分手而崩溃大哭……这些都是真实存在的细枝末节,反而被万峰个人化的情绪淹没,冷淡的形象覆盖着记忆里的崔茜。他对崔茜爱情的怀疑,对自己单方面结束爱情的自责与安慰,这些多重情感交织的记忆造成了讲述里对真实的困惑。在万峰得知日记中"真相"的时候,他的讲述也戛然而止。如果从这一节点再回溯他讲述里的冷漠也许能看到回忆本身的情感倾向性与自足性。结尾他记起来崔茜爱他的片段的整个过程,则是以客观的角度呈现于读者:心中郁闷而闲逛的万峰突然想起,有一次,崔茜在书报亭的公共电话接爸爸电话的时候,突然让万峰进来,把听筒扣在他的耳畔,让他听电话那头的崔茜爸爸的声音。真实的回忆击中了困惑的万峰,冷漠的旧爱也曾结实地温暖过他。我们将如何怀念,如何对待旧爱,是恨或自责还是怀疑?或许那个温暖的回忆已经替万峰回答了。"箱子"对于"旧爱"的隐喻在这里也是不言自明,每个人都会留有一个旧箱子,即使搬家也舍不得扔,箱子里面的记忆可以既装着悔恨,自责,也可以装着幸福与温暖。箱子里的秘密也许有一天将清空关于旧爱的美好记忆,但是我们仍然有选择的机会,如何对待回忆,就是如何对待自己。日记也许是真的,但爱是真实发生过的。小说首发于《人民文学》

2021年第9期,后被《小说选刊》2021年第10期转载。

（张琳琳）

5. 荆歌《叙事课》（《收获》2021年第1期）

《叙事课》写一堂创作课上学生们所讲述的三个剧本。第一个剧本写两名上门清洁的保洁员在家徒四壁的住宅内,遇到了幻想室内充斥着古玩字画的屋主,在不小心打碎珍贵的"花瓶"之后,小心翼翼复原花瓶的故事。第二个剧本的讲述者孙杰米在青春的残像中苦苦追寻久已未见的初中同学谢琳,但当二人终于在街上偶遇时,孙杰米却因为现实与想象的落差而倍感失望。这个故事本该到此为止,但听众杜月风对结尾的改写将这份情感导向恋物（一个服装店的塑料女模特）,最终滑向一桩离奇的盗窃杀人案。第三个剧本写一个长期遭受家暴的绝望母亲,因为爱自己的孩子而放弃自杀,通过服用一种草药抛弃痛感后,在被家暴与自虐中无意间对孩子造成了精神和肉体上的双重伤害。

荆歌设置的"课堂"和"创作课"为"虚构"提供了远离现实的基础,于是三个情节毫无关联的剧本,得以聚集在虚构的大旗之下,或顺利或曲折地由现实步入虚构。作为在课堂上评价虚构是否完成（完美）的权威,鲍里斯熟练地操弄着"结束了"和"还没结束"的开关,推动着现实经验向小说虚构的转移,似乎现实经验的结束之处恰恰是小说虚构的开始。但第三个剧本对鲍里斯的深深触动,以及小说结尾处的通过电视新闻报道的真实凶杀案,又似乎证明了虚构与现实之间界限的模糊。鲍里斯可以在课堂上通过"结束"和"未结束"宣布一次虚构的纯粹和无害,但他并不能阻止虚构作为一条隐秘的路径,迂回到现实及人性的幽微之处,真实地揭示"隐藏的伤疤",或刺痛现实的神经,这既是现实向虚构的过渡,也是虚构对现实的超越,是虚构的意义所在。正是在现实经验与虚构的拉锯中,荆歌用画中画的结构和凝练的语言呈现了自己对于"事实"和"虚构"的思考。小说最初发表于《收获》2021年第1期,发表之后,同年被《长江文艺》2021年第6期、《新华文摘》2021年第5期转载,产生了较大影响。

（葛毓宸）

6. 黄孝阳《青龙偃月刀》(《收获》2021年第2期)

《青龙偃月刀》讲述了一对副科级的恩爱夫妻与"杠精"老父亲斗智斗勇的日常生活。父亲在购买景区门票时不会使用手机支付，和售票员起了争执。这场争执使老爷子原本安分正常的大脑走向四分五裂，忽左忽右，一个本体分裂出七块碎片，在家里室外上演了一出出令人哭笑不得的悲喜剧。作者别出心裁地将七种人格命名为周一到周日，分别代表雄辩者、怪小孩、智慧星、喜剧达人、自闭者、卑微者和狠领导。作者以妙趣横生的笔墨，勾勒出七种人格你方唱罢我登场的热闹情景，使小说高潮迭起，老父亲花样百出，特立独行之举层出不穷，在欢喜剧之间也穿插了悲情剧，让人忍俊不禁，百感交集，使小说获得了悲喜交加的叙事力量。在作者零聚焦的关注下，作为女婿的陆国意识到父亲这样的分裂类似于自然界的"厄尔尼诺"效应，就像大自然为了修复气候失衡而不得不从一个极端摆向另一个极端，父亲的本体和分裂出来的七种人格也构成两个极端，极端之间通过更替和过渡来达成对个人生命的修复与平衡。小说在人物、语言、环境、情节的构思上都另辟蹊径，对人物心理和言谈的拿捏十分到位，荒诞不经的叙事外壳下包裹着对人心世情的关怀，尤其是对老年群体的体谅和仁爱。"青龙偃月刀"出现在文中的结尾，父亲挥刀砍向洒水车的坚毅与庄重，像极了宝刀未老的关公，对父亲的包容忍让和耐心关爱，是小说打动人心的原因所在。

（夏　菲）

7. 王啸峰《致爱丽丝》(《钟山》2021年第5期)

小说以独身英语老师林燕的退休生活为圆心向外勾画出其生活圈子，她上有年迈患病的母亲，下有读大学的女儿，中有事业有成的一兄一弟，母亲的养老问题面临重重困境。面对追求个人理想生活与照顾母亲的两难处境，林燕最终选择了后者。作者通过蒙太奇的艺术手法展示林燕的生活片段，同时以现实主义的笔法，通过平实流畅的语言记录下以林燕为代表的普通人的日常缩影，反思老中少三代人（以林燕母亲为代表的养儿防老、重男轻女思想根深蒂固的老年人，以林燕及其兄弟为代表的背负着家庭和事业重担的中年人,以林燕女儿为代表的自由追求自己喜欢的生活方式和爱情的年轻人)不同人生姿态和选择背后的时代烙印。小说中思想观念和生活态度的差异不仅表现为代沟,而且集中体现在男性和女性群体之间。面对养老问题,林燕的兄弟致力于维护自己家庭利益最大化,注重以金钱、权力、名誉为代表的事业上的成功。身为女性的林燕则不然,从小说的题目便能看出她更珍视爱情、亲情、友情在内的情感体验。"致爱丽丝"是林燕儿时对父亲的情感记忆,亦为她与生病母亲间的密切连结,是情感在代际间流动的实体象征。整体来看,作者准确捕捉到了现代化和人口老龄化背景下的焦点——养老问题,谁来养老、怎样养老不仅是家庭内部面临的严峻考验,同时也蕴含了以"孝"为核心的中国传统家庭养老文化所带来的集体无意识的深层思考。作者在小说结尾,通过徐丽经历风树之悲后的悔恨和林燕在母亲病榻前的释然,明确给出了自己对于家庭养老问题的答案。

(路悦巍)

8. 汤成难《海水深蓝》(《钟山》2021年第5期)

汤成难的《海水深蓝》一定意义上可以看做是推石上山的西西弗斯故事的海岛式变体,主人公是一个名叫 QIU 的男人,几年来他不停地潜海,打捞潮水冲刷带来的一些曾被海啸卷走的破旧之物,有"书,帽子,相册,球,钱包,邮票",甚至还有一条"凳腿",他将这些"无用"的东西送到一座被称为"蓝房子"的档案馆,格外关注是否有人来认领这些东西——认领这些属于各自的回忆。这同时更是对自己无法打捞出专属于自己回忆的一种慰藉——QIU 实际上像是一个 PTSD 患者,他的妻女命丧三年前的海啸,他无法走出丧失挚爱的伤痛,反复潜海,希望能在水里贴近自己的妻女。像小说中写的那样,QIU 在潜海时看到了一个白衣女孩,他"悄悄向她靠拢,趁她没回过头来从后面用力抱住",然而,"他不知道是不是自己用力过猛,他抱了个虚空,怀里除了微生物产生的一串水泡外什么也没有。"QIU 的下潜与沉浸,终归只是如梦幻泡影般的徒劳,他怀着持久性的哀伤走不出过往的捆缚。然而,不同于西西弗斯的是,QIU 在小说中并非一个孤独者,同样沉浸在"海水深蓝"里的,还有一个有着同样遭遇的秋野先生。正如汤成难所说"他们克制、内敛、深情",两人因"钢琴"而"奏响"共同的悲痛:"除了弹琴,他们交流的不多,唯有一次因为海里的钢琴,他们面对面坐了很久。"秋野先生在给逝去的妻子的信中说 QIU 就像而立之年的自己,他们相信灵魂,因共同的伤悲而在无形中彼此治愈。小说的结尾,秋野先生在钢琴边死去,QIU 多次想要打捞的那架"经历了很多"的钢琴,也再一次滑落回海里——"海水轻抚着它,轻叩琴键,发出奇妙的声音。"在 QIU 听来,这是"来自自然的调音","天地间,是海的声音。"同时也是一种释怀与和解的声音。本文发表于《钟山》2021 年第 5 期。

(叶可食)

9. 大头马《明日方舟》(《小说界》2021 年第 3 期)

《明日方舟》以社会达尔文主义为底色,串联起三个病毒实验及其人事。从钟老师的病毒投放实验中幸存却失去了父母的幼童冷阳,被钟老师收养,改名"冷方舟"。成年的冷方舟在意外知悉自己当年实为钟老师投毒的"零号试验品"这一真相后,经过挣扎,继承了钟老师的投毒计划,即利用"明日方舟"这一手游的聊天室联合当年的其他幸存者,着手传播了一场以创伤后应激障碍为介质的精神危机。一时间,自杀成了会传染的疾病。从"实体瘟疫"的幸存者到"精神瘟疫"的制造者,冷方舟既未摆脱精神病毒亦未摆脱实体病毒,患有阿斯伯格综合征的冷方舟最终选择以钟老师病前留下的另一种毒株结束了自己的生命。在《明日方舟》的故事中,阴谋者、受害者与幸存者不是固定的某一人而是流动的概念,它们可以在同一人物身上逗留。

无论是基于对抗"万物设计者"的主线叙事,还是文中纳瓦霍语的隐喻,都充斥着无可切割的丛林法则。《明日方舟》中的投毒首先是一项技术行为,当生物医学发展到可以预测即将发生的瘟疫而又不确定它是否会真的发生时,毒株才会被投放。钟老师的投毒计划是在国家机器的允许下进行的,而冷方舟的投毒则是出于个人意愿,从国家机器到原子化的个人、从"总有一部分人要为此牺牲"到"让这种牺牲由人类自己主动代偿",社会达尔文主义在对社会秩序的重建,或者说在对人类的改造上,走向了极端。技术会催生相应的秩序,这也是为什么当钟老师的女儿钟令试图以爱来感化冷方舟时,她不仅没有成功反而成为了冷方舟的"零号试验品",被迫加入了冷方舟的秩序。

《明日方舟》的写作一如其同名手游,是游戏式的。作者恍若一个站在更高维度的游戏设计者,无论游戏的世界如何造作,只要它还是那个降了一维的世界的游戏,就似乎都与己无关。以至于在 2020 年第 3 期《小说界》篇后的"自问自答"中,作者可以一边调侃着期待"明日方舟"的游戏公司给她"充点游戏源石",一边又不失真诚地报上了自己"动物之森"求加好友的 switch 账号。

(黄明妹)

10. 庞羽《我们躺着不说话》(《作家》2021 年第 10 期)

三位学艺术主人公尤静、大马、窦自豆,就读于符合父母期待的"好大学"也留在了符合自我期待的"大城市",却对专业、工作乃至性都充满了低欲望与无措感。窦自豆甚至将自己的名字由"自强"改成了"自豆"。文中,庞羽让大马戏仿了电影《泰坦尼克号》中杰克为萝丝绘制肖像的一幕,然而,在大马的想象中,尤静不需要像萝丝那样脱光衣服他就能够为其"画一幅裸体画"。无需脱去衣服的裸体表明,在这里,"裸体"不再是一种实体。大马的"透视"能力,不是穿透尤静的衣物去摹画她的形体的能力,而是一种默写能力,通过重复且无聊的练习,绘画者可以随时默画出一幅符合标准像的人体。"透视"乃是一种预言,大马知道尤静的裸体一如他知道"那艘船"即将"沉没"。《我们躺着不说话》是写给未来时间的。在文章的最后,庞羽预言了一心想要去冰岛看极光的尤静在真正看到极光之后可能的反应,即尤静并没有表现出我们想象中的兴奋,她只是"默默数了数"极光,然后告诉我们"似乎有五根"。换言之,在非冰岛的地方看见的"冰岛"、在非极光之处看见的"极光",无论它们显得多么地真实可感,也无论它们在文中被重复诉说了多少次,它们都不是实体。

因此,在全篇不涉"躺着"和"不说话"的情况下,"我们躺着不说话"一题具有一种特殊的情绪价值,即裹挟着我们的、对我们有巨大影响的意义构成的过程,其实是极度情绪化的,或者说,是没有实体的。"躺平"并不是行为上的真正地躺下来,而是一种情绪化的应激反应。对好坏与否、舒适与否的衡量,在打通别的什么范畴的之前,首先要通过个人情绪的考量。一如窦自豆总是看见的"蓝色的城市"。事实上,并没有一个蓝色的城市,那是窦自豆对人生起起伏伏的认知,伴随它的是"广告也没谈成",是"觉得将来也无所谓了"。《我们躺着不说话》表明,即便主人公们成功地解构了通俗意义上的成功学,他们唯一可以信赖的那种个体的真实、那种所谓的真情实感,依然没能使他们获得解放。

(黄明妹)

散　文

1. 丁帆：《玄思窗外的风景》（商务印书馆，2021年9月版）

《玄思窗外的风景》一书收录了丁帆先生近年来创作的若干篇随笔，既包括文学批评相关的学术评论，也包括与作者个人经历有关的散文随笔。本书记录了作者在学术研究方面的批评立场以及思维向度，展示了作者尝试打破学术研究藩篱、文体壁垒所做出的创造性设想与实践，还涉及了作者本人的经历见闻与生活意趣，既具有严谨而创新的学术品格，又具有广博而活泼的思维生命力。本书总共包括五个部分：第一部分"知识风骨"中，作者首先以一名批评家的身份，阐释了自己对于批评家身份、品格的认同以及当前学术环境下对于"批评"的思考，而后对于许志英、钱谷融、叶兆言、藤井先生等治学大家的回忆性散文随笔，回应了知识分子的学术品格与精神风骨的问题；第二部分"文学观察与文化批判"立足于若干具体文本，如《闲情偶寄》《化身》《俯仰流年》等，作者思考了现代语境下有关人性的种种命题；第三部分"窗外风景"讲述了与作者亲身经历有关的自然、人文风景；第四部分"谈书论画"展现了作者在书画艺术领域的造诣与审美意趣；第五部分"峥嵘岁月"是作者对自身经历的回忆式记录。总的来说，《玄思窗外的风景》前两部分是关于作者在文学批评方面的深厚积淀与站在当前学术前沿展望新的可能性，体现了作者具有独特而敏锐的学术视角以及谦逊而精益求精的学术品格；后三部分是更加私人化的散文随笔，展示了学术研究之外，作者更加活泼而灵动的生活意趣与精巧文思。

（马偲婕）

2. 夏坚勇:《承天门之灾》(《钟山》2021年第6期)

  夏坚勇的长篇历史散文《承天门之灾》,以一段宋史故事窥见一个王朝的兴衰根由。散文截取了宋史中的一小段加以放大、深描,从宋真宗赵恒即位景德四年开始讲起。真宗赵恒因为运气和他伯父一样黄袍加身成为帝王,也正是因为"运气",孱弱的赵恒总想向世人证明他皇位的合法性和合理性。于是,在他登临帝位之后,真宗不近苍生敬鬼神,携身边内侍在承天门前自导自演了"三降天书"的大戏,引得臣子或主动或被动地迎合。在君臣博弈的过程中,真宗完成了东封泰山、西祠汾阴、亳州之行、广建宫室等壮举,这些大型的封禅仪式、庆典活动不仅掏空了前两代帝王为宋王朝攒下的家底,还遮蔽了底层百姓的苦难生活。散文中,由于赵恒对仪式的狂热和向往,致使官员们为讨好真宗瞒报洪灾、粉饰蝗灾等民生问题,以至于在天子脚下的开封竟然有连一斤炭也买不起的百姓。盛大仪式的背面是褴褛的百姓,人为性的社会矛盾在仪式中被凸显了出来。而中国古代是一个集权性质的帝国,君王的个人素质会极大地影响王朝的命运,这里制度性的缺陷和结构性的问题也被暴露出来,宋王朝衰落的根由也就不言而喻。事实上,《承天门之灾》的"灾",不是天灾,而是人祸。天灾不可避免,人祸尚可规避,但遗憾的是人祸不止。在这个意义上,这篇散文既是写史事,也是在借史事警示后人。而《承天门之灾》续接了作者的《绍兴十二年》和《庆历四年秋》,它们各自独立,又内有联系,共同构成了矛盾而又丰富的宋史。散文《承天门之灾》发表于《钟山》2021年第6期。

(徐家贵)

3. 王彬彬:"栏杆拍遍"专栏(《钟山》2021年第1期—第6期)

  2021年王彬彬在《钟山》杂志继续撰写"栏杆拍遍"专栏,依然深耕于北洋政府统治前后的历史现场。第一期《袁世凯的语言战略》专论袁世凯使奸作诈时玩弄的语言计谋,着重讲述两个事例:一为他在清室退位诏书上特意声明自己与清室的法统关系,二为称帝前先恢复清代官称以让大众接受帝制重现。第二期《吴禄贞与历史的另一种可能》通过吴禄贞的生平经历推断他有通过军事行动推翻清廷的极大可能,同时穿插袁世凯的行动线索揭示其阴险权谋。第三期《清末民初军事学校的科学文化意义》梳理了中国军事教育的发展史,举例说明清末民初军事学校的非军事意义主要为带动社会科学文化水平进步和培养思想文化领域重要人物。第四期《北伐战争:两种军事院校的对决》分析了北洋军阀系统军事院校和黄埔军校创立缘起,及军事训练、思想教育方面的差异,突出军队优良思想作风对取得战争胜利的重要作用。第五期《段祺瑞与蒋介石》从段祺瑞和蒋介石的渊源关系、政治立场和交往姿态深入剖析了两人的处事方式和性格特点,体现历史进程中浓重的人文属性。第六期《溥仪与民国》作者将身份特殊的个人置于宏大的社会背景中,站在客观立场剖析溥仪命运种种转折背后的政治权利话语运作因素。

身为专业学者,王彬彬笔下的散文重史料考证而非抒情感慨,重知识逻辑而非主观感受,通过重勘历史现场和细密的逻辑链条逐步推导得出结论。但作者并没有将文章写成佶屈聱牙的文学史论文——饱满丰富的人物、非学理性的语言表达以及作者对史料的幽默解读使文章严谨但不乏趣味,让读者在钩沉史海的同时享受到阅读乐趣。

(路悦巍)

4. 向迅:《与父亲书》(北京十月文艺出版社,2021 年 6 月)

如今,他的墓地早已褪尽颜色,春夏芳草萋萋,秋冬一派萧索。物是人非之感,紧紧攀附于心壁。清明时节读到向迅的《与父亲书》,他缓慢而深厚的文字,一点一点的书写着他眼中的真实的父亲。正如向迅书中写的一篇散文《无名之辈》,我们大多数人都是普通人,但是普通人的情感就不值得书写了吗?在这个追求"伟大"的虚华世界里,平凡而又真实的父亲形象在向迅的笔下一步一步向读者走来,每一位小人物都值得著书立传。

关于父亲,向迅用了六篇散文向我们娓娓道来,我想是难以用几个词语来描述父亲,我们只能透过片片情节,感受书中的父亲形象。书中父亲来到大城市看病,疼痛和疾病折磨着他,向迅书写着父亲日渐病态的躯体和神态,不知道作者回忆与父亲的点滴往事,那浮上心头的漂向另一个世界的莲花灯负重几何呢?书中的父亲总会让我想起自己的父亲,那倔强固执的性格，在我们姊妹面前留下刻板印象，但是当他为我工作的事情奔走求人时，姿态放的那样低，那样让我心疼。或许我从未好好认识我的父亲，但是我还有好长好长的时间可以和我的父亲好好相处，这就足够幸运了。

随着时间的流逝和亲人的离开，生活的点滴都在加重回忆的重量。向讯的散文有他独特的魅力，那样脉脉温情，朴实中又饱含炽烈的情感。《与父亲书》是儿子写给父亲的一封深情长信，是一封无法寄出的书信，字字句句都值得用心咀嚼感受。

（徐炉荣）

诗 歌

1. 韩东《奇迹》(江苏凤凰文艺出版社,2021年3月)

《奇迹》包括"白色的他""致敬之诗""梦中一家人""悼念""时间与旅行""奇迹""心儿怦怦跳"七个小辑,共计一百二十六首诗。"白色的他"一辑集合了一组写动物的诗,无论是猫、狗、马、鱼、鸡,还是骆驼、骡子、黄鼠狼、小猴,诗人都在动物身上同时看见了动物和人,以共情之心领受着生命的欢之可贵与悲之绵长;"致敬之诗"一辑诗人致敬朋友、诗人、普通人,用自己的所见所思致敬朋友离席"去湖边坐成一块石头的影子"的瞬间(《忆西湖——致毛焰》),致敬卡瓦菲斯蕴涵了"忍受即是渴望"哲理的将至的暴雨(《致敬卡瓦菲斯》),致敬"以错误的方式正确得光芒万丈"的杨黎(《致杨黎》)……"最好的生活已经过去了/我领你去看这梦中一家人"(《梦中一家人》),第三辑"梦中一家人",诗人写母亲父亲、外公外婆,"再没有车带我们回去/而思念把我带回到五十年前"(《月光之盛》),于是诗歌穿过了死亡的可怖与哀痛,通过温暖平静的语言之流重新抵达生活现场。谁还能说生死界明?诗人是通灵者,能感应生活中布满的亡者旧迹,也能迅疾捕捉到死亡后新的生机。如果说沈从文的生命主题是"常与变",冯至的生命主题是"死与变",韩东的生命主题则是"死与常"。比生死还要大的是日常生活,它包纳一切。于是"悼念"一辑我们看见那些经历半场死亡的生者继续投入生活,这不是死亡被取代,而是死亡延续着它的生。"时间与旅行"正是生活之常与生命之常,好在以一颗"奇迹"之心,诗人可以奇化生活的瞬间,可以让"心儿怦怦跳",可以"变成一棵树或者一块石头/变成空山里的一无所有。"(《他看着》)而在一切日常背后,我们必须领会有一个根本之物超越了所有实在,"持续不断,遥远的,或者很近/那根本的声音。穿透它/你才听见了'无声'。"(《大音希声》)日常而不寻常,韩东诗歌之境是"如常"。

(刘婷婷)

2. 胡弦《定风波》(江苏凤凰文艺出版社,2021年6月)

胡弦的诗能够对坚硬的事物施以柔软的打开,剖开细小,而展示细小之物肉眼不可见的健全五脏。他的语言像水一样,可以柔化卵石般砸向生活的种种事物,语言之手插进石头,如同插进水里那样温润而剔透。甚至《定风波》本身也是一座"卵石"展览馆,翻看这本诗集,我们不难看出胡弦对"石头"的喜爱,诗集的第一首《峡谷记》开头就以"石头"切入:"峡谷空旷。谷底,/大大小小的石头,光滑,像一群/身体柔软的人在晒太阳。"诗人笔下的石头有灵性,"这是枯水季,时间慢。所有石头/都知道这个。"因此诗人说它们外表苍老,但"皮肤又光滑如新鲜的孩童",这是一群经历过沧桑而又具有童真品质的石头。后面的《卵石》一诗,诗人更是以"你"相称,回顾卵石的静默一生,既是在与无言的卵石对话,又更像是自言自语:卵石之"你"其实也就是被"温柔的流水舔舐"而"不断失去棱角"最终被"经过的人群踩在脚下"的某种"自我"。第四辑中的《卵石记》与《顽石》两首诗,同样是以石头为主角,《卵石记》讨论的是"石头"、"水"、"时间"与"存在"的关系;《顽石》则将"石头"、"宝玉"与"人"进行对喻,其中同样有"时间"元素的加入。此外还有《在一座火山岛上谈诗》,诗人指出脚下的黑石头"虽早已凝固,/仍保留着流动的姿态和感觉。"这是一首包含诗人写作与思考意向的元诗,在胡弦看来,"诗歌是个谜",他关注的不是"石人望见的东西",而是思考着在"(视线之下的)海底""流动"的黑石头"会一直下沉到哪里",在这首诗中他也明白地指出:"有些诗就是这样,/你可以读它,但一谈论,就无法深入下去。"再加上《定风波》中大量出现的"石兽""石桥""石佛""钻石""琥珀"等"石制品",可以看到"石头"实际上已经成为一个较为重要的意象散落在胡弦的诗里,文与人是一种相互的映照,诗中经过时间之水柔化的石头宛如一位智慧的长者,投射出诗人审美、创作与生活的意趣。

(叶可食)

3. 刘康《骑鲸记》(作家出版社,2021年9月)

"仰望"是一件难事,它是一种虔敬的行为,真正的"仰望"展现给我们的不是一种压迫,而是一种辽阔。在刘康《骑鲸记》的诗作中,整体上呈现出一种"仰望"的空间感,骑坐鲸鱼,像骑在庄子《逍遥游》中的"鲲鹏"身上一样,我们能够感受到来自"天空"的悠远与深邃。《骑鲸记》这本诗集共分为三辑:"虚无之地"、"骑鲸记"以及"群星在上",这样的命名本身就包含一种动态飞升的逻辑,身居"虚无之地"但渴望"骑鲸"以飞至"群星之上"。刘康的诗喜欢描写"天空"以及与"天空"相关的"日""月""星辰""雨"和"雪",《在南方》中他想起多年前在院中喝酒的情形,称"头顶星辰密布,偶有一两束星光/落入碗中",这让他"如获至宝",翻看《骑鲸记》这本诗集,我们会看到刘康"慷慨"地将这些"至宝"镶嵌在许多诗句之中,《明月送归人》中的"月光",《单数》中的"满天星辰",《七个太阳》中亚比多斯人闪亮的"七颗行星",《陌生的雪》中儿子口中的书本中的"雪"以及自己所知道的"心怀悲悯的雪"等等,都是诗人渴望与"天空""对话"的一种表现。《深蓝》这首诗的副标题是"写给一位从21楼起飞的女孩",悲剧性的坠落,在"身居白云之上"的诗人口中变成了富有浪漫意味的"起飞",这是一种"心怀悲悯"的美化,同时也是对"天空"救赎作用的一种表达。诗人敬畏"高",敬畏这种自然、纯净的"神力",在《神谕》一诗中,他所说,"夜色浩荡,与之对峙的/除了星空,还有我的眼睛",在《星宿海》中他也说:"儿子抬头仰望的星空/也是我曾经流连的那片海","天空"曾吸纳过诗人的孤独,加深了他对自由与时间的理解,他"仰望星空",同时在"满天星辰中"虔敬地"等待着一道闪电"。

(叶可食)

4. 王忆《王忆诗选》(五洲传播出版社,2021年1月)

王忆倾于用温和、善良的目光打量周围的世界,"痛苦"与"欢愉"在她的笔下都体现出一种生的坚韧。她特别善于发现生活中美好的、充满希望的一面,即使是时光的消逝、人生的困苦等稍显"负面"的因子,王忆也能将之转化为温暖、诗意的文字。她从"童年的记忆"挖掘春节"全家团聚"的幸福时刻(《儿时的春节》);视"人生旅途"的"枯萎"为"绽放"的必要前奏(《秋叶与红花》);"奔跑"在轮椅上,她感受到的并非是奔跑速度的缓慢,而是"能奔跑"的幸运(《轮椅上的奔跑》);她坚信黑暗之后会有"明朗的希望"(《天亮之前说晚安》)。王忆始终怀着一颗赤诚之心去书写,去表达自己对生命真切的感悟。"爱"是她诗歌中时常出没的词汇,她认为"人一辈子总要爱着点什么"(《一棵树》),"唯有爱生生不息"(《爱无止息》),决心"做一个心底有爱的人"(《笑看人间冷暖 活出千姿百态》)。她在诗歌中大胆地表露对身边人、事、物的爱,由身边之爱推广到万事万物,父亲、母亲、朋友、海棠树、长江大桥以及未言明的"你"等等都是她抒发情感的对象。王忆也用心品味"孤独",享受"孤独",试图在"孤独"中寻找生命的要义。在她看来"人生就是一场马拉松"(《人生是一场马拉松》),"再难的前景/也要善待自己"(《善待》)。她毫不吝啬对世界的祝福,并且怀有"奉献"精神,身处黑夜,"点亮孤灯"为的不是自己,而是"只为照亮/从梦中经过的你"(《点亮一盏孤灯》)。《王忆诗选》(汉英对照)由五洲传播出版社2021年1月出版。

(陈　娟)

报告文学

1. 章剑华等《向时代报告》《向人民报告》（江苏人民出版社，2021年6月）

《向时代报告——中国全面小康江苏样本》真实记录了江苏省脱贫致富奔小康的奋斗历程。全书共有二十二章，前半部分记述了江苏省从改革开放到当下实现高水平全面小康的历次重要决策和取得的卓越成就；后半部分深入江苏省具体设区市，具体展现了各级市委、市政府以实事求是、全力以赴的态度，团结带领人民凝心聚力，不懈向着脱贫攻坚和全面建成小康社会奋力迈进的过程。《向人民报告——江苏优秀共产党员时代风采》则真切记录了江苏优秀共产党员的优良作风和精神风貌，展现了他们不忘初心和使命的时代风采。全书共分为改革先锋、时代楷模、小康典型、道德模范、名家大师、抗疫英雄等六个部分，共写到50多位优秀共产党员的先进模范事迹和初心故事，真实而动人。这两部大型报告文学分别围绕"全面小康"和"建党百年"的时代主题，在经过全省遴选出的报告文学优秀作家广泛深入社会现实第一线，掌握大量鲜活材料的基础上精心编撰而成。它们题材宏大，视野辽阔，材料生动鲜活，聚集文学和新闻报道的优点，充分发挥了报告文学及时又真实反映社会生活的优势，记录宏大时代和讲述时代故事的优势；它们有思想，有深度，是对宏大时代及其主题任务的真实记录和深度报道，是献给中国共产党成立100周年的礼物；它们兼具大气魄和小细节，以众多历史细节支撑时代报告，兼具文学性和新闻性，为报告文学的创作者们提供了新的创作经验，树立了全新的精神高度和艺术标杆。

（汪志敏）

2. 傅宁军《永不言弃——消防英雄成长记》(江苏凤凰少年儿童出版社,2021年3月)

"没有从天而降的英雄,只有挺身而出的平凡人。"危难中最美的逆行是平凡人的血肉之躯,火场赴险的英雄是舍生忘死的消防官兵。他们在入伍训练、消防集训、汶川救灾、靖江救援、响水灭火中咬牙坚持,在大家与小家的身份选择中,舍小家弃小我。傅宁军的《永不言弃——消防英雄成长记》是典型的报告文学,在叙述中作者一改成人报告文学的惯例,转向少儿报告文学的平易与简单。作者放下身段,站在儿童的视角,用儿童喜闻乐见的语言,描写主人公丁良浩的成长经历和英雄事迹,拉近了与小读者的距离。直写丁良浩的少年成长路上的缺点不足,不加美化的写作方式亦超越了英雄和凡人之间的鸿沟,塑造了一个新时代有血有肉的消防英雄形象。

英雄是人,是训练场上的挥汗拼搏,是火场上舍生忘死,是在关键时候做常人做不到、做不了的事。作者通过一个个典型事件成功塑造了一个当代阳刚英雄和硬汉形象,真实的现场语境真切地感染着每一位读者,让小读者看到英雄就意味着奉献与牺牲,对培养当代少年具有积极的影响和榜样意义。

本书兼具趣味性与传承性,是对中华民族传统美德的弘扬与传承,可作为小学生课外读本使用,也可作为小学阶段写人叙事写作类书籍使用。对于儿童语言教育、读写教学和传统精神的传承具有重要意义。

(毛贞颖)

3. 徐风《忘记我》(译林出版社,2021年4月)

本书是一部人物传记,讲述了在20世纪的江南古镇宜兴,从钱家祠堂走出的一位伟大女性——钱秀玲的故事。作为江苏宜兴的女儿,她凭借着优异的成绩,出国留学,获得双学位,在当时思想尚未解放的封建时代,拒绝父辈指定的"娃娃亲",与鲁汶大学医学院的葛利夏成婚。婚后刻在基因里的中国印记使她坚持回国,可随着孩子的出生与二战的爆发,她妥协居住在比利时一个偏僻的小镇。在动荡的战争岁月,"有一线生机"就奋不顾身的钱秀玲,以自己不卑不亢的方式从德国纳粹手里救下一百多位比利时人民,并因此获得比利时"国家英雄"的称号。她是重情重义的,有着中国人的坚毅,在战后审判德国军官冯·法尔肯豪森的法庭上,她为正义发声,替民众"深恶痛绝"的纳粹头目辩护,在她身上,是东方式的情意,中国式的人情世故。

即使做了这么多,却希望别人忘记。"她不喜欢一句话,叫永不忘却……人岂不是太累,世界也会太复杂。"但是"该忘记的"似乎限指她对别人的付出,"不忘"的是他人对她的帮助与不忘的始终是她对父亲的愧疚,对故土的思念,对祖国的眷恋,就像一个阿拉伯故事中说的一样,"把别人对你的不好写在沙子上,把别人对你的好刻在石头上。"钱秀玲女士或许就是这样的。

本书的作者徐风,历时十六年追寻这段珍贵史料,赴比利时、中国台湾等地,遍访当事人后代,以非虚拟的笔法重返历史现场,以时间为脉络,还原一个时代的风云巨变和一位女性传奇人生背后的中国精神。

(毛贞颖)

4. 孟昱《钟山星火》(江苏人民出版社,2021年11月)

《钟山星火:南京首个党组织诞生记》共六章,从"钟山立新说"到"阔步留壮歌",它以20万字的篇幅真实描绘了南京首个党组织的成立过程,生动刻画了以王荷波为代表的早期中国共产党员的伟岸形象。"五四运动"后,生活在南京浦镇两浦地区的人们较早接触到新思想,在铺镇机厂王荷波的带领下成立了南京第一个工会组织"中华工会"和第一个党组织"浦口党小组",翻开了南京人民参加革命与争取解放的崭新一页,充分展示了中国共产党始终未变的使命责任意识和担当精神。《钟山星火:南京首个党组织诞生记》较好地平衡了虚构性和纪实性的关系,它的脉络清晰,情节设置合理且徐徐展开,人物塑造鲜明突出,人物对话和细节描述真切自然,具有较强的可读性。尤其在主要人物王荷波的描绘上,从不缺乏生动的语言、动作、神态等真实细节展示来给予刻画。同时作为一部纪实文学作品,它是在作者大量搜集史料,多次走访和采访的基础上完成的,有大量史料的支撑,不仅完整展示了各方之间利益的斗争与博弈,艺术而真切地还原了南京早期共产党人艰难的建党过程,也"从文学角度填补了该题材的空白","书中记录的历史、讲述的故事、塑造的人物、体现的精神,正是党史学习教育生动珍贵的教材。"(2021年11月25日《钟山星火》新书首发座谈会专家语)

(汪志敏)

5. 江苏省作协编报告文学集《基石——江苏基层优秀共产党员礼赞》《又见遍地英雄》(江苏凤凰文艺出版社,2021年6月)

《基石》由20位作家对奋战在江苏省各领域基层工作岗位上的20位优秀党员进行一对一取材,以颇具"临场感"的书写将这些无私奉献与努力奋斗的动人事迹娓娓道来,集结成了20篇具有现实力度与情感厚度的报告文学作品。这些基层人员里,有乡村和工厂的劳动模范,有支援边疆的教育工作者,有研发中心的科研人员,还有奋战抗疫前线的医疗工作者……他们真正做到了走进基层、深入生活,在各自的岗位上砥砺前行,体现着中华民族的信仰之力,凝聚成了支撑国家百年复兴征途的"基石"。

《又见遍地英雄》描绘了江苏援鄂大军在抗疫过程中的艰苦奋斗与无私奉献,江苏省作协组织31位作家深入全省共计69个采访点进行实地探访,创作出了饱含激情与热泪的报告文学作品38篇,体现了慷慨热血、可歌可泣的抗疫精神。全书分三个部分,从前线的医务人员到基层的警务人员,再到各个支援部门,由个人书写到集体,将情真意切融入了理性的描述与客观的视角,是对江苏抗疫故事的全面呈现。

这两部扎实厚重的报告文学作品做到了深沉的家国情怀与纯粹的艺术情感的完美结合,体现出伟大时代中人民英雄的信念与精神。作家们以各具特色的笔触呈现出了一副不懈拼搏的典型人物群像,讲好了江苏的"中国故事",是江苏文学记录新时代浓墨重彩的一笔。2021年6月,《基石:江苏基层共产党员礼赞》与《又见遍地英雄:江苏抗疫故事》由江苏凤凰文艺出版社出版。2021年6月22日,由江苏省作协主办的"《基石》《又见遍地英雄》主题创作成果首发座谈会"在南京举行。

(高菱舟)

儿童文学

1. 黄蓓佳《太平洋,大西洋》(江苏凤凰少年儿童出版社,2021年3月)

小说讲述了南京荆棘鸟合唱团的三个小朋友在远赴爱尔兰首都都柏林演出时偶遇华侨老爷爷,并热心答应帮助其寻找七十年前在南京下关码头分别的好友多来米,三个小主人公成立了"猎犬三人组",以华侨老爷爷提供的线索为基础,开启了寻人之旅,寻人过程虽一波三折,但他们不轻言放弃,最终凭借毅力寻得多来米的下落。小说以寻人为线索,揭开了那段被尘封的记忆,让读者不仅了解到多来米的飘零身世,而且了解到动荡年代音乐办学的艰难、生活条件的困苦、有识之士的风骨,给小说增加了历史的厚重感。小说在行文之中穿插邮件内容,双线并行,给读者以时空交错之感,也更能身临其境融入故事之境。作者自述"太平洋,对应的地点是南京;大西洋,对应着古老的爱尔兰城市都柏林",以此为书名,不仅是实际的物理距离,更暗含了小说的悲剧结尾——华侨老爷爷与多来米只能天各一方,无法相见。小说以轻松的孩童寻人为开端,以沉重的悲剧收尾,两条线索一前一后,引导小说向前推进,以复调的形式将历史与现在连接起来,拼凑了一个完整的故事线。作者深怀家国之爱,对人性的美好体察入微,塑造了一个个如岑校长、厨子老张、华侨爷爷及其父亲、多来米等善良、坚忍的人物群像,将师生情、友情、亲情及革命者的奉献精神、人性的至纯至真呈现给读者,用一封封邮件将隔着历史长河的两代人连接起来,人性的光辉交相辉映,歌颂了动荡年代的家国之爱,知识分子的坚守与奉献精神,谱写了一曲人性的颂歌。

(孙 静)

2. 祁智《二宝驾到》(江苏凤凰少年儿童出版社,2021年1月)

小说讲述了叶歌妈妈因发现意外怀上二胎而借故离家两天,叶歌的学校、家庭生活面临的一系列的"变故",以及叶歌爸爸首次承担照顾孩子重任后的手忙脚乱。短短两天叶歌父子俩却觉得是度日如年,两人也认识到"妈妈"的辛苦与不易,最终妈妈携带二胎喜讯忐忑返回家中,收获一家人对新生命的祝福。小说围绕叶歌妈妈怀二胎这个主线发展故事,又通过若干个支线塑造了叶歌、杨一佐、屠桦、霍近等人物形象,不仅描写了小少年心目中对友情、亲情的理解,而且展现了新一代少年的正直、善良、包容、乐观的精神面貌。小说在开头即设置悬念——消失的妈妈去哪里了,围绕叶歌在妈妈离家两天的家庭与学校生活,突出妈妈在家庭中的重要性,也从另一个侧面说明绝大多数家庭教育中父亲角色的缺位、家庭成员分工的偏向,引人深思。小说作者力求真实展现二胎家庭的心理历程,采访了四百多个二胎家庭,用轻松、幽默的口吻真实还原当下二胎家庭中存在的现实顾虑,如经济压力、亲子关系、教育负担等,多角度展现了二胎家庭的不同的相处模式和孩子不同的接受方式,也让读者在阅读过程中获得思考与启迪。在国家鼓励生育的大背景下,将宏大的事件融入琐碎的日常生活中,小说以一个小家庭为切入点,以叶歌这个普通家庭来透视中国无数个家庭面临二胎到来时的不安、焦虑与欢欣、期待的复杂心理,描写细腻,体现出作者对国家政策、社会热点、儿童心理、家庭关系的深刻思考,最终成就了这本充满温情与现实的二胎之书。

(孙 静)

3. 王一梅《树精,请回来吧》(济南出版社,2021年8月)

树精来自神秘的树精森林,和普通的人没有什么区别,但是,他们总是戴着手套,连握手的时候也不脱下来。如果你试图在你的周围寻找树精,就请从善良的人们中开始寻找吧……王一梅的《树精,请回来吧》书写着一个善良温暖的童话。

故事里树精们因为人类对于森林的破坏和入侵而不得不离开居住的家园,一个树精家庭也因为人类的莽撞而彼此分离,颠沛流浪在人类的城市。在我看来,这是否也隐喻着人类文化进程中异族与人类的融合呢?故事的最后,因为树精阿末和小羽的善良纯粹,麦警官的通情达理,麦穗的热心善良让故事有一个完满的结局,实现人类与树精的和谐相处。

成年人眼中故事的结局或许粗糙虚假,但是对于孩子而言,不应该让人心原本的善良与美好湮灭。不仅是孩子们要学会和异于自己的人相处,成年人也必须学习。故事的最后,原来有那么多离开树精森林在人类城市生活的树精们,他们都戴着手套,或许是城市广场的指挥家,是修剪树木的园丁,是刚做完手术的医生……但无论他们是什么身份,他们都是善良的人。

王一梅书写《树精,请回来吧》是希望善意和纯粹能在每个人心间开花生长。

(徐炉荣)

4. 徐玲《长大后我想成为你》(北方妇女儿童出版社,2021年6月)

全书结构圆融,以小主人公李牧远与父亲送别新疆支教的母亲为起始,以小主人公李牧远和父亲迎接母亲回家作结。小说主线写身处六年级最后一个学期的李牧远对父亲离开机关去基层社区工作的态度变化,从一开始的不理解和引以为耻转变为最后的支持和引以为傲。小说的侧线较为详细地叙述了父亲在社区工作的故事,也简略地写了母亲支教新疆动员教育、创办校刊的故事。总的来说,这是一个新时代的父与子的故事,是一个孩子在甘为人梯的父亲的积极影响下自我改造、心灵成长的故事。小说十分切近时事,将光盘行动、垃圾分类、疫情防控等等新鲜时事化为情节融入小说人物的生活中,颇富生活气息。有相当部分的时事素材是被应用在父亲社区工作的故事中的,只是与文本的融合显得生涩,读来有些主题先行、图解规章政策的意味,这是因为作者太过热切地想要借助父亲这一形象来表现基层工作的繁难。不过瑕不掩瑜,小说也十分尖锐地触及到了传统文化教育与多媒体教具的兼容性问题,民主与专制的教育模式的问题。并且,小说中对儿童群体中的成人化倾向、虚荣心理、势利氛围也有很细致的刻画。书中写师长权威对儿童潜移默化的影响也不禁让人陷入深思。小说也在多处运用了引用、化用和改写的手法,比如引用琴高乘鲤的传说,比如将男孩发一次脾气在树桩上钉一颗钉子的故事改写为想起闯的祸在手背上用红色荧光打一个×,再比如李牧远三年级写的那封信中写到的憧憬的职业包括职业保安、飞行员、短跑运动员、面包店收银员、主持人、油漆工、卡车司机也很容易令人联想到《我城》中的阿果对自己未来的职业设计。最后,小说花费了大量篇幅描绘小主人公的心理,其中体现出的儿童心理真实性也令人赞赏。

(杨伊雯)

5. 赵菱《我的老师乘诗而来》(长江少年儿童出版社,2021年4月)

全书讲述了大学刚毕业的特岗教师江浩在鹰嘴崖小学执教的故事。小说的开头和结尾都设置了相似的情境,开头是孩子们迎接初到鹰嘴崖小学的江老师,结尾是孩子们期待重返鹰嘴崖小学的江老师。贯穿小说首尾的,是鹰嘴崖孩子们的天真淳朴与自然风物的澄净秀美。笼罩小说全文的,也是一种田园诗般的清新气息。小说文字不加矫饰,用简单的语言还原出鹰嘴崖的孩子们的一份自在与天然。但赵菱简单的语言却塑造出了绝不简单的鹰嘴崖,闭塞的鹰嘴崖没有被简单地刻画成一个景美人美的桃花源,鹰嘴崖是一个青壮年流失严重的驻守留守儿童和老人的贫穷山村。赵菱正借鹰嘴崖这一在中国城镇化和现代化进程中日益增多的村庄典型,以文学呈现了留守儿童的家庭教育与学校教育的问题。并且,小说中的人物无论是主人公江老师还是几笔带过的鹰嘴崖孩子们的爷爷奶奶,都有着极其鲜明的性格,绝不扁平地趋于符号,而这一点在主旨歌颂的小说中是很难得的。在书中,赵菱并不避讳写城里来的江老师看到简陋的校舍环境时的心寒与退却,也不避讳写鹰嘴崖人的愚昧、狡黠、市侩与虚荣。而这文学的真并不减损鹰嘴崖民风的美好,反而将这座"油炸村"中留守的老与少写得鲜活立体。此外,一些富口语化与生活气息的话语如"面瓜校长",以及鹰嘴崖人们对动物譬喻与农作物譬喻的偏好,如"像马一样在地里奔跑"、"像刚从地里刨出来的土豆一般",也使得山村的独特风貌与生命的舒展姿态跃然纸上。

(杨伊雯)

6. 顾抒《白鱼记·梦蝶》(中国少年儿童出版社,2021 年 6 月)

本书是作家顾抒创作的长篇少年古风玄幻小说"白鱼记"系列的第八季,承接前七季的故事,是该系列的完结之篇。"白鱼记"系列讲述的是两个少年——非鱼和小白治病救人、探险求真的故事。《白鱼记·梦蝶》讲述了小白与黄鸟、绿衣寻找非鱼的旅程,一路上他们凭借自身的智慧与本领,解救了被坏人用法术变成猴子的祖孙俩,并通过一条条线索最终找到了被巫祝囚禁在阴影界的非鱼。小白不顾自身安危救回了非鱼,也因此几乎化成碎片。而非鱼为了治好小白,求师傅寻来"梦蝶",倾尽心力让小白短暂醒来,在这一世再听一次小白的声音。在现代时空里,非鱼通过收集从前时光的碎片,最终唤醒了小白的记忆,并且与黄鸟和绿衣的转世重逢。故事最后,小白与非鱼共奏《流水》,无比珍惜他们当下最宝贵的时光。小说成功地塑造了小白、非鱼等人物。小白心怀他人,在生命最后之际记挂的也是病人安危;他重情重义,在遇到他人求助之时,都会热情帮忙,是集正义与温暖于一身的人物。非鱼的人物性格则更具多样性,他的真身是一只狐狸,一开始性格冷漠,后来在与小白的交往之间逐渐理解了人类情感的温暖与美好。他与小白之间为彼此奋不顾身的情谊更是令人动容。小说语言舒缓平和,有着浓郁的古风特色,写景状物饶有意味。"白鱼记"系列小说最为突出的特点是将中国传统文化融于文字之中,本书也不例外,在品读故事的同时,更能从中体会到了圣人哲思。《庄子·齐物论》有云:"不知周之梦为蝴蝶与,蝴蝶之梦为周与?"在非鱼使用"梦蝶"之际,究竟是小白变成了蝴蝶,还是蝴蝶变成了小白令人深思,此处便借用了"庄周梦蝶"之典故。作者通过塑造人物、叙写故事,更有结合中国传统文化与哲学思想,呈现了一个充满意趣、温暖与哲理的作品。

(秦 姣)

网络小说

1. 跳舞《稳住别浪》（起点中文网）

对于重生的异能组织首领来说,是东山再起还是有仇报仇?"陈诺"选择——躺平。《稳住别浪》虽是一本都市异能文,但其烟火气浓郁的写法却让它在这个类别中显得不同凡俗。纵横地下世界的"阎罗"重生成身量单薄的"咸鱼"少年,在太阳下烘烤出人生的热气。主人公陈诺在酸甜苦辣的市井生活中打着伞惬意旁观,在家长里短中幸福地左支右绌,偶尔路见不平主持一下人间的微末正义,抽个时间单枪匹马去挽救一下曾经老部下们的不幸人生。世界观铺开后,玄幻色彩递增,藏龙卧虎的金陵城中,地下世界的实力此起彼伏,曾经的枭雄身边再次聚拢能人异士,情节跌宕,架构恢弘,但仍以诙谐生动的叙述语言营造着欢脱而不乏温情的生活气氛。可以说,这种延展有序的情绪、细腻刻画的人物、从容的笔触、精湛的叙事方法,再次展示了一种不容忽视的"跳舞风格"。

(邢 晨)

2. 天下归元《辞天骄》（潇湘书院）

大乾太后野心勃勃,外戚萧家权倾朝野。表面上,皇太女身份尊贵,行事嚣张,实际上,她却背负重重压力,虽为储君,却与其父一样处处受掣肘,在龙潭虎穴中一步步谋算。储君例行出宫历练,铁慈为免追杀,假换身份。从暗藏兵器的滋阳县,到势力错综的跃鲤书院、东明治水、鬼岛御敌、永平练兵、大漠风沙……面对各处的人心异动,她果敢警觉,追根究底,善辨忠奸,招揽人才。地方势力被触动利益,狠下杀手,铁慈几番出入险境,生死一线,最终肃清风气,惩恶扬善,打乱背后的阴谋。辽东定安王拥藩自重,座下十八子各怀心思。第十八子慕容翎天资聪颖而不得重视,表面不堪大任,实则韬光养晦,暗地里搅乱整个辽东。为了与皇太女的婚约,慕容翎离开辽东,因事件重合,两人以假身份相识相知,惺惺相惜,携手面对心怀鬼胎的各方势力。小说采用男女主双线并行的叙事策略,出场人物众多,前后伏笔相连,人物相续,并在地图铺设的过程中构建了多元的力量格局,大乾、辽东、西戎,各分版图,兵戎相见,朝野动荡,皇宫、书院、重藩、县衙,势力盘根错节,波谲云诡。作为"大女主文",小说在女性形象塑造方面十分亮眼,铁慈胸有韬略,亦柔亦刚,韧性非凡,在营营算计中坚韧求生,独自肩负起沉重而不可推卸的责任,见过无数黑暗后仍然光风霁月、心怀天下,延续了天下归元一贯对女性形象的出彩刻画,为古言力量型女性版图贡献了新的立绘。

(邢　晨)

3. 骁骑校《长乐里:盛世如我愿》(番茄小说)

生活在1942年上海弄堂的电工赵殿元无意中卷入一场"女侠复仇记",以潘家花园的生死搏斗为枢纽,迷失在滂沱大雨的赵殿元一脚踏入21世纪的魔都,"一边是山河破碎,乱世如麻,一边是烟花灿烂,盛世如歌。"当人们试图理解和表达民族复兴的精神诉求时,总免不了追溯丧权辱国的历史。历史长河的转折和新变随着一代代人的更替变得断续,而小说巧妙地使用了向后穿越的结构,通过赵殿元对21世纪中国"陌生化"的呈现,起到了时间折叠的特殊效果,实现了表达惊叹盛世的强烈效果。小说以主人公赵殿元为线索,串联起29号弄堂"不幸的家庭各有各的不幸"的生活画,展现了立体式的生活图景与底层小人物的烟火气,塑造了充满质感的1942年上海弄堂。小说并未强化赵殿元"升级打怪"的过程,也不刻意凸显潘家花园悬案的惊险诡异,而是通过"生活画"讲述1942上海沦陷后弄堂生活的艰难。而对这种"艰难"的讲述也显得十分克制,其间穿插各种传奇的点缀,写出了看似平常的弄堂日子背后的波澜壮阔,也能够在旁逸斜出后及时收刹,让若有若无的"苦涩"的叹息回环其中。不能不说这种写作手法,接续了现当代"纯文学"某种发展脉络,也成了一部网络文学现实化转向的代表性创作,它及时地表达了新时代有关民族复兴的大众心理,恰到好处地把网文元素和现实取向相结合,在网文书写时代方面具有典范性价值。

(邢 晨)

4. 雨魔《少年,1927》(酷匠网)

小说以一个玩王者荣耀,厌烦军事体育教育的当代青少年张晓珂作为主人公,通过张晓珂穿越到1927这一特殊的历史节点,展开码头求生、夫子庙历险、报社遇恩、卷入敌我斗争等情节。张晓珂所经历的困境,类似"荒岛求生",读者会不自觉地跟随张晓珂设想情景,寻求出路,发现认识和历史现实的落差,从而更加深刻地领会1927年社会腐败,民不聊生的问题,以及法治缺失和经济落后给个体小人物带来的生存困境。小说并没有赋予张晓珂超能力,而是让他以普通少年的身份经历历史,以张晓珂对历史的"误解"和淡漠开篇,通过让张晓珂设身处地进入历史现场,来揭示认识的落差,并让读者产生共情感。小说详细地描画了张晓珂的心理进程,对当代青少年的心理把握十分细致准确,从而迸发着较强的现实感。张晓珂对1927年历史认识的转变不是一蹴而就的,而是在挫折和反思中徐徐产生。卷入敌我斗争后张晓珂才设身处地了解了斗争的残酷性,敌人的狡猾,明白革命成果来之不易。一步步地认识到恩人徐辉英是中国共产党党员的过程,从感恩到崇敬,从个人情感到信仰升华,小说的处理方式并不急躁,反而有一种娓娓道来的从容。小说选材巧妙,描摹细致,叙事徐徐深入,虽然是历史穿越文,但具有很强的现实教育意义,以情感代入的方式,为青少年读者上了一堂生动的革命历史教育课。

(邢 晨)

5. 蒋牧童《不许暗恋我》(晋江文学城)

建筑系大五学生邬乔在一场建筑模型展览中偶遇天资卓越的建筑师程令时,不禁回想起两人少年时期的相识过往。一个是寄人篱下的孤女,一个是清塘镇上幽深大宅中的少年,邬乔逐渐察觉程令时热烈而温柔的善意,并努力克服自己孑然清贫的窘迫感,却因遭遇母亲的抛弃和程令时的失约而心灰意冷。五年后重逢,邬乔的心弦再次被牵动。项目竞标失败后,遭到上司恶意为难的邬乔受邀加入时恒事务所,工作上的交集让邬乔重新理解了程令时的心意。对于邬乔来说,清塘镇的往事不仅仅是一场酸涩的暗恋,也是一场盛大的新世界邀约,在程令时的领航之下,曾经懦弱敏感的少女追逐着惨淡时光中唯一的明亮,终于和爱人比肩而立,双向奔赴。小说的刻画细腻,将看似乖巧实则内心倔强的女主人公的暗恋心路与情感细节娓娓道来,患得患失的少女心事,拙朴的少年心意都在醋香、稻田、银月的意象中游走。小说的主体言情叙事虽然轻巧,却如夏日的一碗糖水,以诙谐且具有网感的笔触将读者带回了清塘小镇蝉鸣声声的夏天,曲调缓慢而悠长,阳光透过树荫,沿着枝叶的缝隙洒下满地斑驳。

(邢 晨)

团体会员单位文学创作概览

2021年南京市文学创作概览

2021年，南京广大作家坚持以习近平新时代中国特色社会主义思想为指导，坚定文化自信，坚持守正创新，始终保持旺盛的创作活力，各门类文学创作成果丰硕，为江苏文学事业的繁荣发展扛起了省会担当。

（一）长篇小说创作继续发力

鲁敏的长篇《金色河流》刊载于《收获》长篇小说2021秋卷上。小说讲述的是近四十年的"富起来"的一代民营企业家金钱观的变迁，描述了财富故事后的人性裂变，岁月流金中折射出中国式财富观的艰难进步。小说入选2021年中国作协小说学会排行榜，获首届凤凰出版评委会奖。

陈正荣《大明城垣》由作家出版社出版，这是首部以南京明城墙为题材的长篇小说，小说构思了一个窑匠三代人的故事，通过他们参与中都凤阳城、南京城的建设，反映古代匠人们的生活，是一部将历史的真实与艺术的虚构有机结合在一起的长篇力作。

韩东的小说《扎根》《小城好汉之英特迈往》《知青变形记》以"年代三部曲"为名结集由中国友谊出版公司出版。以"年代"命名，叠合了故事的年代、写作的年代和阅读的年代，包含着历史记忆、文学创造和当下体验之间的互动、缠结与建构。

杨筱艳的长篇小说《了不起的她们》由长江出版社出版，小说讲述了何倩茹、方宁颜与魏之芸三位女同胞的婚姻爱情故事，婚姻中多少冷暖自知的甘苦,多少迷茫困顿的彷徨,她们一一经历,所幸,一切都还来得及。

(二) 中短篇小说创作继续保持强劲态势

叶兆言创作依旧丰产。中篇小说《通往父亲之路》刊于《钟山》第 2 期,《新华文摘》第 13 期、《中篇小说选刊》第 1 期、《北京文学(中篇小说选刊)》第五期转载,并由译林出版社出版。中篇《寒风中的杨啸波》刊于《十月》第 2 期,《小说选刊》第 5 期转载。《像青草一样呼吸》《会唱歌的浮云》《沉睡的罂粟花》《落日晚照,为谁温柔》《水晶灯下》5 篇短篇分别刊于《芙蓉》等各大名刊,前 2 篇分别被《小说月报大字版》《小说选刊》转载。

余一鸣中篇小说《湖与元气连》发表于《人民文学》第 2 期和《小说月报》2021 中长篇专号第 2 期,被《中篇小说选刊》第 2 期专刊转载和《作品与争鸣》第 5 期转载,入选人民出版社《建党百年百篇文学经典》单行本,由百花文艺出版社出版。另有中篇《请代我问候那位朋友》《稻菽千重浪》分别刊于《作家》第 3 期和《芙蓉》第 6 期。

鲁敏中篇小说《味甘微苦》发表于《北京文学》第 11 期,《小说月报》第 12 期转载。中篇《或有故事曾经发生》获第十六届十月文学奖、第十九届小说月报百花奖。短篇《灵异者有其友人》发表于《花城》第 1 期,《小说月报》第 3 期、《小说选刊》第 3 期转载,入选 2021 年短篇小说年选。短篇《球与枪》获第十二届上海文学奖。

韩东的新作中篇小说《临窗一杯酒》刊于《芙蓉》第 3 期,《小说选刊》第 6 期转载。短篇《箱子或旧爱》刊于《人民文学》第 9 期,《小说选刊》第 10 期转载;《狼踪》《对门的夫妻》刊于《当代》第 6 期,《素素和李芸》刊于《花城》第 5 期,《门和门和门和门》刊于《十月》第 3 期;《M 市在北京和上海之间》刊于《北京文学》第 4 期,《小说选刊》第 5 期转载。

曹寇一直以短篇小说见长,《高先生》《引娣》《父亲》刊于《芙蓉》第 4 期,《饭局忠魂》《老司机》刊于《青春》第 9 期,《杀气较重的夜晚》刊于《第一财经杂志》第 1 期。

黄梵中篇小说《私人牧歌》获2021年钟山文学奖,短篇小说《失常的围墙》发表于《西湖》第3期。李樯中篇小说《调色板》发表于《延河》第2期;短篇《鸣禽花园》发表于《雨花》第2期,入选2020短篇小说年选;短篇《女邻居》刊于《西湖》第4期。杨莎妮中篇小说《歌声的裂缝》刊于《芒种》,短篇小说《三角钢琴》《无伴奏合唱》《夜色剪辑师》分别刊于《作家》《雨花》《草原》。修白2篇短篇小说《回归线》《世界本来是透明的》分别刊于《金城》《文学港》。另外,满震创作的多篇小小说被《小说月刊》等刊发,被《微型小说选刊》等转载,小小说集《不忘初心》由团结出版社出版。顾前小说集《一面之交》由江苏凤凰文艺出版社出版。

（三）诗歌散文佳作不断

叶兆言《上学去》由人民文学出版社出版,这是他继非虚构作品《南京传》后全新的散文随笔集,是他回望童年和少年时代的真情之作。散文集《叶兆言文学回忆录》《回忆一些事》分别由广东人民出版社、贵州人民出版社出版,散文精选集《生有热烈,藏与俗常》由北京联合出版社出版,另外,《南京人》英文版和《南京传》英文、俄文、越南文、泰国文版出版。申赋渔的散文集《寂静的巴黎》由南海出版社出版。诸荣会随笔集《人师难得》由华中书局出版。向迅的散文集《与父亲书》由北京十月文艺出版社出版。鲁敏的随笔《就酒下花生米 伯格曼自传读法》刊于《散文选刊》第1期。邹雷、王峰等的散文也常见于各级报刊。

韩东的诗集《奇迹》以及韩东等4人合著的《他们:四人诗辑》由江苏凤凰文艺出版社出版,这本诗集代表着韩东诗歌创作的最新成果,收录了其近一两年来创作的125首诗歌新作。另外,韩东还获首届先锋书店诗歌大奖、凤凰出版集团金凤凰奖章、《扬子江诗刊》诗歌奖、《小说选刊》小说奖等。黄梵的创意写作理论专著《意象的帝国:诗的写作课》由广西师范大学出版社出版,这是黄梵在其系列写作课讲课录音的基础上重新修订、增补而成的。另外,还有组诗《眼镜》《万物的道义》《黄梵新诗选》《旁观者》刊于

《诗刊》等名刊。代薇的组诗《晚年的名伶》刊于《诗刊》第 2 期,《每一个早晨都值得醒来》刊于《草堂》诗刊头条第 4 期,《代薇的诗》刊于《北京诗刊》头条第 5 期,诗歌《抱薪者》《每一个早晨都值得醒来》《旧手机》分别入选《2021 年度诗歌精选》等。李樯的组诗《静物素描》被《诗选刊》第 2 期转载,《生活的庭院》《花朵丛生的小路》分别刊于《安徽文学》《诗歌月刊》,个人获《扬子江诗刊》奖。

(四)儿童文学创作成果丰硕

2021 年又是赵菱的丰产年。出版《我的老师乘诗而来》《风车开满我的家》《风与甘蔗园之歌(修订版)》三篇长篇小说,《风在林梢》《遗忘的颜色》两部短篇小说集和《星星列车》一部短篇童话集,《青纱帐,红小花》《红领巾讲解员》《我心中的宝物》《妈妈是个"笨"精灵》四本绘本,发表短篇小说一篇和短篇童话、散文 11 篇。童话《谁买快乐面包》被《儿童文学选刊》转载,长篇小说节选《宝童》被《好儿童画报》转载。长篇小说《乘风破浪的男孩》入选 2021 年 1 月百道好书榜、《中国新闻出版广电报》2021 年 1 月优秀畅销书排行榜等,获第三届江苏省新闻出版政府奖图书奖,版权输出越南、阿联酋。绘本《爷爷的十四个游戏》获第五届中国出版政府奖图书奖提名奖、教育部组织专家遴选推荐幼儿图画书。《青纱帐,红小花》《红领巾讲解员》入选 2021 年 4 月中国好书、品读月度童书榜、中宣部 2021 年主题出版重点出版物选题、2021 年度优秀畅销书排行榜等。

韩青辰长篇小说《我叫乐豆》由江苏凤凰少儿出版社出版,小说是以丹阳市"蒲公英之家"为原型,歌颂了基层民警、乡村干部为代表的各界力量对留守儿童的无私奉献,是一部充满正能量的现实主义佳作。

祁智长篇小说《二宝驾到》由江苏凤凰少儿出版社出版,小说真实反映了当下社会存在的二宝现象以及由此产生的家庭和社会问题,也用生花妙笔释放了儿童与成人日常生活的活力与能量。

赖尔长篇小说《女兵安妮》由浙江少儿出版社出版,入选国家新闻出版署"2021年农家书屋重点出版物推荐目录"、江苏省委宣传部"2020年国家公祭日宣传教育活动"、福建省新闻出版广电局"书香八闽"少儿红色主题书单等,获"庆祝中国共产党成立100周年"网络文学主题征文大赛三等奖、扬子江网络文学作品大赛二等奖及最具影视改编潜力奖、第三届江苏省新闻出版政府奖提名奖。雨魔红色儿童文学《少年,1927》获"庆祝中国共产党成立100周年"网络文学主题征文大赛二等奖、扬子江网络文学作品大赛二等奖、第三届江苏省新闻出版政府奖提名奖。

杨筱艳长篇小说《荆棘丛中的微笑之吴安》由二十一世纪出版社出版,这是她《荆棘丛中的微笑》三部曲的第二部,讲述了从抗日战争到新中国成立这段时期中国儿童的身心成长历程。

(五)纪实文学创作成绩斐然

傅宁军长篇报告文学《永不言弃——消防英雄成长记》由江苏凤凰少儿出版社出版,入选凤凰好书榜、2021年百道主题出版好书榜。与陈正荣合作的报告文学《创新之城》入编江苏人民出版社出版的《向时代报告》——中国小康江苏样本之南京篇。

邹雷长篇纪实文学《南京·东京》《卢志英中队》由江苏凤凰文艺出版社出版,报告文学《深潜英雄》由江苏人民出版社出版。

肖振才长篇纪实文学《纪念碑下——侵华日军南京大屠杀遇难同胞丛葬地田野调查》由江苏人民出版社出版,该书以现存的24座侵华日军南京大屠杀遇难同胞遇难地及丛葬地田野调查为线索,图文并茂地介绍了每个纪念地的由来和故事,以此鼓舞人们不忘历史,珍爱和平。孟昱的《钟山星火——南京首个党组织(浦口党小组)诞生记》由江苏人民出版社出版。陈明太的《软件之路》由南京出版社出版。

（六）翻译文学

黄荭专著《玛格丽特·杜拉斯：写作的暗房》由华中科技大学出版社出版，推出译作《雨鼓》（浙江文艺出版社，伊斯梅尔·卡达莱著）、《作家的北美》（三联书店，波丽娜·盖纳著，黄荭、龚思乔、杨华译）、《当奶奶遇见奇奇狗》（少年儿童出版社，罗南·巴德 文/图）、《小王子》（译林出版社，圣艾克絮佩里著）、"中华学术外译项目"费孝通的《乡土中国》（法国巴黎东方语言学院出版社，马霆、黄荭译）等15部，另外还在《文艺报》《文汇报》等各大报刊上发表文章和译文若干篇。

杨筱艳的译作《淘气包柠柠》之开学第一天、《淘气包柠柠》之超级游乐会由上海译文出版社出版，作品译笔流畅，专业词汇准确地道，足见译者的语言功底。

（七）网络文学

王鹏骄推出新作《党员李向阳》，在逐浪网连载（未完结），计划由重庆出版集团出版，是入选江苏省作协重大题材扶持项目的唯一一部网络文学作品；《共和国战疫》《共和国天使》获人民日报——健康时报"荣耀医者——科普影响力奖"。

花清晨《我有个暗恋想和你谈谈》改编成网剧《我的卡路里男孩》已杀青，《半莲池》影视版权已售出，《女友拯救计划》越南语版出版。赖尔《魔法城》同名少儿网剧2021年1月在优酷上线，《月海云生镜》在17K中文网连载（未完结）。

漠兮在阅文云起书院连载的作品《枕水而眠》于2021年2月完结，影视版权已售出。指云笑天道《东晋北府一丘八》在起点中文网连载（未完结），同时由喜马拉雅改编为有声作品。

墨熊的科幻小说《春晓行动》获第十二届全球华语科幻星云奖银奖。

姞文《王谢堂前燕》入选国家新闻出版署2020年"优秀现实题材和历史题材网络文学出版工程";姞文的《熙南里》、凌烨的《百年沧桑华兴村》入选2021年中国作协网络文学重点作品扶持选题名单。

（八）文学评论充满活力

吴俊的评论专著《当代文学的转型与新创:互联网时代的文学史观察》由海峡文艺出版社出版,《〈朝花夕拾〉:文学的个人史》分四篇刊于《写作》,《小说:如何是江南？——"乱看"江南并为韩松刚〈当代江南小说论〉写序》刊于《当代作家评论》,另有18篇评论文章刊于《小说评论》《文艺论坛》等各大报刊,个人获第五届王瑶学术奖优秀论文奖(中国现代文学学会)。

张宗刚《储福金中短篇小说创作论》刊于中文核心期刊《当代文坛》,获第十届江苏文学评论奖二等奖;另有六篇评论文章发表在各大名刊上。李丹《"双城故事":20世纪五六十年代的京沪讲唱文艺》刊于《文学评论》第2期,获第十届江苏文学评论奖二等奖;《秘密社会与赵树理创作的"古代性"》刊于《文艺研究》第九期。朱婧《摩登沉浮和平常人的城市稗史——重读王安忆〈长恨歌〉》刊于《当代作家评论》,获第十届江苏文学评论奖二等奖;《1993年:上海的"纪实与虚构"》刊于《小说评论》,《重审〈上海摩登〉》刊于《中国现代文学研究丛刊》。周丽也开始关注评论,理论专著《网络文学创制艺术》入选中国作协网络文学理论评论支持计划,另有两篇评论文章发表。

（鞠亚明）

2021年无锡市文学创作概览

2021年,无锡市作家协会召开了第八次会员代表大会,描绘了无锡文学新的发展蓝图,标志着无锡市文学进入了一个新的发展阶段。一年来,无锡文学呈现出让人眼前一亮的惊艳,从小说、散文、诗歌、纪实文学到儿童文学,都显现出充沛的活力,取得了丰硕的成果和突破,老作家老骥伏枥、笔耕不辍;中年作家担纲主力、成绩喜人;青年作家崭露头角、令人期待,为无锡文学发展带来了无限的期待和展望。

一、重大题材、现实主义题材创作成果显著

根据江苏省作协的工作部署和意见,在无锡市委宣传部、无锡市文联的指导关心下,无锡市作协积极推动重大题材、现实主义题材文学创作。组织无锡作家围绕"脱贫攻坚""全面小康社会""抗疫故事""大运河文化""建党百年"等主题,深入生活,努力创作,取得了阶段性的显著成果。

高仲泰继反映红色资本家荣毅仁的长篇纪实文学《荣毅仁的前半生》获得第十一届江苏省精神文明建设"五个一工程奖"后,又创作完成了《荣毅仁的后半生》;正在创作反映我国载人深潜精神的纪实文学《深潜》;正在创作展示民族工业实业救国、坚强不屈精神的非虚构长篇小说《大西迁》;纪实文学《荣毅仁传》由人民出版社出版,非虚构文学《我不是药神——电影原型陆勇经历》由人民东方出版社出版,《江南荣家》由中信出版社出版。

徐风创作的长篇非虚构文学作品《忘记我》一书由译林出版社出版,入

选中宣部2021年主题出版重点出版物、国家新闻出版总署2021年度"全国农家书屋"增补书单、江苏省"礼赞全面小康·致敬建党百年"主题出版重点出版物以及诸多好书榜。

夏坚勇的"宋史三部曲",继《绍兴十二年》《庆历四年秋》之后,第三部《承天门之灾》已经完成创作并发表。

陆阳创作完成《太湖》(江苏省委宣传部"符号江苏"项目),以及继《激荡岁月:锡商1895—1956》之后的第二部长篇纪实文学:《异军突起:锡商1956—2000》。

戴军创作的长篇非虚构文学作品《山河口碑》入选江苏省作协重点作品扶持项目。

二、散文和诗歌创作精品迭出

无锡有着深厚的散文传统和历史,是散文重镇,一年来,多位作家的散文发表于国内知名文学期刊,出版多部散文集。

黑陶的散文《在古中国》发表在《星火》杂志,《在江南凝视》发表在《十月》"思想者说"栏目,《现实,或超现实》发表在《红豆》杂志,并分别被《散文海外版》《中国当代文学选本》《散文选刊》等刊转载。散文集《夜晚灼烫:凝定的时间肖像》由广西师范大学出版社出版发行。组诗《寂静的家乡》发表于《诗刊》杂志。

夏坚勇的长篇历史散文《承天门之灾》,发表于《钟山》杂志。

王学芯荣获《作家》杂志第三届诗人奖、浙江省储吉旺文学奖,他的诗集《老人院》由江苏凤凰文艺出版社出版,作品以诗歌形式,关注老年人生存状态。

庞培的散文集《碗与钵》由广西师范大学出版社出版,在《诗刊》2月号、8月号、12月号发表诗歌。

麦阁在《上海诗人》"特别推荐"栏目发表组诗《黄昏的隐秘》,在《清明》杂志发表组诗《露珠集》,在《文学报》发表散文《银白之册:关于自然、艺术与爱》，在《海燕》杂志发表散文《指纹里的往昔》，后被《散文海外版》《作家文摘》转载。在《青春》杂志发表散文《银白之册》。诗作《薄雾》被收入《中外现代诗歌精选》；青年作家凌鱼（殷国新）的散文集《记忆碎片》由江苏凤凰文艺出版社出版。

里拉（金雪松）诗歌创作发力甚猛：《庭院》发表在《诗刊》杂志，入选《中国当代文学选本》第7辑，这个选本是为"中国政府出版品国际营销平台"量身定做的文学板块，目的是及时向海外读者推介中国当代最新文学创作成果，促进中国文学和中国作家更好地走向世界；《重返的尝试》发表在《山东文学》；《落木帖》发表在《芒种》；组诗《迷路》发表在《扬子江诗刊》；《夜曲》发表在《草原》第12期。

江阴作家陶青散文《江阴的腔调》发表在《莽原》，《母亲的米酒》《天华故乡光明行》等发表在《人民日报·海外版》；卞文达散文《醒来的童贞》发表在《雨花》；金彪诗歌《锁阳城遗址》发表在《北方作家》；薛栋成散文集《北窗札记》由团结出版社出版，施伟的散文集《火红的江涛》由团结出版社出版。

宜兴作家周晓东多篇散文、诗歌发表于《天津文学》《大观》《太湖》《翠苑》。

三、长中短篇小说、网络文学创作稳步前行

2021年，无锡几位作家的小说在省级文学期刊发表，标志着无锡小说创作水平正稳步提升。

阮夕清的短篇小说《黄昏马戏团》荣获第十二届《上海文学》奖；短篇小说《窗外灯》发表在《十月》2021年第1期；短篇小说《惟有旧日子带给我们幸福》发表在《雨花》2021年第1期；短篇小说《运河铁人》发表在《上海文学》。

高仲泰的历史小说《一剑封喉》上下两册修订完成，由上海辞书出版社出版。

刘小备的长篇小说《星星与猫》由重庆出版社出版。

邬丽雅的小说《疯子进乾》发表在《海燕》2021年第11期。

陈炜的历史小说《唐朝大变局之安史乱》由现代出版社出版。

青年网络作家无罪创作的网络武侠小说《渡劫之王》，2021年至今在纵横中文网连载中，总点击量高达4000万。

四、儿童文学喜获丰收

2021年，笔耕多年的儿童文学作家迟慧荣获大奖：她的《慢小孩》获第十一届全国优秀儿童文学奖，江苏省作协专门发来贺信，无锡市文联、作协为迟慧召开了研讨会；她的作品还荣获辽宁省出版政府奖、第八届"上海好童书"。她的最新儿童长篇小说《云端小学》由春风文艺出版社出版，这部反映教育扶贫的作品，入选了2021年中国作协的重点作品扶持项目、入选第二届年度儿童文学新书榜、入选"十三五"国家重点出版物出版规划项目、入选2021年文学好书榜8月榜单儿童。她童话作品《愿望邮筒》由人民文学出版社、天天出版社出版，这部作品通过一个丰富有趣的童话故事，让孩子们明白愿望邮筒其实就在每个人心中，每个孩子都应该拥有自己的梦想！从心出发，去勇敢坚持和努力实现自己的梦想。她的另一部童话作品《我家来了小恐龙》由人民文学出版社、天天出版社出版。

（阚 波）

2021年徐州市文学创作概览

2021年是中国共产党建党一百周年,徐州作家鼓舞干劲,文学创作活跃,各门类文学精品迭出。变动不居的文学,因徐州作家不断呼应新的时代,添加新的元素,混合新的样式,凝聚新的力量,使得样态更加丰富,格调更为高昂,场域更显繁复,让徐州文学大花园繁花似锦万紫千红。

一、小说

张新科长篇力作《山河传》,以杨靖宇1923年在开封读书开始,到逐渐走上革命道路,直至1940年抗日壮烈牺牲为主线,以充满感染力的语言、波澜起伏的叙事风格,展现了杨靖宇将军惊天地泣鬼神的革命生涯,系我国首部全景式展现杨靖宇将军革命生涯的长篇纪实小说。

《皖东北风云之武飞传奇》是实力作家薛友津出版的一部长篇小说,讲述了皖东北地区革命者武飞的传奇生涯,谱写了一部不畏牺牲、壮怀激烈的英雄交响曲。《乱世古玩》是薛友津出版的一部文化抗日的长篇小说,故事发生在20世纪30年代末大运河边被称作"小上海"的顺河集,小说讲述了小镇上的古玩店老板们与日本商人之间展开的明争暗斗。作品时代风云波诡云谲,民族矛盾复杂曲折,故事情节环环相扣,小人物命运得到了淋漓展现。

《还乡记》是叶炜继"乡土中国三部曲""转型时代三部曲"后推出的"城乡中国三部曲"的第一部,聚焦现代农村发展。该书是一部反映新中国成立70周年以来,城市和农村的变迁尤其是乡村振兴战略实施以来农业农村农民风貌巨变的长篇小说。小说在反映乡村振兴建设取得巨大成就的同时,也透视了中国农村步入小康后的生活状态,是一部反映城乡巨变的史诗性写作。同时,叶炜还出版小说集《母亲的天堂》,收入了他最有代表性的短篇小说,如《胡音声声碎》《民间传说》及新近发表的"先世考系列"等,都是叶炜中短篇小说创作的精华所在。

王文钢和孙毛伟的微型小说《夕阳依旧笑春风》《袁家菜》双双获得由中国纪检监察杂志社主办的全国廉政小小说大赛三等奖。

二、散文

姚建、李凌主编出版《遇见·打开·守望》散文合集。集结了铜山籍作家以及名人名家写铜山的以及徐州作家走进基层采风创作的文章,书写了铜山风貌,展现铜山风土人情,用笔记录和歌颂家乡美好、淳朴的情感。此外,姚建、李凌出版的《打开吕梁的方式》邀请了全市数十位老中青三代知名作家、诗人走进火热的生活,并及时将各自的深刻感受见诸笔端,奉献出了这本文学作品合集。

作家吕峰《一器一物》在广西师范大学出版社出版,该书描摹了旧日里的用具、书房里的文玩、闺阁中的饰物以及年少时的玩物等各种留有岁月痕迹的老物件,讲述它们与作者相遇的缘分,它们背后的历史文化,以及与之有关的人和事,本书荣获第三十届孙犁散文奖。作者还发表了《祖母的光》《燕逐故园春》《苍生在上》《居于幽处》《俊美潘安湖》《风中的翅翼》《风中的乌鸦》于《散文百家》等。

紫筠《渡劫纪》由团结出版社出版,是一部散文诗词合集;王昂《生命中最美的暖阳》收录、精选散文80余篇,多关于乡村故园的依恋、怀念,有关于似水年华的追忆、怅惘;陈莹《青衣》被中国书籍出版社出版;孙梦、李靖洁散文集《一任芳华弹指瘦》被中国言实出版社出版;顾梦《草木心》被团结出版社出版;刘庆烨《木房梁》刊发在《朔方》杂志;苗磊的散文《解忧桥畔话解忧》《父亲的胸牌与纪念章》刊发在《黄河文艺》《鸭绿江》;吴艳秋《燃烧的牡丹》《木噶惹》、王芳《入冬》《麦口上》发表在《散文选刊》。

三、诗歌

诗人管一在《星火》《绿洲》《金山》《诗潮》《繁荣》《速读》发表诗歌22首。诗人杨华在《中国铁路文艺》《阳光》《绿洲》《北方文学》《扬子江诗刊》《诗歌月刊》《散文诗世界》《风流一代》《芒种》等重要刊物发表诗歌50余首,获得《十月》杂志编辑部举办的全国诗歌大赛三等奖、江苏省作家协会文学工作先进个人、泗洪县作协举办的全国诗歌大赛一等奖等。

赵宏杰《英雄年代:叙事或抒情》为民族立言,为英雄立传,为时代宣示。中国共产党百年辉煌历程八千行长篇英雄史诗,对建党百年历程和英雄事迹立体思考和诗意呈现,对第二个百年征程深情呼唤和拥抱。该书获第二届军事文化节"优秀军事文学作品奖"、内容节选获全国检察机关"庆祝中国共产党成立100周年暨人民检察制度创立90周年征文"诗歌类唯一一等奖。赵宏杰另发表《乘一艘红船出发》(长诗)于《解放军文艺》。

巢笑《飞翔的石头》诗集在团结出版社出版,作者通过外视和内审,完成了现实世界与虚拟世界的完美交融,山川河流,异乡风物,爱恨情仇,大至宇宙万物,小至颗粒尘埃,都成为诗人笔下独赋个性的长短诗行。正如诗人在自序中所说,我们虽然像石头一样填充在生活各个角落,但诗的翅膀可以搭载我们优美地飞翔。作者另有《夜饮》《巢笑诗歌六首》发表在《扬子江》《莽原》。

黑马(马亭华)出版的《煤炭书》全书共五卷,重点围绕工业高质量发展,聚焦工业文学中的煤炭和煤矿工人题材,以煤为切入点,全景式诗意展现煤炭地质工人勇于担当、敬业奉献、有情有义的精神面貌。

如月《由远及近》于团结出版社出版,另有《压岁钱》发表在《扬子江诗刊》、管瞳《管瞳的诗(13首)》刊发在《扬子江诗刊》、孟宪远《写诗感怀》《临江仙·建国七十周年》刊发在《中华辞赋》、郝敬英《观北京植物园曹雪芹博物馆》《秋思》发表在《中华诗词》，朱记书系列组诗发表在《延河》《特区文学》等；樊雨的诗发表在《扬子江诗刊》《青春》。

四、儿童文学

2021年，徐州儿童文学创作同样获得丰收。作家龚房芳出版《小猫不吃鱼》之《笑不停都的哈哈镇》《吵不停的火药镇》《不说谎的真实镇》《看不见的透明镇》《胆小鬼的不敢镇》五部由万卷出版公司出版发行，作品讲述一只不爱吃鱼的小猫和它的两位好朋友，打算走遍世界。他们来到了107座奇特又神秘的小镇，旅途中接二连三发生了许多意想不到的怪事情。《错了！错了！错了！》由天津人民美术出版社出版，《神奇学校1》之《魔法铁三角》《大山里的旅行》《迷你运动会》三部、《神奇学校2》之《奇幻涂鸦》《魔法音乐墙》《数字在奔跑》三部由中国纺织出版社出版。另还有18部童话、校园小说发表《中国儿童报》《意林小文学》等，其中童话《我也想念外婆》获东方少年重点作品扶持优秀奖，她的作品获得了全国各地小朋友的青睐。

李海年《熊猫王》四部曲被江苏凤凰文艺出版社出版，《熊猫王》四部曲与古典名著《西游记》一脉相承，是中国版的《功夫熊猫》，由《东游记》《环球记》《飞天记》和《重建记》构成，灵感来自2008年的汶川大地震，以珍惜大自然、保护大熊猫为主题，讲述了一个关于爱和成长、励志的故事。

伊尹的《空中的麋鹿》《扬子鳄的雪车》《舞动的朱鹮》被春风文艺出版社出版，作为少儿冬奥绘本让孩子们更多了解冬奥知识。张馨月《挑花灯》《月儿弯月儿圆》等发表在《儿童文学》。

五、纪实文学

知名作家陈恒礼出版了29万字长篇报告文学《决胜故道》，本书是江苏省作协重大题材项目，江苏人民出版社重点打造的主题出版读物。作品真实揭示了古黄河两岸父老乡亲的奋进传奇,描绘出新农村全面小康的斑斓画卷。陈恒礼、卢波、王建创作完成的长篇报告文学《仝海请回答》以冬、春、夏、秋四季为章节,通过记录睢宁县邱集镇仝海村一年二十四节气中的人和事,彰显了党员干部带领全村人民脱贫致富、创业创新的真实历程。

《永远是个兵》是作家周淑娟创作的报告文学,发表于《中国作家》2021年第5期。作品通过《第一次出征》《第二次出征》和《像电流一样》三部分,记录了退伍老兵、"中国好人"序守文工作生活中的事迹,展现了他赓续绵延的家国情怀与国家电网人"人民电业为人民"的使命担当。退伍之后的他,曾先后两次主动请缨前往"第二故乡"江西九江,投身抗洪一线抢险救灾,展现了一名退伍军人退伍不褪色的英雄气概。《中国作家》杂志在京为《永远是个兵》召开了报告文学研讨会。

作家王爱芹、靳敏所著《陌上花开》全景展示贾汪新时代文明实践成果,从大量的真实事件和人物中去发现生动的细节与文学风采,写人情之美,写人性之美,写精彩的贾汪故事,写创新的工作举措,让新时代文明实践一线的那些平凡的工作者,普通的劳动者,一一呈现,让贾汪新时代文明实践的新成果生动展示。

朱群英的长篇报告文学《丹心春秋》被团结出版社出版;魏鹏传记文学《黄继光》《刘胡兰》被青海人民出版社出版,魏鹏的小小说《蛙》《感冒是种传染病》《书呆子》等发表于《小小说月刊》。

六、 文学评论

周淑娟评论陈歆耕《何谈风雅》一书的文章《因风飞过蔷薇》发表于《中华读书报》;她为吕峰散文集《一器一物》而写的评论文章《万物有灵且美》发表于《江苏作家》。

田振华《建党百年乡土小说乡贤形象书写简论》发表在《百家评论》,建党百年以来,传统乡土中国的存在样态和内在结构正在或者已经发生了翻天覆地的变化。乡贤在中国乡村变迁、乡村建设、乡村振兴等环节中发挥着极为重要的作用。当下,在大力倡导乡村振兴和弘扬中华传统文化的大背景下,通过乡贤形象再现乡土的真实魅力,重新认识乡土,进而为树立中华文化自信和实现中国共产党建设中国美好未来奠定基础和动力。

七、网络文学

骁骑校的《长乐里:盛事如我愿》是网络小说的精品力作,获奖无数。故事发生在1942年的上海滩,讲述命悬一线的小电工赵殿元机缘巧合下穿越到遥远的2021年的故事。

烈焰滔滔连载的长篇网络小说《最强战神》由纵横中文网重点推荐发布。获得纵横文学月票榜冠军;大唐风骨《封神:我只想安静地当个昏君》《洪荒:我们巫族就是这么硬!》发表在番茄小说网;亓竹冉著《疫地记者的77天》在纵横中文网发布,当抑郁症与新冠肺炎疫情相遇,一场向死而生的火花瞬间迸发。她用笔和镜头见证着,在奋力求生中,普通人化身抗疫英雄。而她也在救与被救中,让阳光重回心间,驱走黑暗的阴影。樱花树下,疫情总会终结,春天终将如期而至。作品荣获中国"十佳数字阅读作品"。

(吴彦婕)

2021年常州市文学创作概览

2021年,常州市作协在江苏省作协的指导和常州市文联的领导下,深入学习贯彻习近平新时代中国特色社会主义思想和习近平总书记关于文艺工作的重要论述,坚持"二为"方向、"双百"方针,按照"出人才、出作品、出精品"的工作思路,团结带领常州作家和广大文学工作者,深入生活,扎根人民,锐意进取,辛勤耕耘,文学创作欣欣向荣,为常州文学事业的持续繁荣和发展做出了积极贡献。

截至2021年年底,常州市现有会员508人,其中,中国作协会员35人,江苏省作协会员205人。盘点2021年常州文学创作,据不完全统计,常州作家共出版小说散文诗歌集27部,省级以上各期刊发表、转载、入选作品400余篇(首),33人次获文学各门类奖项。

小说创作成绩斐然:陆涛声的小小说《古玉·古砚·古盘》三篇在2020年中国小说学会发布的中国小说年度排行榜上,位居小小说·微型小说榜首。李怀中、陆克寒、陆林深领衔主编的《高晓声全集·小说卷》经过7年的努力,今年出版,填补国内空白。卞优文出版长篇小说《行吟图》。葛安荣发表中篇《红鱼歌》。张俊出版中短篇小说集《遇见》,发表中篇《父亲的远方》和短篇《少年与探照灯》《萨摩耶的微笑》。黄郁发表中篇《我的爱情丢了》并被《小说月报大字版》转载,发表短篇《旧曲》。李永兵发表短篇《羊皮鼓》《非洲之夜》《非洲之眼》《酒醉的黄昏》《盛大的欢愉》等。李淑妮发表短篇《B计划》。荆枫发表短篇《相亲记》《在晨光中起舞》《迟到》。沙剑波发表短篇《传承》《远处的呼唤》《接班人》。程思良发表闪小说《鼻鉴》,并获

"武陵杯"世界华文微型小说年度奖三等奖。王宁婧的小说《槛外人》获第七届北大培文杯全国赛特等奖;小说《活火》获第二十四届新概念作文大赛全国决赛二等奖。

诗歌创作实力强劲:张羊羊发表组诗《平原故事》《太阳落山》。刘康出版诗集《骑鲸记》《万象》,在《人民文学》发表组诗《时间的瘦马》,《钟山》发表组诗头条《骑鲸记》,另发表组诗《食梦记》《参照物》《与妻书》与创作谈《马耳他之鹰》。邹晓慧发表组诗《当年明月在》《中国芯》《和解》《蚁蝼》等。胡正勇发表组诗《流星》《夜晚的火车》《练习飞翔》《虫鸣》等。曾鹏程发表组诗《蛙声》《出发》《鸟居》《农耕简史》《异教徒们》等。许天伦发表组诗《深度寂静》《给我》《秋风辞》《萤火虫》《唯有孤独》《世间相》《永恒之地》等。马莉发表组诗《欢悦辞》《蓝从天上来》《练习》等。庄深出版诗集《亲爱的,我们去踏秋》,发表《记忆》《过往》《呼吸》。马发军出版诗集《小荷初流韵》。吴海龙发表《冬至》《乡愁》等,《枫树嘴》入选《新时代诗歌大观》。李治杰发表《老爸的眼睛》《草房子》等。丁欣的《陕西博物馆见虎符》获第五届"诗词中国"传统诗词创作大赛古风组一等奖。

散文创作佳绩频传:陆涛声散文《杏林杂记》获第九届冰心散文奖。张羊羊出版三部散文集《草木来信》《旧雨》《大地公民》,发表《锅碗瓢盆》《脸》《故乡的食物》。童立平出版长篇散文《寻城记》。艾英出版散文集《一路芬芳》,散文《空了的村庄》获第四届中国当代散文精选300篇全国征文大赛三等奖。顾锁英发表《漠风吻过潇湘雁》《童年那一串脚印》等,散文《海鸥,海鸥》获2021年中国散文年会单篇奖。王京发表《父亲》《珍藏心底的记忆》《炽热的橙色》等。李慧奇发表《云私塾》《苏醒》《仰望星空》等。

戏剧创作稳中求进:陈东平出版《难拍的婚纱照》。庄深出版剧本《根》。言禹墨的话剧《中国商父》获第六届老舍青年戏剧文学奖,中篇苏州弹词《邓稼先》获第五届江苏省文华奖优秀节目奖曲艺类榜首、第八届江苏省文艺大奖·曲艺奖节目奖榜首。张俊编剧的微电影《初心》获第十五届"电力奥斯卡"全国电力行业优秀影视作品一等奖。蒋欣原创大型话剧《周有光》入选《第十五届常州戏剧文学奖获奖作品选》。荆枫发表话剧剧本

《莫比乌斯公寓》。许沁发表《传承经典,我们责无旁贷》《舞台于我,是造梦的地方》等。

儿童文学创作朝气蓬勃:任小霞在《儿童文学》《读友》《中国校园文学》等期刊发表百余篇;童话《风巫婆的耳朵》入选《2020中国年度童话》,童诗《会长大的童年》入选《中国儿童文学百年百篇童诗卷》,出版《米朵朵的作文课》(4册)等。羊斌发表《卖瓜》和《鲨鱼鳔》,其中,《鲨鱼鳔》被《儿童文学》转载,同时获《少年文艺》2021年度佳作奖。程思良寓言《绝方》《省略》入选《百年百篇:中国儿童文学精选》,寓言《爱虚荣的小麻雀》入选《2020年中国儿童文学精选》。

报告纪实文学创作厚积薄发:沈国凡《诺言》、冯光辉的《一个人与一地黄金》《流风余韵》、刘志庆的《奋斗的使命》《红色塘马的变迁》《小茶社里大智慧》入选大型报告文学《向时代报告——中国全面小康江苏样本》;同时,冯光辉的《一个人与一地黄金》还入选《向人民报告——江苏优秀共产党员时代风采》。刘志庆的《苗木魂》入选《基石——江苏基层优秀共产党员礼赞》,出版长篇纪实文学《溧水奔流》。沈国凡的《情系大三线》获"江苏省新闻出版政府奖"提名奖。金磊主编报告文学《镏金岁月——常州大运河百年工业》。纪萍出版31万字纪实文学《纪萍手记——女检察官手记四》;在《民主与法治》开设纪实文学专栏"女检察官手记"。吴振宇、周二中出版《永不褪色的老梅书记传》。徐海燕出版传记《东方既白 煌煌大明》和纪实文学《生命有光》。

网络文学创作多元共生:吴亚频的《心照日月》入选"红旗颂 建党百年、百家网站、百部精品"奖;《冬雪暖阳》获"扬子江网络文学作品大赛三等奖"并被拍为同名电影在全国公映。曹丹茹获江苏省紫金文化人才培养工程优青称号、团省委和省文旅颁发的"青·匠心"江苏省新兴青年群体榜样评选"青艺家"称号;短剧《小主别闹》在腾讯视频播出。韦旭荣获团省委和省文旅颁发的"青·匠心"江苏省新兴青年群体榜样评选"青艺家"称号。李歆创作的《寂照双融》获阅文非凡表现奖。范小仙创作的《重生后嫁给你弟》曾到番茄阅读榜第一,总阅读最高至90多万;《戏精王妃》曾到掌阅热销榜第一,在书旗、爱奇艺等都上过热销。杨丹创作《我用三纲五常逼疯古人》登晋江古穿金榜第一,并获晋江2021年度盘点古言组优秀作品奖。邹海楠出版《将军夫人是影后》。宗笑在墨客网站创作《摆摊卖神器》《时间就是财富》。史雯晴在晋江文学创作《绑定名医系统以后》。

文学评论势头良好:张丽芬发表《二十世纪上半叶滑稽艺术的表演样式及传播策略研究》。言禹墨的《陈奂生在当代——当小说变为滑稽戏》收入《江苏青年文艺评论集》。杨建生、岳芬的《文化消费产品的价值实现与创新路径》被《新华文摘》选载。岳芬发表《哈格洛夫与中西环境美学之辨》等。

另外,在中国作协和江苏省作协的各项作品签约中,常州作家表现突出。赵晨媚的《请和优秀的我谈恋爱》入选中国作协网络文学重点扶持项目;刘康的诗集《骑鲸记》作为唯一的一部诗集入选中国作协"21世纪文学之星丛书";刘康、许天伦入选江苏省作协签约作家。韩献忠获首届江苏省基层作家职业道德建设先进个人称号、徐澄范获江苏省基层文学工作先进个人称号。

眼纳千江水,胸起百万兵。常州市作协将继续深入学习领会习近平总书记在中国文联十一大、中国作协十大开幕式上的重要讲话精神,始终坚持以人民为中心的创作导向,深入生活、扎根人民,以饱满的热情和强烈的使命担当投入到常州文学事业中,努力创作更多更好思想性与艺术性相统一、人民群众喜闻乐见的优秀作品,为推动全市文学事业繁荣兴盛做出新的更大的贡献!

(王建湘)

2021年苏州市文学创作概览

据不完全统计,苏州市作协会员2021年度于市级以上刊物发表作品2800余篇,约560万字;省级以上刊物发表篇目达1400余篇,约370万字。其中,29位作家的59篇作品在《人民文学》等国内重点刊物发表;年内有65位作家出版了108部作品,其中小说20部,诗歌8部,散文随笔23部,纪实文学10部,儿童文学35部,文学评论3部,文化专著、主编书籍等合计9部。

荆歌的长篇少儿小说《他们的塔》获第五届中国出版政府奖提名奖,任怨的玄幻小说《元龙》获第十八届中国动漫金龙奖IP改编奖,房伟的中篇小说《老陶然》入选中国小说学会中篇小说排行榜;王一梅"乡愁里的童年"丛书(《合欢街》《校长的游戏》《童年的歌谣》)获第三届江苏省新闻出版政府奖提名奖,王尧的长篇小说《民谣》入选"新世纪文学二十年20家/部"长篇小说专家榜、读者榜,叶弥的长篇小说《不老》获首届凤凰文学评委奖,朱文颖的短篇小说《分夜钟》获首届鲁艺文艺奖、第四届雨花文学奖,李云的短篇小说《掌间》获第四届《钟山》文学奖中短篇小说奖,另有十余位作家获其他省级以上奖项和荣誉。

部分重点作品摘录

小说:范小青的《遍地痕迹》精选了作者近几年的11篇中短篇小说;《我就是我想象中的那个人》是一本特别的对话录,收录了范小青7个短篇和 2 个长篇的节选,以及子川的 9 篇读评文章。王尧在他的首部长篇小说《民谣》中,以故事中人与故事看客的双重身份,完成了他重建个体与历史之间联系的夙愿。朱文颖的《有人将至》收录了其最新的中短篇小说,在平凡的烟火气息和饮食男女日常悲欢之中挖掘出人生意味。葛芳的《飞鸟与新月》以少年辰风的个人成长和家庭关系的演变为主要故事发展脉络,讲述了一个苏州少年成长过程中遭遇迷惘、被拯救、最终实现梦想成才的故事。

诗歌:陈龙的诗集《天赐情怀》既是作者心路历程的展现,也是一代人成长经历的速写,更是反映这个伟大时代的剪影。

散文:荆歌的散文集《日月西东》分为上下两编,上编马德里,主要写作者在马德里的经历与见闻,下编苏州,写作者在故乡苏州的生活、交游、美食等,作品以文学+艺术为切入角度,描述在苏州和马德里两座城市隔空对望的切身感受和思考。葛芳的散文集《漫游者的边境》记录了作者漫游世界各地时的所看所想,以安详温润的文字、舒缓沉静的笔调描绘异国风情,探寻文化名人的生命历程,构成了一个丰腴、安宁、隽永的艺术世界。

纪实:杨守松的《昆剧"传"字辈》是首部以"传"字辈为叙写对象的长篇报告文学,讲述了一大批"传"字辈昆剧艺术家的故事,还原了一代昆曲艺人奋斗、磨难与成功的历程。薛亦然的《满城活水》从大运河与苏州城同生共长、防汛排涝、水环境治理(河道与城市排水系统)、供水等四方面,全面记叙苏州古城水环境治理辉煌成就及历史过程。燕华君、金凯帆合著的《江村新韵》讲述了一个江南村落的小康之路,描绘了一幅活泼泼、暖融融的苏南农村百景图。

文学评论:邓全明的《新时代、新制度、新文学——文学苏军第二方阵小说作家论》"以宏观的视野梳理中国当代文学制度与文学创作的关系的基础上,对'文学苏军新方阵'为代表的第二方阵小说作家的创作进行了细致的考察"。

儿童文学:金曾豪的家园动物系列小说之一《小狗鲁鲁和小狐丹丹》讲述了生活在渔船上的小狗鲁鲁迎来了"不速之客"小红狐狸丹丹,当他们相处渐趋默契时,山林荒野却在召唤丹丹回归的故事。王一梅继《合欢街》之后创作了小说《校长的游戏》《童年的歌谣》,作为"乡愁里的童年"三部曲,作品进一步丰富了合欢街的环境,拓展了合欢街的视野和内涵,使得合欢街上的人和事,更加生动立体、更加引人入胜,从中不难看出作者在写作中的努力、用心和提升。荆歌的《黄豆子的养猫日记》讲述了一个人类与猫咪互相陪伴、互相温暖的故事,书写了一段由一只猫咪陪伴的童年,记录着忠诚、包容与爱的生命体悟。顾鹰"彩云街精灵童话系列"的《精灵旅行社》《精灵出租屋》《精灵博物馆》饱含童心,充满想象力,每一个人类和精灵相处的有趣小故事,都蕴含了作者想讲述的人生大哲理。徐玲的《如画》讲述了主人公如画跟随爸爸从城里返回乡下的过程,爸爸的创业道路虽然艰难坎坷,但他用勤劳的双手实现着重建家园的梦想。

网络文学:任怨的玄幻小说《元龙》第二季在哔哩哔哩暑期档播出,16话总播放量达 2.4 亿次,颇具影响力。顾七兮的现实题材小说《你与时光皆璀璨》讲述了苏绣大师后人、少女唐心妍从一个放荡不羁的少女,蜕变成了术业专攻的守艺人的故事,并于年底出版。童童的《大茶商》以中国十大名茶之一六安瓜片为核心,串联起文化、商战、爱情,为现实题材注入了文化自信的精神内核,成为凤凰互娱与山东影视制作股份有限公司的首个合作项目,目前进入筹拍阶段。

(聂梦瑶)

2021年南通市文学创作概览

2021年度是南通文学创作活跃的一年。一年来，广大作家和文学爱好者深入学习贯彻习近平新时代中国特色社会主义思想和党的十九大、十九届五中、六中全会精神，深入生活、扎根人民，创作、发表、出版了一大批优秀文学作品，为繁荣了全市文学事业作出了积极贡献。现就部分重点作品概述如下：

长篇小说

钱墨痕的长篇小说《俄耳普斯的春天》入选"文学之都青柠檬丛书"，由南京出版社出版，作品描写年轻一代人迷茫的人生境遇，青春的痛感与生活的无着，在作者形而下的生动描写中得以充分体现，所形成的作品张力，让人感到无边的生存困境无处不在；李新勇的长篇小说《黑瓦寨的孩子》由江苏文艺出版社出版，并被《长篇小说选刊》转载，这是一部以脱贫攻坚建设小康社会为创作背景的长篇小说，故事紧扣少年王嘉峪的成长经历，呈现了西部乡村的脱贫致富发展之路；朱国飞的长篇小说《九曲河》由线装书局出版，这是其系列小说"沙地风云录"中的一部，小说以陶秀一家的故事为核心，以日本军队侵略中国犯下火烧汇龙镇等罪行为历史背景，描写了沙地人民在中国共产党领导下从苦难中警醒并参加抗日的一段革命斗争故事；刘剑波的长篇小说《镶嵌》是一部充满哲学意味的作品，无奈入住老人院的父亲一次次想逃离养老院。在作者的笔下，养老院是"城堡"的象征。最后,父亲以自己的方式突围。作品关注老年人,关注"时间"这一抽象的概念。该作品目前已进入某大型文学刊物终审阶段。阿Q为纪念建党100周年而创作的长篇小说《山河念远》,全书44万字,以烽火乱世的十里洋场、六大世家的命运浮沉为主线,反映中国革命的曲折历程,作品目前已进入出版流程。雪彦创作的长篇小说《沙城》书写沙地小镇历史变迁,该书已由江苏凤凰文艺出版社出版。顾熠的长篇小说《六月槿花》是一部披着爱情外衣的反映拐卖儿童现象的作品,由太白文艺出版社出版。

中短篇小说

丁邦文在《北京文学》发表中篇小说《年龄问题》,小说中两个不一致的档案中的出生年龄,到底哪个准确,怎么才能证明自己出生于1961年?一字之差影响到老柳的升迁,且触发一系列不为人知的官场规则。小说有种无处说理的荒诞感,触动人心,发人深思;倪苡近年来短篇小说创作势头良好,她的《失语》在《青年文学》发表后被《小说选刊》转载,本年度又在《朔方》发表《悬挂的收音机》,在《山东文学》发表《月圆之夜》,在《延河》发表《女人和猫》,在《雨花》发表《云影》,在《黄河文学》发表《阿飞的储蓄罐》等;"90后"作家钱墨痕在《江南》发表中篇小说《不谈恋爱的时候,你们都在干什么》,在《安徽文学》发表短篇小说《梵高先生》,在《湖南文学》发表短篇小说《立夏》;"90后"作家杨天天在《安徽文学》发表短篇小说《出埃及记》,在《西湖》发表短篇小说《顺流而下》;刘剑波在《雨花》发表短篇小说《带哨子的风筝》;施勇在《雨花》发表短篇小说《莫比乌斯环》;李新勇的短篇小说《结伴而行》《腰系红绳的女子》均发表于《海燕》。

散文

南通有一批优秀的散文作者,本年度里创作了大量的散文作品,部分作者的发表阵地逐渐从报纸副刊转向纯文学刊物。沈杰的散文集《四季乐韵》由复旦大学出版社出版；田耀东的散文集《野蔷薇花开》由团结出版社出版；陈慧的散文集《世间的小儿女》由宁波出版社出版；张海燕的散文集《念念风情》由团结出版社出版；李新勇的《一顿中午饭的辽阔》发表在《散文海外版》；低眉的《凤仙·飞蓬》发表于《散文》后由《散文选刊》转载，并入选《散文2021精选集》；蔡舒晓的《出梅雨记》发表于《散文》，并入选《散文2021精选集》；马国福的《岑寂》发表于《上海文学》，《敏感、敏锐和敏捷》发表于《美文》；巫正利的《母亲的沙家浜》发表于《上海文学》；徐新的《新疆美食三题》发表于《雨花》；吴晓明的《民谣飞飘里下河》发表于《安徽文学》，《穿越千年的唱腔》发表于《钟山》B卷。

诗歌

徐玉娟是南通十分活跃的诗人，本年度在《诗刊》下半月刊发表《秘密，新生的蚕豆仿佛大地的耳朵（2首）》，在《诗潮》发表《回声（13首）》，在《延河》发表《星辰在上（6首）》，在《山东文学》发表《在夜的边缘（2首）》《在人间埋头赶路（7首）》，在《诗歌月刊》发表《躲藏（2首）》，在《诗选刊》发表《一棵长满麻雀的树（9首）》，在绿风发表《眉间的潮汐（8首）》。此外还在《红豆》《草原》《绿风》《青岛文学》《中国校园文学》等刊发表诗作；嵇芳芳（呆呆）的组诗《余生所遇》发表于《诗刊》下半月刊。

报告文学

朱旭东聚焦南通建筑业，历时两年多采访观察，创作出《脚手架上的中国》，已由江苏凤凰文艺出版社出版。该作品忠实记录南通建筑人支援大庆油田建设、援建西藏、鏖战上海、挺进全国、走向世界的发展历程，讲述他们用智慧汗水构筑家国梦想的故事；储成剑、陈舰平参加了江苏省作协组织的"同舟共济，抗疫有我"主题采访创作，分别撰写了报告文学《心之所向:医者仲崇俊在大冶》《天使在人间》,均被收入江苏凤凰文艺出版的《又见遍地英雄》;储成剑参加了江苏省作协组织的"脱贫攻坚江苏故事"主题采访,创作的报告文学《响水暖流》被收入江苏凤凰科技出版社出版的《茉莉花开》,还参加了江苏省作协组织的"江苏基层优秀共产党员"主题采访,创作的报告文学《胸存大道自从容》被收入江苏凤凰文艺出版社出版的《基石》;储成剑、高保国参加了省报告文学学会组织的"向时代报告""向人民报告"大型采访活动,创作的相关作品均被收入江苏人民出版社出版的《向时代报告》《向人民报告》。

儿童文学

张剑彬的《滑板少年与天蝎星球》第1部—4部,由掌阅与浙江少儿出版社联袂重磅推出,热爱滑板运动的中学生棒仔为了组建滑板队,从曾外婆那里拿来了一枚古铜钱。这枚被称作"碰碰钱"的神奇铜钱,帮助棒仔、肥肥和仙仙顺利组建了"风火轮组合"。可是,棒仔偷拿碰碰钱的同时,引来了神秘的蝙蝠。蝙蝠们袭击人类,令城市面临陷入瘫痪的危机。这时,"风火轮组合"的队员们挺身而出,与蝙蝠斗智斗勇。

网络文学

圆太极出版《长弓少年行》终结篇三册,同步起动影视改编,同名有声剧由中国广播电视总局制作开播,并入围云听流行榜;更俗出版《枭臣》十册,在纵横中文网发表新作《将军好凶猛》;暗摩师《万界奇缘》动画上线,《武神主宰》影视剧改编;蒋公纸新作《宿敌》于知乎长篇创作马拉松悬疑赛道获得季军;白素素现实题材作品《一条搜救犬的见证》获第二届现实题材主题征文大赛优秀奖、2021扬子江网络文学三等奖;卓牧闲作品《朝阳警事》被中国作协网络文学中心和上海作协评为红旗颂——建党百年百家网站百部精品,《老兵新警》入选中国作协定点生活扶持项目,作家出版社出版;个人获评茅盾新人奖·网络文学奖;纯洁滴小龙出版《魔临》,同步改编有声及漫画作品,新作《明克街13号》获起点月标榜第一;翻滚可乐气泡作品《雪刀令》获2021年起点夏日征文古代赛区银奖。

（储成剑）

2021年连云港市文学创作概览

连云港市作家协会始终坚持以出作品为作协工作的落脚点，千方百计抓创作，想方设法出成果，涌现了一大批有深度、有温度、有筋骨的文学作品，为建设文学高地、攀登文学新高峰做出了积极贡献。

作品发表出版情况。张文宝的文学创作继续保持旺盛的势头，他创作的《一个人成就一座城》等报告文学作品，在《新华日报》发表后，被中国作家网等国内多家媒体转载，在社会上产生了强烈反响。他还创作出版了长篇报告文学《朱德的早年生活》《黄的海，蓝的海》。

王成章牵头创作的长篇报告文学《主角是农民——从贫困县到世界水晶之都》《致敬激情岁月——中国化学矿山的摇篮锦屏磷矿》《鹰游万仞》等，继续领跑我市的报告文学创作。根据王成章长篇报告文学《国家责任》改编的同名电影剧本在《电影文学》杂志发表。

孔灏完成了市委宣传部精品项目诗集《老海州》的创作，明年初出版发行。他在《扬子江诗刊》《诗选刊》等杂志分别发表组诗《与苏子诗》等。在《扬子晚报》发表组诗《老海州记忆》等。在《雨花》杂志发表散文《千江有水》等。

蒯天创作的《书写新时代工匠精神》《笔墨存真显情怀》《永远的丰碑》《时代的当代》等，在《人民日报》《中国艺术报》《青海湖》等报刊发表。

李建军的小说、散文和评论等在《小小说月刊》《宝安文学》《延安文学》《深圳周刊》《江苏作家》等报刊发表。

相裕亭的小小说创作又获丰收，年内作品在《北京文学》《鸭绿江》《北方文学》《安徽文学》《当代人》《广西文学》《台港文学选刊》《小小说选刊》《微型小说选刊》等刊物发表、转载"盐河系列"小说30多余篇,并在《金山》杂志开设个人专栏。

庞涛的诗歌在《作家报》《鸭绿江》《江河文学》等报刊发表,诗集《幸福的意外》出版发行。魏虹、周永刚的作品相继在报刊发表。

刘晶林的短篇报告文学《高扬的旗帜》《心上住着一个村庄》《花果山下桃花开》《心之归宿》分别入选《向人民报告》《向时代报告》;短篇报告文学《守岛人的信念》在《人民日报》副刊发表。

何锡联的组诗《刹那之间》《红线》《过滤之后》分别在《扬子江诗刊》《国家诗歌地理》《扬子晚报》等报刊发表,散文诗《弦间》在《海外文摘》发表并获2021中外诗歌邀请赛一等奖。

蔡勇的组诗《宿主》《骨节》等分别在《扬子江诗刊》和《雨花》等刊物发表。

陈武小说创作获得大面积丰收。陈武在20世纪80年代初开始涉足文坛,长期以来,他的小说和散文创作成绩斐然。特别是他的小说创作,坚持以底层人物为创作题材。小说语言朴素洗练,情节曲折,引人入胜,近年相继发表出版了一大批较高质量的小说作品,数次获得紫金山文学奖。今年,他的中篇小说《三姐妹》《自画像》《上青海》《郑波遭遇了什么》分别在国内有重大影响的刊物《芒种》《十月》《中国作家》《小说月报原创版》等发表,其中《三姐妹》被《小说选刊》和《北京文学中篇小说月报》转载;《自画像》被《作品与争鸣》《中国当代文学选本》转载;《上青海》被《海外文摘》转载。短篇小说《灯色》《城郊栅栏小院》《你是我最好的书》《意见会改变》分别在《山东文学》《青年文学》《安徽文学》等刊物发表;中篇小说《咳嗽》获第四届深圳光明杯征文小说类一等奖,中篇小说《像素》获第四届《雨花》文学奖,短篇小说《三里屯的下午》获得《雨花》文学奖。出版《书灯下的流年》《忆汪情深》《疯狂的小岛》《一个人的岛》等书籍。

滕敦太的小小说创作保持良好势头,在《人民日报·讽刺与幽默》发表微型小说4篇,加拿大华文报《七天报》7篇,《华文作家报》4题;《天池小小说》头题"特别推荐"发《为大》；《小小说月刊》发《公子西南走》等。《讲究》在《小说选刊》第 2 期选载；《裂缝》入选中国微型小说年度排行榜；《捏》入选《中国精短小说年选》等。《余香》《捏》《留痕》《榆木拐》等入选中考、高考试题。《钓龙虾》获田工杯清廉微小说全国优秀奖等，成果显著。

青年女作家李岩的作品在《扬子江诗刊》《芒种》《雨花》《山东文学》《延河》《青海湖》《黄河文学》等刊物发表。青年女作家汤景扬出版长篇小说《守得云开见月明》，并入选中国作协"庆祝中国共产党成立 100 周年优秀网络文学作品展"。作品《空中丝绸之路》获江苏省作协深入生活定点项目资助。

儿童文学创作一枝独秀。去年，江苏省作协安排十位著名儿童文学作家来我市开展"大手牵小手"赠书及文学普及活动，我市儿童文学作家曹延标和徐继东成功入选，标志着我市的儿童文学创作已经达到了较高的水准。今年，我市的儿童文学创作继续保持良好势头，曹延标和徐继东的儿童文学创作取得了丰硕的成果。

曹延标的儿童文学作品《黄鳝妈妈变爸爸》《考后感》《第 31 只黄鼠狼》《秋野里迟到的风景》《唐胡温乔》《找手机》《采泽漆》《茉莉》《追赶太阳的少年》等，相继在《少年儿童故事报》《意林少年版》《中国儿童文学精粹·动物小说》《海燕》（儿童文学版）《读友·中长篇版》《小学生世界》《小溪流·少年号》《故事大王》等刊物发表。出版长篇小说《两个人的学校》。2022 年，他计划创作《学困生穆书杰》系列（4 册）、《学霸夏天》系列（3 册）、《三年级的小壮壮》（4 册），每本书的印数都是 5 万册。

徐继东的少儿长篇小说《山冈上的索玛花》入选第八届"中国童书榜"百佳书单，同时入选"2021 年经典中国国际出版工程立项项目"，被翻译成越南文出版发行。该部作品还在《少年科普报》完成连载。少儿小说《魔仙堡的妖精们》入选广东人民出版社编印的《中国儿童文学精粹》。长篇魔法小说《探险黑森林》在《少年科普报》上连载。我国著名儿童文学作家汤素兰为徐继东《山冈上的索玛花》撰写的专题评论《留守儿童题材小说的另一种艺术可能》发表在《文学报》上，并被《中国作家网》转发，影响广泛。

（王军先）

2021年淮安市文学创作概览

2021年，淮安作家高举习近平新时代中国特色社会主义思想伟大旗帜，始终坚持以人民为中心的创作导向，深入基层、扎根人民、潜心创作，写淮安故事，塑淮安形象，推出了一批思想精深、艺术精湛、制作精良的文学精品佳作。

韩开春的儿童文学《水虫记》入选江苏省作协第十六批"重点扶持文学创作与评论工程"文学项目。施军、沙克的评论作品获得江苏文艺大奖·首届文艺评论奖，王往的小说《赶庙会》获得中骏杯《小说选刊》奖、许卫国的《春到上塘》获评江苏省改革开放40周年重点读物、张启晨的长篇网络小说《一面》获得"新时代的中国"第二届网络文学现实题材主题征文大赛奖、张小鹿的儿童文学作品《星星去哪儿》获得第十届陶风图书奖等。据不完全统计，2021年淮安作家出版文学作品30余部，许卫国的长篇报告文学《奋斗西南岗》、陶珊的长篇报告文学《筑梦长淮下》、华炜的长篇报告文学《韩信大传》、王小泉的长篇小说《狐狸的浪漫史》等都是其中的精品佳作；龚正、姚克连、严苏、沙克、刘季、吴光辉、苏宁、李利军、仲晓君、朱月娥、金虹、季风、王超、李超、孙胜、孙燕超、张启晨、张秋寒等在《人民文学》《诗刊》《十月》《扬子江诗刊》《钟山》《星星》《长江文艺》《诗选刊》《中国校园文学》《中国作家研究》《安徽文学》等重要文学期刊发表文学作品400余篇，多位作家的作品被《小说选刊》《作家文摘》《小小说选刊》等转载。

小说创作方面。苏宁在《钟山》发表短篇小说《家庭建制》，反思现代女性在家庭生活中的困境，呼唤女性自由选择的权利；吴祖丽在《雨花》发表短篇小说《归来引》,小说从20世纪90年代乡村小学的日常场景切入,主人公苏爱莲是一个都市白领,回忆交错闪现,夹杂着魔幻主义的写作手法,是生活、情感等的某种隐喻。郑志玲的长篇小说《那一片热土》由重庆出版社出版,书写了一个"草根"的奋斗史。小说主人翁田福根在共产党员田富贵的影响下,由一名"问题少年"成长为青年民营企业家。小说通过几代人的情感纠葛,重塑了现代普通人自尊、自信、自强,紧跟时代步伐奋勇拼搏的形象。

陈秀荣的微型小说《故人》、朱士元的微型小说《妙方》被《小说选刊》转载。朱士元的小说《杨二锤》《渡口英杰》在《小说月刊》发表。诗篱在《雪莲》发表短篇小说《熵减》。"90后"作家苏赢在《当代小说》发表短篇小说《心脏骤停》、张秋寒的《倾巢》入选《特文学·春望新芽》。

诗歌创作方面。老诗人姚克连在《诗刊》发表《刻痕》。苏宁在《山东文学》发表《珍惜(组诗)》。晁如波在《扬子江诗刊》发表《白马湖的向日葵》,在《时代文学》发表《月下湖》。缪红芹在《鸭绿江》发表诗歌《老宅子的梦》。季风在《绿风》发表《扶贫者说》,继续他的扶贫主题诗歌创作,同时他将更多的笔力放在了故乡的运河上,在《诗刊》《扬子江诗刊》《星星》《诗潮》《诗林》等发表了一系列"运河主题"组诗,描画故乡"运河之都"淮安的悠久历史与繁华盛景。陈建正在《诗刊》发表《平原上—兼致黄沙港村》,在《星火》发表《早晨》,《诗歌月刊》发表《三只丹顶鹤》。

青年诗人的表现同样精彩。"80后"诗人王超在《诗选刊》《星火》《鸭绿江》《诗刊》《星星》《诗歌月刊》中发表多篇诗歌作品。"90后"诗人孙胜继续保持旺盛的创作力,在《扬子江诗刊》发表诗歌《雪后(组诗)》,在《星星》发表《山那边的山》等作品。

散文创作方面。吴光辉的散文创作继续保持强劲势头,2021年,他先后在《雨花》《北京文学》《安徽文学》等发表《枕着运河入梦》《父亲的燃情岁月》《回家》等作品。金志庚的散文集《追梦的岁月》、柳邦坤的散文集《分界》陆续出版。

报告文学创作方面。龚正、吴光辉、杨绵发、龚逸群在江苏省委宣传部、江苏省作协、省报告文学学会组织的纪念建党百年及战疫等主题创作中,多篇作品被收录在《基石》《又见遍地英雄》《向时代报告》《向人民报告》《茉莉花开》等大型报告文学集。许卫国的长篇报告文学《奋斗西南岗》、陶珊的长篇报告文学《筑梦长淮下》、华炜的长篇报告文学《韩信大传》相继出版。

儿童文学创作方面。韩开春的儿童文学创作一如既往地高产,他在《北方文学》开辟专栏,刊登《水鸟记》等系列文章,在《雨花》发表《水虫记》,在《花火》发表《河鱼记》;张小鹿在《儿童文学》发表《蚂蚁的月亮船》和《老汽车和小紫藤》,其《星星去哪了》获得南京图书馆主办的第十届陶风图书奖;加映的儿童文学作品《流浪的冬不拉》参加中国布尔津十月童话节,进入入围名单。

文学评论创作方面。施军的文学评论《文学是我们每个人心里的一盏明灯——范小青 21 世纪小说论》、沙克的《文艺批评话语录》获得江苏省文艺大奖·首届文艺评论奖。李超在《中国作家研究》发表《在天空和大地之间——张佐香散文创作论》,张启晨在《文艺报》发表文学网络文学评论《为医者发声,用文字抒怀——王鹏骄与他的医疗文学创作》。

(龚正、李超)

2021年盐城市文学创作概览

百年征程波澜壮阔,百年初心历久弥坚。2021年,盐城作家紧扣庆祝建党百年主题,深入生活、扎根人民,自觉将文学创作的视野向历史和现实的深处开掘,把握时代发展大潮,聚焦国计民生和百年辉煌,推出了一批社会反响良好的优秀作品。

小说:如望春山万重锦　在时代的滚滚洪流中,城市和村庄、平原与海洋、现实及梦境、宇宙或人间的边界被逐渐打破,盐城的小说作家在新的叙事空间里拓宽视野,建筑并丰富着自我风格,打开万重锦绣的"春山"。徐向林年内出版的中篇小说集《莲花落》,在历史的经纬中还原了战争里的真实场景,打破谍战英雄的传奇性,用平凡英雄的成长史阐述"人民就是江山,江山就是人民"的宏大主题;邓洪卫、徐向林、陶林、周加军、郭苏华、梁小哥、许如亮、陈煜等一批小说作家先后在《解放军文艺》《江南》《作品》《鸭绿江》《福建文学》《安徽文学》《雪莲》《泉州文学》等刊发表了一批烙上鲜明"盐城元素"的中短篇小说,徐向林的短篇小说《春风正度玉门关》获第五届张謇文学奖。值得关注的是,盐城一批以创作中短篇小说为主体的作家,与徐社文、范进、卢群、赵峰旻、许尚明、蔡冬桂、徐晓伟等小小说作家一道,在小小说园地精耕细作,年内多篇作品被《小说选刊》《小小说选刊》《微型小说选刊》等转载,10多个作品被收入各种年度选本,并被选用为中学语文考题。

诗歌:草木蔓发又一春　活跃在创作一线的盐城诗人,以"面朝大海"的开放性与"春暖花开"的温暖感,更加注重创作的多元化与差异性,更加强调深度与厚重的心灵史探求,为诗歌创作注入更富有质地的洞察与热忱。在盐城诗人队伍中,陈义海、姜桦、管国颂、朱义刚、祁洪生、汪洋、张大勇、袁同飞、郑中顺、韦江荷、邹进、程立祥等中坚力量保持着旺盛的创作激情,王一萍、古沙子、刘艳、宗昊、潘璐昊等新生代诗人和杨长华、孙海琳、吕建发等词赋诗人相携并进,年内贡献出大批诗歌力作,多篇诗作在《星星诗刊》《扬子江诗刊》《雨花》《山东文学》《延安文学》等刊发表,并有诗作收入年度选本。王一萍年内出版的诗集《风怕晚》,以对生活的饱满情感结构,将再平常不过的现实生活在内心精雕细琢,通过诗意呈现,展示作者内心对生活的喜悦感、坦诚的融入感和创造的进步感,情感真挚朴素,宁静优美而厚重,弥漫着清幽淡泊的人文气息。

散文:向暖而生著菁华 经过持续多年的深厚沉淀,盐城的散文创作始终保持着厚积薄发的品质。陈义海、姜桦等以诗人的身份跨界散文领域,"神来之笔"常让人眼前一亮。姜桦年内出版的散文集《滩涂地》,镜像式还原与呈现了盐城黄海湿地上的自然生态、人文历史和生命万物,从文学、地理学、历史学和生态学的角度,讲述着这片土地上人与自然、人与万物之间的关系,也记录着世世代代的人们的悲欣,全景呈现了滩涂地的秘密;丁立梅年内出版了《合欢树下》等多部散文集,一如既往地延续了她"以音乐煮文字"的暖色调叙事风格;郭苏华出版的散文集《城乡简史》、闵长富年内的散文集《人生的风采》等,以深情的笔触触摸着土地的冷与暖,感受着人间的痛与爱;陆应铸、韦国、赵永生、孙立昕、孙曙、冯晓晴、刘平萍、张明华、郭玉霞、毕天霞、李桂媛、夏儒静、孙成栋、洪仁忠等一批散文作家固守本源,力作纷呈。多名散文作家与"盐城西岸湿地文学创作中心"签约,创作的湿地题材的文学创品,有20多篇被《新华日报》《扬子晚报》等刊发,并有多篇被学习强国平台转发。纪实散文《盐城的海堤》《红色宋公堤》被《人民日报》大地副刊、《解放军报》长征副刊发表。

报告文学:大地上的观与思 报告文学是与历史和时代同行的文学,直面现实、书写时代是报告文学的优良传统。2021年,盐城报告文学作家聚焦百年党史、淬炼重大主题、抒写奋进征程,从而使本年度的报告文学创作迎来了丰收的景观。在红色题材创作方面,张晓惠、徐向林、吴万群、浦玉生、赵永生创作的《文锋剑气耀苍穹》《红云漫天》《生死赴硝烟》《英雄史诗》《魂系漕河四月奇》等收录于"雨花忠魂·雨花英烈系列纪实文学(第五辑)"出版,入选2021年江苏省主题出版重点出版物,并被凤凰传媒列为主题出版重点图书。张晓惠出版的长篇纪实文学《生死兄弟》,书写了一段"同生为兄弟,共死为英魂"的壮烈传奇。百花文艺出版社推出的"诵读经典·红色书单"中,徐向林的报告文学《白方礼,一个人的爱心长征》上榜。朱金明、徐向林合作创作的纪实文学《宋公堤,永恒的信用丰碑》获《作家文摘》主办的"恰是百年风华"庆祝中国共产党成立100周年全国征文大赛优秀奖;在脱贫攻坚题材创作方面,张晓惠、徐向林创作的全景展示盐城小康故事的《黄海合唱》入选《向时代报告:中国全面小康江苏样本》一书,张晓惠的《萦水绕田美,稻鱼人家旺》、徐向林的《前雁高飞》、吴万群的《淮水作证》、徐卫凤的《凤城展翅》等作品被《茉莉花开:脱贫攻坚江苏故事》一书收录;在抗疫题材创作方面,张晓惠的《使命与担当》、赵永生的《疫与情》、殷毅的《三个警医家庭的战地交响曲》等被《又见遍地英雄:江苏抗疫故事》一书收录;在典型人物创作方面,张晓惠的《践诺无悔》、徐向林创作的《逐梦雪域高原》分别入选《向人民报告:江苏优秀共产党员时代风采》和《基石:江苏基层优秀共产党员礼赞》,生动呈现了全国优秀共产党员刘怀仁、段玉平的感人事迹,其中,《逐梦雪域高原》被《人民日报》刊发;在生态及地方特色题材创作方面,徐向林的生态报告文学《黄海森林》发表于《中国作家》杂志。张晓惠、陈建新、徐向林、张大勇、赵峰旻、彭淑玲创作的"盐城地标"(第二辑)系列丛书,将由江苏人民出版社公开出版。

儿童文学:百舸争流千帆竞 儿童文学作家驰而不息加大对题材的开拓和艺术的探索,儿童小说、童诗等各门类都涌现出独具创新的作品,可谓百舸争流千帆竞。徐瑾的儿童文学作品《坐在石阶上叹气的怪小孩》获第十一届全国优秀儿童文学奖,曹文芳、嵇绍波等儿童文学作家多篇作品在《十月》《少年文艺》《东方少年》等刊发。

(徐向林)

2021年扬州市文学创作概览

一、小说

2021年,汤成难在《人民文学》《中国作家》《钟山》《小说月报原创版》《作家》等重要刊物发表中短篇小说七篇。其中,发表于《人民文学》第12期的《巴塘的礼物》被《长江文艺·好小说》转载;发表于《中国作家》第11期的《高原骑手》,被《小说月报》和《作品与争鸣》转载;发表于《雨花》第5期的《去梨花村》,被《小说月报》转载,并入选《2021年中国女性文学选》。由上海文艺出版社出版汤成难中短篇小说集《月光宝盒》,其单篇《月光宝盒》入围2021年首届短篇小说双年奖,入围第六届华语青年奖,并获得首届梁晓声青年文学奖。

肖德林《大地上的摸鱼人》(短篇小说)发表于《当代小说》2021年1期;《来访者》(短篇小说)发表于《雨花》2021年2期;短篇小说集《夜行人——肖德林短篇小说选》由江苏凤凰文艺出版社2021年12月出版。

秦汝璧短篇小说《雨霖铃》刊载2021年《雨花》第2期,短篇小说《雾沼》刊载《特区文学》第8期,中篇小说《范贵农》刊载《作家》第5期,短篇小说《莺莺》刊载《钟山》第3期,中篇小说《史诗》刊载《山西文学》。2021年短篇小说《梦旅》及创作谈《我还能在不忙的时候想起我的故乡》刊载《广州文艺》12期,2021年正式出版小说集《史诗》。2021年入鲁迅文学院第四十届高研班学习。

童剑锋短篇小说《鹅娘轶事》发表于《长江文艺》2021年第11期。姜红兰短篇小说《最后一次逃跑》发表在《福建文学》2021年第2期。王生虎《醉刘伶》发表在2021年第6期《小小说月刊》。张正《卖粪》在第2期《短篇小说》发表,《乡村小学三题》在第5期《短篇小说》发表,《换灯》在第7期《短篇小说》发表,《瞎德元》在第8期《小说月刊》发表。

二、散文

2021年,周荣池在散文创作和理论研究方面做出了积极的探索,在陕西《美文》杂志开设"汪曾祺笔下的乡土世界"专栏,发表散文10多万字引起了广泛的关注。其还开设《书余弄厨》散文专栏,并先后在《红岩》发表散文《庄台》、《湘江文艺》发表散文《被雪藏的故乡》、《散文》发表《南角蔬菜传》、《文学报》发表散文《被震动的光泽》,先后被《散文海外版》《散文选刊》等转载,多篇文章入选《2021中国散文年选》《2021中国生态文学年选》《2021散文精选集》《2021中国精短美文精选》等年度选本。原发于《美文》杂志的散文《节刻》获得三毛散文奖新锐奖,其作品备受评委青睐,称其"作品在沉实有力的叙述里,立意阔达深远、厚重深切。不但是里下河的乡村志,也是自然与自然的交响曲,人与自然的交融史,称得上乡土、乡情和乡愁的大地叙事诗"。同时,周荣池注重乡土文学以及散文创作理论方面的研究和探索,在《文艺报》发表《地方性的光亮与险情》《里下河文学的传统和未来》,《新华日报》发表《乡土文学如何"再出发"》等理论文章,其创作也备受理论界关注,《光明日报》等报刊先后发表《扶贫文学创作中的乡土新变》《周荣池作家论》等研究文章。

王玉清在《散文》2021年第6期发表《汪曾祺与秋海棠》、第11期发表散文《冬牧》。王向明散文《透过玻璃凝视你》荣获2021全国公安机关抗疫主题征文一等奖;散文《氾光湖上那盏灯》荣获第九届冰心散文奖。苏扬散文《莱芜印象》入选《首届吴伯箫散文奖获奖作品集》(黄海数字出版社2021年1月出版);散文《湖光菊影拾寒香》入选《当代江苏金融文学优秀作品集》(江苏凤凰文艺出版社 2021 年 11 月出版);散文《运河,生命的远途》获第二届"江苏省散文学会学会奖"(江苏省散文学会主办)。梅静散文《刻在园子里的念想》《满城木香开》《容膝之处有风景》《借得春色入画来》分别刊载于银河悦读中文网。

陈静散文《雪中情愫》《留痕岁月》《回望乡村》《幼有善育》《小别重逢,烟火扬州》《"疫"路芳华守初心》《求同敬异》分别发表于《莫愁小作家》。张怀珊散文《推板》《过河哟》《回娘家去》《富贵鲜中求》《支锅匠喜子》《婆婆的痒处》《刻蜡纸》《预言家老师》《妈妈的味道》《仙女庙之大坟滩》《红彤彤的年》等多篇分别刊登于《扬子晚报·繁星》。

三、诗歌(含散文诗)

袁伟有大量作品发表,如《山颇橘子》发表于《诗刊》2021 第 2 期;《柿上霜》(外一首)发表于《光明日报》(2021.1.23);《游震泽古镇》发表于《雨花》2021 第 3 期;《夏日赠别》发表于《四川文学》2021 第 12 期;《阅江楼》发表于《青春》2021 第 6 期。作品入选:《2021·中国诗歌精选》(辽宁人民出版社);诗集《草戒指》(百花洲文艺出版社 2021 年 10 月出版)。

苏扬发表诗歌《穷人,富人》、散文诗《河曲》《扬州颂》等,诗歌《故乡的生态大走廊》等入选《我和我的家乡》(重庆出版社 2021 年 11 月出版);散文诗《汉曲》(节选)入选《中国当代百家散文诗精选》(山东齐鲁音像出版有限公司 2021 年 5 月出版)。

王玉清在《北京文学》2021 年第 1 期发表《开湖了》(组诗 9 首 141 行)。

四、儿童文学

儿童文学作家王巨成,2021 年 6 月,《库尔班·尼亚孜——用心血浇灌民族之花》列入"中华先锋人物故事汇"系列丛书第三辑出版。其他出版的书有:《亲爱的枣树》(安徽少年儿童出版社,2021 年 7 月)、《远方的红纱巾》(安徽少年儿童出版社,2021年7月)、《幸福路》(安徽少年儿童出版社,2021年7月)、《别对孩子说谎》(晨光出版社,2021年5月)、《到上恰恰去》(晨光出版社,2021年5月)、《我们班的奇迹》(晨光出版社,2021年5月)、《远水河的秘密》(晨光出版社,2021年5月)、《你多么勇敢》(晨光出版社,2021年5月)、《长大的秘密》(晨光出版社,2021年7月)、《我们的秘密》(海燕出版社,2021年9月)。

陈雪花儿童文学读本《失踪的大鱼》2021年1月发表《红雨伞》(儿童散文);《福建文学》2021年8月发表《春天的海棠》(儿童小说)。

五、报告文学

王向明参加由省委宣传部、江苏省作协牵头,省报告文学学会组织的《向人民报告》主题创作,作品《一个人的警务室》入选作品集;参加江苏省作协抗疫情主题活动采风作品《刑警吴巍的无畏抗疫》入选《又见遍地英雄》作品集。

梅静纪实文学《祸害长江水,罚4.7亿!》《灌河弄潮人》刊载于《方圆》杂志,纪实文学《防护服里的"小心脏"》《几度关山留学路》等刊载于"银河悦读",纪实文学《疫情下的扬州"菜户"》刊载于《清风苑》、纪实文学《让古运河重生》刊载于《检察日报》(2021年8月12日)。苏扬报告文学《绣出一片新天地》刊载2021年4月10日《天山时报·中国报告文学》、传记文学《他是最早提出"中国共产党"名称的人》刊载《铁军》2021年8期,报告文学《今日渔歌》和《小小绣花针》入选《向时代报告——中国全面小康江苏样本》(江苏人民出版社,2021年6月出版)

六、评论

李广春评论作品《让人民在文化建设中唱主角》《问道"竹西佳处"》《点亮古城更新的萤火之光》《阮元为什么常被人怀念》《文学手稿"木乃伊"》

《评话说得好 创新不能少》《棒冰的"文化味"》《苏东坡的生意经》《著书立说当戒信口开河》《不妨学学扬州赵大姐》分别刊载于《瞭望》5 期、6 期、19 期、24 期、25 期、28 期、29 期、39 期、48 期、52 期;《党史学习教育的新追求》刊载《红旗文稿》11 期;共计杂志刊载 35 篇,报纸发表评论 11 篇。

(杜　海)

2021年镇江市文学创作概览

2021年是"十四五"规划的开篇年,宏伟蓝图已铺开,镇江作协文学创作一如既往,佳作迭出,作品向社会不同阶层渗透,涌现出多部精品。在奖励、扶持计划的助力下,各类文学创作取得了新进步。

主题创作团队发力

长篇纪实继续发力 纪实作品有别于其他类型的体裁,旨在把视角投射到广博的当下,以笔作刀、作舟,以现场为时代战场,诚实记录好现代史,为未来的历史书写者留下实证。纪实作品有其时效性和局限性,更彰显着社会性。镇江作协近十年来积累了团队作战的创作经验,继往年集体创作的《雪域高原的海拔》《一条路与一个时代》等纪实作品的基础上继续深挖社会重大题材,集体创作之花一如既往在不同行业中开枝散叶,繁花铺展。借助各方力量,带领作家们把文学的触角伸向不同行业中,着力描摹社会群像,于今年创作出《百年康复》《百年讲述》,这两部纪实题材的作品由7名作家与媒体记者共同担纲,谱写了从1922年到2022年之间一家公立医院的一百个人物,蔡永祥在序言中写道:全书的创作采取了第一人称"我"的笔法,通过医务工作者倾情的讲述,写作者倾心从不同历史的尘埃中打捞,还原个体与集体的共同命运,并以饱满的热情与激情投身到这个世界,以小我世界成全大我世界。一部百年医院的历史中有个人史,也有国家史,一代代医者们在医技上有宏大的视野,对病人有着博大的情怀,交相辉映。

《追梦中国》系列图书是作协集团队力量的又一本图书。这部书由《中国价值》《中国精神》《中国力量》三部分融合组成。由蔡永祥带领7位作家，参与了《追梦中国》文字部分的创作。内容涉及复兴号、港珠澳大桥、毛乌素沙漠治理、十八洞村（精准扶贫）等32个国家大事件。全书内容无论从时间还是空间上来说，面对全球内已经发生的各种现象，用哲思的眼光打探未来世界，用具体的文字和图片展现抽象的概念，从古代中国到近现代的中国再到未来的中国，本书无论从构想和内容都很成功。这部书由镇江市委宣传部策划，邀请中央党校和省社会科学院编写写作方案，其间，邀请中国作家协会的领导指导创作。

重大题材中的纵横拓展，国家叙事与微小叙事呈多样并存。蔡永祥和钱俊梅参加了省委宣传部、江苏省作协组织的大型报告文学集体创作活动。其中《向时代报告：中国全面小康江苏样本》一书中收录了蔡永祥和钱俊梅采写的第十七章《江河交响》系列，每篇独立，又互相勾连，书中有时代楷模赵亚夫，有与习总书记对话的村民崔荣海，丹阳眼镜大王汤龙保，有为了十年长江禁捕退渔上岸作出贡献的普通渔民徐国民和周忠亮。《向人民报告：江苏优秀共产党员时代风采》一书中收录蔡永祥采写的《傅德利，红光在闪耀》乡村党委书记傅德利，钱俊梅采写的一名普通女电工师傅方美芳《大美美芳》。由江苏省作协组织的长篇纪实《基石：江苏基层优秀共产党员礼赞》，蔡永祥采写了江苏吴仁宝式的村书记刘树安。《又见遍地英雄：江苏抗疫故事》一书中分别收录了蔡永祥采写的《樱花树下的笑脸》，钱俊梅采写的《命，河流里的一条鱼》，王东海采写的《抗疫英雄司元羽——他错过了春天》等多篇纪实作品，为全省纪实作品的创作奉献出一份微薄之力。

坚持文学与时代同行

个体创作的厚积薄发　　再渺小的个体，都有无尽之数，心中都有万丈波澜。庚子年后随着新冠疫情的暴发,影响并改变着我们的生活。逆行者勇敢担当,智识者发声鼓劲,人人都需要自律坚韧、守望相助,每一个平凡人都是英雄。在后疫情时代,每一个写作者都不应该缺席。在这期间镇江文坛以蔡永祥、钱俊梅、董晨鹏等人为代表的纪实作家,在疫情期间逆行,走向抗疫现场。钱俊梅近两年跟踪采访了全市抗疫一线的医护人员上百人,创作长篇纪实《我在,我们在》,完成在施工工地卧底创作的长篇纪实《工地场》,完成《妈,抱着你回家》长篇纪实,这三部纪实作品累计120万字。王景曙的抗疫纪实作品《77人的"78"天》出版。蔡永祥新著人物传记《茅以升评传》。

一线小说家任珏方是用全身的细胞写小说的人,其小说已长出了一身膘,壮实起来。连续多年全国重点刊物发表小说,今年在《钟山》发表小说《声声蛮》。董晨鹏《七里甸》正在创作中。范继平的长篇报告文学《溢绿园》发表于《人民文学》并出版。陶然中篇小说集《天象》出版。王桂宏的长篇传记小说《赵声将军》出版。

诗歌、散文类作品可圈可点　　镇江有一群散文写作者,如钱俊梅的跨文体散文《天时谱》,在新散文观察中较扎实的,其工地场系列散文之一《工地上的波尔羊》发表在《黄河文学》。陆渭南的《陪活》《柳诒徵,从镇江走出的国学大师》发表。王明法的诗歌创作和发表势头猛,在《诗刊》《作家》等诗歌杂志发表诗歌二十多首。曾竹花在《星星》《扬子江诗刊》《上海诗人》《飞天》等发表诗作数十首。宗小白在《诗刊》《星星·诗歌原创》发表多篇诗歌。

网络文学创作亮点频现

除了传统文学,镇江网络文学的发展也令人瞩目。天下归元(卢菁)是网络实力派作家,《山河盛宴》入选中国作家协会主办的2020年度网络文学影响力榜,2019—2020年度网络文学IP影视剧改编潜力作品;扬子江网络文学大赛,《山河盛宴》获最佳故事情节奖;第五届网络文学＋大会,连载

160万字的《辞天骄》,获优秀影视IP作品;2021年度再次售出《凤倾天阑》影视版权;《女帝本色》《帝凰》《千金笑》签约再版;《凰权》在韩国出版。天下归元是当代中国古风文坛上最大气、最具畅销力的金牌作家之一。

武林(凿壁小妖)在现实与网络创作中自由切换,完成年代战争题材作品《战狼花》现代出版社出版;现代扫黑除恶题材剧本《血声》20集。非虚构人物故事系列短文《国庆70年飞过天安门上空飞行员——何明的自律人生》《深海谍战之惊蛰——编剧海飞的行走足迹》等。还有蓝色狮、情殇孤月等网络作家,表现不俗。

无论何种门类的写作者,都如一个雕刻师一样,精心雕琢出一块美玉来,每一位写作者,都走在一场寂寞无行路的求索之路上,踽踽独行,一路上已然听见花开的声音。

(钱俊梅)

2021年泰州市文学创作概览

2021年,泰州文学全方位发力,以里下河文学品牌打造为抓手,激励文学创作,促进文学交流,老作家新作频出,中青年作家势头旺盛,呈现出立体推进的良好局面。

庞余亮散文集《纸上的忧伤》获第九届冰心散文奖,并多次登上文学好书榜、中国好书榜。李明官散文集《范家村手札》获第三届丰子恺散文奖提名奖,散文《村居笔记》获全国大鹏文学奖散文奖。戴中明散文《城河之光》获江苏省电视文艺政府奖文学类二等奖。周卫彬入选江苏省作协签约作家。严孜铭中短篇小说集《余烬》入选中华文学基金会"21世纪文学之星"丛书,短篇小说《如何拆解我的阿丽塔》获全国大学生创意写作大赛银奖。顾天玺《尖锋》获首届七猫中文网现实题材征文大赛二等奖、第四届咪咕杯群星闪耀赛区金奖、超级网文奖。海胆王的《桃源山村》入选中国网络文学2020影响力新人榜提名奖等。本年度共有3人加入中国作协,14人加入江苏省作协,创历史新高。

据不完全统计,2021年泰州作家出版文学作品40余部,推出里下河文学星书系1部,里下河青年文学写作计划4部。庞余亮、李明官、周新天、王夔、何雨生、易康、叶慧莲、周卫彬、陆秀荔、汪夕禄、于俊萍、严孜铭等在《大家》《青年作家》《钟山》《雨花》《长江文艺》《扬子江诗刊》《草原》《山西文学》《中国作家研究》《安徽文学》等重要文学期刊发表文学作品400余篇,多位作家的作品被《小说选刊》《作家文摘》等转载。

小说创作方面。著名作家庞余亮先后推出了2部青少年题材的长篇小说《我们都爱丁大圣》和《看我七十三变》。《我们都爱丁大圣》是一部反映"05后"生活的长篇小说,通过美与善的书写,展示出新时代青少年聪明、善良、充满爱心的形象。《看我七十三变》是一部关于当代小学生时代精神面貌的交响曲,以周记的形式展现了主人公学习、生活的点点滴滴,直面现实,又充满温情。

小说家易康在《椰城》发表短篇小说《詹妮的脸》,充满先锋色彩的易康在这篇小说中,创造了独特的欲望美学,以此产生出一种非驴非马的形式,从而打破某种道德效验。陆秀荔在《钟山》《山东文学》发表小说作品,王魁在《大家》《文学港》《太湖》发表短篇小说,刘华君原创并参与编剧的《月歌行》被拍成电视剧即将播出,曹学林创作、发表里下河非物质文化遗产微小说系列,闻琴在《青年文学家》《小小说月刊》《今古传奇》发表小说。此外,泰州小说家们纷纷推出新作力作,顾坚长篇小说《黄花》,黄跃华长篇小说《四月天》、短篇小说集《软肋》,陈建波长篇儿童小说《少年阿水》,刘仁前长篇小说《香河》繁体版、英文版,于俊萍小说集《七月池塘》等都是其中的精品佳作。

散文创作方面。著名作家庞余亮的散文集《小先生》,由人民文学出版社出版,并获评人民文学出版社"年度20大好书"。《小先生》既有金色麦浪浮沉中一批批孩子的成长和欢笑,也有"小先生"在课堂内外不断被童心、真诚和爱所洗刷的记忆。《小先生》先后入选了《文学报》8月文学报童书好书榜、腾讯集团和阅文集团7月非虚构原创好书人气榜Top5、2021年8月中国好书榜、中版好书榜等。庞余亮散文《在那个湿漉漉的平原上》刊登于《草原》2021年第5期,《文学教育》第8期转载,被收入人民文学出版社《2021年散文选》,并入选中国2021生态文学榜。著名作家刘仁前在《大家》《美文》杂志开设散文专栏,并在《中国作家》《山东文学》等发表散文15篇。散文家李明官在《解放军报》《扬子晚报》发表多篇农事散文。薛梅推出散文集《一根思想的芦苇》,顾成兴出版散文集《老村庄》,并举行读者见面会。

诗歌创作方面。2021年在《绿洲》杂志推出"泰州诗群"专辑,推出了诗人庞余亮、孟国平、金倜、崔益稳、曹海平、宋立虹、高友年等诗人作品,这些作品立足于泰州的历史与当下生活,扩展其广度与深度,以超拔的诗艺挽回生活磨损之下的感受力,从而赋予现实以新的生命。庞余亮、崔益稳、邵秀萍、王亮庭等在《扬子江诗刊》《西部》发表诗歌。邵秀萍出版诗集《未经许可的悲伤》。

儿童文学创作方面。戴琰长篇儿童小说《3班异闻录》由天津人民出版社出版,这部长篇儿童小说用生动的笔触描绘了师生之间温暖而有趣的故事,既是真实一线教育生活的写照,也是成人与儿童共成长的生动案例。顾红干歌词《花儿朵朵感谢党》《果子献给党妈妈》等获得第十届"童声里的中国"少儿歌谣创作大赛优秀奖、海南省"文化季"少儿民歌大赛优秀奖、北京市"公卿杯"少儿歌曲原创大赛歌词金奖等。

报告文学创作方面。缪锦国报告文学集《逐梦》由江苏人民出版社出版。该书是作者从近年来的报告文学精选集,全书近20万字,充分彰显了能工巧匠、平民百姓、行业翘楚的精神风貌及精彩人生的演绎。此外,市作协组织10位作家创作完成了长篇报告文学《谁持彩练当空舞》,全面反映泰州医药城高质量崛起的光辉历程。一年来涌现出长篇报告文学《泰康福地》《惟有真情可溶冰》、长篇小说《十月风生》等多篇重大题材文学作品。

文艺评论方面。孙建国、周卫彬、陈永光等评论家在《文艺报》《大家》《当代作家研究》发表多篇评论作品。周卫彬《忘言集》荣获首届江苏文艺大奖·文艺评论奖。

(周卫彬)

2021年宿迁市文学创作概览

2021年是"十四五"开局之年,也是伟大的中国共产党成立100周年,同时,我国宣布全面建成小康社会,踏上向第二个百年奋斗目标进军的新征程。在这不同寻常、大事喜事连连的一年里,宿迁作家紧紧抓住建党百年和脱贫攻坚这一国之大事、盛事,开展重大题材创作,并且取得了丰富的成绩。

1. 王清平报告文学作品三篇《一家民营医院的抗疫》收录于2021年6月江苏作协编纂、江苏凤凰文艺出版社出版的《又见遍地英雄——江苏抗击新冠疫情纪实》一书,记述沭阳县协和医院积极参与新冠疫情防控的事迹;《本色——唐明清和他的朋友圈》发表于2021年第7期《啄木鸟》,收录于2021年6月江苏作协编纂、江苏凤凰文艺出版社出版的《基石——江苏基层优秀共产党员风采》一书,主要记述全国优秀共产党员、公安部二级英模、宿城区公安局政委唐明清的模范事迹;《"第一村"的九○后书记》收录于2021年12月江苏省扶贫办、江苏作协编纂、江苏凤凰文艺出版社出版的《茉莉花开——江苏脱贫攻坚故事》,记述江苏省农村改革开放第一村泗洪县上塘镇垫湖村党委书记周磊带领乡亲在土地流转过程中经历的艰难困苦故事。

2. 胡继风长篇儿童小说《太爷爷的心愿》取材于时代典型人物宿迁泗洪县"找党老人"张道干。小说以主人公向往党、追随党、加入党组织、与党组织失联、寻找党组织、重回到党怀抱为主线,塑造了胡守信、牛振山、胡守怀、江三妹等一批赤胆忠心、个性鲜明的共产党员形象,同时将中国共产党波澜壮阔、可歌可泣的百年奋斗史生动鲜活地呈现出来,用引人入胜的故事和感人至深的人物向读者阐释:中国共产党人的初心和使命究竟是什么,新中国究竟是怎样建立和发展起来的,我们今天繁花似锦的幸福生活究竟从哪里来。进而引导读者、特别是少年儿童读者知史爱党、知史爱国,不负习近平总书记的殷切希冀,"扣牢人生的第一粒扣子"。新书出版后,江苏凤凰少年儿童出版社在主人公原型张道干故乡举行隆重的新书发布会。著名文艺评论家汪政先生撰文评论此书,给予充分肯定。作品获评2021年江苏省委宣传部重点主题出版项目、江苏凤凰少年儿童出版社年度畅销图书。目前,该书已经被国内多家网站和图书推广机构列为推荐书目。

3. 刘家魁《刘家魁散文随笔集》东北师范大学出版社,上、下册,65万字。该书是刘家魁先生创作40多年来,除诗歌之外的几乎所有非诗作品;不仅如此,书中还附有全国评论家及本土评论家对刘家魁先生诗、文的具有代表性的评论、赏析文章,以及刘家魁诗、文被选载要目和文学创作年谱,因此,该书既有一定的文学价值,也有一定的史料价值。甫一出版,即广受关注:南京大学外国文学研究所的张子清教授说:"如果说刘家魁众多的诗集展示了他的艺术才能和成就,那么这两卷散文集,则揭示了他作为诗人所走的漫长的坎坷道路,具体了他的孝心、友情、爱憎和感悟,他的诗词和散文两方面把他作为诗人的丰满的立体形象立起来了!"中国著名教育家、南师大资深教授何永康先生初读《刘家魁散文随笔集》后说:"值得教育家研究!"

4. 张荣超长篇纪实作品《文明花开》是全国第一部以文明城市创建、城市困难职工脱贫为题材的文学作品。这部作品就是通过孙文明一家6口人的文明素质提升,以及全市100多名各条战线上的先进人物的描写,也包括在文明创建中出现的"反面典型"的解剖,通过"文明摄像头"的多棱角曝光,弘扬正能量,鞭挞"假、丑、恶"。作品通过全市实行《文明新风宿9条》、《宿迁文明20条》,提升了全体市民的素质,提高了城市的品格。文明新风的形成,提升了宿迁的美誉度和影响力。在全国影响广泛。作品用多种文艺式样来宣传地方各级党委、政府倾情建设美丽的城市,倾情塑造有文化、有修养、有素质现代"市民"的先进典型。这是一部践行社会主义核心价值观,弘扬社会正能量,高扬新时代中国特色社会主义大旗的精品力作,对提高市民素质,培植"美好家庭",涵养新时代城市品质,有着积极的引导作用。

5. 沈习武长篇童话《通向天空的小路》江苏凤凰少年儿童出版社出版。 简介:一只叫小哲的老鼠,在寻找失踪的妹妹和妈妈过程中,掉进一个洞中。小哲在食物紧缺、别的老鼠想陷害自己的情况下,想方设法用自身的经历打动这些老鼠,让这些老鼠看到能够逃出山洞的希望。在一步步艰难地努力过程中,小哲让这些老鼠懂得爱、宽容、团结……彻底地改变了这些老鼠。最终,小哲带领这些老鼠逃出山洞,并找到了妹妹和妈妈。在小哲身上,这些老鼠懂得如何去面对黑暗,以及怎样做一只真正的老鼠。

6. 裴凯茹(笔名:时音)长篇网络小说《长安秘案录》四川文艺出版社出版。 简介:唐中宗年间,御史中丞荆氏一门蒙冤获罪,年仅十岁的女儿荆婉儿被充入宫中成为宫女。善良的荆婉儿凭借机智聪慧救下了许多无辜的人,并联合大理寺卿裴谈彻查案件,破获了好几桩轰动的悬案。社会影响:2021阅文探照灯10月人气好书;磨铁文学第二届黄金联赛十大优秀作品。喜马拉雅同名有声书播放量已破80万。古装影视项目筹备中。

7. 范金华散文集《梨园小憩》收录了作家近年写作的三十多篇散文。 有隔着时光对往事的深情回望,也有对当下日常生活中普通人的温情观察;有对故乡风土人情的热爱与眷恋,也有对他乡旅途中美景的欣赏与沉醉。点点滴滴,作者在时间的纵线与地理的横线上捕捉一些故事、情感、场景入文,勾画出世间的沧海桑田与人情冷暖。

8. 胡继云纪实文学作品《上塘之路》以全国率先实行土地包干的地方之一的泗洪县上塘镇为蓝本。 作家通过广泛采访,写出了上塘的改革创新路程。

9. 颜士富微型小说5篇 其中《点赞》被收录《2021年中国微型小说排行榜》。中国矿业大学教授顾建新说,《点赞》真实地反映了互联网给人们生活带来的变化。一个小小的点赞,似乎无关宏旨,但却深切地影响了人与人的关系。被赞扬,使人快乐,不点赞,让人生气。但这只是小说表层的东西。更深层的,是通过生活中的小事,来揭示了一种人的个性、狭隘的心胸——本来是微不足道的事件,却耿耿于怀,心生愤懑。写小事,却揭示出人性,彰显出微型小说突出小中见大的艺术特征。微型小说《过命兄弟》被收录《世纪微小说精选100篇》。过命兄弟,生死相随。故事讲述的是两个共产党员在战争年代无比深厚的革命情谊。他们是休戚与共的战友,是义薄云天的兄弟。他们,折射出一个革命者的群体。作者凝练的笔墨,宕开了小马庄抗日和内战时的斗争历史。生动的对话,使人物栩栩如生。文末,笔锋一转,借看守的视角评论时势,不落俗套,意味悠长。

10. 周永文诗集《拥抱春天》是作者近两年在全国各地报刊发表作品的结集。全书共四辑:第一辑侧重描写对祖国对人民的热爱,以曾经驻守边关为背景,充分表达了作者的满腔爱国热情;第二辑写故乡亲情,作者重点描写了对故乡父老乡亲的思念和感恩;第三辑主要写对自己母亲的怀念,对德孝文化的沉重思考;第四辑主要写对人生的深思和哲问。作者通过清新灵动,质感朴实的笔触,抒发了对生命的大爱,读后令人顿生对生命和亲情的敬畏。本书篇章清新亮丽,生动柔美的抒情常常让读者热泪盈眶,也给读者带来生命的诗情画意。

11. 谢昕梅长篇小说《走进新时代》上海文艺出版社出版。内容简介:女大学生孙思禹大学毕业后,放弃省城优越的工作环境,回到家乡云水村做了一名大学生村官。她用中国特色社会主义新思想改变"三农",以新时代文明实践中心为抓手,带领群众致富作出许多新的尝试。

12. 王其成散文集《寻访朱瑞的踪迹》为了弘扬我市革命家朱瑞的革命精神,从2018年开始分六次沿着朱瑞走过的革命道路,寻访大地上留下的朱瑞脚印遗迹,除了朱瑞留学俄罗斯的莫斯科中山大学和克拉辛炮兵学校没到,国内基本走遍了。王其成根据搜集到的资料,将朱瑞的事迹与对后世的影响结合起来,重点介绍描述现存的遗迹和朱瑞的英雄事迹。

13. 孟献国散文集《阅读秦岭》中国商务出版社出版。描写一个招商人的所见所闻,所感所悟。共五辑,分别为:那些山,那些水……那些人,那些事……那些情,那些爱……那些思,那些想……那些梦,那些真……

(胡继风)

2021年江苏省网络作协文学创作概览

2021年,江苏网络文学创作成绩优异,取得了丰硕成果。姞文的《王谢堂前燕》和童童的《大茶商》入选国家新闻出版署2020年"优秀现实题材和历史题材网络文学出版工程"。《王谢堂前燕》将六朝文化串联,把优秀传统文化与当代烟火市井味在无形的硝烟中融合,讲述了一个时代色彩鲜明、古都风味浓郁、独具中国特色的基层防疫故事。《大茶商》以中国十大名茶之一六安瓜片为核心,串联起文化、商战、爱情元素,为现实题材注入文化自信的精神内核,既传承茶文化,又紧贴时下追求健康的社会生活热潮。

骁骑校的《长乐里:盛世如我愿》以上海这座承载了梦想与光荣的城市为切口,通过旧社会和新时代的对比书写,让读者从一段段鲜活的历史中去感受国家百年沧桑巨变,民族复兴之路。该书入选中国网络文学影响力榜(2020年度)、2021年花地文学榜、中国小说学会2021年度好小说榜等多项榜单。

同时,江苏众多网络作家斩获多项大奖和项目扶持。2021年9月16日,中国作协网络文学中心主办的中国网络文学影响力榜(2020年)发布仪式在深圳举行,骁骑校的《长乐里:盛世如我愿》、天下归元的《山河盛宴》入选网络小说影响力榜,忘语的《凡人修仙传》、我吃西红柿的《吞噬星空》、任怨的《元龙》入选IP改编影响力榜。卓牧闲、会说话的肘子获第四届茅盾文学新人奖·网络文学奖,雨魔获提名奖。骁骑校的《长乐里:盛世如我愿》、姞文的《熙南里》、凌烨《百年沧桑华兴村》、顾七兮的《你与时光皆璀璨》入选中国作协网络文学中心重点扶持项目。卓牧闲的《老兵新警》讲述了韩昕从老兵到新警、从橄榄绿到藏青蓝身份的转变，平实素朴的字里行间，充盈着密实的生活质感，主人公在新的岗位上再立新功，坚守着为人民服务的誓言，该书入选中国作协2021年定点深入生活项目。王鹏骄的《党员李向阳》入选江苏省作协网络文学重点作品扶持项目。漠兮、童童、花清晨、顾七兮、时音等江苏女作家的作品，展现出强劲的ip改编潜力，人均多部版权售出并进入开发。据不完全统计，省网络作协会员2021年共发布和出版作品近千部。这些成果的取得，充分展示了江苏网络作家的创作实力和江苏网络文学的旺盛活力。

2021年随着扬子江网络文学评论中心的成立，中心积极发挥网络文学评论引导创作、提高审美的重要作用，产生一批优秀的研究成果。何平、李玮的项目《中国网络文学评价体系研究》和赖尔的项目《网络文学创制艺术》入选中国作协网络文学理论评论支持计划。"扬子江网文评论"微信公众号，推送作品百余篇，中心成员在《扬子江文学评论》《青春》《江苏作家》等发表多篇研究成果，扬子江网络文学评论中心正成为高水平的具有全国影响力的网络文学研究平台。

（朱　军）

2021年江苏省公安作协文学创作概览

聚焦基层、服务基层，一年来，江苏公安作家将笔触伸到公安工作最需要的地方去，在基层民警打击违法犯罪、服务救助群众、调解矛盾纠纷、安全生产监管等各个领域，屡创佳作，大量作品被《啄木鸟》《人民日报》《人民公安》《人民公安报》等报刊刊载、入选全省主题创作作品集，先后有数十人次在全国、省、市各类文学评比中斩获大奖，极大地鼓舞公安队伍士气，助推江苏公安文化事业高质量发展。

江苏公安文学"领头羊"、江苏公安文联副主席、江苏公安作协主席许丽晴，历时一年多，奔赴多地跟踪走访麻继钢和其亲友、受害人林某家人，写下了20多万字的《现在到永远——南医大女生被害案侦破全景纪实》文学作品，分两期刊载于大型公安法治文学月刊《啄木鸟》，并将近期由群众出版社出版单行本，全景展现了江苏公安28年来不懈追凶、维护正义的决心和能力，受到社会广泛关注和好评，《扬子晚报》《新民晚报》等全国有着较大影响力媒体对许丽晴及创作的纪实作品给予专访。

许丽晴、赵长国、王东海、王向明、卢燮、殷毅、潘吉7人抗疫作品入选江苏省作家协会主编的《又见遍地英雄——江苏抗疫故事》；赵长国、王向明、殷长庆等报告文学作品入选江苏省报告文学学会主编的大型报告文学集《向人民报告——江苏优秀共产党员时代风采》；王东海报告文学《平凡的昌华》入选江苏省作协报告文学集《基石》、《西天取经》入选《新时代中国法治文学精选》并获短篇小说三等奖；赵长国作品《雪中送炭》入选《金盾之盾》一书；卢燮作品《乡村警察艾子的美丽山乡梦》入选《江苏散文选（2021

卷)》、散文《这一刻,湿漉漉的警服最美》入选全国公安系统建党百年主题诗文征稿活动、散文《永不关机的手机》入选全国公安文联清明主题诗文征稿活动、纪实《寻找破案密码》入选公安部"我和我的祖国"主题征文活动;王向明散文《氾光湖上那盏灯》入选《深情写在大地上——人民日报2020年散文精选》。

王东海创作短篇小说《石头底下的爱情》在《当代小说》刊发、短篇小说《一条自以为是的落水狗》在《啄木鸟》刊发;王向明创作散文《来到扬州》在《人民日报》刊发、散文《巡特警队里的年轻人》在《人民公安报》刊发、散文《辅警老胡的特别请求》在《人民公安报》刊发、散文《穿过胡同拥抱北京》在《文艺家》刊发;葛波创作短篇小说《燕衔春泥》在《啄木鸟》刊发、纪实作品《追你到天涯》在《江苏警方》刊发;卢婴出版个人文集《不可复制的高光时刻》获无锡市优秀文化艺术项目立项扶持,纪实作品《不可复制的高光时刻》在《啄木鸟》刊发、散文《永不关机的手机》及创作谈《化繁为简》在《人民公安报》刊发;曹伦平创作散文《一个人的28天》刊于《镇江日报》;纪实作品《两获联合国维和勋章,转业后军色不改赤胆忠诚》刊于《心连心》杂志;朱晓纯创作的《木香花树下女儿情》在《金陵晚报》发表、《最美那抹红》在《扬子晚报》发表。

此外,江苏公安文学作品在全国、省、市各类文学作品评比中屡获大奖,奏响江苏公安文学的最强音。王向明散文《氾光湖上那盏灯》荣获中国散文学会第九届冰心散文奖、散文《透过玻璃凝视你》荣获公安部"抗击疫情 警徽闪耀"主题文艺作品征集散文类一等奖;王东海散文《我那些逆行的兄弟们》获公安部新闻宣传局抗疫主题征文三等奖;吴开岭散文《路之随想》获天津散文研究会举办的首届"天津散文杯"全国乡情散文大赛二等奖、散文集《看水东流》获盐城市政府文艺奖三等奖;朱晓纯作品《最美那抹红》获全省"爱我人民 爱我军"主题征文二等奖、《我是你近旁一株木棉》获南京市纪委举办的清风杯文学类二等奖;卢婴微电影剧本《重生》先后获中央政法委主办的第六届平安中国"三微大赛"优秀原创剧本、江苏政法委主办的平安江苏"三微"比赛原创剧本一等奖。

(卢　婴)

2021年江苏省电力作协文学创作概览

2021年,在江苏省作家协会的指导关心下,江苏省电力作家协会团结全省电力系统的文学爱好者,大力开展文学培训、研讨、创作、交流、志愿服务等活动,在繁荣电网文学创作、普及文学知识、培养人才队伍等方面,取得了显著成绩,在全国电力系统和江苏省作协系统持续扩大影响力。

王啸峰所著短篇小说《米兰与茉莉》荣获江苏省第七届紫金山文学奖,在《青春》开设"虎嗅"专栏,以二十四节气为题,全年共推出12期作品。所著中篇小说《曼珠沙华》发表《芒种》2021年第4期,被《小说月报·大字版》2021年第6期选载;短篇小说《告讦者》发表《江南》2021年第4期,短篇小说《依靠》发表《雨花》2021年第7期,短篇小说《火柴人》发表《广州文艺》2021年第9期,短篇小说《无路可逃》发表《福建文学》2021年第9期;短篇小说《致爱丽丝》发表《钟山》2021年第5期,并分别被《小说选刊》2021年第11期、《小说月报·大字版》2021年第12期和《作品与争鸣》2021年第12期选载。

邝立新出版散文集《勿忘心安》,另有散文《鼓楼流水账》发《青春》2021年第1期,散文《早餐五则》发《青春》2021年第7期,短篇小说《如意》发《长江文艺》2021年第1期,短篇小说《充气城堡》发《西湖》2021年第2期,短篇小说《告别文星镇》发《小说月报·原创版》2021年第2期,短篇小说《玫瑰相册》发《脊梁》2021年第2期,短篇小说《新年快乐,M先生》发《山西文学》2021年第5期,短篇小说《信任证书》发《福建文学》2021年第8期。

黑凝(张俊)出版中短篇小说集《遇见》,同名短篇小说《遇见》发表《雨花》杂志2021年第3期,另有短篇小说《守灯人》发表《翠苑》2021年第1期,短篇小说《少年与探照灯》发表《青春》2021年第3期,短篇小说《父亲的远方》发表《脊梁》2021年第5期,中篇小说《父亲雪舞飞扬的日子》发表于《太湖》2021年第5期,短篇小说《萨摩耶的微笑》发表《广州文艺》2021年第12期。

刘畅所著组诗《静物》发表《星星》诗刊2021年第5期,长篇散文《但要出自内心的需要》发表《特区文学》2021年第5期,短篇小说《镜中》发表《青春》杂志第2021年4期。

巢笑(巢建安)出版诗集《飞翔的石头》,所著诗作《巢笑诗歌六首》发表《莽原》2021年第3期。

李岩岩所著短篇小说《无影绳》发表《脊梁》2021年第1期,《英雄山下》发表《脊梁》2021年第4期,《仲夏》发表《青春》2021年第9期。

景亚杰所著短篇小说《以疯之名》发表《青春》2021年第1期,短篇小说《寻找薛定谔》发表《青年文学》2021年第9期。

会员黄楠(黄不会)所著短篇小说《困》发表《西湖》2021年第5期,短篇小说《困》发表《青春》2021年第5期。

在协会组织下,截至2021年底,会员累计近400篇(部)作品,相继发表在省市级以上刊物。

(胡宗青)

2021年江苏省企业作协文学创作概览

2021年,企业作协会员发表、出版多部作品,据不完全统计,在全国各地公开发行的报刊杂志发表文学作品近百篇。

张荣超长篇报告文学《大海因你逐浪高》中国作家网转载并刊发于《今日中国》,长篇报告文学《党的恩情比海深》(合著)由江苏人民出版社出版,长篇小说《我那美丽的家园》(合著)由江苏人民出版社出版,长篇小说《文明花开》五洲传播出版社。

谢昕梅短篇小说《为爱坚守》获"荣浩杯"第六届全国微型小说征文二等奖,长篇报告文学《党的恩情比海深》(合著)由江苏人民出版社出版,长篇小说《我那美丽的家园》(合著)由江苏人民出版社出版,长篇小说《走进新时代》由上海文艺出版社出版。

侯先英在《阳光》第3期发表小说《明天青春将不在》,在《翠苑》第4期发表小说《谁的愿望不美好》,并在《中国煤炭报》《中国应急管理报》等报刊发表散文多篇。散文《穿透岁月的歌谣》获徐州市"今朝更好看.礼赞中国共产党成立100周年"征文三等奖。

杜荣侠散文《在旅途中修行》发8月《骆马湖》文学报,随笔《风景这边独好》载2021年第2期《浔阳文艺》季刊,随笔《我从卢集走过》载2021年第1期《宿迁乡情》,小小说《憨福》载2021.5上半月刊《小小说月报》,散文《桃花朵朵开》载2021年6月1日《宿迁日报》,散文《时光贴》载2021.5《东营月刊》。另有散文《走着走着,花就开了》获"忽然花开文学网"征文比赛三等奖,小小说《心有一亩田》获国缘杯第六届全国微型小说征文优秀奖,散文《荣浩风采贴》获泗阳作家看荣浩采风优秀奖。

协会秘书长吕焕刚在《莫愁》杂志2、9、10期发表《后排河》《多考了15分》《草房子 瓦房子》等散文,并在中国作家协会网站、天津散文、同步阅读等媒体发表多篇散文。

梁弓短篇小说《逃跑》发表于《四川文学》2021年第8期;报告文学《我骄傲,我是一名矿山人》入选报告文学集《基石》(江苏凤凰文艺出版社2021年6月出版);电影文学剧本《明天会更好》发表于《中国作家》(影视版)2021年3期,并由《江苏工人报》连载;报告文学《捧着一颗心来》《周万里的孙庄梦》分别收入《茉莉花开——脱贫攻坚江苏故事》(江苏凤凰科学技术出版社)上下册,短篇小说《大湖》刊于《雨花》2021年12期。2021年10月,江苏作家微信公众对梁弓进行推介。其长篇小说《明天会更好》入选江苏省作协重大题材扶持作品,已创作完成,即将出版。

(梁 弓)

2021年江苏省散文学会文学创作概览

江苏省散文学会一直把抓精品力作和人才队伍放在重要位置。学会坚持"以人民为中心、富有时代感"的创作导向，鼓励会员创作、创新，激发会员创作活力，提升会员作品水平。学会领导班子多次研究部署，一定要下大力气推介学会优秀人才和优秀作品，为繁荣我省散文创作，推出我省散文精品力作，发现和培养我省散文创作人才不断努力。

出版《江苏散文》是我会的一项重要工作，一直是由我会会长姜琍敏担任主编，每年两期每期35万字、为了保证《江苏散文》质量，每期《江苏散文》从组稿到定稿他都亲力亲为，今年第十一本《江苏散文》的作品集将由百花洲文艺出版社出版，即将发行。这本散文集是江苏散文学会成立之后第六套重要出版物，荟萃了江苏作家的散文精品106篇，35万字，对我省散文近两年优秀作品进行了一次检验和总结，激发了广大会员文学创作的兴趣度和积极性，增强了散文学会的凝聚力和影响力，也为学会今后如何积极服务会员，促进散文创作发展做出又一次有益的尝试和探索。

姜琍敏创作的长篇纪实散文集《自驾法兰西》，2021年11月由中国文史出版社出版。

蒯天2021年度在《人民日报》上发表《书写新时代——读蒯本佑长篇小说〈一代工匠〉工匠精神》；在《中国艺术报》发表《永远的丰碑——评张新科长篇小说〈鎏羽〉》《书家自在是清欢——品王刚的书法心境》《笔墨存真显情怀——评周燕弟的中国人物画》等。

王建创作了长篇报告文学《全海请回答》（合作）、长篇纪实文学《铁心向党——江苏第一个中共党支部诞生前后》（合作）均由古吴轩出版社出版。

　　在学会领导的带动下，全体会员积极创作，在全国各大报刊杂志上发表了一大批的优秀作品。嵇元出版了散文集《江南风情好 菜蔬清如诗》。程白弟发表散文《吴淞江畔的灯塔》《阿秋妹》《小屋边的一棵树》《老兵徐大年》，发表小说《婚变》；袁传宝发表《环行象山湖》《平遥古城墙》《春天的柏子山》《青春之花，独放其美》《清白泉铸就"以天下为己任"之魂》；方华敏发表散文《书卷多情似故人》《梦与橘树一起开花》《大洪山，天堂里的初相见》《红叶萧萧落琴台》，同时获得第九届冰心散文奖单篇提名奖；方长荣发表了《麦收拾趣》《爸爸的新年花灯》《陈胜故乡凄惨情》《村中的那座茅草屋》《古吴国的憾地木渎和灵岩山》《洪泽湖边寻古徐》《老葛头的二胡情缘》等二十多篇散文，发表小说《愚公改名记》《九斤回家》。魏丽饶发表《父亲夜路上的光明》《每天找一件快乐的事》《夜东湖》《檀木香》《过日月》《会说话的红旗》《有妈在，夜就暖了》，小说《娘》《甜甜姑婆》《枝枝姐》……

　　这些作品或写人或写事、或咏物抒怀、或以景结情，从不同视角歌颂祖国、歌颂人民、歌颂平凡朴实的生活、歌颂伟大繁荣的新时代，学会全体会员以实际行动响应着党和国家对文艺工作者的殷殷希望和嘱托。这些作品中有的作品荣获全国、省、市各级奖项，有的作品被各大媒体转载，充分彰显江苏省散文学会文学创作队伍的实力。

（蒯　天）

2021年江苏省报告文学学会文学创作概览

一年来,省内报告文学作家们牢记习近平总书记"创作是中心任务、作品是立身之本"的重要指示,笔耕不辍,坚持创作,推出了数量可喜可观、质量可圈可点的大量文学作品,如学会牵头组织的《向时代报告——中国全面小康江苏样本》《向人民报告——江苏优秀共产党员时代风采》,金伟忻的《走向海洋的都城回声》,张茂龙的《永远的初心》,傅宁军的《永不言弃》,周桐淦的《踢足球的院士》,张文宝的《世界上最美的风景》,吴光辉的《泡在酒里的故乡》,葛逊的《阳光初心》,徐志耕的《受害者》,朱广金的《留得豪情作楚囚》,唐晓玲的《桑罗曲》,顾小平的《耕耘在大地上的诗行》,陈跃的《瘦西湖》,杜怀超的《一个村支书的日常》,顾亦周的《越狱:自由还是免费》,刘晶林的《守岛人的信念》,陈恒礼的《决胜故道》,许卫国的《奋斗西南岗》,苏扬的《绣出一片天地》,殷毅的《黄海行动》,张晓惠的《生死兄弟》,韩献忠、葛安荣的《一支特殊的水电部队》,袁金泉的《"梅花三弄"扑鼻香》,周淑娟的《贾汪真旺》,姚正安的《他从贫困走来》,徐良文的《法律的阳光》,程庆昌的《星火》,申斯春的《香飘四海》,高锦潮的《一生一事》,赵长国的《雪中送炭》,沙凡的《大风起徐州》,刘跃清的《风雨同舟砥砺行》,徐向林的《前雁高飞》,陈荣发的《南京"北大门"的"守关人"》,叶青松的《凯歌铸忠诚》,贺震的《山是一座碑》,刘志庆的《乡村塘马显美姿》,梅静的《灌河弄潮人》,吴万群的《淮水作证》,高玉飞的《女儿为我普法》,夏学海的《陆玉山改变苏北兰考》,胡咏梅的《吉州窑变》,陈照明的《桃花依旧笑春风》,韩树俊的《姑苏遇见十二娘》,吴永生的《山花怒放》,殷长庆的《蓝网缉"幽"》,孟昱的《钟山星火》等。同时,还推出了不少质量上乘的评论及理论作品,如王晖的《学院批评及其他》《生态书写:中美非虚构之思》,张宗刚的《庞白的海洋文学创作解读》《上海滩的纸醉金迷与烟火诗意》,刘浏的《报告文学创作论》等。

  在这些琳琅满目的作品中,有的荣获了全国、省、市各级奖项,有的入选了各级重大主题创作工程,还有的被广泛转载,充分显示出江苏报告文学创作队伍的专业实力和过硬素质。

(孟　昱)

2021年江苏省青少年作协文学创作概览

2021年度,江苏省青少年作家协会在江苏省作协、省教育厅指导下,引导全省青少年坚定理想信念,搭建青少年文学创作展示平台,鼓励青少年抬眼阅读、提笔写作,做新时代的阅读者、思考者、书写者。

第一,开展主题征文活动,用文学创作献礼党的百年华诞。3月,协会开展"百年恰是风华正茂"线上主题征文活动,全省20余所高中学生参加,涌现出多篇青少年礼赞伟大征程的优秀作品。如江苏省大丰高级中学宋欣恬《生逢盛世,吾辈幸运》、江苏省南通第一中学葛思卿《恰百年风华,谱青春之歌》、江苏省口岸中学汤雯慧《立安邦定国之志》等作品,展现了青少年的家国情怀与责任担当。协会将优秀征文收录刊发于《探寻红色足迹,传承红色基因——庆祝中国共产党成立100周年专刊》(《江苏教育报·高中生周刊》)。该专刊同时刊发了青少年作协会员阙灵昀《看试手,开新山河》、胡钰婷《雨花英烈,精神永存》、俞馨叶《赓续百年精神,聚力伟大复兴》、胡芸《永不消逝的红色电波》等多篇作品,会员以散文、书评等不同体裁的创作,致敬党的百年风华。

第二,建设专刊服务平台,展现校园文学创作风貌。在协会专刊《江苏教育报·高中生周刊》"青春文学"上,以专栏形式刊发吴楠、王力辰、阙晨洋等8位会员作品,体裁囊括小说、散文、诗歌等,《生命的依赖》《三封书信,致谢光阴》《莫让阅读流于形式》等作品集中展现了青少年关注社会生活、理性思考人生的创作主基调。同时,协会密切联系校园文学创作,刊发省内学生原创作品70余篇,并持续开展"江苏省青少年作家协会·校报校刊巡礼",相继介绍金陵中学校刊《精灵》、江苏省常熟中学校刊《晴川》、泰州市第二中学校报《泓园》等多家校报校刊创作成果,刊发江苏省清江中学清风文学社、张家港市外国语学校橘桂飘香文学社、江苏省海州高级中学紫藤文学社等多家校园文学社成员创作作品。

第三,参与组织江苏省第二十一届中学生阅读与写作大赛,推动全省青少年读写素养提升。大赛9月启动,全省80万中学生在大赛中用青春的笔描摹心灵、观照社会。其中,大赛高中组的优秀获奖作品集《思接千载,视通万里——江苏省第二十一届中学生阅读与写作大赛(高中组)专辑》于2022年初出版。

第四,与江苏省诗词协会加强合作,共建"诗教园地"专栏。会员袁丁《明湖镜湖早秋偶成》、江天心《春夜闻笛》等多篇诗词刊发于《江海诗词》,展现了江苏青少年深厚的传统文化底蕴。

第五,鼓励会员参加创作大赛,积极投身文学创作。如会员郭禹彤的散文《风中茉莉香》获首届"夏天的语文"全国优秀作品征集一等奖;王雯慧的散文《国旗之下》发表于《儿童文学》,并获"学习强国"学习平台"爱国情·强国志·报国行"征文大赛三等奖;许欣怡的散文《记忆的故乡,精神的起点》《打捞时代中的"个"》刊发于《江海晚报》,伍思蕊的书评《向着明亮前方》刊发于《润·文摘》、散文《打开心窗,遇见美好》发表于《语文报》等。除在社会报刊发表作品,会员积极活跃在校报校刊、公众号、网络等平台,以朝气蓬勃的写作传播青春正能量。

(蔡丽洁)

荣誉奖项

全国性文学奖项

迟　慧　《慢小孩》　第十一届全国优秀儿童文学奖
徐　瑾　《坐在石阶上叹气的怪小孩》　第十一届全国优秀儿童文学奖
胡学文　《有生》　2021年度中国好书

第四届"紫金·江苏文学期刊优秀作品奖"

《钟山》文学奖

长篇小说：陈应松《森林沉默》、胡学文《有生》

非虚构类：潘向黎"如花在野"专栏、张学昕"河汉观星"专栏

中、短篇小说：迟子建《炖马靴》、储福金《洗尘》、李云《掌间》、黄梵《私人牧歌》、周嘉宁《浪的景观》

诗歌诗评类：欧阳江河《埃及行星》、胡弦《蝴蝶》、孟原《我不再写事物（组诗九首）》

《雨花》文学奖

小说奖：朱文颖《分夜钟》、陈武《三里屯的下午》

散文奖：南帆《村庄笔记》（专栏）、王尧《时代与肖像》（专栏）、汗漫《惠山记》（散文）

诗歌奖：江离《蟋蟀在歌唱》（组诗）

《扬子江诗刊》奖

诗歌奖：韩东《雪意》（组诗）、毛子《原理》（组诗）、梁平《我的南方不是

很南》(组诗)、娜夜《栽种玫瑰的人》(组诗)、李樯《静物素描》(组诗)

诗论奖：李壮《如同鸟的自在》

《扬子江文学评论》奖

孟繁华 《善是难的，难的才是美的——当下小说创作状况的一个方面》
阎晶明 《塔楼小说——关于李洱〈应物兄〉的读解》
梅　兰 《文学性的轨迹——从李浩看先锋派之后的文学新变》
何　平 《安魂，或卑微者的颂诗》
孙　郁 《且来读阿城》
贺仲明 《新时代版本的"废都"书写——关于〈暂坐〉及相关问题》

第三届《钟山》之星文学奖

年度青年作家

王苏辛
陈思安

年度青年佳作

田凌云　　《我的爱永远不死》
杜　梨　　《今日痛饮庆功酒》
索　耳　　《乡村博物馆》
索南才让　《荒原上》
蒋　在　　《小茉莉》

第十届江苏文学评论奖

一等奖

  李章斌 《走出语言自造的神话——从张枣的"元诗"说到当代新诗的"语言神话"》
  吴周文 《学者散文与"中国问题"言说的先锋姿态》

二等奖

  朱 婧 《摩登沉浮和平常人的城市稗史——重读王安忆〈长恨歌〉》
  刘 俊 《离散人生的人性透视——论凌岚的〈离岸流〉》
  李 丹 《秘密社会与赵树理创作的"古代性"》
  张宗刚 《储福金中短篇小说创作论》
  顾星环 《数字化时代的吴语叙事——以〈繁花〉网络初稿本为例》

三等奖

  刘永春 《历史反思与现实书写的审美熔铸——评孙频中篇小说〈骑白马者〉》
  孙晓东 《王鼎钧的散文创作与中华文化认同》

李　杨　《底层叙事中的"临时夫妻"书写》

陈法玉　《像草木一样自由生长的诗歌——读张阿克诗集〈草木谣〉》

罗小凤　《从"诗性创作"到"媒介化生产"——论新媒体语境下新诗发展的媒介化转型》

周　鹏　《百年冰城的温情画卷——评迟子建长篇新作〈烟火漫卷〉》

庞秀慧　《混沌与困境:论新世纪以来乡土叙事中的"权力书写"》

胡玉乾　《情感与人性的胜利》

高　兴　《"对抗记忆浑浊的旧时之我"——鲁敏的东台记忆与"东坝"叙事》

童　欣　《"词语从所在的丝线上滚落"——哥舒意〈造物小说家读札〉》

第九届扬子江诗学奖

诗歌奖

海男《水之赋》（组诗）（《作家》2021.7）
鲁羊《假设》（组诗）（《扬子江诗刊》2020.6）
姜念光《明亮的时刻》（组诗）（《人民文学》2021.1）
灯灯《清澈》（组诗）《江南诗》（2021.1）

评论奖

赵目珍《"建造内心之神的工作"——关于新世纪以来批评家诗歌创作的考察》（《当代作家评论》2021.2）

第三届曹文轩儿童文学奖

作家创作·长篇奖

首奖
燃木（岑孝贤）《星岛女孩》

佳作奖
荆凡（胡金环）《露天厨房》
王军《星骏马》
邹凡凡《兰园》
韩佳童（回族）《福如东海》

作家创作·中篇奖

诺亚（彭湖）（土家族）《云上日光》
蓝钥匙（李军政）《星星不说话》
胡蓉《窗内的风景》
王轲玮《星光旅行社》
李彩红《非虚拟惊险》

少年创作奖

金奖

胡雁淳《星子的灯塔》

银奖

张诗若《原来姹紫嫣红开遍》

潘可愈《一只猫的远方》

铜奖

罗海晏《青芽》

姚旭(苗族)《少年闻舟》

刘心雨《桃花里的星星》

赵家誉《五》

陈思文《金黄色的国度》

林浩然《旧髩口》

张艺欣《迷茫的种子》

梁钧玮《擒浪》

甯　颖《鹅老爷们》

2021年江苏文学大事记

2021年江苏文学大事记

1月

1月8日,由江苏省作家协会等单位联合主办的第二届"童话里的世界"童话故事创作大赛优秀作品分享展示活动在张家港举行,本届大赛以"小康中国 大爱天地"为主题,共评出获奖作品120篇。

1月9日,江苏省网络作家协会、江苏凤凰文艺出版社、南京市文学艺术界联合会、南京市建邺区委宣传部和连尚文学主办的"新时代的中国"第二届网络文学现实题材主题征文大赛在南京颁奖。本届大赛共评选出22部获奖作品,《2.24米的天际》和《锦绣鱼图》分获完结作品和未完结作品组别一等奖。江苏省作家协会党组书记、书记处第一书记、常务副主席汪兴国书记等出席活动并为获奖者颁奖。

1月16日,"《扬子江文学评论》2020年度文学排行榜"发布,长篇小说《有生》,中篇小说《敦煌》《过香河》《黄河故事》《我们的娜塔莎》,短篇小说《跑风》,诗歌《流水账》《穗状花序及其他》《灰阑记》,散文(含非虚构)《离散者聚会》等作品领跑五大榜单。

1月30日,由江苏省作家协会主办、《钟山》杂志和江苏凤凰文艺出版社承办的胡学文长篇小说《有生》研讨会召开。会议采用线上线下联动的形式,中国作家协会党组成员、书记处书记、副主席李敬泽,党组成员、书记处书记、作家出版集团党委书记吴义勤,江苏省作家协会主席毕飞宇,党组书记、书记处第一书记、常务副主席汪兴国,党组成员、书记处书记、副主席、《钟山》主编贾梦玮,江苏凤凰文艺出版社社长张在健,副社长孙茜,以及来自全国各地的30余位批评家参加会议。

2月

2月24日,江苏省作家协会在南京召开江苏文学作品戏剧影视转化推介咨询会,江苏省作家协会主席毕飞宇,党组书记汪兴国和党组书记处成员丁捷、鲁敏、黄德志,及省内著名作家、批评家、戏剧影视行业相关人员等参加会议。

3月

3月2日,中国作家协会网络文学中心举行重点网站优秀网络文学作品联展启动仪式,遴选产生564部优秀网络文学作品在线上向读者免费开放,展示网络文学"建党百年"主题创作成果。江苏省网络作家创作的《朝阳警事》《少年,1927》《长干里》《心照日月》《一面》《共和国医者》等40部作品入选本次联展。

3月16日,2021年中国作家协会重点作品扶持项目和中国作家协会网络文学重点作品扶持项目确定入选选题。张新科、周桐淦、迟慧等3位江苏作家作品入选中国作协重点扶持项目;刘晔(骁骑校)、周斌(姞文)、裘如君(凌烨)、顾唤华(顾七兮)等4位江苏网络作家的作品入选网络文学重点作品扶持项目,我省连尚文学推出的《守鹤人》《春雨》、酷匠网《胶东往事》等作品同时入选该项目。

3月20日至21日,《雨花》杂志社与无锡市惠山区堰桥街道党工委、无锡市惠山区堰桥街道办事处联合举办了"开放故事——著名诗人走进无锡堰桥"主题采风创作活动。江苏省作家协会党组书记汪兴国,党组成员贾梦玮,副主席朱辉、胡弦,及10余位省内诗人参加了活动。

4月

4月8日,中国作家协会2021年度定点深入生活项目入选名单公布,江苏网络文学作家卓牧闲的《老兵新警》入选。

4月16日,"中国李庄杯"第十六、十七届十月文学奖在四川颁奖,江苏作家鲁敏的《或有故事曾经发生》获中篇小说奖。

4月19日,江苏省作家协会在淮安桐园设立"扬子江文学驿站",并组织儿童文学作家到当地学校开办文学讲座。江苏省作家协会一级巡视员王朔等参加了活动。

4月22日,由江苏省作家协会、译林出版社、宜兴市委宣传部主办的"凝眸钱秀玲——徐风《忘记我》新书首发式"在宜兴举办,江苏省作家协会党组书记汪兴国、党组成员贾梦玮、副主席汪政等出席活动。

4月23日,江苏作家赵菱凭借《乘风破浪的男孩》入榜2020年度"中国好书",这是赵菱作品第二次入选"中国好书"年度榜单。

5月

5月8日至9日,由江苏省作家协会和苏州姑苏区委宣传部主办的全国知名诗人"大运河春天行"采风活动在苏州举行。

5月9日,在中国作家协会网络文学中心的指导下,江苏省作家协会、南京师范大学和南京市秦淮区人民政府合作成立扬子江网络文学评论中心。中国作家协会党组成员、书记处书记胡邦胜和省委宣传部副部长徐宁为网络文学评论中心揭牌并讲话。江苏省政协副主席、南京师范大学副校长朱晓进,江苏省作家协会党组书记、书记处第一书记、常务副主席汪兴国,江苏省作家协会一级巡视员、江苏省网络作协常务副主席王朔,南京市委常委、宣传部部长陈勇,江苏省网络作协主席陈彬(跳舞)及国内著名网络文学作家、评论家等出席活动。启动仪式之后举行了"'经典化与影视化'网络文学的3.0时代"主题论坛。

5月18日，毕飞宇工作室·第二十期小说沙龙在南京大学文学院举办。江苏省作家协会主席、南京大学教授毕飞宇，江苏省作协副主席、《雨花》主编朱辉等出席。

5月21日，江苏省作家协会和南京信息工程大学在南京举办江苏青年文学论坛。这是今年举办的首场青年文学论坛，江苏省作家协会领导汪兴国、丁捷和南信大副校长闵锦忠等出席论坛。丛治辰、胡桑、叶子等3名青年批评家和李樯、三三、焦窈瑶等3名青年作家围绕"青年写作的地方性与世界性"展开交流。"江苏当代文学研究基地"同日在南京信息工程大学挂牌。

5月22日至23日，由《扬子江诗刊》、太仓市文联、沙溪镇人民政府等共同承办的"古镇诗意与时代气象——走进沙溪：中国新诗论坛十周年纪念活动"在太仓市沙溪镇举行。全国人大常委、中国作家协会副主席、书记处书记吉狄马加，江苏省作家协会党组书记、书记处第一书记、常务副主席汪兴国，江苏省作家协会副主席、江苏省评论家协会主席汪政，副主席、《扬子江诗刊》主编胡弦以及来自全国的诗人、诗评家等参加。

5月29日，由江苏省作家协会主办的第六届扬子江年度青年诗人奖在昆山颁奖，宋憩园、黎星雨、楚茗、陆佳腾、徐小冰、杨泽西、刘华、罗麒等8名青年诗人、诗评家获奖。江苏省作家协会领导汪兴国、贾梦玮，以及昆山当地领导，国内著名诗人、诗评家，部分当地诗人和诗歌爱好者等50余人参加了颁奖典礼。当日还举办了扬子江·野马渡青年诗歌论坛。

6月

6月4日至5日，江苏省作家协会主席毕飞宇，党组书记汪兴国，党组成员丁捷、鲁敏参加了由中国作家协会主办的中国文学"走出去"座谈会。与会专家就翻译、推介、国外受众、市场运作、政策机制等提出意见和建议，强调要加强顶层设计、创新工作方式，积极稳妥地推进中国文学"走出去"。

6月5日,朱辉《午时三刻》新书阅读分享会暨首期江苏作家周启动仪式在南京图书馆举行。江苏省作家协会党组书记、书记处第一书记、常务副主席汪兴国,南京图书馆党委副书记姚俊元,江苏省作家协会副主席、《雨花》主编朱辉共同启动江苏文学周。

6月8日,第十二届《上海文学》奖揭晓,江苏作家鲁敏的《球与枪》获短篇小说奖。

6月8日,江苏省作家协会在南京组织召开《江苏新文学史》评估论证会,邀请全国现当代文学研究领域权威专家对项目初稿进行审读并对项目两年来编撰工作进行阶段性回顾。

6月18日晚,由江苏省作家协会和南京晓庄学院主办的第四届扬子江诗会诗歌朗诵会在南京举行。本场朗诵会以"百年恰是风华正茂"为主题,用诗歌的形式热烈庆祝中国共产党百年华诞。江苏省委宣传部副部长徐宁,江苏省作家协会领导毕飞宇、汪兴国、鲁敏、黄德志和南京晓庄学院师生、江苏省作家协会机关干部等700余人参加。

6月19日,江苏省作家协会党组成员、书记处书记、副主席丁捷出席了由南京市文联、南京出版传媒集团、江苏省作家协会创研室联合主办的长三角青年作家论坛。近30位来自长三角地区的青年作家、评论家参加论坛。

6月22日,庆祝中国共产党成立100周年《基石——江苏基层优秀共产党员礼赞》《又见遍地英雄——江苏抗疫故事》主题创作成果首发座谈会在南京举行。江苏省委宣传部副部长徐宁和江苏省作家协会主席毕飞宇为新书首发揭幕。江苏省作家协会党组书记、书记处第一书记、常务副主席汪兴国,党组成员、书记处书记黄德志,江苏凤凰文艺出版社社长张在健,以及作家代表、省内文学内刊主编等出席会议。

6月27日,由江苏省委宣传部指导和江苏省作家协会牵头、江苏省报告文学学会组织创作的《向时代报告——中国全面小康江苏样本》和《向人民报告——江苏优秀共产党员时代风采》,在南京举行首发式。江苏省文联主席、江苏省报告文学学会会长章剑华,江苏省作家协会党组书记、书记处第一书记、常务副主席汪兴国,凤凰出版传媒集团党委书记、董事长梁勇,江苏省新闻出版局副局长李贞强等出席首发式。

6月29日,连云港市作家协会成立网络文学分会和微型小说分会。

7月

7月7日,在第十一届江苏书展期间,"大地梦想 万物生长——曹文轩儿童文学奖获奖作品分享会暨第三届征稿启事发布会"在苏州举行。

8月

8月5日,中宣部办公厅发布《关于做好2021年主题出版工作的通知》,评审确定2021年主题出版重点出版物选题170种。《忘记我》《童心向党,百年辉煌书系》《向北方:民主人士参加新政协纪实》等江苏文学作品入选。

8月6日,第十一届全国优秀儿童文学奖获奖名单揭晓,江苏作家迟慧《慢小孩》获童话奖、徐瑾《坐在石阶上叹气的怪小孩》获青年作者短篇佳作奖。

8月19日,江苏省委常委、宣传部部长张爱军听取了江苏省作家协会和江苏当代作家研究中心关于《江苏新文学史》项目情况和编撰工作的汇报,对做好后续工作提出意见和建议。

8月23日,国家新闻出版署发布《关于公布2020年"优秀现实题材和历史题材网络文学出版工程"入选作品的通知》,评审通过9部作品。江苏作家姞文的《王谢堂前燕》和童童的《大茶商》入选。

9月

9月14日,卞之琳艺术馆在南通海门举行开馆仪式开馆。江苏省作家协会党组书记汪兴国等出席开馆仪式。

9月16日,扬子江网络文学评论中心启动年度"扬子江网络文学最具IP潜力榜"评选作品征集工作。该评选计划每年推选10部最具IP潜力的网络文学作品,由广播电视局、影视公司、文学网站编辑等从业人员和高校学者等共同担任评委,助推网络文学产业化发展。

9月29日,江苏省作家协会在南京召开江苏省主题创作优秀作家作品研讨会,对近年来江苏主题创作情况进行回顾盘点,重点围绕章剑华、周桐淦、张新科、傅宁军的作品进行研讨。江苏省委宣传部副部长徐宁,江苏省作家协会主席毕飞宇,党组书记汪兴国,党组成员丁捷、黄德志,凤凰出版传媒集团有限公司副总经理、总编辑徐海,及省内外近20位专家学者等出席会议。中国作家协会党组成员、书记处书记吴义勤以视频连线的方式参与本场研讨。

10月

10月12日至13日,江苏省第六次青年作家创作会议在南京召开,全面总结近五年来江苏青年文学创作经验,研究部署今后五年青年创作和青年作家培养工作。171名来自全省各地的青年作家代表与会。中国作协书记处书记邱华栋,江苏省委宣传部副部长徐宁,共青团江苏省委书记司勇,江苏省作家协会主席毕飞宇,党组书记汪兴国,党组成员丁捷、贾梦玮、鲁敏、黄德志,一级巡视员王朔,副主席叶弥、朱辉、胡弦、跳舞及各部门负责人等出席会议。

10月14日,江苏省网络作家协会第二次代表大会在南京举行,回顾总结2016年江苏省网络作家协会成立以来江苏网络文学事业取得的成绩,探讨推动江苏网络文学事业高质量发展的思路举措,选举产生了江苏省网络作家协会新一届主席团和理事会。跳舞再次当选为江苏省网络作家协会主席。江苏省委宣传部副部长徐宁,中国作家协会网络文学中心副主任何弘,江苏省委统战部一级巡视员黄仕亮,江苏省作家协会主席毕飞宇,党组书记汪兴国,江苏省作家协会一级巡视员、江苏省网络作家协会常务副主席王朔,江苏省作家协会副主席、江苏省网络作家协会主席陈彬(跳舞),以及105名来自全省各地的网络文学工作者代表与会。

10月11日至15日,由《中国作家》杂志社、盐城市委宣传部联合主办的中国作家盐城采风行暨2021全国生态报告文学理论研讨会在盐城举行。中国作家协会副主席白庚胜、叶辛,《中国作家》主编程绍武,中国作家协会创研部副主任李朝全,及20余位作家、评论家参加活动。

10月16日至17日,《江苏新文学史》编委会组织召开第一次集中审稿会议。

10月21日,由江苏省作家协会主办的韩东诗歌创作研讨会在南京举行。中国作家协会党组成员、副主席、书记处书记李敬泽,江苏省作家协会主席毕飞宇,党组书记汪兴国,党组成员丁捷,南京出版传媒集团党委书记、董事长项晓宁,江苏凤凰文艺出版社社长张在健、副社长孙茜,及国内著名诗人、诗评家、编辑等参加会议。

10月16日,首届梁晓声青年文学奖揭晓,评出获奖作品4部(篇),汤成难的《月光宝盒》获短篇小说奖。

10月22日,由凤凰出版传媒集团主办的2021凤凰作者年会在南京举行,韩东等5人获本年度"金凤凰"奖章。在当天举行的"凤凰文学之夜"——首届凤凰文学奖颁奖典礼上,江苏作家鲁敏的长篇小说《金色河流》、叶弥的《不老》获评委会奖。

10月23日,由《南方都市报》发起主办的"2021南方文学盛典"在顺德举行,江苏作家胡学文凭借长篇小说《有生》获"年度小说家"荣誉。

10月23日,"第十二届华语科幻星云奖"在重庆揭晓,江苏作家墨熊的《春晓行动》获第十二届全球华语科幻星云奖银奖。

10月24日,第四届扬子江诗会诗歌研讨会暨大家讲坛在徐州举行,分别围绕"人类命运共同体与中国新诗创作——汉诗在海外的传播"和"批评精神视野下的新时代诗歌",组织国内著名诗人、诗评家进行研讨。第四届"紫金·江苏文学期刊优秀作品奖"《扬子江诗刊》奖也在活动中颁发,韩东等6人的作品获奖。本次活动由江苏省作家协会、江苏师范大学、徐州市文联共同主办,全国人大常委会委员、中国作家协会副主席、党组成员、书记处书记吉狄马加,江苏省作家协会党组书记汪兴国,党组成员、书记处书记黄德志,江苏省作家协会副主席汪政、胡弦,江苏师范大学副校长蔡国春,徐州市文联主席郭开芬等出席。

11月

11月5日,由江苏省委宣传部、北京大学共同支持,凤凰出版传媒集团、江苏省作家协会和北京大学中文系联合主办的第三届曹文轩儿童文学奖宣布评奖结果。《星岛女孩》等22部(篇)作品分获作家创作奖和少年创作奖。

11月6日,由江苏省作家协会、张家港市人民政府共同主办的第十届江苏文学评论奖、第九届扬子江诗学奖在张家港颁奖。本年度评出江苏文学评论奖获奖作品17篇,扬子江诗学奖获奖诗歌作品4件、诗评作品1件。江苏省作家协会党组书记汪兴国,党组成员贾梦玮,张家港市委常委、宣传部部长陈卫兵,市委宣传部副部长李忠影及特邀的省内外著名诗人、评论家、获奖作者代表等出席了颁奖活动。

11月15日,中国作家协会网络文学理论评论支持计划评审结果公告发布,确定7个项目(含2个专项)入选。江苏评论家何平、李玮的《中国网络文学评价体系研究》和周丽的《网络文学创制艺术》双双入选。

12月

12月2日,第四届《钟山》文学奖、第四届《扬子江文学评论》奖和第三届《钟山》之星文学奖在南京颁奖。陈应松的《森林沉默》等12篇(部)作品获本届《钟山》文学奖,孟繁华的《善是难的,难的才是美的——当下小说创作状况的一个方面》等6篇论文获本届《扬子江文学评论》奖。王苏辛、陈思安获本届《钟山》之星文学奖"年度青年作家奖",田凌云的《我的爱永远不死》等4篇作品获"年度青年佳作奖"。省委宣传部副部长徐宁,江苏省作家协会主席、南京大学教授毕飞宇,江苏省作家协会党组书记汪兴国,党组成员贾梦玮,以及国内知名评论家、作家、获奖者等出席了本次活动。

12月3日,由《扬子江文学评论》主办的第五届扬子江青年批评家论坛在南京举行。本届论坛以"新世纪文学二十年:回顾与前瞻"为主题,江苏省作家协会党组书记汪兴国、党组成员贾梦玮等出席会议。

12月4日,"紫金·江苏文学期刊优秀作品奖"颁奖活动——第四届《雨花》文学奖颁奖典礼在南京举行。朱文颖的《分夜钟》等6篇(组)作品获奖。颁奖结束后,第五届雨花写作营第二期改稿会暨结业典礼在南京举行。江苏省作家协会主席毕飞宇、党组成员贾梦玮、获奖作家及写作营导师等参加了本次活动。

12月4日,首届"鲁艺文艺奖"文学奖颁奖典礼在沈阳举行,江苏作家朱文颖的《分夜钟》获短篇小说奖。

12月5日,由江苏省作家协会和南京大学中国新文学研究中心主办的江苏青年文学论坛在南京举行。江苏省作家协会党组成员丁捷,江苏省作家协会副主席、南京大学中国新文学研究中心常务副主任王彬彬等出席会议并致辞。本场论坛以"青年写作的个人经验与时代话语"为主题,青年批评家木叶、章斌、李玮、谢燕红和青年作家甫跃辉、池上、向迅展开对谈,对谈活动由青年批评家韩松刚主持。

12月8日,由江苏省作家协会、泰州市委宣传部等单位联合主办的第九届全国里下河文学研讨会在泰州举行。本次研讨以"里下河青年写作:地域影响与时代新经验""里下河故事的网络文学表达"为主题。中国作家协会党组成员、书记处书记吴义勤作视频讲话。泰州市委书记朱立凡和江苏省作家协会党组书记汪兴国在开幕式上致辞。江苏省作家协会主席、南京大学教授毕飞宇,江苏省作家协会党组成员丁捷、贾梦玮,一级巡视员王朔,泰州市委常委、秘书长徐克俭,以及省内著名专家学者等出席开幕式。外地专家以视频连线的方式参与研讨。

12月17日,中国作家协会第十次全国代表大会全国委员会第一次全体会议选举产生新一届主席团,江苏作家毕飞宇当选为副主席,周梅森当选为主席团委员。毕飞宇、汪兴国、叶兆言、周梅森、贾梦玮、鲁敏、叶弥、陈彬(跳舞)、胡弦等9人当选中国作家协会十届全委会委员。

12月18日,第十九届百花文学奖颁奖典礼在天津举办,江苏作家赵本夫的《荒漠里有一条鱼》、鲁敏的《或有故事曾经发生》分获长篇小说奖和中篇小说奖。

12月22日,江苏省作家协会在南京召开汤成难、大头马、庞羽作品研讨会。本次会议采用线下、线上相结合的方式,中国作家协会党组成员吴义勤,中国作家协会副主席、江苏省作家协会主席毕飞宇,江苏省作家协会党组成员丁捷,江苏省委宣传部文艺处处长高民及近20位省内外知名学者等与会。

12月24日,由《扬子江诗刊》社和南京财经大学外国语学院联合举办的2021年度扬子江笔会和新时代诗学专题研讨会在南京财经大学举行。江苏省作家协会党组书记、书记处第一书记、常务副主席汪兴国,南京财经大学党委副书记温潘亚,省内外著名诗人、诗评家及南京财经大学外国语学院师生等参加了活动。

12月24日,《江苏新文学史》第二次审稿人员会议和全体编撰人员会议在南京召开。

12月25日,由中国小说学会主办、江苏省兴化市委宣传部承办的"中国小说学会2021年度好小说"评出45部获奖作品。鲁敏的《金色河流》、房伟的《老陶然》、孙频的《诸神的北方》、胡学文的《跳鲤》、骁骑校的《长乐里:盛世如我愿》、蒋牧童的《不许暗恋我》等6位江苏作家的作品分别入选长篇小说、中篇小说、网络小说的榜单。

12月26日,由中国作家协会《中国作家》杂志社与涟水县委、涟水县人民政府联合设立的首届"中国作家·红日文学奖"在南京举行新闻发布暨签约仪式。

12月28日,江苏省作家协会与凤凰出版传媒股份有限公司在南京举办朱文颖创作研讨会。会议采用线上、线下结合的方式,中国作家协会党组成员、副主席、书记处书记李敬泽,中国作家协会副主席、江苏省作家协会主席毕飞宇,江苏省作家协会党组书记汪兴国,党组成员丁捷,凤凰出版传媒股份有限公司总编辑徐海,以及近20位评论家等参加研讨。

12月28日,第三届江苏省新闻出版政府奖公布获奖名单。其中,《钟山》杂志和7位江苏作家作品获得表彰,章剑华的《世纪江村:小康之路三部曲》、黄蓓佳的《野蜂飞舞》、赵菱的《乘风破浪的男孩》、张新科英雄传奇三部曲《苍茫大地》《鏖战》《渡江》、刘晶林《海魂:两个人的哨所与一座小岛》、叶兆言的《南京传》获图书奖,行知的《2.24米天际》获网络出版物奖,《钟山》杂志荣获期刊奖。

12月31日,由《钟山》与《扬子江文学评论》联合发起评选的"新世纪文学二十年20家/部"系列榜单出炉,此次评选分专家推选榜和读者推选榜,分别评出了新世纪二十年青年作家20家、新世纪二十年青年诗人20家、新世纪二十年长篇小说20部和新世纪二十年非虚构作品20部。